斑斓：

毕业了，
当兵去

丰杰　著

SPM 南方出版传媒·广东人民出版社

·广州·

图书在版编目（CIP）数据

斑斓：毕业了，当兵去 / 丰杰著. — 广州：广东人民出版社，2021.4

ISBN 978-7-218-14463-4

Ⅰ. ①斑… Ⅱ. ①丰… Ⅲ. ①长篇小说－中国－当代 Ⅳ. ①I247.5

中国版本图书馆CIP数据核字(2020)第167782号

BANLAN : BIYE LE, DANGBING QU

斑斓：毕业了，当兵去

丰杰　著

版权所有　翻印必究

出 版 人：肖风华

策　　划：李　敏
责任编辑：李　敏　　罗　丹　　温玲玲
装帧设计：阮秋雁　　刘焕文
责任技编：吴彦斌　　周星奎

出版发行：广东人民出版社
地　　址：广州市海珠区新港西路204号2号楼（邮政编码：510300）
电　　话：（020）85716809（总编室）
传　　真：（020）83780199
网　　址：http://www.gdpph.com
印　　刷：广东鹏腾宇文化创新有限公司
开　　本：890mm×1240mm　　1/32
印　　张：11　　　　字　　数：301千
版　　次：2021年4月第1版
印　　次：2021年4月第1次印刷
定　　价：52.00 元

如发现印装质量问题，影响阅读，请与出版社（020-85716849）联系调换。
售书热线：（020-85716826）

▶ **微信扫码**
加入【本书话题交流群】，
与书友交流读书心得。

目 录
contents

167 / 下卷：迷彩

引　子

2007年一个冬日的上午，太阳像一张半生不熟的蛋饼贴在湘西腹地一个叫"独岩"的山冈之上，阳光在穿越层层云雾之后变得羸弱不堪，甚至连操场上的冰面都不能融化；我的耳边响起了不绝如缕的哨声、口令声、踏步声、拉歌声……还有班长张龅牙的训斥声："你们这帮菜鸟给老子听好喽！不管你们以前是黑领还是白领，是小学生还是大学生，是乡巴佬儿还是公子哥儿，你们现在就是一群新兵蛋子！一群走不会走、跑不会跑、站不会站的新兵蛋子……"由于这样的教导听得太多，就像打开电视就会听到"今年过节不收礼，收礼只收牛板筋"一样，不免犯困，于是我趁着他转身的时候偷偷打了一个口径两厘米持续一拍半的哈欠。没想到在剩下的半拍还没打完的时候，张龅牙就在他那两颗威武雄壮的牙齿的引领下咆哮着走来，用他那带着韭菜包子味道的唾沫星子在我正前方三十厘米处打了一个持续五分钟的"集火射击"，而后指着操场外面的煤渣跑道言简意赅地说了两个字："十圈。"

此时我正穿着草绿色的没有军衔没有帽徽也没有臂章的作训服，盘桓在四百米的煤渣跑道上，体形臃肿，步伐沉重，口中呼出的白气像19世纪的蒸汽机车开过一样蔚为壮观。跑道内侧的操场上有干部和老兵斜着眼打量我，也有和我一样的新兵蛋子在班长转身之后偷偷瞟我，还有张龅牙在指挥队列之余用八成的眼白和两成的眼球紧紧盯着我。尽管步履越来越笨重，但我的意识在大汗淋漓中愈加清醒，我听见了自己脚踩着煤渣"沙沙沙沙"的声音、气息在鼻腔内摩擦着喷薄而出的"吭吭吭吭"的声音，还有内脏撞击肋骨发出的"咣咣咣咣"的声音。

尽管我忘了今天是几月几号星期几，也忘了宿舍的床板上画了几个"正"字零几笔，但是此时的背景、周遭的气氛，甚至连空气的味道和内心的感受都如此清晰——就像一段视频刻录在不能擦写的DVD盘上，我想若干年后我一定会记住这个场景——就像现在我会记住大学时代某个千篇一律的下午一般。

上卷

画布

一、钛白

彼时我坐在A城大学男生宿舍104室的窗台上，手里捏着手机百无聊赖地等待颜亦冰的短信。安哥仰卧在床上摆弄着他的十五公斤哑铃，床板由于他胳膊的动作而发出"吱呀吱呀"的声响，与易子梦的鼾声"琴瑟和鸣"——这厮在DOTA游戏里连续奋战了40个小时，被评为A大这一届最能熬通宵的大神。欧阳俊和他的"四号"（也许是"五号"）约会去了，如果用"劈腿"形容一个男人同时和不同女孩交往的话，欧阳俊应该是属"蜈蚣"的。三年里我们不仅见识了他和各年级的学姐学妹保持了良好的"友谊"，更是见证了由他引发的本校女生数次互殴的惨烈场面。至今他仍是本校的一个传奇。

"轰"的一声巨响，104宿舍南面右侧的那张床在安哥将哑铃的单只重量调整为25公斤后，终于不堪忍受长期踩踏，颓然垮塌。正在卧推的安哥连同床板从高处砸下，终于惊醒了床铺跟他挨着的易子梦。

"地震了！地震了！"易子梦眼睛还没睁开就扯开嗓子喊道，同时翻身下床，光着身子就往外狂奔。"地震了！地震了！"喊声此起彼伏，很快便在整栋宿舍楼里传播开来，大家纷纷往外狂奔，刹那间宿舍楼前的操场上挤满了人，有些光着脚，有的露着上半身，有些顶着一脑袋泡泡，有些披着床单。

"哪里地震了？"大家纷纷追问着彼此，却不知道答案。

我从宿舍窗户往下看着惊魂未定的众人，如同为博褒姒一笑而烽火戏诸侯的周幽王，回头再看安哥，他老人家正气定神闲地举起床板重新固定着，丝毫不理会这狼烟是从他这里先烧起来的。安哥大名林安邦，延安人氏，革命后代，生活极其自律，学习极其认真，与一切腐朽堕落势不两立。

"听说你们楼地震了？"颜亦冰的短信向来言简意赅，以"嗯""好""不行""算了"为主，偶尔发一条"忙不忙""在哪里"等超过三个字的短信都要感动我半天。我认真数了数，这条短信八个字，连同标点是九个字符，简直要破纪录了，这对我来说毫无疑问是一个巨大的鼓舞。"听说你们楼地震了？"很明显是在关心甚至担忧我的生命安全嘛，太贴心了。

颜亦冰是A大播音主持系的，明眸皓齿，风姿绰约，举手投足、一颦一笑颇有明星范儿。按理说我等泛泛之辈见了这种级别的班花肯定两腿哆嗦，只敢远观而不敢亲近，更不用说和她们产生什么关系了。

话说回来，认识我之前颜亦冰是有男朋友的，当然这不是说认识我导致了他们散伙。用欧阳俊的话来说，就是我没有挖墙脚，我只是走在墙脚边，墙就倒了——还砸了老子的头。这句话虽然粗鄙，但特别符合我和颜亦冰相识的情境。

大约是在2006年10月下旬一个沉闷而躁动的夜晚。我参加设计系那帮人组织的生日聚会（很抱歉至今为止我还不知道当晚过生日的是谁），跟随一帮年轻的"艺术家"们在"堕落街"一个毕业了的设计系学长开的"子宫酒吧"里看摇滚演出。那支"盗版"乐队的主唱是一个大约雄性荷尔蒙分泌过剩的家伙，脸上星罗棋布地长满粉刺，硕大的酒糟鼻安在精瘦的脸上，像是猛然一榔头砸上去的一般。他在台上一边驼着背弯着腰弹着电贝斯，一边对着黑色麦克风唱着歇斯底里的歌。就这么一个垃圾乐队的垃圾主唱，居然赢得了台下人的喝彩。他们把杯中三分之一的啤酒倒进嘴里，剩下三分之二流进脖子里，歇斯底里地拍着桌子、敲着空瓶子跟着号叫，像是过了今晚就没有明天一般。老实说我既感觉不到艺术的氛围，又无法体验发泄带来的快感，我只是头昏脑涨，只好选择不辞而别。

回去的时候已经凌晨，路上飘来一股酒味。顺着那股味道，我看见两个女孩相互搀扶着蹒跚前行。从背影来看，她们俩应该都属于走夜路危险系数比较高的那种类型。

我跑上前去打了个招呼，问是否需要帮忙。

"谢谢！"倒是有一个清醒的，只是她明显力不从心，说话都喘不上气，"能帮我扶一下她吗？我室友喝多了，实在是扛不动了。"

说话的姑娘面容清秀，身材袅娜，她红扑扑的脸蛋上还冒着热汗，头发也一缕缕粘在额头上，让人看了心生怜惜。

"扶什么呀！我背她回去！"说话时我已在她面前蹲好了马步。我向来古道热肠——特别是在女孩子面前。

这姑娘吓得后退了两步，眼神警惕地打量我，像一只在非洲草原上遇到狮子的瞪羚。这年头人都很奇怪，不怕对自己凶的，就怕对自己莫名其妙好的。但凡在街上有陌生人对你热情有加，无外乎两种可能：不是有所企图，就是精神方面有疾患。

我恍然大悟，转身收起扎好的马步，掏出了我的饭卡："你们也是A大的吧？我是设计系的。"

"哦！校友校友！我们是播音主持系的！"这姑娘听到是校友立马放下戒备，几乎是把醉酒的那个掀到我背上，而后长吁一口气，"真累——"

醉酒的那个四平八稳地趴在我背上，一头长发落在我的脖子上，一股酒味加香水味从我耳朵根子后面扑来，熏得我五迷三道。

"我叫刘菁——怎么称呼你？"这个叫刘菁的女孩一手帮忙扶着我背上的女孩，腾出另一只手张开巴掌扇了扇风，歪着头问我。

"我叫——"我刚一张嘴，背上那个冷不丁冒出俩字："男人，"在我们愣神的当口她吐出了下面一句，"没一个好东西。"听得我瞠目结舌。

"呃，高了高了，对不起！"叫刘菁的女孩扑哧一下笑了出来。

"没事，应该是失恋了吧？"

"呵呵！"刘菁身上没了"包袱"后身轻如燕活跃异常，她一蹦一跳来到我面前，饶有兴致地问道，"你怎么知道？"

"女的失恋都这样，要不感慨男人没一个好东西，要不就问候对方的母亲和八辈祖宗。"

"真的啊？那男的呢？"

"男的失恋一般都喊：谁谁谁，再给我一次机会！"

"哇哦，没想到你还挺有经验的。"刘菁眼神中充满崇拜。

听了这话，我如同吃了一只苍蝇，无比郁闷却也打着哈哈，心里盘算着自己是被人问候夏家先祖的次数多，还是自己喊别人再给一次机会的次数多。

俩女孩住在离校门最远的一栋女生公寓，把人背到门口时我已经几近瘫软。刘菁好不容易才叫醒宿管大婶开了门，又喊来宿舍的其他人——两个穿睡衣的女孩睡眼惺忪、满脸迷茫地从我背上接过不省人事的那位，架着她上楼了。宿管大婶因为不满我们惊扰了她的美梦，嘟嘟囔囔地边骂边关上铁门。刘菁站在门里，我坐在公寓门口的台阶上大口大口地喘着粗气，如同刚被七月的太阳炙烤过的狗。

"真是不好意思，你没事吧？"刘菁关切地问道，我颤巍巍地站起来，冲她摆摆手。

"回去吧！"我抬头看看表：一点零五分，这个时候易子梦都该起过一次夜了。

"喂！"那女孩满脸担忧地看着我，"你行不行啊？"

"呃，还行，回去吧。"被女孩问"行不行"这样的问题多少有些尴尬，我像挤牙膏一样挤出笑容来，而后一手叉腰一手挥舞做告别状。

"那个……还不知道你的名字呢。"女孩期期艾艾欲说还休，脸上彤云晕染，看上去不胜娇羞。

"呃？"我一下子愣住了。

"替我们冰冰问的，她酒醒了好感谢你。"

她说"冰冰"的时候，我并没有意识到一分钟之前还在我背上趴着的那个女孩就是名贯A大的颜亦冰，要是知道——我保证，那晚我一定会失眠的。

"哦，夏拙，夏天的夏，笨拙的拙。"

女孩咯咯地笑了起来："夏拙，夏拙，这名字有意思，你爸妈怎么不叫你夏笨呢？哈哈哈！"

女孩笑盈盈地上楼了，边走边伸出一只手："再见，夏笨笨同学，晚安。"

我怅然若失，坐在台阶上歇了半天才回宿舍。

二、朱红

A城的地形就如一块被咬得残缺不全，再被撕开成一大一小两部分的烙饼，A江就是中间这条被撕开的缝儿，一条狭长的碎屑落在缝里，右边那部分，A城人叫河东，左边那部分，叫河西：河东商贾云集，笙歌达旦，第三产业甚是发达，洗脚城的密度居全国之最，甚至连江水都带着一股脚丫子味儿。所以A城又被人戏称为"脚都"。河西学府林立，书声琅琅，A城人称其为"大学城"，A大就在这里占了一小块地盘。

A大坐西朝东，毗邻A江。到了晚上，不管江水如何浑浊，两岸风光带的华灯都能把江面映照得姹紫嫣红，像调色板在江水里洗过一般；学院背后是大名鼎鼎的Y山，虎啸猿啼是没有的，但蝉鸣鸟叫不绝于耳，早上甚至都能被鸟的啼声吵醒，或者被山风吹醒，恍惚之间还真有种归隐山林独善其身的味道。只是如今世道，少林寺都被传要上市了，何况A大！

A大不仅是A城最好的大学，还是美女最多、质量最优的大学，特别是艺术学院的美女们，堪称"A城的颜值担当"。因此，学院门口的大型停车场一到周末就满满当当，比商场门口还壮观，而且车都是上了档次的——大奔、凌志备受青睐，丰田、现代勉强能进，吉利、长城就丢不起那个人了——人家以为你是开黑车的。

欧阳俊的"三号"谢蕊寒的室友吴曲就碰到过这事儿。吴曲在网上碰到一帅哥，聊得还不错，他自诩有房有车，吴曲在线上也没问房子多大、车是什么牌子。某周末吴曲想逛街，问他能不能接她一下，那哥们儿倒也爽快，答应了。周末那天，吴曲还在被窝里，就听到外面有人扯着嗓子喊她名字，室友们笑着把她从床上拉起来。楼下的小伙子抱着一捧玫瑰花正斜靠在一辆橘黄色小"赛欧"上扮酷，从四楼看下去，刚好可以看到他的头顶已初步具备反射太阳光的能力。吴曲在一片哄笑声中吼了一嗓子"吴曲不在"，才算把"赛欧"打发走。

"有一句话说得好——"在欧阳俊的生日聚会上，吴曲端着硕大的扎啤杯讲完这么一个故事，然后总结性地说了一句语惊四座的话："车子，是男人的性器官！"

这句话如同一枚重磅炸弹，炸得在座的男同胞面红耳赤、两股战战。

"你这话我不大赞同。"作为饭局的组织者，欧阳俊在自己的寿宴上听到这么一句话心中不爽。他正要开口辩驳，却被易子梦插了一嘴："照你这么说，那我们几个——不成了太、太监了？"

易子梦的一句话，弄得桌上另外两名女生面面相觑，有点骚动不安了。她们埋下头去一个劲儿地喝着杯子里剩余的茉莉花茶，但是谁也不知道她们到底有没有喝下去。

"话不能这么说。"吴曲继续举起扎啤杯，说道，"这句话的意思是，车子是男人吸引女人的重要工具——也可以说是道具，等同于男人身上的某个部位。"

桌上除了安哥横眉冷对之外，其余人个个都心悦诚服。而安哥的横眉冷对，更是像大料一般加重了这段对话的口味。

吴曲乐不可支地看着正襟危坐的安哥，捂着嘴问谢蕊寒："这人怎么回事？是不是缺根筋啊？"幸亏安哥有点耳背，不然就算吴曲多一根筋，也让他给抽了。

吴曲身材丰腴但绝不臃肿，带着点唐朝仕女的味道——体态丰腴，骨肉匀称，鹅蛋脸上到处都带着精雕细琢的痕迹，特别是那双眼睛，稍稍往上扬着，眼影浓淡相宜，深深浅浅从眼睑漾开，含着股欲说还休的妩媚。

聚会的地点是A大赫赫有名的"堕落街"附近的"咸丰酒家"，这家店还真按鲁迅笔下的"咸丰酒家"布局，进门是一个折尺状的高柜台，几坛子泡着海马、山参、鹿鞭等乱七八糟东西的药酒装模作样地搁在柜子上，可惜的是没有穿长衫、抿着黄酒数着茴香豆的孔乙己，也没有取笑孔乙己的店小二。里面的桌子是老式的八仙桌，欧阳俊和谢蕊寒坐上座，安哥和易子梦在左，谢蕊寒的两个室友在右，我一个人坐在下手方。

谢蕊寒的两个室友，一个是刚刚自告奋勇讲笑话的吴曲，另一个竟然是刘菁。

"你怎么来了？！"我们以同样的方式跟对方打了个招呼。

"你们认识啊？"谢蕊寒眯着眼上下打量我一番，问道。

刘菁咯咯地笑着不说话。

"哦！明白了！那天送你和冰冰回宿舍的就是他，对吧？"谢蕊寒做恍然大悟状。

"哦！想起来了！想起来了！"吴曲长得像唐朝仕女，性格却比唐朝的李白还豪放，"夏笨笨，对吧？"不等人回答吴曲便兀自大笑起来，刘菁使劲咳嗽都没用。

这一下，易子梦他们几个蒙了。谢蕊寒解释道："大概半个月前的一个晚上，夏……拙同学发扬雷锋精神，把我们家颜亦冰同学背回宿舍了。"

"谁？！"我、易子梦和欧阳俊三人同时问道。

"颜亦冰啊！"

我的额头开始冒汗，下意识地把手伸到背上挠了一把，似乎还想回味一番A大校花颜亦冰趴在我背上的感觉。

"怎么？你不知道？"

我放下伸到背上的那只手："我向毛主席保证，我，真不知道。"

欧阳俊拍拍头做恍然大悟状："你一直念叨的室友'冰冰'就是颜亦冰啊？"

"对啊！"谢蕊寒没好气地答道，"怎么一提这个名字，你们都魂不守舍的？"

谢蕊寒所说的"你们"，当然不包括安哥林安邦。

"没有没有没有！"欧阳俊意识到打翻了谢蕊寒的醋坛子，开始转移火力，"你是不知道，颜亦冰是易子梦的暗恋对象。"

岂止是易子梦？！早在第一学期，"颜亦冰"这三个字便成为整个男生宿舍晚上熄灯后的谈资，易子梦甚至坦言，他曾梦见过颜亦冰。

易子梦急了，骂道："欧阳俊，我、我、我操你——"其实我们都知道他还有下文，可是因为口吃，易子梦的"大爷"迟迟没有出来，于是女孩子们又误会了。

欧阳俊也比较损，抓紧时机辩解道："我和易子梦是清白的！"

这时除了安哥之外大家都笑了，特别是吴曲和易子梦笑得尤为粗犷，两人的笑声如同从山坡上滚下来的两口瓦缸。

"话说夏拙同志，被人骑在背上的感觉如何啊？"欧阳俊这小子，嘴上真是不积德。

我白了他一眼，冲门口打了一个响指："服务员，加副碗筷，再来一套杯具。"

我只是随口一喊，没想服务员真的无比迅速地上了一副碗筷，并找了个啤酒杯放在我跟前。刚刚上菜的时候怎么没发现她动作那么利索？

"拙子，干吗要加副碗筷？还有人来？"

"把颜亦冰叫过来，我要问问她的感觉如何。"

我只是耍耍嘴皮子，却不承想谢蕊寒已经拨起了电话。

"冰冰，那边忙完了没有？"

我想制止已经来不及了。

"快过来吃饭吧，就缺你了。"

"什么饭局那么要紧啊，我告诉你，桌上可是有你的救命恩人，嘿嘿——"

"是啊，是啊！就是那个夏笨笨，哈哈——先过来再说吧！"挂了电话，谢蕊寒笑吟吟地说道，"夏拙你的面子够大啊！下午我们叫她死活不来，说是有饭局，一听说你名字立马就到。"

我的身上已经是汗涔涔的了。

多年以后，我躺在军用帐篷的行军床上，头枕着草绿色的海绵枕头，万籁俱寂，我一遍又一遍地回忆起见颜亦冰第一眼时的场景。

那时她穿着一件卡其色亚麻质地的带着许多褶皱的衬衣（或许是一件披风也未曾可知），打底的是白色紧身T恤；下面穿着一条灰白的紧身牛仔裤，裤子似乎刚好裹住她修长的双腿和曼妙的臀部——没有哪怕一毫米赘余的布料；再往下是一双毫不起眼的帆布鞋，但穿在她脚上、托着这尊美妙的躯体，却显得那么活力十足。

"夏拙，你好！我是颜亦冰。"

在我愣神的瞬间，颜亦冰已经带着一股袭人的栀子花香飘到了我的面前，并且伸出了她那几根葱白一般的手指。平心而论，这是我有生以来第一次跟这么漂亮的女孩面对面。见面之前我的心在狂跳，如同小学时安放在走廊尽头的那盏指示我们上下课的电铃被按响了一般。我不无担忧地以为，如果见到她，我的心或许会因为跳得太剧烈而骤停。但出乎意料，见面之后，我忽然平静了下来。

"你穿旗袍应该很好看。"我握着她的手，十分突兀、像个傻子一般冒出一句。

"呃——"包括她在内的在场所有人都愣了一下。

"不好意思，"我突然意识到自己的失态，解释道，"我的意思是你其实挺有古典气质的。"诚然，从我见她第一眼，脑袋中就蹦出了《诗经》中的那句："手如柔荑，肤如凝脂，领如蝤蛴，齿如瓠犀。螓首蛾眉，巧笑倩兮，美目盼兮。"

"谢谢！"她微微颔首，随后转过头去，冲着欧阳俊："欧阳帅哥生日快乐！"

"啊！啊！谢谢谢谢！同乐同乐！呵呵！"即使见多识广阅人无数如欧阳俊者，碰到颜亦冰也不够淡定，张皇之态被谢蕊寒尽收眼底。

那顿饭在吴曲和欧阳俊的主导下倒也吃得轻松活跃。吃完饭欧阳俊提议去K歌。林安邦拼命摇头，挣扎着说坚决不去那种灯红酒绿、纸醉金迷的地方，但还是被我和欧阳俊、易子梦好说歹说给架了去。

"就一首啊！说好就一首！"安哥满脸庄重，不知道的还以为他耍大牌，"易子梦，帮我点一首《毛主席的战士最听党的话》。"

几个女孩面面相觑，易子梦倒腾了半天，说："安哥，实……实在是不好意思，没……没有那啥毛主席的战士，要……要不给您换一首吧！《那一夜》怎么样？"

"庸俗！"安哥严肃地批评，"有没有《精忠报国》？没有我就回去了！"

"有有有有有！"易子梦诚惶诚恐，唯唯诺诺。

于是欧阳俊的生日主题KTV在"狼烟起……"的豪迈旋律中开始了，当唱到"要让四方……来贺"的时候，安哥面红耳赤、青筋暴起，右手高高举过头顶，如同英勇就义的革命者一般。

安哥唱罢，掌声雷鸣，吴曲还十分应景地尖叫起来，跳过去要跟安哥拥抱。这一下把安哥吓得不轻，他从吴曲腋下钻过，夺门而逃，留下吴曲放肆大笑。

易子梦自告奋勇，点了一首刚才安哥没唱的《那一夜》。易子梦的嗓音尖厉，如同猪尾巴被门夹住一般，唱到"那一夜你没有拒绝我，那一夜我伤害了你……"的时候，我们感到周身寒彻，鸡皮疙瘩纷纷"破土而出"。

> 那片笑声让我想起我的那些花儿
> 在我生命每一个角落静静为我开着
> 我曾以为我会永远守在她身旁
> 今天我们已经离去在人海茫茫
> ……

嬉笑之中，颜亦冰已经开唱，曲目是范玮琪的那首《那些花儿》。歌声慵懒随意，带着淡淡的忧伤，像在讲述一个不经意想起的故事，又像在回忆一个几乎忘却的朋友。

我沉溺其中，一种莫名的情愫从心底涌了上来，我定定地注视着这个女孩的侧脸，目光拂过她精致的五官，缠绕在她披肩的秀发上……

唱完之后，颜亦冰回到了沙发上，我靠上前去，递给她一瓶饮料，赞叹道："唱得真好，比原声还动听。"

她看了看我，笑着答了一声"谢谢"，随后闭上眼睛，揉捏着自己的鼻梁。

"怎么了？"

"太闷了，头有点晕。"

"要不……"我咽了一口唾沫，带着底气不足的声音邀请道，"出去走走吧？"

颜亦冰停止手上的动作，睁开眼睛打量了我一下，似乎确定没有危险了才答道："好啊。"

说罢，她也不待我回答就起身跟欧阳俊、谢蕊寒他们打个招呼，接着拎包出去了。

我怔怔地坐在角落里，似乎好久才反应过来她这句话的意思。

我按捺住激动，赶紧找借口向他们告辞。

"拙子！"欧阳俊冲我眨了眨眼睛，做了个"拿下"的手势。

我笑着挥挥手，带上了包厢那扇厚厚的门。

颜亦冰抱着腿坐在江边的草地上，凝望着对岸的杜甫江阁，她的头发被风一缕缕吹起，露出精致的耳廓，像一个美妙的梦境，看得我怦然心动。

"来了？"

"在一边看你很久了。"

"呵，"她扭过头，"听歌吗？"

不等我回答，她摘下右边的耳塞，塞在我耳朵里。

是披头士的*Hey Jude*，旋律动人。

秋夜里的A江，像一个倦怠的孩子，没有了白天的喧嚣和聒噪，只是安静地蜷缩在这座城市的怀抱里。风轻轻的，带着一丝温度，如同鹅毛抚过脸颊一般，让人感觉通体舒畅。不远处有浪花在轻轻拍打江岸的声音，像一支温情的童谣。

"夏拙？"

"嗯？"

"那个……呃……上次……对不起啊。"她冲我笑了笑，倒是看不出有没有愧疚之意。

"没事的，荣幸之至。"我转过头去，有些八卦地问道，"怎么喝那么多酒？跟男朋友闹翻了？"

她定定地看着我，似乎只消一眼便将我的小企图看穿。

我转过头去，试图躲避她锐利的目光。

"怎么这么问呢？"

"呵呵，听你在喊'男人没一个好东西'。"说完我兀自笑了起来。只是颜亦冰似乎不大认同其幽默效果，漫不经心地笑了笑。

"抱歉抱歉!"我止住幸灾乐祸的笑声，一本正经道，"如果你乐意考察，我倒也许算得上。"

颜亦冰转过头来认真地打量了我一眼，没有说话，却咯咯地笑了，笑了好久才停住。

"我那天其实是陪酒喝醉了。"

"陪酒？!"我有些吃惊地看着她，下意识地将身子往远离她的方向挪了一挪。

"对，"她轻叹一口气，"陪酒，陪人喝酒。"

"为什么？"我的情绪有些莫名的激动。

她白了我一眼，继而转过脸去，表情淡定："生活需要。"

"我不是嗜酒，"她定定地看着我，表情严肃，一本正经，"我喝酒是为了赚钱。"

我愕然。

"这么跟你说吧，"她郑重其事地打量了我一眼，然后转过头去看着对面的夜色，"我在外面做兼职——迎宾、礼仪、模特……什么都做，有时还陪人吃饭、喝酒。"她淡然地看着我错愕的眼神，笑着解释道："当然，仅此而已。"

"唔——那很辛苦。"我失语了，想了半天才接过话。

"还好。"她手指纤细，拨弄着自己的头发。

"那……恕我八卦。这些工作很赚钱吗？比如说吃饭。"

"还行吧。"

"具体是多少？"

"不一定。三五百的差不多，八百一千的也有。"

她用手轻轻地抚弄着衣摆，眼神淡定，笑容平和。

"那天喝成那样，是为了多赚五百块钱。"她补充道。

"一顿酒赚一千，你愿意吗？"她突然转过头来，调笑着问我。

我摇摇头，又点点头，继而不知所措。

我或许有些愤怒，却不知愤怒来自哪里。

当时我有一个无比真挚却又无比愚蠢的想法：我多希望自己有一大笔钱，每天雇她陪我喝酒吃饭。

"平常喜欢做什么？"她看出了我的窘迫，岔开话题。

我告诉她，除了看书、涂鸦外并无特别爱好，偶尔会一个人出去走走。

"你说的是旅游吗？"

"算是吧，又不完全是。"

"一群人？"

"我说了，一个人。"

"没有'驴友'什么的？"

我笑着摇摇头，我没有专门的旅游计划、户外装备、旅行攻略什么的，更别说"驴友"了。

"那你都去过哪里？"这个话题显然引起她极大的兴趣，但事实上我恐怕要让她失望了。

"倒也没去过什么大地方。"为避免误会，我解释道，"主要是A城周边的几个县市，也去过江苏无锡、福建永定、安徽徽州还有山西朔州什么的。"

"都不是什么名胜吗？"

我告诉她，景点是专门让人看的，有些涂脂抹粉的做作感；而真正美妙的山水是不会等着你过去的，你来之前、你走之后它都是这个样子。

"就像一个素面朝天的女子，不会为了见你一面而浓妆艳抹，她平静而闲散地活在她的世界中，却成就了别人眼中最美的风景。"

她似懂非懂，双眸在A城的夜色中扑闪着，透着难得的孩子般天真的光芒。

话说回来，我去那些地方有时并非为了风光景色或者风土人情什么的，只是单纯地想出去走走而已。

"就像在屋子里待太久了，总需要出去透透气一般。"

她越发疑惑地望着我，摇摇头。

没有计划，漫无目的。走到厌烦了再搭车回来，就这样。我说。

话说回来，旅行的目的原本就是过程。如同我们的人生，终点总是原点，而人生的全部意义就在人生这个过程中。

她双肘搁在膝盖上，双手托腮，歪着头端详我许久，嘟囔了一句"真是个怪人"，就安静了。

"对了，你父母是不是有人搞音乐？我看你的嗓音特别好，遗传的吧？"

"不是。"颜亦冰的回答冰冷坚硬，如同裸露在寒风中的铁栅栏。

又是沉默。

随后无论我如何努力，总是找不到合适的话题。气氛有些尴尬——和女生相处的时候聊天扯淡组织语言对我来说并非易事，就像一台报废的拖拉机上路，你不知道它开到哪里就突然"趴窝"了。而在这一点上，欧阳俊的天分颇高，他跟人说话——不论男女，都能如眼前的A江一般奔流不息。

我觉得无聊透顶，索性拦了辆的士送她回去。

在车上，她一言不发，我也是。气氛冷得像午夜的周遭。

回宿舍已是凌晨一点半。我蹑手蹑脚不敢惊扰他们，不料他们一个一个眼睛瞪得老大。

"站住！干什么去了？"

我嘿嘿笑着，不做解释，这让他们更加确信我是干了坏事。欧阳俊和易子梦轮番问我在哪里开的房，感觉怎么样，等等。这俩小子不学刑侦真可惜了。

我依旧是笑而不语，洗漱上床，直到安哥吼了一声"龌龊"，他们才算闭嘴。

"晚安。"我犹豫许久，发了条信息过去。一个小时过去了，没有动静。"或许她是睡了""或许她是睡了"，我一遍又一遍地唠叨着，辗转反侧，直到清晨。

> 我也说不清究竟是什么时间、什么地点，看见了你什么样的风姿，听见了你什么样的谈吐，便开始爱上了你——那是好久以前的事，等我发觉自己开始爱上你的时候，我已经走了一半路了。
>
> ——《傲慢与偏见》

三、钴蓝

2006年秋天，也就是我的大学生活过去一半多一点的时候，我发现自己陷入彻彻底底的空虚之中。少年时代那种对万事万物的好奇心和求知欲与日俱减，而不惑之年又尚未到来，换句话说：我对这个世界一知半解，却丧失了认知世界的热情。我突然之间变得浑浑噩噩，就如猛地被一股力量推进了层层云雾之中；我看不见前方的路，也踩不实脚下的步子。我心生恐惧，却不知恐惧来自哪里；我焦躁不安，却不知找谁发泄和倾诉。我不再像刚进学校时那般中规中矩，甚至老师喊"上课"时还会忍不住起立。我把能翘的课全部翘掉，留下成块成块的时间在图书馆看闲书，或在画室里画那些无聊的令人生厌的坛坛罐罐和石膏像。我每天要盯着手表看上无数次，期待表盘上的指针走得快点、更快一点，而躺在床上的时候又会觉得难以入眠。

我想，即使这种状态不算正常，在学生当中也相当普遍：易子梦终日与电脑为伴，不是玩"传奇"就是看小电影，他的160G大硬盘里满满当当地塞着拷贝的、下载的、翻录的等千辛万苦收集的各种小电影——作为一个生活邋遢的学生，他的硬盘整理得倒是十分整洁有序。我们一致认为，就凭易子梦整理影片的专业水准，完全有能力胜任图书馆馆长的工作。欧阳俊奔波于几个女友和几个社团之间，可谓殚精竭虑、宵衣旰食。我们曾为欧阳俊的女朋友们的编号展开激烈辩论，我建议从大写字母A一直往下排，这样可以排到F或者G。但是易子梦不同意，原因是他对字母A有些过敏，一听人提起这个就有整理硬盘的冲动。他提议用天干地支："子丑寅卯甲乙丙丁挺好的，挺有中国特色。"我笑问道："那我问你'午'后面是什么？'申'前面又是什么？"欧阳俊想了想便不耐烦了，说干脆用数字，从一号往下排，顺溜！

我们在讨论这个问题的时候，安哥背着我们摇了半天头，哀叹："垮掉的一代，垮掉的一代啊！"我们深感惶恐："安哥！你可不能垮！中华民族崛起的重担可就全压在您身上了。"

平心而论，尽管我们有事没事就挤对安哥，但我们相处得还是比较融洽。众所周知，大学男生宿舍可能是锤炼人在极端恶劣环境下的生存能力的最佳场所：垃圾总是溢出篓子也不会有人倒，烟头、啤酒瓶和长了毛的橘子皮堆在墙角，装着剩汤的方便面盒子就摆在桌子底下——老坛酸菜、泡椒牛肉等各式风味弥漫在并不通透的宿舍里，还和着千篇一律的臭脚丫子味——有的男生的袜子是一次性的，从节能减排的角度出发，多数人非要左右两边各穿出一个洞来才肯扔掉，而袜子在被穿破之前，哪怕是起了厚厚一层硬壳，也很少有人去洗。所以，不论何时，脚臭味是一部分男生宿舍里不变的主旋律。

相比之下，在整片公寓中，我们宿舍几乎可称得上"氧吧"了：地板纤尘不染，窗户通透亮堂，书本、桌椅、垃圾篓摆放中规中矩，从不越界，连灯管都要每周卸下来擦一次；安哥的床铺——进门的那个上铺更是让人吃惊：淡蓝色床单抹得平平整整如机场跑道，军绿色被子方方正正保留着去年开学军训时教官叠出的造型，谁能相信他每个晚上还要摊开被子睡觉？更不用说他每天早上六点半起床，花十分钟整理被子、床单，然后风雨无阻地出去晨练了。安哥就是这样，从不超过六点四十起床，从不在晚上十点半后卧倒，从不迟到、早退、旷课……虽然大多数时候他很严肃，有时甚至很迂腐，却深受我们敬重。他从不过多干涉我们（至多在实在看不下去的时候摇头叹息），却用心良苦地感化着我们。他每天都会买回《参考消息》《环球时报》之类的报纸给我们传看，尽管我们知道网上新闻更多，应有尽有，但我们还是乐意认真阅读，遵照安哥指示：胸怀天下。

当然很偶尔的时候，安哥也会很突然地幽我们一默（他自己往往感觉不到），譬如说，有一个晚上他突然问我："拙子，现在的女孩子对性都这么开放吗？"

他这一句算是灵魂拷问，把我们都给问蒙了。

"应该……也不全是，"我回应道，"也有个别保守的。"

"那不是保守！"安哥听起来怒不可遏，"那是本分和正派！现在的很多女生实在是——太堕落了，当然，男生更是，包括你们！"

我们噤若寒蝉。

安哥见我们不吭气，沉思良久，郑重宣布："不论别人如何，我是要等到结婚才……那什么的。"

我们再也忍不住，笑翻在地。

笑过之后，安哥再次发问："拙子，你说，大学里怎么会有吴曲那样的女孩子？"

"吴曲怎么啦？"

"盯着钱袋子找男朋友，一开口便是房子车子，没什么别的人生理想和追求。太物质了！"

我知道这个没法跟安哥解释，因为现实便是如此，一目了然。而"吴曲"现象，在当今的大学里实在是普遍极了。

"还大学生呐！垮掉的一代，垮掉的一代……"后面的两句他说得嘟嘟囔囔，明显在自言自语。

我们面面相觑，没有作声。

"还有，哪有女孩子随随便便就搂搂抱抱的，也太不——那什么了。"安哥对上次被吴曲吃豆腐的事情还耿耿于怀，他说着说着脸竟然红了，只是不知是出于愤怒还是因为害羞。

"是的是的，太不靠谱了。"我赶紧附和，若非如此，他非得唠叨到熄灯不可。

正说着，欧阳俊的电话响起。

"是吴曲。"听到"吴曲"两个字，我感觉安哥的身体明显晃了一下。

"约我们周末去郊游，怎么样？"欧阳俊捂住手机问我们仨。

"好啊好啊！"易子梦一听跟女生出去郊游，立马两眼冒绿光。我点头表示同意——平心而论，在这秋高气爽的11月窝在宿舍实在是暴殄天物。

更为关键的是，我能名正言顺地见到颜亦冰——上大学以来，还不曾有人让我如此心驰神往，躁动不安。

安哥没做表示，算是默认了。

"全票通过！"欧阳俊对着电话回应道，"我来安排。"

周末，我们按计划集合在A大的大门口。安哥、欧阳俊、易子梦还有我，看起来一个个都是认真做了准备的，特别是易子梦，头上抹了欧阳俊的啫喱水，一根根头发傲然挺立；有趣的是安哥，他穿了件浅灰带紫色菱形格子羊毛背心，里面配着浅蓝色竖纹衬衣，鼻梁上还架着一副金色边框眼镜，看上去温文尔雅、风度翩翩，只是跟他那张不苟言笑的脸颇为不搭。

"怎么了，拙子？衣服有什么问题吗？"安哥诚惶诚恐。

"没有没有！相当帅。"我收住笑容，一本正经地回答，"只是和你以往的风格不大相似。"安哥过去总是白色衬衣、深色裤子、黑色皮鞋，衬衣最上面的扣子都得扣上，腰带总是系在肚脐眼上方几厘米的位置，皮鞋永远是双耳系带的。

"这是……欧阳俊帮我挑的，我也觉得……挺别扭。"

"没有啊，安哥！这衣服穿你身上相当有型！是吧，拙子？"

"简直就是为你量身定做的。"

"看样子安哥是动了凡心，"易子梦说，"不过我可告诉你，你打谁的主意都可以，就是不能打刘菁的，我已经预定好了。"

安哥听了大骂易子梦"不要脸"，我们在旁边笑作一团。正闹着，另一拨人到了，走在前面的是谢蕊寒，吴曲和刘菁紧随其后。

"咦？怎么缺一个？"欧阳俊帮我问道。

"冰冰今天有事，来不了。"谢蕊寒回答。

"给一家影城当模特去了！这小妮子倒是周末都不忘赚外快。"吴曲道出缘由。我正沉溺在自己小小的难以名状的失落中，突然被吴曲的大嗓门儿吓了一跳："哇！林安邦，今天很fashion（时尚）啊！看不出来你虽然面相老成，但也是个帅哥嘛！"

安哥的脸呈猪肝色，腮帮子鼓起来像含了两个鸡蛋，幸亏欧阳俊的一声"抓紧上车"及时缓和了气氛，否则后果真是不堪设想。

刘菁跑到我面前，招呼道："最近还好吗？"

"百无聊赖，"我诚实地回答，"你呢？"

"彼此彼此。"她咯咯地笑道，牙齿如雪一样白。

欧阳俊租了一辆"金杯"商务车，七个人加上一些吃的喝的刚好装满。他又从别处借来一副烧烤架，一个铝锅，从超市买来新鲜鱼头、火锅料，穿好的生牛肉、鸡翅等，连啤酒和软饮都备齐了。你不得不佩服他考虑周全、办事细致。

欧阳俊是个什么样的人呢？首先，他智商超群，这一点从他同时与几个女孩相处而没有发生任何难以收拾的状况便可以管窥一二，据说他是以那一届最高分的成绩进A大的，但我们所知道的是，他每天把精力花在女孩子身上，却照样拿最高奖学金；其次，他的父亲是个市局级领导，母亲在银行上班，金钱和权力是他的家庭给他提供的两根让人艳羡的粗壮脐带；第三，他本人仪表堂堂，玉树临风，浑身上下散发着阳刚之美，并无娇生惯养的"面"气和"粉"气。

欧阳俊似乎跟谁都能称兄道弟，找谁帮忙都简单得跟打哈欠一般，即使是夜不归宿，宿管也睁只眼闭只眼（在其他人面前宿管可并非如此）。他善于团结别人并发号施令，让大家心悦诚服地跟他走。他身兼数职——团委书记、社团领导、反日联盟领袖等，不一而足。

他"长袖善舞"，左右逢源，处理任何事情都显得游刃有余，而当他只身一人的时候，又显得孤独而敏感。他有时会拿着一沓照片或信件端详半天，有时会反复听一首曲子直到流泪（当然这只被我撞到过一回），甚至有的时候，他会问我是否相信生死轮回，是否存在因果报应这样的问题。

我想，在他那青春明媚的外表下面，也有些阴暗如泥沼一般、阳光照射不到的角落，这是我们难以察觉也无力拯救的一个现实。

欧阳俊的日记本扉页上记录了这样一段话：

> 人是什么？一块软弱的墓碑，时间的牺牲品，命运的玩物，一个倒霉的影子。有时受到嫉妒的折磨，有时受到厄运的捉弄，剩下的只是黏液和胆汁。
>
> ——亚里士多德

"拙子！给大家讲个段子吧。"欧阳俊看车上的气氛稍显沉闷，便鼓动我活跃一下气氛。

"好，那我讲个——有一只小白兔在树林里迷了路——"

"停——停——停——停——"易子梦喊停都要重播四遍，"这个，都听过八——八百遍了。"

"那我讲个易子梦吃粉的故事吧。"我挤对道，一看易子梦笑着没反对便讲了起来。

有天早上易子梦去粉馆吃米粉："老板！下碗米粉。"

老板说："米粉卖光了，只有面。"

"那我下——"这时老板以为他要下碗面，于是把面往锅里一扔，等做好捞出来才听到易子梦的下文，"下——下次再来。"

老板瘫倒在地。

大家听了爆笑。易子梦也不恼，只是笑着骂了我一句："拙子，你——你大爷的！"

"再讲一个，再讲一个！"刘菁鼓动起来，周围立马起哄。

"好吧，再讲一个，今天就贡献我压箱底的笑话吧！"我压根儿就经不住劝，把自己高中的亲身经历抖了出来：

有一天我吃坏了肚子，要上厕所，但手纸用完了，便找同桌女生要。

"有没有手纸？我要上厕所。"

"有！"女生很大方，拿出一卷纸来，很自然地问道，"大的还是小的？"

我纳闷，问道："小的还要纸吗？"

全车的人都笑翻了，只有安哥在那里冥思苦想："笑什么啊？就是啊！小的还要纸吗？"

这下连司机都笑得抓不住方向盘了。

吴曲一只手捂着肚子重复道："没得救了，没得救了。"

只有安哥在那里陷入沉思，看那阵势如同爱因斯坦在思考宇宙能量是否守恒的问题，周遭的笑声渐渐远离他的世界……

车开了半个多小时，窗外的景致已和A城无关了：道路变得纤细，因为车少的缘故却显得更通畅，路旁是稻田，像乌龟的甲壳一般被长满毛豆的田埂划分成一块块——并不规整，却错落有致。眼下正是秋收时节，稻田中有等着收割的饱满稻穗，如同给大地盖上厚实的黄袍，在阳光下反射着华丽的金光；有已完成收割的，田中只剩下桩子一般齐刷刷竖立的禾茬，露出泥土的本色，数米高的草垛一个个如巨型甜筒般散落在田间，远远看去像极了欧洲童话中的城堡；还有些正在秋收的稻田，打谷机轰鸣，汉子们戴着草帽，将成捆的稻穗高高举起，再伸进机器中，动作如舞蹈般充满了张力和美感；待收的稻穗在村妇的镰刀下齐刷刷地、飞快地倒下，十分壮烈的样子；蝗虫和蚂蚱被端掉了老窝，扑棱着翅膀四处逃窜，有攀附在树上、电线杆上的，也有撞在车窗上的，还有夹着泥土的清新气息飞进车内的，引得女孩们阵阵尖叫。

车驶离了喧嚣，沿着蜿蜒的公路上山，公路的尽头是一所小学——只有两个教室，十六七套桌椅，桌子有的刷着红漆，有的刷着绿漆，有的干脆是木头的原色；椅子更是参差不齐，缺胳膊少腿，甚至有用砍断的树根替代的。黑板上星星点点，满是被不知什么砸出的坑，平整的地方却大大方方写着"上""下""大""小""人""口""手"等汉字。整座学校简陋得让人心疼。

"夏拙，"刘菁叫住我，悄声问道，"你身上带零钱了吗？"

"带了，你要多少？"我有些疑惑地打开钱包，"这附近可连小卖部都没有。"

"嘿嘿，我知道！"刘菁神秘地笑了笑，解开自己的钱包，把十块的人民币都拿了出来数了数，然后又把我的凑一起数了数，自言自语道："刚好。"

"你——要干吗？"我禁不住好奇。

"干点有趣的事。"说罢，她拉着我的手冲进了教室，往每张课桌里放了十块、二十块不等的零钱。

"想象一下：孩子们周一跑过来上学，看到课桌里的零钱，会有多开心啊！"说完刘菁自己开心地笑了。我也笑了，心想这真是个善良的女孩。

学校外面，他们几个正盯着一棵树看。那是一棵苍翠的松树，树干挺拔，虬枝横生，黛青色的松针成簇，如一把把扇子伸向远方，树上的标签显示："树种：马尾松；编号：021；科名：松科；树龄：700……"

"哇！700年！"吴曲夸张地感慨。

"应该是元代种下的。"安哥应道。

"700年前是元代吗？"吴曲歪着头眨巴着眼睛摆出一副勤学好问的样子。

"1206年到1368年。"

"林安邦，牛×啊！这都记得。"吴曲夸人跟骂人一样，毫不吝啬。

安哥瞪了她一眼，正色道："女孩子能不能不要讲脏话，听了难受。"

吴曲手里正捏着一张面纸，听了安哥的批评后也不恼，利索地把纸撕成两半，做成两个小纸团，递到安哥面前。

"干……干吗？"

"塞住你的耳朵眼啊！喊！"吴曲翻了个白眼，嘴里嘟嘟囔囔地扭头走了。留下安哥在那里气得两片嘴唇直哆嗦。

看样子，一根比这棵700年的树还粗的梁子从此结下了。

学校后面就是被称为"黄思岩"的最高峰，我们挑了块靠近山泉的平地，从车上卸下锅碗瓢盆和吃的喝的，忙活起来。

"安哥、吴曲拾柴火，我和小谢烤肉，拙子、菁菁还有易子梦挖灶做火锅。"欧阳俊果然是领袖人物，安排野炊都是滴水不漏。

吴曲看上去兴致很高，扯着安哥的胳膊就往林子里面钻。

"干、干啥？"易子梦口吃的毛病似乎传染给安哥了。

"没听清指示吗？我跟你拾柴火啊！赶紧赶紧！等下没火做饭要拿你是问！"吴曲似乎早把刚才的斗嘴抛到九霄云外，一个劲儿把安哥往林子里面拽。

刘菁在那儿看得乐呵了半天，突然转过头来冲我说："你们几个太坏了，把吴曲和林安邦分在一起，那不明摆着要掐嘛。"

"好戏在后头，"欧阳俊笑道，"拙子，打不打赌？这两个人以后一定好戏连连。"

我笑道："都不带插播广告的。"

易子梦颠儿颠儿地跑过来："菁菁（这小子连称呼都改了），我们去洗菜吧？"

"好啊！"刘菁笑着应承道，看了我一眼。

"拙子，你辛苦一下，给咱挖个灶出来，等下煮、煮鱼头火锅。"易子梦边吩咐我边跟着刘菁去溪边洗菜，然后腾出一只手放在背后，竖了个大拇指。

我笑着骂了句"孙子"就埋头挖灶。

灶挖好了，洗菜的没见上来，拾柴火的也没见回来，做烧烤的倒是利索，先烤好两串，你喂我一口我喂你一口地吃起来，我看得口水直流，索性一个人去捡柴火。

此时的颜亦冰，或许正优雅地站在某个大型影楼的玻璃橱窗里，就如一尊静放在天鹅绒台布上的青花瓷，在钠灯温暖的光线投射下，接受无数路人的瞩目。

她的身上似乎散发着一股难以言喻的神秘气息，诱使你走近，而当你真正走近的时候，她的眼神却如一道看不见的墙，生生地拒你于门外。

我是该做一个勇敢而莽撞的欧洲骑士，不顾一切翻过那道高大的城墙，还是该像一尊石狮一般，日复一日地守候在她的门前，只为远远地看着她，就如天鹅绒上的钠灯，日复一日地照着那尊青花瓷？

我拿出手机，拨完她的手机号，却迟迟不敢按下绿色的"Call"键，于是删除，再拨。如此反复纠结许久，我把自己弄得焦头烂额、急火攻心。

突然电话响起，如同电流一般刺激了我正濒临崩溃的神经，手机掉在地上，我捡起来一看——颜亦冰。

"嗨……"我拼命压抑住内心的狂喜。

"好玩吗？"

"还行，就缺你了。"

"没办法，跟影楼约好了。"

"嗯，收入不菲吧？"

"还行吧，拿了三百。"

"请客吧！"

"好啊！"本是一句玩笑，没想到她竟然答应了，让我多少有些意外。

"真的？"

"那算了。"

"别——在哪儿？什么时候？"

"就今晚吧！米罗咖啡。不见不散。"挂电话前颜亦冰补充一句，"不许迟到。"

我已经开始盼望着这场郊游早点结束了。

挂了电话，刘菁他们的菜也洗完了。"我说你们是不是每一棵菜都要掰开洗十遍啊？"我笑着调侃。

"我就说嘛！洗两遍就够了，这家伙洗个菜磨磨叽叽，还说什么从大家健康角度考虑。"刘菁抱怨着，"你看！这菜帮子都给洗烂了！"

"洗洗更健康嘛。"易子梦随口辩解道。大概是意识到话讲错了，话音刚落他赶紧捂住嘴。刘菁的脸一阵红一阵白，骂了一声"龌龊"就走了。

我打着哈哈，向易子梦投以鄙夷的眼神。易子梦看都不看我，一副小人得志的样子。

火生好后我们把水烧开，把鱼头放进去，鱼头熟了再下火锅料和"老干妈"，不一会儿鱼汤的鲜味就直往外冒，馋得我们哈喇子直流。

"奇怪！安哥和吴曲呢？"欧阳俊问道。我们才突然想起还有两个人没回来。

"对啊！怎么还没回来？都四十分钟了。"

"就是要干点啥，也该整完了啊！"

谢蕊寒无比诧异地瞟了易子梦一眼。

"该不会山上有野兽什么的吧？"刘菁扑闪着大眼睛无比天真地问道。

"不会的，可能是绕远了吧。"

正说着，远远地看着安哥挽着吴曲的胳膊过来了。

"天哪！这也太快了吧？"

"你们看！"易子梦提高声调，"吴曲还穿着安哥的衣服！"果然，安哥的羊毛背心真套在吴曲的身上。

"神速！"老实说我跟易子梦其实是一丘之貉，脑子里也尽是些不干不净的东西。

"神速！"欧阳俊"跟帖"。

"真他妈神速！"易子梦加了三个字，又被刘菁瞪了一眼。

"我还以为林安邦是个书呆子呢，没想到这么厉害。真是真人不露相啊！"谢蕊寒发出了由衷的赞叹。

"我看不是这样的，曲姐的眼光高着呢。"刘菁笑道。

"对了！等下不该问的不许多问，哪怕再好奇——特别是易子梦。知道吧？"欧阳俊交代道。

"哎，过来帮忙扶一下，她脚崴了，衣服也给刮破了。"安哥喘着粗气。

"哎呀没事，林安邦！我能走！你别小题大做行不行啊？"吴曲的话明显有一丝娇嗔的意味。

"好！我小题大做。"安哥气鼓鼓地甩了膀子，张了张嘴准备解释先前发生了什么，看大家保持缄默也就不提了。

开饭！

啤酒、烤肉、鱼头青菜火锅，还有吴曲带来的便携式音响，配上秋阳、暖风、秀水青山，简直是绝了。

美中不足的是鱼头火锅有些咸，刚刚刘菁看我放盐，觉得好玩抢着要放，结果一袋盐被她毫不留情地倒进去三分之一，我放了好多水还没稀释过来。

"为了这次成功的聚会，干杯！"欧阳俊倡议。

"干杯！"

"为了我们美妙的青春，干杯！"易子梦拽起了文。

"干杯！"

"拙子，到你了！"易子梦提示道。

"为了今天的灿烂阳光，干杯！"

"干杯！"

"哎，火星男！到你了。"吴曲碰碰安哥。

安哥昂首挺胸站起来，语气豪迈得如同主持春晚："为了祖国的繁荣昌盛，干杯！"

话音刚落，吴曲嘴里的啤酒就尽数喷到了他的裤子上。

……

在从"金秋火锅烧烤之旅"回来的路上，大家兴致勃勃、兴高采烈——他们开心是因为这场成功的聚会，而我的开心却还因为五个小时后将要奔赴另一场甜蜜的约会——当然，这是我一个人的秘密。

事实上，这场约会被颜亦冰以"有事"为由推迟到十一个小时后的凌晨一点——其实，那已经根本不算约会了。

"能来接我一下吗？我在'希腊神话'……"

她的电话在午夜时分把我吵醒，我还没吭气那边就挂了电话，我狠狠地骂了一声就火急火燎披上衣服往外跑。

"希腊神话"在河东的酒吧KTV一条街，这里号称A城的"三里屯"，白天萧条沉寂，而只要夜幕降临，便纸醉金迷、灯红酒绿，通宵达旦地上演层出不穷的奢靡和放纵，整个A城都淹没在它的霓虹和笙歌之中。

如果说此时的酒吧街是一个巨大的舞池，那么"希腊神话"无疑是舞池中最迷人、最夺目的那位领舞。这里以高贵的装潢、高档的服务和高昂的消费闻名于A城。

我赶过去的时候，她正斜躺在如室内篮球场一般宽敞的大厅一角的真皮沙发上似睡非睡，酒味扑鼻。背后是一幅数十平方米的壁画《与爱神抗争的少女》——十九世纪下半叶法国画家布格罗的作品——当然，是复制品。不过它重点似乎不在表现少女遭遇丘比特时幸福又害羞的唯美场景，我想裸体和乳房成了这幅画作置身于此的唯一原因。倒是画上那少女迷离和拒绝的眼神，和沙发上的颜亦冰有几分相似。

颜亦冰，你是不是也在拒绝着丘比特的金箭呢？

"你来了？我还以为你不会来。"她浅笑着，兀自把头转过去。

"我也这么以为。"我有些反感又有些心疼，扶着她就出门了。

A城的11月已是深秋，路灯在夜幕下投出橘色的光线，路上因为车辆稀少变得异常宽敞、冷清，子夜的瑟瑟寒风顺着裤腿往上钻，让人禁不住发抖。我把外套脱下来给颜亦冰披上，一只手扶着她，另一只手拦下的士。

"到哪儿？"

"A大。"我看了看时间，想了一下，改口道，"到北门口的'7天酒店'吧。"

颜亦冰抬起眼皮瞟了我一下，又合上，两靥轻笑，亦醉亦醒。

女生宿舍是十二点关门，男生宿舍虽不关门，但也隔得太远了。我在"7天酒店"找了个三楼的标间，把她背上楼扔到床上，脱掉靴子盖好被子。安顿好她后，我也困得不行，趴在另一张床上倒头就睡。

醒来的时候已是十点左右，我睁开眼时吓了一跳，使劲晃了晃生锈一般的脑袋，把昨晚的场景细细过了一遍才想起来。扭头望去，另一张床上已空空如也，桌上放着一杯绿豆汁、一个鸡蛋、一块面包。

我拿起电话翻出颜亦冰的号码，拨通了却没人接。

我长叹一声，继续躺在床上，直到中午被人催着退房才起来。

此后的近半个月，颜亦冰杳无音信。

我的大学生活，也波澜不兴。

四、翠绿

12月，A大突然热闹起来。一年一度的大学生艺术节在塑胶球场隆重开幕，舞蹈大赛、歌手大赛、画展、设计沙龙同时铺开，校园顷刻之间变得乱哄哄的，如跳蚤市场。

美术设计系的学生被通知每人交一幅作品参加美术年展，也作为美术基础课的考试，题材不限、内容不限。我迟疑半天，交上了历时一个月、早已画好的油画作业。

后面的效果是我没想到的，我的作业被评为一等奖，并挂在了A大那座华而不实的图书馆的大厅里，每天供人"观摩欣赏"，据说艺术节闭幕的时候学院领导还要给我颁奖。

果然，闭幕式的时候，我被通知穿戴整齐上台领取"A大第三届艺术节美术摄影大赛西洋画组一等奖"，有趣的是跟我同台领奖的竟然还有颜亦冰，她拿的是"A大第三届艺术节歌手大赛民歌组一等奖"。我们按照彩排好的：先向颁奖的学院领导鞠躬、握手，接受他们煞有介事的祝贺和鼓励，再举起奖杯、挥舞证书向人群致意。她的动作行云流水，一气呵成，而我却如农村老汉过红绿灯，张皇失措，大汗淋漓。

下台后，我跟颜亦冰打招呼："祝贺你。"

她看看我，浅笑道："想从我这儿也听点过年的话吗？"

我笑着说："那还是等过年再说吧。"

她瞟了我一眼，眼神千娇百媚的，突然无比严肃地站在我面前，问道："这次画的是什么？"

"油画啊！"

"我知道是油画，我是问画的内容是什么。"

我画的是一双眼睛——一双镶嵌在蔚蓝色天幕中的眼睛。第一次和颜亦冰对视，我就发誓要把这双眼睛放进我的画框里。

我目光有些闪烁："这怎么说，你看看不就知道了？"

"我已经看过了，"她盯着我的眼睛，目光炙热，让我猝不及防，"夏拙，告诉我，你画的那双眼睛，是不是你现在看到的这双眼睛？"

是的——那双洗过的黑葡萄一样闪着光彩的眼睛，带着勾魂摄魄的魅力，带着欲说还休的韵味，带着清高和冷漠，带着睿智和优雅，似乎只要她目光所及，一切都变得如玻璃般透明而脆弱，根本经不起她的凝视。

"告诉我，是不是？"她的眼神带着些莫名的威严。

"是的！"我无比坦诚，不再躲闪，把目光迎向她，迎向她那犀利的眼神。我甚至能在她的瞳孔里看见自己的影子，能听到目光碰撞引发的清脆如玻璃的响声。

她的眼神突然柔和起来："为什么要画我的眼睛呢？"

我不想让她满足虚荣心的小算盘得逞，恶作剧般回答："因为大嘛，好画。"

她白了我一眼，走了。

走了几步，又心有不甘地回过头："那幅油画，送给我吧？"

"呃——不好意思，刚被一家画廊预订了。"

"多少钱？"

"一千。"

"可以嘛！"她瞟了我一眼，转身要走。

"如果——"我叫住她，"你想要，我现在就可以给你画。肖像什么的都可以。"

"去哪儿？！"她扭过头，眉飞色舞地看着我。

"图书馆。"

"什么时候？"

"现在！"我背对着她大声吼道，然后大步流星走向图书馆。

A大有着全A城最气派的图书馆，据说光大厅布置的水晶吊灯就价值几十万——但里面的书籍少得可怜，有不少还是"文革"期间保存下来的，打开一看全是各种标语口号，让人凭空产生"翻开历史"的感叹。除非考试来临，这里基本上是门可罗雀，与校外生意兴隆的小招待所和钟点房形成巨大反差。即使有人光顾，也有不少是打着学习看书的幌子在里面勾着头叽叽喳喳、卿卿我我。

画室就在图书馆最顶层的灯塔上，采光良好，视线极佳，是我消磨时间的最好去处。因为平时就我来得多，教我美术的陈庆丰便把他那画室旁的小隔间的钥匙一并给了我。里面只有不到二十个平方米，但布置了画板、沙发、书柜、音响，甚至还有个咖啡壶。

颜亦冰过来饶有兴趣地参观了一番，啰啰唆唆地问了一堆。

"这都是你画的？"

"部分是。"

"这个呢？"

"是。"

"这个呢？"

"也是。"

"这个呢？"她指着一张裸体画像，问道。

"呃——也是。"

"在哪儿画的？"

"就你坐的这沙发上。"

她触电般弹起来，一脸窘迫地看着我，看我在笑，气鼓鼓地瞪我一眼，又坐下去。

"你很喜欢画画？"

"还可以吧。"

"还可以？"

"谈不上多喜欢，但又没有别的事可以做。打发时间而已。"

"没别的事情可以做？"她疑惑地看着我，反问道。

"也不是。别的东西让我提不起劲。打游戏什么的，只会让我感觉更加空虚。"

"嗯。"她似乎赞赏地点点头，"所以你把大部分时间搁在这儿？"

"是的。"我老实回答。

"那么——这些书也都是你的？"她从码在沙发一头的几十本小说中随手拿起一本。

"是的。"

"喜欢看小说？"

"是的，"我有些不耐烦了，问道，"可以开始了吗？"

"哦。"她非常难得地乖巧起来，按我比画的，坐在沙发上，注视着我的眼睛。

我不甚自在地摸了一下鼻子，纠正道："别看我，看那个点。对！"

她转过脸去，眼睛盯着前方的某一点，神态娴静安宁。

我拿起手中的铅笔，开始在纸上挥舞。

音响里放着理查德·克莱德曼的钢琴曲《秋日私语》，房间里飘荡着松节油的味道，颜亦冰坐在我前面两三米的地方，一只手抱在胸前，一只手托着下巴，两条细长的腿斜靠在沙发的一角。下午三点的阳光从一侧的栅格玻璃窗射过来，带着深秋的气息，给她的轮廓镶上一层华丽又精致的光晕。

阳光静静地转过角度，房间里的尘埃，在栅格玻璃漏下的光线里放肆飞舞，如同我们轨迹紊乱的青春。房间里只剩下铅笔摩擦素描纸的沙沙声，这个时候，我的呼吸变得小心又谨慎，我心跳加速，很想大口喘气，却又害怕喘息声会打破这如青花瓷般完美又脆弱的宁静。

"好了没有？"她终于沉不住气，问道。

"好了。"

素描这个东西，可以十分钟画好，也可以十个小时画好。

"我看看！"她站起来伸了个懒腰，按捺不住兴奋，跑过来立在画板前。

我心中忐忑不安，期待又害怕她的反应。

"天才！"她赞叹道，"你画的，似乎比我本人更好看。"

"那就是不像喽？"

"没有不像，太像了——惟妙惟肖。"她转过来，停止赞叹，一脸崇拜地看着我，"能告诉我，你画谁都能这么像吗？"

"那不可能，"我坦诚回答，"短时间内不可能抓型这么准。"

"那为什么画我能抓准呢？"

"因为——"我犹豫再三，还是如实相告，"你的肖像我画过很多遍了。"

我打开画板，拿起一沓画稿，里面有将近二十幅她的肖像——侧面的、正面的、俯视的、脸部的、头部的、半身的……

她睁大了那双美得让人窒息的眼睛，看着那些画稿，表情一片兵荒马乱。

似乎过了好久，她才缓过神来，脸色潮红，神情凝重，黑葡萄般的眼珠里闪烁着光彩。

"你知道吗？见你第一眼我就感觉我们在哪儿见过，但事实上，我知道我们从未见过。"

她定定地看着我，没有说话，眼神变得锐利，香水味中似乎也带着股杀气。

"我是说，你的形象刚好跟我心目中的形象重叠——每一个男人心中都有一个女人的形象。知道吗？"

"好吧，我知道了。"颜亦冰转过身去，迅速走出画室，带上了那扇沉重的防盗门。

假如
假如昨天的故事可以涂改
今天的现实可以擦除
假如明天的梦想
能打份草稿

假如生活的泥巴攥在手上
青春的表盘可以拨回
假如你我的故事由我来执笔
讲述

那么定不会如此跌宕
如此蹉跎
我只会用最蹩脚的文字
撰写着一个恶俗的
幸福故事

每一段人生
说到底都是一场独角的悲剧
我谨希望
在我谢幕的时候
你能记住演员的名字

2006年12月24日夜，A城，耶稣的诞辰成了浪漫和狂欢的借口。

A大内外张灯结彩，塑料圣诞树上挂满了包装精美的冒充礼物的泡沫方块和小球，戴着红帽子的年轻人成群结队地走过，商场里有打不完的折，餐吧里有派不完的外卖，连药店都打出"迎圣诞贺新年，杜蕾斯体验装免费大派送"的巨型标语。

易子梦约了刘菁"圣诞狂欢"三次都没成功，于是翻出尘封已久的硬盘，跟小泽玛利亚之流共度平安夜；欧阳俊不知把他的宝贵平安夜安排给了几号女朋友，也许，他今晚要打上百块钱的车，跑好几个场子；安哥对西洋节日深恶痛绝，他决心提前一个半小时关机睡觉，以实际行动抵制西方腐朽思潮的侵蚀。这一夜吴曲在做什么我就不得而知了，或许她又会在网上发一条"求结伴看电影共度平安夜"的消息，然后在趋之若鹜的男士中间挑一个为她在圣诞节的一切消费埋单，等吃饱喝足玩好后再删了电话或把电话拖入黑名单。

我给颜亦冰打了电话，问她晚上有没有安排："我请你吃饭！"

"不行，我要去给一家公司做圣诞派对的司仪。"

"在哪里？"

"别过来了，晚上还下雪呢。"尽管如此，颜亦冰还是说出了她做兼职的地方。

"好，不见不散。"在她回复之前，我赶紧挂掉电话。

我买了一束鲜花，在风雪中苦等了一个小时，到她出来的时候我已经冻得只剩心脏在跳了。

"其实你不必这样子。"颜亦冰嗔怪道，看得出她还是很开心。

"必须这样子，"我哆嗦着回答道，"如果不这样，你怎么知道我的诚意？"

我把已经覆上厚厚一层雪的玫瑰花递到她面前，说道："圣诞快乐。"

颜亦冰点点头，笑了。

"我没有给你准备什么礼物啊。"

"无须准备，你随身带着。"

"什么？"

"香吻一个吧。"

话音刚落，颜亦冰的吻就盖在了我已经冻乌的双唇上。我一阵战栗，似乎听到了平安夜结在我身上的冰凌支离破碎，噼噼啪啪掉落到了地上。

临近寒假的A城还残留着一丝去年圣诞节的气息，商场门口的红帽子老头还没有离去，挂着彩灯和小礼盒的雪松也没有撤走，最应景的是：天空竟然飘起丛丛簇簇的雪花，慵懒地轻扬着，给这个行色匆匆的城市平添了一份浪漫和温馨。而这个时候，萨克斯管奏响的《回家》荡漾在A城大学门外的每一个角落，像四起的楚歌一般震撼着来自五湖四海的学生。

家的概念让我无比纠结。我不知道是该去在L城的父亲的那个家，还是该去在永康中学的母亲的那个家，而无论哪个，都已经不再是我的家，就如一双筷子的任何一根，都不具备筷子的功能。

颜亦冰没有回去，她给一家影楼当模特，每天只需穿着婚纱在橱窗里待上五个小时，三百块钱就到手了，这让我羡慕不已。恰恰这时候，一个画廊的老板给我打电话问我带不带学生，三十块钱一小时，一个上午可以赚一百二十元，除了早上要早起比较麻烦之外，也颇有诱惑力。颜亦冰和我商量在校外找个出租房，寒假就在A城过了。

刘菁知道我们要租房之后，把我们带到她的住处——一套傍山的三室两厅的房子，位置得天独厚，设施一应俱全，堪称完美。

"这是高考完之后爸爸给我买的，本想让我住这儿，但我嫌太孤单，"刘菁拉着颜亦冰的手，笑道，"我还是喜欢跟姐妹们住在一起。"

颜亦冰笑着应承，向我使了个眼色，我赶紧问道："这个……租的话得多少钱？"

刘菁装作发火："美术生你俗不俗啊？懒得理你！"说完她转过头去，继续拉着颜亦冰："我寒假也住这儿，一个人住太冷清了。你们就当是陪我吧！"

看着我们犹豫的表情，刘菁又笑着补充道："首先说好，没有工资的哦。"

"你怎么不回家？你家不就在A城吗？"我多了一句嘴。

"是啊！在河东，太吵了那边，还是这里空气好，不是么？呵呵。"

"哦！"我仰头做恍然大悟状。

"好啦！不说了，你们住阳面的大卧室吧！阴面的我占了，嘿嘿，窗外山色尽收眼底，你们别嫉妒哦！"刘菁冲我们伸伸舌头，回房间了，留下我和颜亦冰在客厅大眼瞪小眼。

平心而论，租住这么好的房子是我们想都不敢想的，住着也感觉不甚踏实，第一个晚上我和颜亦冰躺在宽大的床上，保持安静，不敢妄动，竟然双双失眠。

第二天一早，我和颜亦冰起床洗漱，刘菁刚好跑完步回来。她穿着紫色的套头运动衫，脸色潮红，精神焕发，头发和眉毛还凝着细细的水珠，手里拎着三杯豆浆和一袋油条，冲我们招呼道："快来吃早餐，都凉了！"

我们有些不好意思地坐在餐桌旁，颜亦冰冲着她笑了笑："菁菁，谢谢你！"

刘菁笑着捏了一把颜亦冰的脸蛋："哎呀，肉麻死了！"而后冲我笑道："夏拙，我捏你们家冰冰你不吃醋吧？"

我赶紧摇头："不吃，尽管捏，反正我不疼。"

颜亦冰打了我一筷子头："你这没良心的东西。"逗得刘菁咯咯直笑。

吃过饭，我和颜亦冰同时下楼，在马路口分手，她搭公交去影楼，我走路去画廊。此时天色尚早，阳光清冷，北风如刀。颜亦冰穿着卡其色风衣，系着针织围脖，走在冬日的晨曦中，身段窈窕，步伐轻盈，美得让我心疼。

目送她上车之后，我开始背着阳光走在去画廊的路上。突然回头的时候，我发现了在十五楼阳台上看着我的刘菁。她的轮廓映在初升的太阳中，如一尊慈眉善目的菩萨。我向她挥挥手，快步走开。

画廊的名字颇有诗意，叫"牧云"。老板也挺有意思，姓朱，从1995年到2003年连续考了八届中央美院都没考上，被人笑称"朱八届"，最后一次落榜之后索性弃学开了个画室，一边卖画一边办培训班，在河西大学城一带颇有名气。我有时也拿一些习作放他那里卖，一来赚点零花钱，补贴买颜料和出门旅游的费用，二来也是满足一下自己小小的虚荣心——想象一下自己的作品挂在餐厅、酒店或者是寻常百姓家里，也未尝不是一件值得欣慰的事。老朱给的价钱很公道，每幅作品抽取百分之十五到百分之二十的佣金，绝不多拿。就冲这一点，我很愿意去画室给他帮帮忙。

老朱每逢前来报名参加培训的学生都要动员教育一番："同学们你们放心，我朱老师可是考过八届央美的，闭着眼睛都能数出央美招生那些道道，虽然自己没考上，但带的学生可是十个有九个进了的，看看我的'桃李墙'，学生们在央美拍的照片都要贴满墙了！什么叫桃李不言，下自成蹊？这就叫下自成蹊！"

这年头，学生成绩不好又被父母逼着考大学的，很多都另辟蹊径选择了考特长生这条路，所以每年的全国艺术联考总是人满为患，里面当然不乏天分高、爱艺术的人才，但更多的是想拿着"艺术"的砖头砸开大学之门的"伪艺术人"。

需求决定市场。A城的大学城附近开办了许多艺术培训班，对象全是初高中学生，他们或怀着艺术梦想，或好奇大学生活，或颓废消沉，惶惶不可终日，在寒暑假到来的时候，纷纷带着行李集合在Y山下。学生良莠不齐，培训班也是鱼龙混杂。可以肯定的是，从画廊到煲仔饭馆，从小旅舍到性保健品店，河西的老板们无不热忱欢迎他们的到来。

老朱带我走进画室的时候，里面已经有十几号学生架着画架选好角度，等着我的到来。接下来的四个星期，我将变换角色，从一个翘课比上课还多的学生华丽转身，当他们的"夏老师"，想想觉得甚是滑稽。

老朱告诉我，花两周时间辅导他们画素描，两周辅导他们画色彩。美术辅导不同于别的，摆好一组物件让他们画，然后在旁边稍加指导就好了，学生的水平参差不齐，但总体比我想象的好，四个小时下来，感觉还不错。

十二点半，准时下班。老朱告诉我，如果我愿意，他可以把下午的班也交给我，工作三小时，也是一小时三十块，如果下午上班，画室管饭。我笑着拒绝，洗洗手离开画室。

从画室出来，我被阳光照得有点猝不及防。无论如何，对于冬天来说，这样的天气实在是过于晴朗了一点——晴朗得近乎奢侈。我的眼前明晃晃的，跳出了一些或蓝或紫的小光晕，头皮在太阳的照射下也有点发麻，我甚至有些后悔没有戴一副墨镜出门。

街上的居民抓住时机纷纷拿出衣被挂在防盗窗上暴晒，绿化带上也铺着花花绿绿的褥子床单，壮观得如同到了印度。棉花被太阳晒过后散发的气息弥漫在街道上，钻进我的鼻孔中，让我打了两个无比响亮的喷嚏——把自己都吓了一跳。受这股气息感召，我突然间有点想家了，有点怀念过去一家三口其乐融融的生活。

我快步穿越街道，走进校园，爬上了图书馆的七楼，走进自己的画室。我打开音响，放上许巍的专辑《那一年》，烧水冲了一杯速溶咖啡，坐在沙发上静静享受冬日正午的阳光。

回忆如透过窗户的光线一般带着温度不请自来，我闭上眼睛，耳边响起了遥远的乡下布谷鸟飞过头顶的叫声，水牛在泥塘里翻滚后发出惬意的洪钟般的吼声，知了在盛夏的树梢发出的千篇一律的噪声，还有母鸡在墙根下生蛋之后扬扬得意的"咯咯嗒咯咯嗒"的声音，还有更遥远的地方传来的老头卖麦芽糖敲打出的"叮当"声，外婆把我搂在怀里哄着入睡的含糊不清的儿歌声……

普鲁斯特说：真正的乐园是已经失去的乐园，回忆才是最美的体验。

晒着下午一两点的太阳，就着温润的回忆，我无比惬意地打了个盹儿，醒来的时候已经是下午四点，是被颜亦冰的短信吵醒的。

"在哪儿？"

"画室。"

"干吗？"

"睡觉。"

"下来。"

"干吗？"

"买菜。晚上做饭。"

"好，在哪儿等你？"

"学校正门口。"

除非要事，我和颜亦冰很少打电话，不愿把原本不多的钱捐给中国移动是一个原因，更主要的是我不大喜欢颜亦冰接电话时的语气——就如一盘放了很久的凉了的饭菜，除了饿疯的时候，我是不大愿意品尝的。颜亦冰的短信同样言简意赅，寥寥数字直奔主题，你千万别指望她发一些缠缠绵绵的情话，撒一些大可不必的娇。这样也好，我也省去了诸多麻烦，并且自己也慢慢变得利索起来。

当然颜亦冰也有热情似火的时候，比如喝酒后或者在床上，要是这两者结合起来，那就如氢气碰上氧气，把你点着都不是不可能的。

想到这里，我身体的某些部位起了一些反应。今天晚上，无论动静多大，都不能阻止我的决心。我笑着下楼，直奔学校正门。

颜亦冰站在那里，冲我嫣然一笑，挽着我的胳膊往菜市场走。

我一直在想，如果我要拍一部最能原汁原味反映中国特色的纪录片，有两个地方是必然要去的：一个是春运时期的火车站，一个就是下班后的菜市场。

无论何时，只要有人跟我提起"菜市场"这三个字，我的鼻腔就会充斥着一股混合着鸡毛、鱼肚、羊蹄以及腐烂青菜帮子的味道；耳朵中就会灌满尖厉或粗犷、蛮横或狡诈的叫卖声；我的脚几乎会不由自主地踮起来，以免踩到横流的污水，背会弓起来，以免被见缝插针的三轮车撞倒。

可是颜亦冰似乎乐在其中，她说女人的"阵地"在厨房——由此可见菜市场就是她们最青睐的"兵工厂"了。

"你真的以为女人的'阵地'在厨房吗？"我质疑道。我一直认为只要火星尚未开发，整个地球都将是她的阵地。

她白了我一眼，扭头转向肥头大耳的菜贩，问道："鲫鱼多少钱一斤？"

"七块八！"

"这么贵？！昨天来这儿还是七块啊！"

我笑着低语："你的魂魄昨天来了？"

她继续白了我一眼，这一回白得更严重，我几乎看不到她的眼球了。

"好吧！七块五。"

"我要那一条，"她指着一条头小肚子大的，"对！就那个。"

老板过秤的时候，她凑到秤杆前，目不转睛地盯着，那认真的样子让我叹为观止。

"你学播音主持太屈才了，"我发自肺腑地感慨，"要是让你学地理测绘多好啊……"

"我让你挤对！"她不动声色，一只手却已经放到我的腰部，大拇指和食指牢牢地攥住我一块可怜的赘肉，拧了超过一百五十度，疼得我龇牙咧嘴，就差跪地求饶。

从菜市场出来，我拖着受伤得疲惫之躯，拎着八个袋子，被臭味、腥味、膻味加烂菜帮子味儿熏得七荤八素，颜亦冰却挎着我的胳膊，一副雄赳赳气昂昂的样子，仿佛刚从马尔代夫度假回来。

"哎，你不觉得我们这样特像小两口？"

"本来就是啊。"她继续昂首挺胸，好像生怕别人看不出她的C罩杯一般。

"我不是说像恋人，我是说像结过婚的小夫妻——一起下班，一起买菜，琐碎却甜蜜，多好！"

颜亦冰的脸稍稍一沉，马上又恢复表情，笑而不答，却把我的胳膊挽得更紧。

开门的时候，刘菁正穿着柠檬色毛绒睡衣，像只刚出壳的小鸭子一般窝在沙发上看韩剧，哭得上气不接下气，纸巾都把垃圾桶填满了，把我们吓了一跳。

她见我们回来，立即擦了眼泪破涕为笑，跟没事人一般。

"呀！买菜了？今天谁下厨？"

"当然是我喽，"颜亦冰抱着她行了个碰鼻礼，"今天是特意慰劳我们菁菁的！"

"喊！"刘菁噘噘嘴，"我很清楚我是托美术生的福，不然我们颜大美女怎么可能为了我下厨啊！"

"你这小丫头片子。"颜亦冰故技重演捏起了刘菁，两人咯咯地笑着逗了一会儿便奔赴"阵地"。我终于听到了久违又悦耳的锅碗瓢盆协奏曲。

剁椒蒸鲫鱼、萝卜排骨汤、西芹牛肉、手撕包菜。每一道菜都堪称地道。还没动手，口水就不断喷涌。我只能不断地做吞咽动作。颜亦冰看得直摇头。

"你还没吃饭，唾液都咽饱了。"

"我哪？不带你这么夸自己的啊！"

颜亦冰嫣然一笑："去！我是怕你肚子饱了等下这道萝卜排骨汤就喝不下了。"

我的脸上已是一头汗水。

晚饭开始。我坐中间，颜亦冰在左，刘菁在右，我情不自禁想起《大红灯笼高高挂》里面的老爷稳若泰山坐在主位，四个太太低声下气坐在旁边，轮流给他夹菜。

"又动什么歪脑筋呢？"颜亦冰仿佛看出了端倪。

"没有没有！岂敢岂敢！"我汗颜道。

"你是不是觉得封建时代挺好的？"

"啊？！"我真是不得不佩服颜亦冰非凡的洞察力。

"什么意思啊？"刘菁满脸疑惑。

"就是，还没喝酒就说胡话！"

"来来来！喝酒喝酒！"刘菁止不住兴奋，吆喝道。

酒是听装的啤酒，喝起来却很有气氛。在刘菁的强烈要求下，我和颜亦冰还煞有介事地交了杯。颜亦冰做菜的手艺都够得上开馆子了，特别是剁椒蒸鲫鱼，鱼鲜味美，很提胃口。我一边拍马屁一边做饕餮状，颜亦冰很是受用。

刘菁笑着看我狼吞虎咽的样子，问道："这是你最喜欢吃的菜？"

"不是。"我停下筷子，诚实地摇摇头，"我最喜欢的是糖醋里脊。"

"糖醋里脊？那是杭州那边的菜吧？"

"也不完全是，吃糖醋里脊的地方都会有。"

"废话！"颜亦冰笑着又举起筷子。

刘菁笑着不说什么，低头扒饭。

刘菁果然不能喝，才一杯啤酒下肚，她就开始眼皮打架。"不行了，不行了！我看冰冰都成两个了，好困！"刘菁站起来打了个长长的哈欠就要往卧室走，结果不是磕着桌子，就是碰着凳子，看上去让人心惊肉跳。颜亦冰赶紧起身扶住她，把她送进卧室安顿好。

我吃着饭，却心猿意马，心想这次就是大闹天宫，也不用担心人听见了。

颜亦冰出来时，也双颊桃红，不胜娇媚。

我盯着她："我终于洞察你的阴谋了。"

"什么啊？"

"处心积虑买酒做饭，然后把人灌倒，然后……哼哼。"

颜亦冰猛扑过来箍住我脖子，叼住我耳朵："我让你瞎说！"

"你敢说你不是？！"我猛地转过身来，把她拦腰抱起就往卧室冲。

"哎，等一下！还没刷碗呢！"颜亦冰死死地箍着我的脖子，低声喊道。

"完事了再刷！"我一脚踹开卧室的门，把她重重地扔在柔软的大床上。我褪去她的衣服，急切地亲吻着她的脸颊和脖子。她的眼神迷离，拘谨又热切，她的下面温暖湿润，等待着我……

几年之后，当我头枕着部队的绿色海绵枕头，在简陋的营房里辗转反侧的时候，我依然能记起那晚的情景。

万籁俱寂，只有轻微的喘息在冬夜里反复。

"夏拙。"颜亦冰把手搭在我脸上，轻轻地抚弄我日渐繁茂的胡碴儿。

"嗯？"

"我真怕有一天不得不离开你，而我又离不开。"

我愣了一下，继而叹息道："可我总是感觉，你终究会离开，这一天总会到来。"

她抚摸着我的脸颊，沉默。

外面北风如同丢了崽的母兽，发出沉闷的呜咽。墙上的挂钟，似乎停留在十一点三十七分。

五、粉紫

2007年情人节。早上我订了鲜花和蛋糕，约好中午和颜亦冰在第一次正式"会晤"的米罗咖啡见面。上午十一点多，颜亦冰发信息过来：家有急事，我回去了，可能要春节后回。

我打电话过去的时候，颜亦冰已经在车站候车，我想问一下出了什么事，话到嘴边又咽回去了，只是叮嘱她注意安全。

蛋糕退掉了，玫瑰却死活退不掉，十一支玫瑰花了我一百多，看着艳俗，扔掉可惜。我拿着这把去掉了刺的花儿失魂落魄地回到住处。

"嗯？今天怎么这么早？"刘菁依旧穿着柠檬色毛绒睡衣蜷在沙发上看电视，手里还有一大包薯片，"哇，还有玫瑰！好浪漫哟！怎么不送到她手里？"

"走了。"我垂头丧气，如同刚被暴雨淋透了的狗。

"走了？"刘菁的脸上除了惊诧，看不出是欣喜还是失落。

"回家，听说家里有急事。"

"什么事？"刘菁一边说一边站了起来。

"我也不知道。"我把玫瑰花随手扔在客厅的茶几上，一屁股坐在刘菁刚坐过的沙发上。

她意识到我的沮丧，想安慰我又不知道说什么，于是手足无措地站在那里，低着头红着脸，像个等着挨老师批评的学生。

我突然想起，她才是这个房子的主人："我没事，昨晚没睡好，有些困而已。你吃了吗？"

"吃了，呵呵，"她笑眯眯地举起薯片，"这个。"

我附和着笑了起来，"以后少吃点这个，含激素的。"

"对了，你没吃饭吧？我给你做饭。"说话间她已夸张地撸起袖子，看样子不像是做饭，倒像是要去砍人一般。

"呵呵，你还会做饭吗？会做什么？"

她一本正经地告诉我："鸡蛋煮泡面。"

我笑得从沙发上掉下来，被她用抱枕捶得求饶才算完。

不知是饥饿还是好久没吃过泡面的缘故，刘菁的泡面被我吃得连汤都不剩一滴，就差拿舌头舔碗了。我一边打着饱嗝一边夸她手艺精湛，一桶普通的泡面能煮出这样的旷世美味来，这充分表现出她在厨艺上有极高的天分。我厚颜无耻地堆砌着华丽的辞藻，让她感觉我刚"哧溜哧溜"吸着的不是泡面，而是上等的佳肴。刘菁脸上神采飞扬、灿若桃花，当即拍板：明天开始要苦练厨艺，一定要做出更让我赞叹的美味佳肴来。

我表情坚定、目光炯炯，表示一定支持她这英明伟大的决定，并预期假以时日，刘菁同学一定能参加"食神"大赛跟周星驰同台比赛。

"哈哈！你就吹吧你。"刘菁笑得没心没肺的，突然笑声止住，她把目光落在那束花上。

"这个——怎么办？"

"我也不知道，扔掉吧似乎又有点可惜。"

"那我养起来，还蛮漂亮的，嘿嘿。"她把一个大玻璃杯灌满水，把花插上，客厅马上变得温馨起来。

"可惜没人送我花，唉……"刘菁睐着我，装模作样地叹了一声。

我们的目光交错了一下，可是电光石火间又迅速弹开，就像两只好奇又胆怯的小动物，碰碰鼻子后又抓紧逃回各自的地盘。

电视已经关了，房间里能听到的只是墙上的挂钟指针跳跃每一格的声音——嚓、嚓、嚓……

我又陷入间歇性失语中，哪怕搜肠刮肚也找不到片言只语。

"你——看电视吗？"她也是没话找话。

"你看吧，我回房间看看书。"说完我就要起身。

"哎——"她叫住我。

"嗯？"

"中午给你做了饭，你不表示表示？"

"哦，谢谢你的丰盛可口的泡面午餐。"

"不够。"

"请你吃饭？"

"那还差不多，呵呵。"

"太狠了你，一杯泡面就要我请客，"我意识到上了她的套，笑着摇头，"好吧！谁叫我吃人嘴短，去哪儿？"

"出门再看。"

"什么时候？"

"我饿的时候再叫你。"

"好吧，呵呵，你最好是现在就饿了。"

我回房间看了一会儿《霍乱时期的爱情》，随后打了个盹儿，醒来继续看，又昏昏欲睡，半梦半醒。六点半的时候，手机短信铃音响起，我撑开眼皮看了一下："可以出门了不？"

我笑着冲门外大喊一声："你累不累啊！一个屋子里发信息——马上就好！"

打开门的时候，我几乎被刘菁吓了一跳：黑色的长及膝盖的靴子，黑色的袜子和羊毛短裙，黑色的皮夹克和黑色的针织围脖，浑身上下主打黑色，唯独脸上白皙可人，精致如素胎的瓷器。

"怎么了？脸上有脏东西？"见我傻愣愣地盯着她看，刘菁的脸上立马飞起两团红云。

"没，只是太漂亮了，一下子晃到我了。"

"以前不漂亮吗？"刘菁歪着头问我。

"以前也漂亮，只是风格不大一样。"

"以前什么风格？"

"可爱小女生型，走清纯路线，很有学生味道。"

"现在呢？"她锲而不舍。

"风格成熟了一些、性感了一些，有点职场女人的味道。"

"你喜欢哪种？"刘菁死死盯着我，较劲一般注视着我的眼睛。

"咳——"我咳嗽一声，"晚上会比较冷，穿这点够不够啊？"

她扑哧笑出声来。

晚餐在河东一个叫"左岸春天"的地方吃的，情人节他们还推出了烛光晚餐。就这样，女友的闺密替她和我一起吃了传说中的烛光晚餐。因为离步行街很近，吃过饭后我陪刘菁去逛了逛。因为过节且又临近过年的缘故，街上接踵摩肩，人满为患。卖花的女孩特别多，大部分被我打发走了，有一个七八岁的小女孩特别执着，跟了我们足足半里路。"哥哥，给姐姐买枝花吧！哥哥，给姐姐买枝花吧！哥哥，给姐姐买枝花吧！"没有多余的话，就这一句她像复读机一般念了数十遍。

复读机也有电池耗尽的时候，可是这个小女孩——我若不买一枝，今晚她是跟定我们了。难怪古人说，只要功夫深，铁杵磨成针。

刘菁笑着看了看我，一副局外人的表情，眼神却有些许期待。

"多少钱？"

"二十。"

我掏出二十元钱，拣了一枝开得比较饱满的，转过身对刘菁说："送给你！"

刘菁吓得几乎往后退了两步，站定，似乎还带着些惶恐和质疑："真的送给我的？"

"需要我单膝下跪吗？"

"谢谢！呵呵！"她忙不迭接过花儿，夸张地闻了闻。

"这个是没有香味的。"我扫兴地说。

"讨厌！"她白了我一眼，随后又一脸陶醉，"这可是我第一次收到花呢。"

"那我太荣幸了！"

"第一次收到花对我来说意味着什么你知道吗？"刘菁看上去有些不依不饶。

我赶紧打着哈哈，冲着一辆出租车招了招手。

第二天起床的时候，我看见昨天那一把玫瑰被扔进了垃圾桶，茶几上却孤零零地插着一枝，显得弱不禁风。真是弱水三千独取一瓢啊。

第二天是农历腊月二十八，也是培训班年前上课的最后一天，下午他们都将赶回去过春节。下班的时候，老朱给我一个红包，里面是我这十多天的薪水，一千多块钱。我道过谢，出门，回住处。

此时的A城已经年味甚浓。街上人潮汹涌、接踵摩肩，到处挂着待售的春联、灯笼及各具特色的挂饰等。爆竹的声音更是时不时从四面八方传来，就像在A城打了一场规模不大的巷战一般。

打开房门，没有了熟悉的蜷在沙发上看电视的身影，我方才想起早上刘菁告诉我她今天得回家，要年后才能回来。也就是说，这套一百多平方米的房子只剩我一人了。正百无聊赖的时候，夏跃进的电话打过来，问我过年回不回去，他说他和叶姨都等着我回去。本来接他电话还能感觉到一丝温度，一听"叶姨"我就把电话给挂了，挂了电话依然烦闷，索性关了手机卸了电池，躺在沙发上生闷气。

那个"叶姨"，不过是比我大了几岁的初中英语老师，说起来，夏跃进和她的相识，还是我牵的线，想想真是作孽啊！

初二的时候，我在老妈孙老师手底下读书，几门功课都还不错，唯独英语一塌糊涂。可怜孙老师心有余而力不足，仅会的几句英语已远不能满足当前改革开放发展大潮，而孙老师望子成龙心切，多次在各种场合公开表示"就是拼了命也要让儿子上大学"，以达成她年轻时未竟的夙愿。

不知是谁说过，一个男人要么实现父辈的理想，要么弥补父辈的过错。当我还没有成长为男人的时候，已经在母亲孙老师的威逼利诱下发愤学习，以实现她的目标；而当我考上大学之后，又忙着收拾父亲夏跃进扔下的烂摊子，累得焦头烂额、顾头不顾腚，想想人生的"杯具"真是层出不穷啊！

话说回来，英语成了当时在实现母亲理想的伟大征途中最大的障碍，孙老师决定找人给我恶补英语。"一定要跨越这个障碍！"孙老师坚决果断，不容置喙。剩下的只是"找人"的问题了。

我们学校有三个英语老师，其中一个已年过五旬，本地人。除了声音洪亮中气很足之外，水平确实不敢恭维，带学生朗读课文的时候，全校师生都能听见他那声若洪钟的方言英语。教我们英语的姓周，是个男的，三十多岁了，未婚，脸上的粉刺加起来比我们班的人数还多。他酷爱篮球，若是碰上第八节课，他会穿着背心短裤，抱着篮球来上课，不知道的还以为是上体育课。诸位要因此以为他篮球打得好就大错特错了，事实上，他球打得又臭又独，不传球给别人还老耍赖。刚好那时我也迷恋篮球，场上交过几次手之后就结下了很深的梁子，其细节在数年以后的今天看来是鸡毛蒜皮，不值一提，但在当时的确是造成了我对英语的极度反感和排斥。

这些情况孙老师可谓心知肚明，所以给她儿子辅导英语的唯一人选便是叶馨了。叶馨几乎是和我同时进永康中学的，只不过我是从小学毕业，而她是从A城师范毕业。她芳龄二十余，明眸皓齿。每天上午她都要领课间操（永康中学缺专门的体育老师，二年级的体育课程由叶馨代课），她做伸展运动时前凸后翘，做跳跃运动时呼之欲出，一身白色运动服尽显婀娜身段。

顺便说一句，孙老师不但是永康中学的语文老师，还是学校的教务主任。给掌管自己绩效表现和年终奖金的领导公子补课，对初来乍到的叶馨来说是个绝佳的机会。况且夏拙同学并非天性愚钝，是属于"可以教育好的孩子"，于是叶馨欣然应允。

就这样，在每个放学后的傍晚，我不再叱咤球场跟Mr.Zhou斗气，也不再跟狐朋狗友骑着单车招摇过市，我一头钻进永康中学最西边二楼的单身教师宿舍，钻进叶馨那香气氤氲、脂粉弥漫的小房间，就着下午六点的夕阳跟叶馨学习"李雷和韩梅梅的故事"。

彼时夏拙同学我十三四岁，虽然"毛还没长齐"，却已远过了"两小无猜"的年龄，加之从小受教语文的孙老师的濡染，心智先于身体发育成熟，早在小学六年级的时候就喜欢上了当时的少先队大队长——一个黑黑的笑起来老是皱着眉头的叫刘晒娟的女孩子；初中一年级，又收到比自己高一届的女同学的情书（其实也算不上，不过是一段"你是风儿我是沙……"的歌词）……诸如此类曾被我看作"爱情"的东西，在碰到叶馨之后化为齑粉。她的身上散发出来的朝气与活力，似乎还带着某些隐秘而强烈的气息向我扑来，让我沉醉。在我看来，这才是我未来的追逐目标，这才是爱情的完美载体。

十四岁的夏拙，某种情愫在心里安静却欣欣向荣地生长着，像刚被六月雨浇过一般，长势喜人，压都压不住。

怀着有朝一日能跟叶馨平起平坐，能像"李雷和韩梅梅"那般流利地用英语交流的梦想，我的英文水平突飞猛进，这让孙老师和夏跃进欣喜不已。夏跃进虽然整日忙碌着他的乡镇企业，决心做"抓到老鼠"的"好猫"，但儿子的学习作为关乎自己终老的战略问题，历来是头等大事，毫不含糊。

这里有必要介绍一下夏跃进，其实光听名字就知道他出生的年代。在那个时代出生的人有三大特色：有干劲、没文化、能吃苦。托时代的福，跃进同志在上学的时候，围湖造田烧窑开荒，在"敬祝领袖毛主席万寿无疆"的嘹亮歌声中把社会主义建设得欣欣向荣，自己却连圆的周长怎么算都搞不明白。高中毕业后，夏跃进因为祖宗十八代都是贫农，身体又在社会主义建设中练得倍儿棒，于是胸挂红花在村里人敲锣打鼓的欢送中踏上了去部队的绿皮车。1979年对越自卫反击战中，夏跃进作为先遣队员在攻打谅山的战斗中光荣挂彩，用胳膊上的一个窟窿眼换来了一枚二等军功章，以及一个国营酱油厂工会主席的位子。20世纪90年代初国企改革，夏跃进拉了一帮人买下了国营永康镇酱油厂，并改名为永康实业有限公司，牌子倍儿响亮，跃进同志的头衔也由工会主席历史性地转变为董事长。

担任董事长以来，夏跃进可谓日进斗金，赚得盆满钵满，用农村人的话说，那是撒尿都带着油花。同时，没有知识带给他的缺憾也是深刻的，譬如去了城市里，夏跃进光认识"厕所""男""女"四字，就是对"WC"视而不见，找不到解手的地方几乎要憋出前列腺炎来。这让夏跃进深刻认识到知识——特别是英语知识的重要性。

于是，每一个傍晚，夏董事长都会把他那辆黑色桑塔纳2000停在学校前面的操场上，然后西装革履地靠在车门外，边优雅地吸烟边等我补完课放学。不得不强调的是：这些场景的背景是20世纪90年代的农村，当时路上跑得最频繁的还是拖拉机和三轮车（当地方言叫"啪啪车"，因为是柴油引擎，声音特别大，一路走过发出"啪啪啪啪"的声音而得名；里面两条长条凳可以坐十来个人，是从乡下去县城最主要的交通工具，只是跑起来太颠，如果不抓稳车上某个地方，很可能从车上颠下来落在路边的水田里），西装类似于当今女人的婚纱——只有结婚的时候才穿。我强调这些只是想告诉诸位：夏跃进同志的这套装备，确实是比较"跃进"——岂止是"跃进"，简直就是"放卫星"！夏跃进的"卫星"放出来，把年轻貌美的叶馨给晃倒了。从师范学校毕业的叶馨，按理说也是见过世面的人，只是没想到在这穷乡僻壤也有这么"风度翩翩"的人物。

当时我还在闷着头拼命学习英语和暗恋叶老师，全然顾不上周遭发生了什么：不顾叶馨老以补课之名打听夏跃进这些那些的，也不顾夏跃进老以督促学习为由打听叶馨这些那些的，更不顾叶馨补课时间越来越短，跟夏跃进交流时间越来越长，还美其名曰：齐心协力共同帮助夏拙提高英语水平。

直到有一天，老妈孙老师不再让我去叶馨那里补课，理由是我英语水平已雄踞全班第一——但为时晚矣。我去也罢不去也罢，夏跃进是要去的，不但要去，还风雨无阻、雷打不动，好像要学好英语为祖国的"四化"建设做贡献的人是他而不是我。叶馨更是好为人师、无比执着，甚至连饭碗都可以不要——她真的辞去了当老师的差事，去夏跃进的"永康集团"上班了——她在夏跃进办公室里间的卧室上班。

当全镇的男女老少都知道这事之后，我才搞清楚状况：我的暗恋对象叶馨老师真的成了我的父亲夏跃进的对象，而我的母亲孙老师作为夏跃进同志的原配夫人，已经携款数万元、雄踞三层楼房一幢，光荣地"退居二线"了。

……

一切尘埃落定的时候，我已经如孙老师的愿考上了最好的高中。领到通知书那天正好夏跃进和叶馨操办婚礼，据说动用小车、皮卡、客货等带轱辘的共计四十辆，大宴宾客七十桌，声势浩大，让人侧目。我没有像电视里演的那样大闹现场，只是一个人跑到永康中学后面的小土坡上烧掉了一本厚厚的带锁的日记——里面全是跟叶馨相关的文字，部分内容缠缠绵绵如同烂俗的爱情小说，在那个夏天的午后读起来都禁不住起一身鸡皮疙瘩。

烧掉日记，我对着夏天的热风无比豪迈地说道："夏跃进！叶馨归你了，也算是肥水不流外人田，只是你对孙老师狠了点。你会遭报应的！"

......

　　回忆是个很讨嫌的东西，你想留住的，它爱理不理，任凭岁月如白蚁一般将其啃噬得体无完肤；你想遗忘的，它却不弃不离，即使过了好多年，在某个不经意的时刻，依然会毫发毕现地横陈在你面前——不管你是否愿意，不管你能否接受。

　　大年三十的A城突然变得沉寂、冷清甚至萧条。除了火车站还有些买不到票的民工外，街上基本空无一人。关着门的店铺如一张张突然缄默的嘴，无论吃饱与否，这一顿算是过去了，它们需要的是休息和反刍；成串的灯笼在路边高高挂着，像一枚枚过了时节还无人采摘的可怜的柿子，北风吹得它们摇头晃脑，让人担心这些东西会随时掉下来摔得稀巴烂；在难得空旷的大街上，只有塑料袋、包装纸和树叶随风起舞，不知疲倦，它们的轨迹如我们的人生一般充满了变数和未知；街角深处偶尔传来零星或密集的鞭炮声，嘈杂却温情，勾起人的回忆和乡愁。

　　晚饭时分，鞭炮声越发密集，此起彼伏，不绝于耳。我拨通了孙老师的电话。

　　"喂？"接电话的不是她，是个少年的声音。我顿时有些慌乱。

　　"你——你好——我找——孙老师。"透过听筒，我已经听到永康那边的鞭炮声、锣鼓声，还有孙老师和别人的笑声。

　　"请问你是哪位？"

　　"我是——我是——她的学生。"话说出口，我的胸口隐隐作痛。

　　"妈！电话！你学生的！"我叫她孙老师，自然有人叫她"妈"；我说我是她学生，自然有人愿意当她的儿子。我高三那年，永康中学教数学的老刘带着他那没娘的小儿子补了夏跃进和我的缺。

　　我愣了一下，在听到孙老师声音前赶紧挂了。

　　是的，我不应该打搅他们逐渐平静且看似幸福的生活。

　　我挂掉电话，取出电池，看着窗外的万家灯火和璀璨烟花，听着周遭的隆隆爆竹和欢声笑语，心中感觉无限悲凉和无比落寞。今晚，有热腾的饺子端上团圆的餐桌；今晚，有厚实的红包揣在长者的口袋；今晚，有祝福的短信飞向亲友的手机。今晚，全中国都在狂欢，连回不了家的民工和无家可归的流浪汉都聚在一起，点起了篝火，喝起了啤酒，玩起了爆竹。在中国，还能有什么比“过年”这两个字更有分量的呢？

我打开电视和所有房间的灯，把卧室的音响开到最大，烧了开水泡好一桶方便面启开一听啤酒坐在沙发上，盯着春节联欢晚会那些无聊透顶的节目，不知今夜将如何打发。

门铃响起，我透过猫眼看见刘菁正噘着嘴、皱着眉，一副火急火燎的样子，赶紧开门。

“你怎么回事？电话打烂都打不通？担心死我了！”她上来就劈头盖脸一顿训斥，其严厉程度前所未闻。

“我手机刚……刚没电了。对不起哈，不知道您在召唤我。”

“拉倒吧你！”刘菁缓了缓，白了我一眼，把手上的大塑料袋扔我怀里，自己脱了靴子趿拉着她的毛绒拖鞋就往沙发奔去。

“什么？”

“你的年夜饭呐！真沉，累死我了！”刘菁爬上沙发窝在她固定的那个角落，把两个膝盖紧紧抱在怀中，像一只孵蛋的鹌鹑。

“哎——大过年的我说你能不能不说那个字？看来我真应该在门口贴个‘童言无忌’才好！”

“呃——”刘菁向我伸伸舌头，笑了笑，“对了，快点吃，等下就凉了。”

“哦！”我赶紧放下塑料袋，在茶几上把一个个餐盒打开——一共有八个，还冒着热气，怪不得她嫌沉。

“咦？糖醋里脊？！”

“你不是说你最爱吃这个吗？也不知道正不正宗。”刘菁话还没说完头就垂下去，腼腆的样子让人心疼。

我真的几乎忍不住想抱抱她。

"谢谢你！刘菁！"我真的被感动了——我都忘了上一次被感动是什么时候。

"咦！好假！呵呵，快吃吧！"刘菁冲我摆摆手，视线转向电视。

我把餐盒里的饭扒进碗里，闷头吃起来。

"对了！"刘菁突然喊了一声，"我的酒！"

"什么你的酒？大过年的别吓人行不？"

"我给你带的酒，忘了拿上来了。"

"什么酒？"

"红酒。"

我一听红酒有些嘴馋，生怕又给她带回去了，便自告奋勇："那我下去取吧！"

"好啊！"刘菁掏出车钥匙放在茶几上，"就在楼下。"

"你哪个车啊？"

"底下红色的那辆。"

我把头伸向窗外！红色的除了一辆夏利的出租车，就是一辆宝马Mini了！

我脚步艰难地挪到茶几前，抓起车钥匙看了看。钥匙精致小巧，如同一件工艺品，上面蓝白十字相间的圆形Logo，即使再车盲的我也能认出来。

"迷你酷派，你的车？"

刘菁看了我一眼，答非所问："酒在副驾驶位子上。"

酒拿上来，我借着灯光看了一下瓶子上十分陌生的商标，"PETRUS"几个字母深刻地印在我的脑中。

刘菁给我倒了一杯酒。我端起高脚杯，煞有介事地晃了晃，闻了闻，再轻轻抿一口。

刘菁抿着嘴，笑着问我："怎么样？"

我坦诚相告："喝不出来。"

刘菁扑哧一下笑出声来："看你那架势还挺像那么回事的。"

"电视里学的，"我挠挠头，自嘲道，"至少没有像喝啤酒那样吹瓶子不是吗？"

"真不绅士！"刘菁笑了笑，在一旁噘起嘴，愤愤道，"也不知道客套一下，问我要不要喝点。"

"你不是要开车吗？"

刘菁没回答，反问道："会开车吗？"

"嗯？"

"我问你会开车吗？"

"会啊。"老实说我开车的技术还是多年前在夏跃进的桑塔纳上练就的，现在已经生疏得不知是什么样了，"您有什么吩咐？"

"我开车来的，要喝酒的话你就得送我回去。现在这个时候已经没有的士了。"

"哦，"我十分底气不足地应了一句，"那就别喝了——"

刘菁打断我："你不是会开车吗？"

"喝这个吧！"我拿出一瓶橙汁，"老实说我说的'会开车'仅限于在既没有人，又没有弯道，还没有坡度的路上——而且我也没有驾照。"

"夏拙，我明白了，"刘菁咯咯笑道，"你说的车是小时候的电动玩具车。"

"好吧我承认，你喝这个吧！"我拧开瓶盖，准备把橙汁倒进杯子里。

"不行，大过年的我陪你喝！今天我们一醉方休。"

我差点忍不住笑出声来："那你怎么回去？"

"不回去了！这里又不是没地方睡。"

"啊？！"我的下巴像是被谁强行掰开一样，因为张开得太狠，一时半会儿还没法复位。

"啊什么呀？"刘菁扭过头上下打量了我一眼，"夏拙你脑子里想啥呢！这是我的家吧？本姑娘今晚在这里你不放心吗？是怕我怎么着你还是咋的？"

我暗自想：怎么会呢，我求之不得。"不是不是，今天大年三十呢，你不跟家里团聚吗？"

"都在A城，有什么好聚的——喝！"说罢刘菁已经给自己倒了一杯，豪气冲天地端起杯子。

我看着她武松勇闯景阳冈一般的架势，想笑又不敢，只好谨慎地跟她碰了碰杯。

"我能不能八卦一下，你们家是不是很有钱？"

刘菁看着我笑了笑："还行吧——来，我们干杯！"

我举起酒杯："春节快乐！"

刘菁笑着碰杯："万事如意！"

我跟上："身体健康！"

"学业顺利！"

"步步高升！"

"寿比南山！"

"福如东海！"

"财源广进！"

"百年好合！"

"早生贵子！"

"哈哈哈哈……"

"干杯！"

"干杯！"

……

微信扫码
加入【本书话题交流群】，
与书友交流读书心得。

饭吃到一半，我还是放心不下，追问道："你确定不用回去？这……不好吧！"

刘菁白了我一眼："有什么不好的——夏拙你是不是想赶我走啊？要是嫌我吵到你，那我还是走吧！"说话间刘菁缓缓起身作势要走，表情还可怜巴巴的。

我赶紧拦住，满脸堆笑："没有没有，岂敢岂敢，您坐您坐！"

正说着，刘菁的电话响起。

"老爸，我不回去了啊！跟同学在一起守岁呢！都是女生——放心吧！手机没电，挂了啊！"挂了电话后刘菁索性关机。

我笑道："你也忒狠了！一句话就让我变性了。"

"这不是让他放心嘛，你说让我回去干吗呀，他们两口子在家可恩爱了……"刘菁开始滔滔不绝地晒起他们家的幸福。此时此刻，听着这些，我的心中真是五味杂陈：一家三口其乐融融，这对于我来说是多么奢侈和遥不可及的事。

"怎么了？"刘菁觉察出我的脸色渐渐黯淡下来，小心翼翼地问道。

我笑了笑，回道："没事。"

刘菁歪着头，追问道："跟我说说你的家里呗。"

我浅笑着看了看她，说："还是别讲了，大过年的，挺扫兴。"

看她不开心，我赶紧岔开话题："你跟你爸亲一些还是跟你妈亲一些？"

"老爸！"提起"老爸"，刘菁眉飞色舞。她的老爸是个生意人，可是只要在A城，每天总要抽出时间陪陪刘菁。无论是逛商场、做发型，还是吃肯德基、必胜客，刘菁总会拉上她老爸。刘菁说，她老爸时尚又体贴，时不时给她老妈送上一束玫瑰花或者一盒巧克力，一有闲暇他还亲自下厨给她们母女俩做寿司和甜点。

"老爸就是我以后的择偶标准！"刘菁兴奋地告诉我。话刚说完，刘菁就死死盯着我。

"怎么了？我脑袋上长了包？"

"没有，"刘菁脸一红，迅速低下头去，"其实，我觉得……你跟我老爸……挺像的。"

"呵呵，呵呵……"我干笑了两声，"我有那么老吗？呵呵，呵呵……"

刘菁没说话，抬起头死盯着我，看得我心里发毛。

"夏拙。"

"嗯？"

"答应我一件事。"

我一听便开始头大，估摸着孤男寡女大年三十晚上相聚守岁，关于承诺的话题必定是沉甸甸的，答应了可是一辈子的责任，但寄人篱下又吃人嘴短，又有什么理由拒绝呢？"呃……你说。"

"昨天看报道了，方便面里面有致癌的东西，以后别吃泡面了。吃了不好！"

"嗨——我还以为什么呢，吓死我了！"我长吁一口气。

"什么吓死你了？你答应了没有？"刘菁瞪着眼，皱着眉，气鼓鼓的样子实在是可爱极了。

"答应答应，一定答应！打死不吃泡面，饿死不吃泡面！"

"你不刚让我不要说不吉利的话吗？"

"哦！我错了！陛下！"

刘菁的筷子头迎面而来……

吃了苦头之后，我决定以牙还牙："刘菁，我……有句话想对你说。憋了很久了，难受，必须说出来。"

可爱的刘菁同学脸上一片慌乱："什么？"

我沉默不语。

"说呗！"她的眼神充满期待。

我继续沉默不语。

"你说不说？不说我走了。"期待变为焦灼。

我走到她面前，定定地看着她，字正腔圆地说："糖醋里脊真好吃！谢谢你！"

"讨厌啊你！"刘菁面红耳赤，笑着张牙舞爪向我扑来，全然没有了清纯可爱的形象。

闹过之后，刘菁酒气上涌，没等我反应过来已经趴在沙发上睡得死沉死沉的，就像武侠小说里中了迷魂散一般。

我横竖都叫不醒她，无奈只能抱她进了她的卧室，颤着手替她脱掉鞋子和外套，给她盖好被子，静静地看着她。橘色灯光下，她醉酒后的笑容真切而甜蜜，间或还发出孩子般"咻咻"的笑声；她的脸庞白里透红，泛着羊脂玉一般的温润光泽；她的头发柔顺飘逸，头顶上还有一个调皮的白色流氓兔发卡……

我关掉她的床头灯，回到房间，装好手机电池，开机。里面有不少亲朋好友的祝福短信和整整十个来电提示——三个是孙老师的，两个是夏跃进的，还有五个是刘菁的——依旧没有颜亦冰的电话。

我翻出她的号码，拨过去，还是关机，我深感失望又愤懑不已，索性再次关机，在新年的钟声和礼炮中倒头大睡。

醒来的时候刘菁已经走了，桌上留了一张字条："锅里有煮好的鸡蛋，冰箱里有面包片、果酱和牛奶，记得吃早餐。新年快乐！"我无比惆怅地看着窗外。新的一年太阳并没有照常升起，因为下雨了，雨不大却惹人烦，出门拖泥带水，家中潮气逼人，让人感觉甚是不爽。大年初一终于接到了颜亦冰的电话，是从医院打来的，原来她妈生病了，回去之后她就一直在医院陪护，连家都没有回。

"家里没有别的人替你吗？"我的怒气顷刻间消散，转而心疼起她来。

"没有。"

"你爸呢？"

那边没说话，沉默了半天，她说："我要过去了，有时间再打。"

挂了电话我方才想起，跟她相处那么久，却从没有听她提起过家里，提起过她的父母。

我一直感觉她很坚强，像芦苇一般充满了韧性，我一直疏于探究她的坚强背后还有什么，直到今天才隐隐感觉到她的艰难。

年过得百无聊赖，我不想看书，不想去画室，更讨厌看电视，想出门走走却被南方的绵绵冬雨逼回来。大年初三牧云画廊复课，我甚至感觉到了激动和欣喜。

见到学生们感觉甚是亲切，戴青和安奕甚至还给我带了些礼物：戴青带的是一块安化黑茶，安奕则捎来了家里的腊肉还有好些零食。总之和这帮学生相处，感觉不错。

几天之后刘菁也回来了，她不再蜷在沙发上看韩剧，转而潜心研究起菜谱来，《家常菜300道》《湘菜大全》什么的在客厅茶几上摆了一大堆；就是看电视，也把频道调到《美女私房菜》之类的节目上，真是用心良苦，精神可嘉。

纸上谈兵是远远不够的，刘菁把目光投向菜市场，买回了油盐酱醋、生姜、料酒、淀粉、苏打、茴香、桂皮等多达数十种烹调材料，又采购了几乎够我们吃一个月的主、副食来，把冰箱塞得满满当当，连我的啤酒都给挤出来了。

看样子年前真不该夸她泡面煮得好。

有一天，我正在卧室看书，刘菁怯生生地敲开我的门。

"夏拙，问你个事——你知道五克是多少吗？"她一手端着食盐罐，一手拿着勺子，比画着问我，"是这么多，还是这么多？"

"呃，我还真不大清楚，应该就这些吧！"

"唉——什么都买齐了，就缺个天平。"刘菁噘着嘴，垂头丧气的样子。

"天平？"

"是啊！书上老是说食盐多少克，味精多少克，我怎么知道多少克是多少？"

"还有少许，少许是个什么玩意儿？多少才叫少许啊！"

我忍住笑："就是嘛！编菜谱的人都是蠢蛋——我看算了，还是别学这个了，太辛苦。"

"不行！一定要学会，你不是说我很有天分吗？"刘菁斩钉截铁，还倒打我一耙。

"是的，主要是我是怕你太辛苦了。"

"不辛苦！哈哈哈。"

过了一个多小时，刘菁又敲门。

"吃饭了，尝尝我的手艺。"她的底气明显不足，"手艺"二字几乎要咽到肚子里去了。

她煮了饭，做了青椒肉丝（准确地说是肉块甚至肉球）、紫菜蛋汤，还有清炒莴笋叶，手艺可想而知。万幸的是饭总算是熟了，于是我们用买来当调料的一瓶"老干妈"下了饭。

看到刘菁一脸失望，我拍着她肩膀鼓励道："没事，失败是成功他爹，没有谁天生就是厨子。"

"嗯！"刘菁神色凝重地点点头，"一定要坚持！"

第二天，刘菁果然买了天平，甚至还买了个量杯，把厨房搞得跟化学实验室一样，我都忍不住佩服起她那锲而不舍的精神来。

不知是天平和量杯的作用，还是刘菁积累了心得，那天晚上的饭菜已经基本能吃了，虽然"老干妈"依然作为一道主菜摆在桌上。

情况一天比一天好，我的胃口在饱受煎熬之后，终于苦尽甘来，有一天回来我甚至闻到了糖醋里脊的味道。

"开饭了！尝尝我的手艺！"这回她把"手艺"二字说得底气十

足，感觉是胸腔在发音。

清蒸武昌鱼、小炒黄瓜、糖醋里脊和金针猪肝汤。

"怎么样？"刘菁忐忑不安地看着我。

"好！"我嘴里塞着肉含糊不清地回答，我都没时间恭维她了。

"有没有冰冰做得好吃？"

"呃——都不错，"我有些头大，刘菁似乎对这个答案不大满意，我赶紧补充道，"颜亦冰可不会做糖醋里脊，你做得真好吃。"

刘菁这才算罢休，我偷偷笑着感慨："女人呐……"

"等下。"刘菁的手向我的脸上伸过来，我下意识往后一躲。

"怎么了？"

"汤汁流你嘴巴外面了。"刘菁稍稍顿了一下，还是轻轻地把我嘴巴上的里脊汁擦去。

六、橘红

颜亦冰直到开学才回来，人愈加瘦了，气色也不如先前，她寒假一直待在医院，看样子吃了不少苦。

在车站接到她的时候，我抱了抱她，感觉她身上的骨头都能硌到人。

"你这究竟是怎么了？！"我又是心疼又是上火。

"回头再跟你解释吧。"颜亦冰叹了口气。

颜亦冰的"回头"在大约半年之后，不过那时已经物是人非了。

开学后，应刘菁的盛情挽留，我和颜亦冰没有搬回学校宿舍而是继续赖在她那里。针对我"移民海外"的行为，104宿舍三巨头反应各不相同：欧阳俊表示高度的理解、肯定和赞赏，并询问那里还有没有多的房间，看来他也有了"移民"的打算；易子梦大骂我见色忘义，说我是104宿舍的叛徒，以后再也别回来，他如此气急败坏只有一个原因，那就是刘菁对他明确表示拒绝，他的酸葡萄心理严重泛滥，对我只能是"羡慕嫉妒恨"；老大林安邦依旧是一副苦大仇深的样子，他告诫我要好好学习，时刻不要忘记自己是一名大学生，是祖国的栋梁、民族的希望，不要年纪轻轻便被美色迷惑了双眼。

我捣蒜般不住地点头，口中一直重复"是是是是……"直到他说得口渴了要喝水，我才停下。

晚上，我们在校外的烧烤摊上喝了一顿酒，第一是年后大家还没有聚过，第二算是为我这个104宿舍的"叛徒"饯行。坐在污迹斑斑的小木桌旁，顶着顺风而来的滚滚油烟，就着烤焦的土豆、茄子、鱿鱼还有羊肉串，我们喝着七块五一瓶的"邵阳大曲"，畅谈国际形势，畅谈国家前途，畅谈高校改革，畅谈人生理想，畅谈女人与性（这是在安哥上厕所的时候谈的），总之唠唠叨叨没完没了。

聊完伊朗核问题和中国GDP之后，安哥问起了我们毕业后的去向。这个问题一下子把我们带入沉默，算起来大学生活已经过去了一半多，真正能待在学校的时光也就只剩今年了。易子梦拍着胸脯豪情满怀，说凭他的专业找份月薪五千的工作应该不成问题，我笑着说你的专业不是小黄片鉴赏吗，易子梦把眼珠子翻得跟剥了壳的鹌鹑蛋一般算是回答；我说我想先找家大点的广告设计公司，找个好一点的平台，积累经验和资本后，再自己开公司。

安哥把头转向欧阳俊："你呢？"

欧阳俊苦笑着干完了一次性塑料杯中的残酒，两眼发红："安哥，别跟我谈去向，我的去向只有我的老爸老妈知道，我……不知道！"

换个角度来说，欧阳俊未来的路已经被父母铺好了，可以肯定的是，那绝对是一条康庄大道。只是，欧阳俊似乎并不领情。

"安哥，你呢？工作还是考研？"作为A城大学最牛专业的学生，安哥可谓前途远大——A大土木工程的学生应聘底薪都在五千以上，即使考研，安哥少说也有九分把握。

安哥轻轻抿了一口杯中酒，淡定地看了我们一圈："我想去当兵。"

"什么？！当兵？"我大感意外，嘴巴张得老大，含在嘴里的鱼丸都掉了出来。

"大学生当兵？你搞笑吧？"

"屈才屈才！不值当不值当！"

安哥笑着摇摇头："我2004年的时候报了军校，可是体检时生了一场不大不小的病，耽误了时机。无论如何，我要完成这个梦想。"

我们沉默了半分钟，心情复杂。

这年头，有梦想的人还有几个？

多年以前，当我们还什么都不懂的时候，我们把梦想画在了少年洁白无瑕的纸上，天真地等它兑现；如今，当我们开始懂点什么的时候，我们把梦想泡在了乙醇水溶液中，理智地告诉自己它依然存在，却失去了生命；多年以后，我们把梦想刻在碑上，告诉后人，自己也曾有梦想。

梦想会慢慢枯萎。这，就是成长。

"好！有梦想的人值得尊敬！"欧阳俊把酒杯添满酒，再次举杯。

"为梦想干杯！"

"干杯！"安哥豪气干云，杯中酒被一饮而尽。

……

从家里回来之后，颜亦冰看上去郁郁寡欢，愁肠百结。如果说去年还有些如A城多雨春天里的阳光那般金贵又灿烂的笑容的话，今年的颜亦冰脸上始终带着冬天的霜花，似乎万物已经复苏，但春风始终没有吹到她那脸上。

颜亦冰变得更加忙碌，除了陪人吃饭和做平面模特之外，她又多了一份兼职——酒吧"炒更"，从晚上九点到凌晨一两点。

我去了颜亦冰炒更的酒吧，里面灯火怪异、烟雾缭绕、"群魔乱舞"。男男女女在忽明忽暗的灯光下搂搂抱抱，彼此纠缠着，如同交尾的蛇；亢奋的青年伴着几乎震破耳膜的音乐夸张地扭腰摆头，像来自原始部落的土著人在祭祀；猜拳的声音歇斯底里，他们似乎要把身上的最后一点激情和体力挤干才罢休。

　　颜亦冰站在巨大的音箱上，用她那明亮高亢的嗓音唱着歌，妆容艳丽如鬼魅，黑色的紧身皮衣上镶着亮片，在昏暗的灯光下反射着诡异的光芒。

　　我看见醉醺醺的酒鬼把硕大的扎啤杯端到她面前；看见獐眉鼠目的侍者把粉红的钞票递到她面前；看见肥头大耳的男人把满面油光的脑袋凑到她面前……坐在最昏暗角落里高高的吧凳上，在喧嚣的音乐声中，我感到周身寒彻，听见自己的骨头在"嘎巴"作响。

　　我实在忍无可忍，拉着颜亦冰的手把她拽出了酒吧。

　　"你以后不要再来酒吧了。"我恶狠狠地警告她。

　　"是你以后不要再来酒吧了，"颜亦冰冷冷地回应道，"你这是在影响我工作。"她的脸上是厚厚的、让人感觉陌生的妆容。

　　"冰冰，"我努力压住火，让自己的语气软和下来，"一个女孩子天天待在酒吧，这算什么事啊？"

　　"夏拙，你以为我天天来酒吧是为了玩吗？"

　　"你就这么爱钱？你还是个学生。"

　　"是，我爱钱，"颜亦冰不以为然地瞥了我一眼，"有错吗？"

　　我拿出钱包狠狠地砸在她手里："都给你！你给我回去！"

　　颜亦冰定定地看着我，过了好久才转过视线："夏拙，别幼稚了，你的心意我领了，但我不需要。你好好读书，认真画画。"

　　"幼稚？！"我内心失落、愤怒、沮丧……像失手打翻了调料瓶一般五味杂陈，我冷笑一声，"颜亦冰，你是在教育我吗？"

　　颜亦冰叹了一口气，没说话，头也不回地再一次走进酒吧。

我的心如被钝刀缓慢划过一般。

我终于放弃了接她下班和等她回家的打算，把多出来的时间交给画室、图书馆、104宿舍、校外的小酒馆和A大后面的Y山，总之，把自己折腾得够呛之后回来倒头就睡，连什么时候身边躺了个人都不知道。

只有在早上的迷蒙状态中，我才能看到颜亦冰倦怠的睡容。

她连睡觉的眉头都是皱着的。

有一天深夜，我被颜亦冰的哭声惊醒，她的哭声很小、很压抑，低沉的抽泣声犹如从窗外的寒夜里传来，让人感觉冰冷。

"怎么了……"我转过身来，搂住她，托起她的脸颊，用拇指轻轻擦去她的泪痕。

"没什么，做了一个噩梦而已。"

"冰冰，你有心事不要藏着，告诉我好不好？"我几乎是哀求。

"睡吧，没事——真的。"

颜亦冰把头枕在我的胳膊上，泪水冰凉，顺着手臂流到我的胸口，让我一阵痉挛。

我感觉我和颜亦冰越来越远。我曾试图了解她这样做的原因，但结果总是失败，颜亦冰的心如同一枚坚果，怎么打都打不开。

而我，也渐渐失去了打开它的信心和兴趣。

"夏拙，我们逛街去吧？"开学后第三个周末，颜亦冰终于有了闲暇。

"嗯？"我含着满嘴的牙膏泡泡，意外地望着她，"逛街？"

"你今天有安排吗？"颜亦冰嘴角轻轻上扬，算是回答，她睡眼惺忪，依旧掩饰不住疲倦。

我含了一口水，漱掉嘴中的泡沫，冷冷地答道："今天我要去画室。"

一声"哦"仿佛从很遥远的地方传来，我透过镜子，看见她脸上落寞又凄楚的表情。

我的心隐隐作痛，终于有些不忍。

"算了，陪你逛街吧。"

"真的？"

"嗯。"我笑着点点头。

她的脸上终于绽放出笑容——尽管稍纵即逝，却实在是久违了。

初春的A城，如同刚刚放学的少年，看上去轻盈欢快，生机勃勃。A江边，成片成片的浅绿于不知不觉间覆盖了原本灰不溜秋的裸露河床；白色或紫色的野花点缀在这两条绿带上，如同少女精致飘逸的丝巾；溯江而上，有小块小块的油菜花浓烈地开着，虽然成不了壮美的景观，但那鲜亮明快的色调还是让人心旷神怡。

A江对岸的五一路步行街，在春天的周末更是熙熙攘攘人潮如织，如同现代版的《清明上河图》。追赶潮流的女孩子们迫不及待地脱去了身上的羽绒服，把黑色的、紫色的、肉色的、蕾丝的、织花的等刚开始流行的丝袜套在性感的或粗壮的腿上；卖阿拉伯烤肉的小伙子用他们那豪迈而极具煽动力的嗓门儿招徕食客；早已声名远播的臭豆腐不需要叫卖，摊前就歪歪扭扭排起了数十米的长队，那极富地方特色的臭味渗透了步行街的每一个角落；商场里纷纷打出冬装降价促销的海报；药店里的"前列康"都买一送一了。

颜亦冰挽着我的胳膊走在街上，虽然依旧不苟言笑，但还是感觉比较放松，早春的风似乎在慢慢解冻她那冰冷的表情——尽管这看上去似乎将是一个比较漫长的过程。在一家品牌男装店里，她看上一件银灰色羽绒马甲并执意要送给我。尽管我对此不大感冒，但经不住她的软磨硬泡，万般无奈穿上后，她的脸上才露出开心满足的笑容。

"你为什么非得买这个给我呢？我又不缺衣服。"

"是的，我只是想，给你买一件像样的衣服，你能穿上好久，这样哪怕是几年之后，当你看到这件衣服，依然能想起我。"

"什么意思——"我有些迷惑又有些懊恼。

"呵呵，没什么。"颜亦冰笑笑，继续拽着我的胳膊往前冲。

颜亦冰，你错了。仅仅一年之后，我的身上便只剩军装，盖的是部队发的绿被子，铺的是部队发的白床单，你送我的名牌马甲，放在我们不见天日的行李房里，静静地长着霉。

可是，每晚十点的熄灯号吹响以后，我老老实实地闭上眼睛静卧在床上，脑子里还是会想起你的每一个笑容，想起你的每一句话、每一个动作，想起你。

"你等一下，"颜亦冰在一家农村信用合作社门口停下，"我汇个款。"

"汇款？"

颜亦冰悄悄叹了口气，说："在外面等着，一会儿就好。"

颜亦冰进去后，过了大概十分钟才出来。

"好了。"她挽着我的胳膊，长吁一口气。

"给谁？"

"我妈。"

"多少？"

"五千。"

"五千？！"我忍不住叫了一声。这是开学以来的第三个周末，如此看来颜亦冰的课余时间真的是"财源广进"啊。

"看来炒更的收入还是蛮高的嘛。"我酸溜溜地说了一句傻话。

"夏拙，"颜亦冰甩开我的胳膊，"你想让全世界都知道吗？"

我讪讪地笑了一下，算是道过歉。

走到广场，近百名年轻貌美的女孩子手里捏着报名单缓缓前移。

朝东的广场一角，搭起了一个色彩艳丽的舞台，一个女孩子正在台上高歌，刚唱了两句，台下就有人喊："下一个。"

舞台的背景是四个花体大字："××偶像。"

这是A城电视台举办的一个选秀节目，口号好像是"平民舞台，偶像风采"，换句话来说，每个人都可以报名参加这节目。

我开始不以为意，后来才知道，这档我不以为意的无聊节目，竟然改变了我和颜亦冰的命运。

颜亦冰现场签了条款、填了资料、报了名，整个过程行云流水，一气呵成，等我反应过来，她已经把号牌贴在身上了。

"219号，刚好你生日。"她冲我浅笑。

我跟着笑了笑，没说什么。

"下一名，219号。"颜亦冰上台，她昂首挺胸，步伐沉稳，姿态从容而高傲，如同伊丽莎白女王在检阅她的皇家卫队。

她颔首浅笑，自报家门后唱了迈克尔·杰克逊的 *You are not alone*。

就像前面的种种表演都是为了给她做反衬一般，颜亦冰的形象和歌声给那些尖酸刻薄却昏昏欲睡的评委打了一剂强心针，喧嚣嘈杂的黄兴广场刹那间变得安静，只有颜亦冰那慵懒得几乎漫不经心的偏低嗓音透过音响传向远方。

30秒过去了，评委没有响铃，一分钟过去了，铃声依旧没有响起，直到一段唱罢，掌声响起，评委才缓过神来："进入复赛。"

颜亦冰牵引着众人的眼球走到我面前，把我也安放在目光的包围圈中，让我脸上一阵灼热，跟做了亏心事一般。

"这下好了，我也成焦点了。"我自嘲地冲她笑笑，心中却升腾起一股幼稚的虚荣。

"呵呵，管他呢。"颜亦冰浅笑着，挽着我的胳膊走出包围圈。

"去哪儿？"

"你说呢？"

"吃饭。"

颜亦冰看看我，笑着说："还是回去买菜做吧，我们住了刘菁的房子，也没感谢人家。"

我点头表示同意。颜亦冰掏出电话，跟刘菁打了招呼。

挂了电话后颜亦冰说，刘菁的意思是搞个小Party，把她们的室友和我的室友都叫上，大家也好久没聚了。

"刘菁还说了，"颜亦冰补充道，"她一个人跟我们俩吃饭不合适，她当电灯泡太亏了。"

我打着哈哈。

颜亦冰正色道："夏拙你告诉我，你是不是很享受两个美女陪你吃饭的感觉？"

"没有没有，其实我如坐针毡。"我赶紧强调，并举起右手做宣誓状，"天地良心，真没骗你！"

颜亦冰轻捏了我一把，倒也没穷追不舍，挽着我的胳膊去买菜了。

我腾出一只手打电话通知104宿舍，易子梦和安哥倒没问题，只是欧阳俊有点状况。

"我去不了了，今晚'四号'过生日，我要去传媒学院。"欧阳俊挂电话之前提醒我，"如果谢蕊寒过去的话，就说我参加社团聚会了，千万别穿帮了啊！"

"知道了，放心吧！"

挂了电话，颜亦冰似笑非笑地看着我，眼神饱含深意。

在颜亦冰和刘菁的共同努力下，一桌丰盛的晚餐于六点半准时开始。吴曲和谢蕊寒到了，安哥和易子梦也到了。一进门吴曲就围着安哥掐了起来："火星男，你不是说最近要做什么模型很忙吗？"

吴曲和安哥感觉就不是一个世界的人，可是不知为何，总有一些这样那样的事把两个人联系在一起。这样一来，两人的关系就变得扑朔迷离起来。

"是啊，但是拙子叫我过来聚会，我又不好拒绝——"

"那我叫你陪我逛下街，你就好拒绝？"不等安哥说完，吴曲就发飙了。

"你还好意思说你那逛街——简直就是自虐！买一大堆衣服鞋子，吃一大堆垃圾食品，一条五一路来回三遍都走不烦，一枚小耳钉挑了十遍还不买，我要是那老板，早吐血了。"安哥激动起来就眉毛倒竖，鼻孔外翻，脸上皱纹密布，活像一只大猩猩。

吴曲好像没见过安哥这么大反应，胸脯被他气得一颤一颤的，甚是生动："我靠！地球太危险了，你还是回火星去吧！"

"你说我不是地球人？你一买衣服就是国外的牌子，一吃东西就是国外的快餐，一看电影就是国外的大片，一点民族意识都没有，你说你是不是中国人！"

"你！你！你——"伶牙俐齿的吴曲被气得染上了易子梦的毛病，也结巴起来。估计能对吴曲起到这影响的，除了安哥之外A大是找不出第二人了。

"等一下！"我打断他们，"安哥什么时候陪吴曲去逛的街，我们怎么不知道啊！"

安哥一把捂住自己的嘴，像是要把刚才说出口的话塞回去一般，吴曲站在那里也一时语塞。

"我说曲姐，你不是对我们安哥有什么企图吧？"

"我……那不扯淡嘛！"吴曲双手插在腰上，"我就是找易子梦这样的也不会找这种外星人。"

安哥听了头发都立了起来，看上去把吴曲生吞活剥的可能性都存在，易子梦则站在那里满脸无辜。

"好啦好啦！"刘菁适时制止了战争，顺便岔开话题，"对了！欧阳俊呢？欧阳俊怎么没来？"我笑着解释："他们社团开会，好像近期要组织什么春游活动吧。"

"他不是去了传……传媒学院吗？"世界上总有一些像易子梦这样"智商非凡"且"口风严实"的角色，历史才会充满了美妙的戏剧性。

我狠狠瞪了易子梦一眼，易子梦恍然大悟一般，忙不迭解释道："是的是的，我记错了，他是学、学校里有、有事。"

谢蕊寒的脸色如同此时窗外的天色一般渐渐黯淡下去。

"坐吧，该到的都到齐了。"谢蕊寒冷冰冰地发出倡议，但我们听到的像是命令的语气。她应该是知道欧阳俊的风流的。

"好好好！各位抓紧就座。"我赶紧息事宁人，安排座次。

餐桌是椭圆的，于是按照最原始最简约的办法——男的一边女的一边。我对着颜亦冰，易子梦对着刘菁，安哥对着吴曲（尽管是横眉冷对），只有谢蕊寒对面是空的，显得她有点郁郁寡欢。

"来！试试我们刘家大小姐的厨艺！"颜亦冰察言观色，举起筷子给谢蕊寒夹了一块可乐鸡翅。

"我只是个帮厨的，冰冰才是大师。"

"来，夏拙，这个糖醋里脊做得不错哦！"颜亦冰给我也夹了一块，眼睛却牢牢地盯着我，眼神颇有深意。刘菁迅速低下了头，脸上微醺般泛出红色。

"火星男，你不是喜欢吃梅菜扣肉吗？多吃点！"吴曲给安哥夹了一大块扣肉。吴曲的脸色变换可真比外面的大型广告显示屏还快，看来还真是够安哥喝一壶的。

安哥拿筷子夹起扣肉一看，上面的瘦肉已被吴曲剔得干干净净，剩下的只是一块晶莹透亮的肥肉，安哥白了正笑眯眯看着自己的吴曲一眼，没说什么，忍气吞声地把扣肉塞进嘴里。

"易子梦你多吃点！"刘菁作为主人生怕冷落了易子梦，出于礼貌也向他打了个招呼。易子梦受宠若惊，就差"感激涕零"了。自他进门见到刘菁后就一直眼神飘忽、行为拘谨，说话更是磕巴，我们无法验证曾被易子梦吹嘘得"惊天地泣鬼神"的他和刘菁的爱情故事是否真实，单从刘菁的反应来看，这事很可能是易子梦意淫出来的（他向来擅长干这个）。

颜亦冰本来就天赋异禀，刘菁的厨艺也确实进步很快，一顿饭大家都吃得特别香。我们开玩笑说《美女私房菜》栏目应该考虑换人了。

饭吃得差不多的时候，吴曲说气氛不够热烈，她提议做游戏。

"什么游戏？捉迷藏？"安哥问了个无比天真的问题，在他看来，"游戏"二字的适用范围是十二岁以下的人群。

"林安邦同志，我说你什么时候才能从童年中解脱出来？"安哥的脖子伸得老长，正要爆发，吴曲连理都不理他，转过脸去问大家："我们玩'真心话大冒险'好不好？"

我一边跟风一边琢磨，坏了坏了，今晚可能要出状况了。

吴曲拿来个空碟子，里面放个汤勺就转起来，如同古时的司南。"第一把我坐庄！转到谁算谁！"她说着就轻轻推了一下饭勺，只见饭勺转了几十个圈，勺把直直对准了易子梦。

"哦！"大家起哄。易子梦用手摸了把额头，慷慨道："来吧！"

"真心话还是大冒险？"

"真心话。"

"好！"吴曲问道，"易子梦，你最讨厌的是什么？"

"我想想，我想想……"其实不用易子梦想我们都知道，他在宿舍里不止一次表示，他在世界上最讨厌的东西就是马赛克，他还说马赛克是阻碍人类文明和人体艺术进步发展的最大障碍。他之所以要想想，是因为他不知道除了马赛克他还讨厌什么。

"快点！"

"绕、绕口令！"

我们都爆笑起来。绕口令对于他来说确实太难了点。

轮到易子梦坐庄，他把勺子轻轻一拨，勺把转到对面就停了下来——正对刘菁！看来这小子早有预谋。

"真心话？大冒险？"

"真心话！"

"你喜欢什么样的男孩？"

"有才华的。"

"具体一点！"

"能写能画，心地善良……呃……没啦！"

"再具体一点。"

易子梦唯恐天下不乱："是不是夏拙这样的？"

刘菁表情夸张地看了我一眼，说道："真心话只能问一个问题，下次再说吧。"

我的冷汗渐渐消退。

下一轮转到了颜亦冰，她选择的是大冒险，于是她被要求当着大家的面吻我一下。我们嬉闹着完成了这个项目，随后颜亦冰又把勺把转向了我。

"真心话还是大冒险？"

"大冒险。"

"不行，我偏要你来真心话。"

"好吧！"跟女人讲道理是没用的，如果不能反抗，还不如接受。

"夏拙！如果除我之外还有别的女孩喜欢你怎么办？"颜亦冰问过之后，还瞟了刘菁一眼。我打着哈哈，笑着背出了《节妇吟》："知君用心如日月，事夫誓拟同生死。还君明珠双泪垂，恨不相逢未嫁时。"算是过关。这时，刘菁脸上不自在的表情渐渐退去，泛上来的是淡淡的幽怨。

下一把转回了吴曲，她被要求抱一下安哥，在安哥一番义正词严的拒绝之后，恪守游戏规则的吴曲"霸王硬上弓"从后面箍住他，算是完成了任务。

为了报复，吴曲把下一个真心话的机会留给安哥。

"火星男！你老跟我们说梦想。我问你，你毕业后的梦想是什么？"

"我的梦想——"安哥的言辞有些闪烁。

"我知道，"易子梦举起手来，"我们安哥的伟大梦想是——是当、当当当当当，当兵！"

气氛渐渐冷却。

我狠狠地瞪了易子梦一眼，低声喝道："你不说话大家不会当你是哑巴。"

吴曲有些迟疑地问道："林安邦，真的吗？你想去——当兵？"

"是啊，我准备年底就去参加征兵。"

"不行！我不同意！"包括安哥在内，我们所有人都意外地看着吴曲。

"当兵有什么好的？！你为什么不能在A城找个工作呢？"吴曲大概意识到自己的失态，追问道。

我们坐在那里似乎明白了什么。

"这是我从小的梦想，我必须当兵。"安哥的声音不大，却有点斩钉截铁的味道。

我们看见吴曲的眼眶一下子红了，眼泪在眼眶里打转，谢蕊寒赶紧拍了拍她的肩膀。

真相是一把利剑，此时，已露出了它的剑锋。

我们僵在那里不知如何是好，时间像凝固了一般。

"好啦！游戏到此为止，大家看看电视吧！"

那顿饭最后不欢而散。

送走他们，把饭桌收拾利索之后，刘菁打着哈欠说她先回屋了。

我走进房间，颜亦冰紧紧跟上。带上门，拉上窗帘，把灯光调得比较柔和。

　　我躺在床上，有些酒后的兴奋。

　　颜亦冰紧挨着我躺下，把头枕在我的胳膊上，温顺得如同一只小羊崽。

　　"夏拙。"颜亦冰像在把玩一件文物一般，轻抚着我的手指。

　　"嗯？"

　　"这种感觉，是不是久违了？"

　　"嗯。"我老实回答，"年后再没有过。"

　　"有些事，我现在没有告诉你，是因为不想让你为我太担心。明白吗？"

　　"我不担心，"我苦笑道，"我还不够为你担心的资格。"

　　她轻轻地、悠长地叹了一口气："但迟早有一天，你会知道真相，同样也会理解和原谅我。"

　　我警醒地仰起头，转过身来看着她："什么意思？"

　　"没什么，"颜亦冰看上去十分淡然，"我现在到处做兼职，晚上去酒吧炒更，你不是很反感吗？"

　　我再次躺下去，吁了一口气。

　　"对了，你觉得刘菁怎么样？"颜亦冰似乎来了精神，扭过头来死死盯住我。

　　"还不错啊！善良、大方，脾气也不错。"看着颜亦冰的脸色渐变，我赶紧纠正方向，"就是太幼稚了点，像个傻妞，比起你来，既没你聪明智慧，又没你妩媚性感。"

　　看着颜亦冰的脸色渐渐回暖，我才放下心来——看来对恭维缺乏免疫力的确是女人的通病，连聪明又有城府的颜亦冰都概莫能外。

　　"你知道吗？菁菁喜欢你呢！"

　　"你别瞎说！"

"她亲口说的！"

"开玩笑的话能当真吗？你不是没事找事吧？"我装作生气的样子。

"好啦好啦！"颜亦冰笑吟吟地拉着我的胳膊，"不过说实话，菁菁确实是喜欢你呢！还记不记得刚认识你的时候，我醉得不省人事，第二天起来，她把你夸得跟正义与帅气的化身一样，所以我才去见你的。"

"哦！你的意思是她不夸我几句，你就见都懒得见我，也没有我们的现在？"

"实不相瞒，确实如此。"

"唉——"我长叹一口气，想办法岔开话题，"告诉我，今天这个选秀，是你不小心撞上的呢，还是早就计划好的？"

"这很重要吗？"颜亦冰话刚说完就凑了上来，用双唇封住我的嘴，把我带进了惊涛骇浪之中。

七、中黄

拜易子梦所赐，上次聚会之后，谢蕊寒和欧阳俊大吵了一通。欧阳俊坦承了他和A城传媒学院、C城音乐学院和国外某学院的数名女生同时交往的事实。奇怪的是最后谢蕊寒不但没有要死要活地问候欧阳家祖宗（或许欧阳峰还会受到牵连），也没有甩欧阳俊一个耳光、从此形同陌路——两人竟然和好如初。

我万分惊诧："这是为啥？"

"我给她买了一个Burberry的包。"

"就这？！"

"就这。"

"世间哪有什么爱情，压根儿就是生殖冲动。"欧阳俊在酒桌上满不在乎地说。

"这话是钱钟书说的吧？"

"《围城》里面的。"

"钱钟书也算是悟出了人生真谛啊！"

欧阳俊看看我，笑了——笑得有些肆无忌惮，笑得周围的人纷纷侧目。

四月底的A城依然有些寒意，晚上十一点的"堕落街"已然冷清，放眼望去，吃烧烤的好像只有我和欧阳俊。周围的小吃摊已熄火收摊，叫卖"臭豆腐梭螺"的也偃旗息鼓，这一家的年轻老板和老板娘坐在数米之外的大红色塑料凳上盯着我们，一副敢怒不敢言的样子。

我给他把杯子倒满，借着酒意八卦地问他跟多少个女孩上过床。

"记不清了，平均一个月四五个的话，也有一百多吧，如果从高中算起的话，应该更多。"

"都是些什么人？"

"这个不好说，难道你上床之前还要问人家做什么的吗？很多时候我连对方的名字都不大了解。"他沉思片刻，像发现什么线索似的告诉我，"白领比较多一点，特别是到了谈婚论嫁的年龄却还没男朋友的，人都有这需求嘛——二三十岁结了婚老公不在身边的也比较多，也有女大学生，不过这种比较少。她们一般会选择正儿八经谈个恋爱。"

"一般在酒吧机会多一点？"

"算是吧——不过也不一定，有一次在酒店的电梯里遇到一个，从十二楼到一楼，对视了一阵子，就成了，然后又从一楼到八楼。"

我瞪大了眼睛，叹为观止。

"还有一次，"欧阳俊似乎提起了兴趣，"我在餐馆吃晚饭，斜对面有个女孩老盯着我看，我走过去问她有没有时间一起喝一杯，你知道她说什么吗？"

"嗯？"我有些迫不及待地问，"说什么？"

"她说别兜圈子了，直接点吧。然后我们就去开了房。"

"然后呢？"

"哪有什么然后！"欧阳俊喝了一口啤酒，"哦，对了，高潮的时候她死命地叫她男朋友的名字，声音尖厉得跟杀猪一样，把我烦死了，做完之后我就闪了——她那天刚好跟男朋友分手。"

"老实说，"我好奇地问道，"你不觉得烦吗？"

"有时候会，"欧阳俊掏出一根芙蓉王，点上，给我也点了一根，"特别是早上醒来的时候，看着旁边的陌生女孩，漂亮的不漂亮的，结过婚的没结过婚的，清秀的不清秀的，甚至有些眼里有眼屎，嘴巴里有口臭，想想都觉得恶心。对，我还碰到过一个生过小孩的，肚子上有一条很宽的疤——剖腹产，唉……"欧阳俊摇摇头，把烟灰掸在地上，一副不堪回首的样子。

我饶有兴趣地听着，这应该是绝版消息，独家发布。

"然后，听着她们窸窸窣窣地从地上找内裤、胸罩、穿鞋子、袜子，然后呢，讲点礼貌的还跟你打声招呼，不那个的，连招呼都不打，门一摔就走了，搞得好像是我强迫人家一样。想想真是相当无语。"欧阳俊再次摇头。

"那你还乐此不疲？"

"谈不上乐此不疲，只是有这个需要罢了——不仅仅是生理需要，有时候是感情需要或者精神需要。就像易子梦成天看黄片、打飞机，你成天涂涂画画、写一些酸文醋字，安哥成天强健体魄、心忧天下，这个——或许也算是瘾吧。"

"你就不想戒掉？"

"拙子，你想戒掉画画吗？人生不就这点乐趣吗？只是我们的兴趣略有不同而已。"

我沉默了片刻，自言自语："我只是想不到有人是这样子。"

"我刚说过，生理需求而已，人都有这需求啊！只不过我们直率一点，或者说想过得坦然一点。不结婚的恋爱和一夜情其实本质上是一样的，形式上一个批发，一个零售而已。你别把那些东西想得那么高尚、玄乎，看透了也就这意思。"

我心悦诚服地给他点了一根烟。

上次聚会之后吴曲就消失了——没有上课（其实大四的课已经很少了，并且基本上属于可上可不上的），宿舍里也没有人。她消失的第三天，进大学以来从未旷过课甚至从未迟到的安哥也消失了。没有人知道他去了哪里，但我们都猜测，安哥要不就是跟吴曲在一起，要不就是奔赴在跟吴曲在一起的路上。

十来天之后，安哥和吴曲双双回来了。安哥还是安哥，吴曲还是吴曲，只是再见到他们的时候，感觉吴曲比先前温柔许多，再也没听见她爆粗口了。

他们低调地、不动声色地走到了一起：一起去食堂吃饭、一起上图书馆看书、一起听课，甚至安哥搞体能锻炼为进部队打基础的时候，吴曲也陪着，还美其名曰：减肥。安哥呢，每天早上跑完步回来都会拎着不锈钢餐盒（他嫌一次性餐盒不环保），里面装着牛肉米粉，送到女生宿舍楼下——牛肉米粉店在"堕落街"最里头，从我们宿舍到那里再到女生宿舍，像安哥那样健步如飞也至少要二十分钟，二十分钟呐！安哥谈起恋爱来真是不鸣则已，一鸣惊人，莫说吴曲，就连我们一大帮子大老爷们儿都给感动得稀里哗啦的，一个个恨不得重新投胎转世变成女的嫁给安哥。

安哥"青春晚期"的情窦初开，相当不易，这也让安哥倍加珍惜。吴曲跟他在一起，也算是幸福了，至少目前是幸福的。

我蓦地想起跟颜亦冰相处这么久，也似乎未曾享受过如此幸福的时光。

易子梦也在上次聚会后以迅雷不及掩耳之势找了个女友，其发展速度可比易子梦讲话的速度快得多。易子梦在大学的前两年一直高喊一定要找个妞，却光打雷不下雨，迟迟不见动静；好不容易遇上刘菁，还没被人看上，真可谓命途多舛。没想到在刘菁那儿死心之后，他柳暗花明，这么快就找到一个女友，让我们刮目相看。

我们看了一下易子梦女友的照片。

易子梦的女友长得实在让人不敢恭维：身材五短、四肢粗壮、造型朋克、眼神桀骜，看上去像是那种练自由搏击或举重铅球之类的体育生，用欧阳俊的话说那就是个"挂着奶子的男人"。不过易子梦同志"敝帚自珍"，每天乐此不疲地陪她吃饭、陪她上课、陪她搞乐队（她真是我们学校乐队的，乐队号称"A城朋克"，她还是个架子鼓手）。到了有演出的时候，易子梦还苦口婆心地劝我们前去捧场。

碍于面子，我们还是去听过一次，回来后叫苦不迭。她们的曲子毫无韵律，声音毫无美感，几把吉他和电子琴在上面乱弹一通，架子鼓跟水泥搅拌机一般发出嘈杂刺耳的声响，她们的歌词无外乎是"梦想""爱情""我想飞""流浪"等——直白又烂俗。"易夫人"兼任其中一首歌的主唱，声音歇斯底里，跟叫床一般（不知易子梦跟她上床的时候是否要在耳朵里塞棉花），连向来措辞文明的安哥都说，听完那个，感觉耳朵被那噪音强奸了一般。

真可谓难得！

我们曾笑问易子梦这么喜欢看黄片，理应是对性感尤物才有胃口，却怎么找了个这么——那啥的女孩。

易子梦也不恼，笑着说："我还真是对——性感尤物没兴趣——也不是没兴趣，只是一看——看见性感的，脑子就忍不住把人家往——往黄片的情节里面塞。"

怪不得易子梦说最重要的性器官是脑袋。

看看我又看看安哥，易子梦又强调道："别误会，我对颜亦冰和吴曲可没有。"

"有又如何？"欧阳俊不屑一顾，说，"其实都一样，仙女脱光了，也是一堆俗肉。"

"所以啊，"易子梦解释，"我就找了个不性感的，免得成天想入非非。"

"也不完全是，"我又忍不住打击他，"你就算想找个性感的，也得人家愿意啊！"

"拙子，我操、操——操你大爷的。"伴随着易子梦磕巴的笑声，一只拖鞋向我飞来。

没过几天，颜亦冰就接到了《××偶像》的复赛通知。

同时我也接到了系里的通知，学校组织设计专业的学生去X城采风。

生活总是充满未知，当未知变成已知，一切又那么让人猝不及防。

两天后的下午四点，我拖着大号的拉杆行李箱，背着沉重的双肩包，踏上了去X城的列车，送我的是刘菁和她的宝马——颜亦冰比我早几个小时去了广电中心报到，据说复赛之前她们要组织为期数天的封闭训练。

"回去吧！再不回去就陪我去X城了。"刘菁拎着一袋子水果、干粮，迈着小碎步一路跟着我进了候车室，过了检票口，一直到站台上，我催了几次她都不肯走。

"再不走就一起上车了！"

刘菁歪着头嘟着嘴冲我说："好啊！正好我没去过。十三朝古都嘛！"

我笑着轻轻拍了一下她的头："你属兔子的吗？"

"嗯？"

"眼睛红成那个样子，小心等下开车看不见路。"

"你讨厌！"刘菁把那包吃的扔我手里，转过脸去。这时"喀嚓"一声，火车开始启动。我喊了一声"开车小心"就上了车。刘菁回过头来，脸上早已淌出两道闪亮的泪痕。我心里顿时一紧。

列车像一头蓄势的公牛，喘着粗气向着西北方奔去。窗外的A城渐行渐远，如同我们正在挥霍的"草样年华"。

我找到了自己的位子并安顿下来，这时短信传来："一路顺风！"

我回复："祝你成功晋级，一举夺魁。"

5月5日，周末，《××偶像》A城赛区复赛开始。晚上八点，我窝在X城碑林区南门外的一个破旧招待所里，对着一台二十一英寸的老式熊猫彩电收看A城卫视的现场直播。

颜亦冰的名字和图像出现在屏幕上时，我的心跳像被轰了大油门似的骤然加速，连呼吸都感觉困难。

参加复赛的一共有五十人，看上去各具风采。第一轮：选手分十组，五十进四十，颜亦冰顺利过关；第二轮：四十进三十，颜亦冰演唱的曲目是《今夜无人入眠》，这是意大利歌剧《图兰朵》里的一段咏叹调，音高得如同从云端飘来，震撼了所有评委。毫无悬念地，颜亦冰再次顺利过关，和剩下的三十名选手竞争二十强。

等待她的，是下周末二十进十的晋级赛。

我抑制不住兴奋，拿起电话给她拨号。

"您好！您拨打的电话正在通话中……"

"您好！您拨打的电话正在通话中……"

"您好！您拨打的电话正在通话中……"

……

再往后，那边干脆是"您好！您拨打的用户已关机……"

我下楼去了护城河边的夜市，买了两瓶啤酒，点了两个凉菜。

夜市摊的生意远不如A城，但在古城的老墙根下独酌也别具风味。

一群人边吃烧烤边看着一个背投电视的银幕，上面正是《××偶像》复赛的"花絮"，诸如人物访谈、场外反响等一些鸡零狗碎的东西。

"你知道么？刚才那个二十一号，是我女朋友！"老板娘上菜的时候我十分牛气地告诉人家。

老板娘觑了我一眼没搭腔，布好菜后赶紧回撤，跑到满脸横肉的老板面前嘀嘀咕咕："他大，你看那桌那个怂娃，舍萨（说啥）——他舍（说）刚才电视上那唱洋文的女娃是他婆姨，那女娃能瞅上他？真是个瓜娃子！"

"你管他个锤子！他喝酒吃东西给钱就中！"

……

和A大的很多活动一样，艺术设计系的"采风"依旧是个漂亮的"羊头"。刻薄点来讲，校方不过是想借此赚点老师的差旅费而已，但X城毕竟是个值得一去的城市，加之设计系的学生多是我行我素独来独往，既没有什么造反精神，也不会抱团争取什么政治诉求和经济利益，故除了对居住条件发发没用的牢骚外，这次"采风"倒也一路相安无事。

而住宿条件，确实是太次了一点：窗户外面是一堵高墙，使房间里看上去暗无天日；床上的被子潮乎乎的；水杯的底部还有一圈土黄色茶垢；浴室的镜子有一半模糊一半开裂，淋浴头里的水时而冰冷刺骨，时而滚烫如火；房间里最值钱的这台熊猫彩电，放出来的效果也是雪花纷飞，让人意兴阑珊。

家里有钱的几个学生陆续搬走了，住进了星级宾馆，最不济也是"如家""7天"之类的连锁酒店。只有我和另外两个学生在这里死守阵地——过去一个人旅游的时候,我带着睡袋睡过桥洞、车站、公园的条凳和公交站台。我固执地认为,旅行即是修行,只有品味艰辛,经历磨难,才对得起出一趟远门。

按计划我们要在X城待半个多月,我们断断续续花了一周左右的时间逛了大大小小的景点,剩下的大部分空闲时间由我们自己支配。

而我所中意的,正是这自由支配的时间。

如果把城市比作人,A城就像一个时尚的青年,打着耳洞、挂着项链、玩着滑板、哼着Rap(说唱),张扬个性、崇尚自由、举止轻浮、性格急躁,不拘于传统和礼数,对一切舶来品表现出极大兴趣(《××偶像》即是某国选秀节目的依葫芦画瓢之作);而X城则如一个历经沧桑的老者,精通琴棋书画,能舞刀枪剑戟,是中国传统文化最忠诚的继承人和践行者,对"洋货"不屑一顾——非但如此,对"崇洋媚外之流"也是嗤之以鼻。

走在X城的城墙下,在残缺的青砖和腐朽的城门中能看到一个盛世王朝残存的背影。晨钟暮鼓,唐风古韵,历史的遗风依然回荡在这座昔日的皇城,如同彗星的长长尾巴照亮夜空,让所有的灯红酒绿、光怪陆离在这座城市中都显得黯然。作为亲历朝代更迭,饱尝民族兴衰的"天子脚下人"的后代,X城人多是昂首挺胸,霸气外露,带着三分傲气和两分不甘,如同西方没落的贵族。

一个人、一个包、一个二手的相机、一瓶水,游走在X城的大街小巷,搜寻犄角旮旯中被本地人漠视、被外乡人忽视的风景,搜寻曾经风光却终于被岁月遗弃的角落,内心隐隐有所期待。此时的颜亦冰在做什么?是在辛苦地排练、潜心地学习,还是在煞费苦心地拉票,抑或是大献殷勤以博取评委的好感?

欧阳俊打电话来,告诉我他看见颜亦冰了,"早上七点多,在湘君华天，跟一个矮胖矮胖貌似老板的人在一起"。

"欧阳俊，你小子越来越八卦了。"我笑着说。此时我正在一条貌似十年没打扫的老街上吃着西安的小吃"荞面饸饹"。

"你后院起火，老子火急火燎地告诉你。好心当了驴肝肺啊！"

有什么好急的呢？属于你的跑不掉，不属于你的也留不住。我扒了一口荞面饸饹，笑着跟他解释："你不说我也能猜到，她一参加这个活动我就知道，我们完了。"

其实准确地说，跟颜亦冰交往的第一天，我便知道分手只是个时间问题，就像一个人从出生开始，他的死亡便只是一个时间问题了。

如果说还有什么是我没想到的，那便是一切会如此迅速地结束。

我原以为，这个高贵、成熟、冷漠并且野心勃勃的女孩至少可以陪我走完大学。

想到这里，暗自感觉悲凉。

"淡定——佩服！佩服！"欧阳俊连声感慨，"打电话之前我还想着怎么安慰你，看来你比我更看得开、放得下。"

我苦笑了一声："过几天就回去了，到时跟你一起鬼混去。"

"别！"欧阳俊赶紧打住，"咱们可不是一路人。我就不带你了，你还是学点好的吧！"

"学谁？安哥？还是易子梦？"

说到这里我们一起大笑起来。

"那还是学我吧！"

我笑着骂了一声"你大爷的"便把电话挂了。

电话挂掉，我蓦地发现自己已泪眼模糊。

走出店子的时候，我感觉脚步踉跄，如同行走在云端。

"唉！给钱！"一个满脸横肉的大块头挡住我。

我从兜里摸出一张钞票把他打发走。自己踟蹰再三，却怎么也走不出刚进来的这条小巷子。

我这是在哪里？我又该去哪里？我到底是在寻找出路，还是在寻找刚刚失去的、似乎还带着温度的一份感情，或是在寻找背叛我的女友颜亦冰？

我的女友颜亦冰，在你踏进五星级酒店房间的时候，你是否记得我们在A江边的甜蜜，记得我们在画室里的激情，记得我们在山间的缱绻？

我的女友颜亦冰，是谁在替我把手伸向你的脸蛋，是谁在替我轻吻你的双眸，又是谁在替我聆听你的高歌？

5月的西安已然炎热，太阳在空中旋转，如同一个带火的车轮。炙热的阳光给人一种沉重的灼痛感，让我一阵阵眩晕。无数个颜亦冰在我眼前晃来晃去，让我举步维艰。

"到哪儿？"计程车在我面前停下。

我扶着车门上车，坐稳。

"到哪儿？"司机追问。

"A大北门。"

"啥？"

"哦，"我晃了晃脑袋，抹了一把眼泪，纠正道，"南门外。"

晚上八点，《××偶像》二十进十晋级赛。颜亦冰出场，宝蓝色长裙将她一百七十厘米高的身材衬得近乎完美，号码"7"别在她右侧的髋骨位置，让那个地方看上去更加活力十足。我对着电视屏幕痴狂地搜寻每一个她出现的镜头，而当镜头对准她的时候，我又无法直视。看着她笑靥如花的面容，听着她婉转华丽的唱腔，我禁不住泪流满面，似乎听到了心脏如玻璃杯子落在地上一般发出清脆的破裂声音。

比赛增添了短信投票环节。我一口气投完手机上的十五张票，又借来隔壁房间两个学生的手机，各投了十五张。那两个学生平常从不打的，五站路以内连公交都不坐，看着我死命发信息，估计要不是碍于《刑法》，把我宰了的心都有了。

投完票，我给了他们每人二十块钱的电话费，道过谢后就回了房间。

第一轮晋级赛，颜亦冰稳居前三甲。在她的数十万张支持票中，我那几条信息不过是沧海一粟。或许，跟她携手走进湘君华天五星级大酒店的那位，才是颜亦冰真正可以依靠的。

冰冰，如果可以，我愿意将我的心掏出来，镶嵌在你获胜的桂冠上；如果可以，我愿意挤干自己的血液，酿成你庆功的香槟。

可是……可是我不名一文，渺小得如同一张选票。

5月19号，凌晨，我们带着满摞的画稿和占满存储卡空间的照片，告别了X城，告别这座灰蒙蒙、脏兮兮、沉甸甸的城市。

晚上八点，列车到终点站的时候，广播中突然清晰地转播起《中国偶像》的比赛实况来。

"大家好，我是4号选手颜亦冰……"播到这里的时候，周围的几个同学同时把目光投向我。我和颜亦冰谈恋爱，至少艺术系的全都知道。

"看啥？看啥？"我笑道，"是朋友的话就帮忙投票，投满十五票的改天请吃饭。"

一帮人纷纷拿起手机发起了短信。

我的心里涌起一股咸涩的滋味。

十点五十分，车到站。我跟带队老师打了个招呼，直接奔向了广电中心。

冰冰，我回来了。我相信你——我宁愿不相信跟我共处一室三年多的最好的哥们儿欧阳俊，也愿意相信你。我相信你——哪怕是你一时糊涂，我也愿意相信你对我的忠贞。可是无论如何，我需要见到你，我需要你的解释。

车站到广电中心不过是十几分钟车程。过去的时候，那里已经归于宁静，偶尔有人三三两两地出门，也如流星一般匆匆消失在A城的夜色之中。

这幢豪华气派的建筑，以炮制综艺节目和生产肥皂剧闻名全国，收视率奇高，这一届《××偶像》据说已制造了巨大轰动，每天的广告收入都够他们盖一幢当前标准的广电大楼。

我站在离大门不远的一棵玉兰树下，夜色将我完全覆盖。我掏出电话，按下了颜亦冰的号码。正在这时，一个让我朝思暮想的身影走出那扇玻璃旋转门，站在台阶上翘首张望。

多么优美动人的身影，多么令人着迷的等待姿态！她在等谁？我吗？她知道我的归期？她料定我会一下火车就拉着大号行李箱、背着沉重的双肩包向她奔来？然后呢？我们会来一个结实得透不过气的拥抱，或者一个绵长得回味无穷的吻？或者，我们会急匆匆地找一个地方安顿下来，享受久违的温存……

一辆黑色路虎悄然无声地停在了她的身旁。车门打开，一个矮胖的身影下车，绕过宽大的引擎盖，殷勤地打开右侧的车门，颜亦冰颔首浅笑，坐进了副驾驶的位子。

汽车发动，发出低沉的充满质感的引擎声，如同哀鸣。我突然想通了吴曲说"车是男人的性器官"那句话的含义。

电话接通了，颜亦冰的声音如同从地球另一端传来。

"喂……"

我努力张开嘴，却说不出话来。她或许能在电话里听到他们的座驾从我身边经过的引擎声。

沉默。

颜亦冰，你是否看见了我的眼泪？

颜亦冰，你是否听见了我的呼喊？

颜亦冰，你是否感觉到我的绝望？

……

A城这座城市，真的很大。我孑然一身漫步在A城的子夜。走过了解放路、芙蓉路，跨过了大桥，如同跨过了漫长的一生。我不知道该去哪里，只知道一路向前。我享受着快步行走给我脚底带来的钻心痛楚，享受着疲惫充斥在双腿之间的真切感受。肉体的伤痛可以分散我的注意力，让我暂时忘掉一些东西。终于，我熬不住了，躺倒在A江边上的长条椅上，像一头迷失在沙漠中的绝望的狮子。

颜亦冰走过来，亲吻我的脸颊，亲吻我的脖颈，只要一停下来，她便絮絮叨叨地说："对不起！"

"冰冰，不要离开我。"我伸出手来试图抓住她，她却晃过身子像一条泥鳅一般滑走。

"冰冰，不要离开我。"颜亦冰隐隐向后退去，我把手伸得更长，依然够不着她。

我"哗"的一下从长条凳上摔下来，睁开了眼睛。

梦一场——梦一场而已。

A城5月的某个凌晨四点，江边的长条凳上，四下空无一人，连虫子都噤了声，夜风袭来，让人瑟瑟发抖，黑夜在路灯光线的背后觊觎着一切，似乎准备随时将这一切吞噬。

冰冰，你在哪里？你是否真的隐藏在无边的黑暗之中，无论我怎么努力都无法捕捉你的踪影？

我再次爬上长条凳，佝偻着身子继续睡去。

半梦半醒中，我感觉自己头痛欲裂，血管像是被烧得闪闪发亮的白炽灯泡里的钨丝。我意识到不妙，准备逃离这个寒冷的早晨，无奈每一个关节都像掺进沙子一般酸涩难耐，无法动弹，我吃力地试图翻身，结果身体沉沉地掉下长凳，如同一截腐朽的木头。

我再一次醒来，是在刘菁公寓的房间里，在我和颜亦冰曾相拥而睡的那张床上。

"你终于醒了！"刘菁揉揉通红的双眼，"要不是清洁工发现了你，打了欧阳俊的电话，你早就让高烧把脑子烧坏了。"

床头柜上有一脸盆浮着冰块的水和一条毛巾，还有一条毛巾正搭在我的额头上。

"是你一直在照顾我？"

"欧阳俊、林安邦还有易子梦他们送你回来的，后来就走了。"

刘菁伸出右手摸摸我的额头，又从脸盆中捞出一条毛巾，拧成半干，替换另一条敷在我的额头上。

"谢谢你！刘菁。"

刘菁一听，"哇"的一下哭了起来："夏拙你吓死我了！"

我诚惶诚恐，总算是找到一张纸巾递到她手里，止住了她的哭声。

"你待着吧，我要去上课了。过一阵子先把小纸包里的药吃了，保温壶里是绿豆粥，放了一点点糖，想吃了等下倒点。中午回来我再给你做饭。"

"今天不是星期天吗？"

"今天星期二——你昏睡了整整三天，嘴唇都起了燎泡，真是吓人。"

刘菁带着幽怨的眼神看了我一眼，走了。

我睡了三天吗？我始终有些不相信，拿出手机，上面的确显示：星期二。

我眼皮发沉，躺下继续昏昏睡去。

中午，刘菁回来了，跟她一起回来的还有安哥、吴曲、欧阳俊和易子梦，还有易子梦的"朋克"女友。

欧阳俊进来摸摸我的额头，继而重重地拍了一下："终究还是没死。"

吴曲跟着伴奏："早就听说X城是历史古都，邪乎得很，莫不是在那里撞上什么不干净的东西了吧？"

安哥赶紧拽住她瞪了一眼："别瞎说！"

我脸色苍白地笑笑。

易子梦手里提了个果篮，不过放上桌后他率先打开包装掰了一个香蕉。十分钟后，两个香蕉和一个火龙果已被他吃完。"朋克"不甘示弱，左手一个苹果，右手还有一个苹果。

我被他们拉着拽着吃了点饭，还喝了一碗刘菁熬了十多个小时的土鸡汤——味道确实了得，喝完之后立马感觉精神焕发。饭后我跟欧阳俊、易子梦打了会儿斗地主，刘菁、"朋克"和安哥在沙发上看电视，气氛谈不上热烈，也算融洽。

"下面我们有请晋级选手颜亦冰谈谈她的心得……""朋克"掌管遥控，把台调到了A城卫视。听到"颜亦冰"三个字，我们几乎同一时间把脸转向电视。欧阳俊使劲咳嗽，刘菁抢过遥控把台换了。

"干吗换台？""朋克"亮起了她的摇滚嗓音，"刚才那个颜亦冰就是我们学校的！"

"赶紧吃西瓜，赶紧吃西瓜。"吴曲拿起一片西瓜朝"朋克"塞去。

"对了，我想起来了！易子梦你不是说你有个室友跟颜亦冰谈恋爱吗？谁啊？欧阳俊？还是夏拙？"易子梦冲她瞪起眼睛她才闭嘴。

他们都在装作不经意地瞟向我，观察着我的反应。

"三K带一对要不要？"我笑着问。

"不要不要！"欧阳俊和易子梦赶紧摇头。

欧阳俊他们下午有课，两点左右就全散了。

只有刘菁一个人在房间里安静地收拾残局。

"你下午没课？"

"下午选修，不要紧的。"

"你已经旷课两天了？"

刘菁笑着说："比起你翘的课来，我这算什么？"

我附和着一笑，默默地看她收拾东西，轻声说道："我想我应该——应该搬走了。"

刘菁停下了手中的活，定定地看着我，突然之间，泪水在她眼眶中以迅雷不及掩耳之势聚积，很快便凝成晶莹的珠子，冲破了眼睑的堤坝，一滴接一滴簌簌落下。

"怎么又哭了？"我慌里慌张地找纸巾，却怎么都找不到。

"没事，"刘菁擦了擦眼睛，背过脸去，"搬吧搬吧。什么时候？"

"就——今天吧。"

"好。"刘菁说完就去给我收拾东西了。

八、赭石

久违的104，房间依旧是干干净净的，除了我那张床和那个书桌是空的，其他的一切都再熟悉不过了：安哥的整洁的床铺，易子梦的键盘吱呀作响的电脑，欧阳俊书桌上的成串的安全套，还有空气中散发的樟脑球的气味。

兄弟们的欢迎仪式热烈又稍显拘谨，他们以最快的速度帮我整理床铺。易子梦说："拙子，浪子回头金不换，从此我们又可以一起打……打球，一起喝……喝酒，一起……看片了！就冲你重回我们104的怀抱，哥们儿决定晚上请你喝酒——那什么，安哥和欧阳俊作陪。"

欧阳俊说道："掰不开的河蚌今天终于自己开了，难得难得！"

安哥说道："看在拙子回家的分上，今天我就陪你们堕落一把吧！"

"欧耶！"

"对了，"欧阳俊提议，"为咱们的104也弄一个名头吧？"

"叫啥？F4？"

"太俗气太俗气！咱们要叫F4，那就不是Flower 4了。"

"那是啥？"

"Fool 4!"

"哈哈！"

"要不我们叫B4吧？"易子梦提议。

"为啥？"

"Best 4。"安哥总结道。

我想了想，笑着说："我怎么觉得听起来像是2B的平方呢！"

哄笑声中，我感觉到了久违的温情。

那天晚上，我成功地把自己放倒了。

易子梦后来告诉我，在吃烧烤的餐桌上，我嘴中和胃里的啤酒喷涌而出，如同毫无预兆爆发的火山，弄得桌上一片狼藉不说，连他的花格子衬衣都被纳入了射击范围。

易子梦还告诉我，后来是安哥背着，他和欧阳俊在后面托着我屁股才回到104。

我笑了笑，说："这些我都知道，我当时清醒着呢。"

易子梦露出鄙夷的表情，说："你就装吧，谁都知道你一天不装逼就闹得慌。"

我确实是清醒着，我不过是放倒了自己，让自己的行动不受控制，而我的意识依然清醒。

我清醒地记得我趴在安哥的背上，屁股被易子梦和欧阳俊托举着，四个人如同一辆三驾的马车，在泥泞中艰难地行走。

我还清醒地记得，我们回去的路跟去年邂逅颜亦冰的那个夜晚走的是同一条路。那时我背着香温玉软的颜亦冰，被她的酒味和香水味熏得五迷三道。

　　如果没有那一晚的邂逅，或者说如果那晚的聚会我早走或晚走五分钟，是不是便没有今天的痛楚？

　　许久以后欧阳俊说，上帝是看我的大学生活过得波澜不兴、风调雨顺，感觉不爽了，便把颜亦冰放到我面前，让她狠狠地绊我一跟头，然后通过她来告诉我一个道理：生活充满坎坷与痛楚，所谓的一帆风顺，所谓的幸福美满，都只是假象，只是陷阱上的伪装，只是风暴前的平静，只是大限之日的酒食。

　　欧阳俊老说他酒肉穿肠过，佛祖心中留。以前我觉得他那是在装，后来才感觉，这小子确实是多少看破了点红尘，悟出了一点人生道理，尽管悲观，尽管消极，但至少不像我们一般人那么浑浑噩噩。

　　周末，晚上八点，104宿舍十分难得地满员，在欧阳俊的招呼下，我们玩起了"双Q"。我和安哥一边，欧阳俊和易子梦一边，不知是手气太好还是他们故意放水，总之我们几把便剃了他们"光头"。

　　"愿赌服输，怎么罚吧！夜宵，还是KTV？"易子梦一改过去的猥琐作风，表现得十分豪迈。

　　"没错！就是陪你们睡老子都认了！"欧阳俊说着还煞有介事地解起了腰带。

　　"别别别别别——哥不好那一口。"我赶紧拦住，看看安哥："咋整啊？"

　　"我不会整人，你看着办吧！"

　　"真的？安哥你听我的？你们也听我的？"

　　"别啰唆了！快点吧！"

　　"兄弟们，知道你们的一番心意了。"　今晚是《××偶像》七进五晋级赛，校园里已经挂出了数十平方米的巨型海报，校团委甚至还发出了"支持校友颜亦冰"的倡议。大周末的他们窝在宿舍陪我，就是怕我想不开什么的，这让我有些感动，我继续说："矫情的话就不多说了，每人拿出自己的手机，给她投十五票吧！"

"你——"欧阳俊恨铁不成钢地瞪了我一眼。

"不管怎样，毕竟相识一场，都是朋友——哪怕连朋友都算不上，至少也是校友吧。来来来，支持校友！"

他们拿出了手机，发起了一块钱一条的短信。

今晚，A城移动和A城传媒将进账上亿元。而我们的这几条信息，不过是沧海一粟。

发完最后一条信息，手机显示有电话进来，是夏跃进的号。

"什么事？"我在他面前已经习惯了瓮声瓮气说话，似乎不这样，便对不起自己，对不起孙老师。

"夏拙——是我——"叶馨的声音，有些嘶哑了，不如当年好听。在我还是个十四岁少年的时候，她的嗓音是多么能撩拨情怀。

"怎么了？"

"你爸坐牢了。"

"谁？！"

"你爸。"

"我爸？！"不知是对"爸"这个字眼感觉陌生，还是对"坐牢"这两个字感到错愕。

"什么情况？你快说！"

"他的公司……出事了，产品有……质量问题。"叶馨已经泣不成声，"'永康'陈醋里面检验出来有农药成分，已经喝死了人。"

"他现在人呢？"

"在白泥湖监狱里。"

"判了吗？"

"判了，上午判的，"叶馨顿了顿，稍稍平静下来，"上个月底就被抓起来了，他一直不让我跟你说，说是官司有可能打赢，免得你瞎操心耽误学习，今天才让我告诉你，他说他对不起你……"

我两腿发软，瘫坐在床上。

防弹玻璃幕墙后面的夏跃进剃掉了他那风度翩翩的四六分发型，留着数毫米黑白丛杂的头发茬。他的眼睛里血丝密布，如同红色的渔网兜住了眼球，眼神里没有了意气风发，没有了踌躇满志，也没有了趾高气扬，他突然变得憔悴，变得温情，甚至变得慈爱。

"几年？"

"七年。"

"出来时五十五岁，"我斟酌着词句，"还年轻。"

他惨淡地裂开干涸的嘴唇，笑了笑："我会争取减刑。"

"等你出来。"

我们拿着笨重的电话，陷入沉默——我们相距不过一米，却需要借助电话才能沟通。我们在对方的眼中毫发毕现，我却无法触碰他的哪怕一个小小的指头。

人与人之间的距离，岂是物理的长度能够衡量出来的？横亘在人与人之间的隔膜，有时你连看都看不见。

"儿子，我们多久没有聊天了？"夏跃进蓦地抬起头，无比真诚地看着我。

"很久了吧？"事实上，从他跟孙老师离婚的那一天起，我们便再也没有好好地谈过一次。

"如果我不进来，或许我们还要等很久——也许是我临死的那一天。"

我低头，沉默。

"所以说有时候，福不见得就是福，祸不见得就是祸。这些年，钩心斗角，唯利是图，也确实累了，想放吧，又放不下。这次——也好，正好让我全放下了。呵呵。"他的笑容真切，鱼尾纹在他的眼角漾开。

"里面待着怎么样？有没有被牢霸欺负？"

"没有，生活挺规律的。"

他顿了顿，看看我，说："放心吧，儿子。"

我有些泄气："我没什么不放心的。"

"你怎么样？"

"就那样呗。"

"我去过你们学校，有一次见你在打球，有一次见你跟一个女孩子在一起。谈恋爱了？"

"嗯。"夏跃进算是哪壶不开提哪壶，但这个时候我也认了。

"很漂亮，但比较危险，你得抓牢了。"

我笑笑："你眼睛这么毒？"

"见过一次，还隔得很远，怕让你给瞧见了——但感觉是这样。"

我本想说"我们分了"，话到嘴边还是忍住了。

"跟你妈联系过吗？"

"没有。"

夏跃进张嘴正要说点什么，似乎又憋回去了。

"探视时间快到了。"旁边的狱警提醒。

"儿子——"夏跃进看着我，眼里灌满了泪水，"现在要你叫声'爸'，你是不是开不了口？"

我沉默地坐在那里，拿着电话，别过脸去。

玻璃幕墙的那边，夏跃进在狱警的推搡下，放下了电话，转过身去。

我看着他罩着蓝白相间囚服的已经佝偻的背影消失在铁窗后面，声嘶力竭地喊着"爸、爸、爸……"可是他听不见。

从白泥湖监狱出来，我径直去了夏跃进的家。

推门的时候叶馨正在院子里择韭菜，看见我之后，她迟缓地站起来，怔怔地看着我。

时光荏苒，英语老师叶馨韶华已逝、芳龄不再，当年永康中学最年轻漂亮、像沾着露珠的草莓一般鲜嫩的叶老师，此时已是三十出头略显臃肿的妇人，是一个孩子的母亲。

"夏敏，过来，叫哥哥。"

"哥哥。"一个小女孩怯生生地从叶馨的裤腿后面钻出来，奶声奶气地喊着。

她是我的妹妹——同父异母的妹妹。

"我可以在这里——住一晚上吗？"

叶馨愣了一下，随即答道："可以可以，你爸专门为你留了房间。"

叶馨领着我径直朝房间走去，边走边絮絮叨叨地介绍起当前的家境。

"差不多都搬空了，"叶馨有气无力地抬起手，象征性地指着空空如也的客厅，"车、电视、空调、红木家具、字画……甚至窗帘都给卸了。你爸是刑事带民事，坐牢又赔钱。"

叶馨长长地叹了一口气，上楼："公司抵押了，账上的资金冻结了，这些家具什么的都给拍卖了，就差这房子了，还好这房子搬不走。"

"账清了吗？"我跟上去追问。

"不清也得清啊！总不可能把我们母女卖掉吧。"

"喏，你的房间，这是唯一没怎么动的地方。"

我推开门，打开墙上的电灯开关。

我愣住了。

房间二十多平方米，一床、一桌、一柜、一电脑，墙上的大镜框里贴着我十四岁之前的照片——一个人的、两个人的、三个人的都有。靠窗的位置甚至还摆了一个画架，上面夹了一张素描纸，床单是蓝白格子的，其余的家具都是木头的原色，整个房间素洁淡雅，纤尘不染。

"我从来没住过。"我面无表情地说了一句，心中却是百感交集。

"但你爸一直给你留着，他交代我每个星期打扫一次。"

叶馨走进来，打开柜子，说："里面有些衣服，是从你十四岁到成年的，全是新的。你爸只要给自己买衣服，就一定会给你带一套。"

"我知道了。"我头痛欲裂，阻止她继续说下去，"我先休息会儿，可以吗？"

"哦，好的！"叶馨赶紧退到门外，"等吃饭了再叫你。"

夏跃进，这样我就可以原谅你了吗？夏跃进，我承认我很感动，我也承认你现在的遭遇我很同情，但是过去的事儿不是像油画一般画错了再刷两笔就可以改过来的，你很不幸，在我正在成长的时候让我碰到了你抛妻弃子的"光辉"行径。这就像在一棵正茁壮成长的树上划上一刀，即使有一天它长成参天大树，那一道疤痕依然还在。

可是夏跃进，我不原谅你又能怎样？你已经一把年纪了，还在号子里蹲着，过着没尊严的生活。

我躺在柔软又陌生的床上，凝视着墙上的镜框，里面有我从小到大的照片：半岁时拍的第一张，黑白的，我赤身裸体坐在小小的搪瓷脸盆里，傻乎乎地笑着，嘴里没有牙齿只有唾沫，手臂如同一节节白生生的莲藕；两岁时穿着白底碎花小马甲坐在小单车上，一脸严肃貌似在沉思，额头上打了个红点，看上去甚是滑稽；五岁时跟父母在烈士公园的合影，彩色的，那时夏跃进身着西装，脚蹬回力球鞋，孙老师烫了当时最流行的大波浪；八岁时骑在夏跃进的肩膀上，手拿塑料枪一副飞扬跋扈的样子；十二岁在文化馆和父母合影，我背着草绿色画架，手提着洗笔的小水桶，神气活现，夏跃进开始有谢顶的前兆，孙老师把墨镜架在额头上，时髦得不得了……

忘了是谁说过，每一张看似只有一个人的照片，其实都是与岁月的合影。在回忆的尾巴上追根溯源，会发现命运充满了偶然和随机，或许一个小小的行为或举动，就可以让你的命运转个弯。

如果可以重新安排，我是否还会选择学美术？如果可以重新安排，孙老师是否还会让叶馨教我英语？如果可以重新安排，夏跃进是否还会做他的"永康集团"？如果可以重新安排，叶馨是否还会选择夏跃进？

或许真的什么都是注定的，我们的人生不过是按照某个预定的程序在进行，喜也好悲也罢，或者哭或者笑，都是命运舞台上必须排练的动作，只不过剧本不在我们的手中而已。

> 每一条走过的路，都有不得不这样跋涉的理由；每一条要走下去的路，都有不得不这样选择的方向。
>
> ——席慕蓉

小夏敏怯生生地进来，拽着我的袖子奶声奶气地喊着："哥哥哥哥，饭做好了，妈妈叫你下去吃饭。"

我笑着看看她，把她抱在怀里下楼去。

叶馨做了可口的饭菜，我边吃边想，如果没有这次牢狱之灾，夏跃进的生活也堪称幸福了：年轻又贤惠的老婆，可爱的女儿，如日中天的事业，男人该有的他都有了。可命运从来就不是个善茬，它把你捧得很高，只是为了看你摔得很惨。

吃过饭，我跟叶馨打了个招呼就出去走走。门外便是渔场，上千亩的水域被分割成方方正正的格子，血色残阳将余晖投射在水面上，如同点燃了这片辽阔的水域。增氧机在每一个格子中央汩汩地冒着泡，在无风的傍晚，水波便闪烁着灿烂的光彩从这个中央向四周漾开，造就了无数的同心圆；梯形堤坝上有自动投饵机，发出嘶哑的声音，将麦麸、糠饼等饵料打碎，然后有规律地投向池塘，池中的鱼儿便密集地凑在一起吧唧着嘴，迎接属于它们的盛宴。

我坐在堤坝上，久久地凝视着池中的鱼儿，看它们进食，看它们闹腾，直到太阳消失在湖面下。

回去的时候，叶馨正带着小夏敏坐在院子里乘凉。看见我回来，叶馨赶忙从屋里端出冰好的西瓜，放在我面前的小竹凳上。

"现在学校该到期末了吧？"

"嗯。"

"大学生活感觉怎么样？"

"老实说，百无聊赖。"

叶馨笑着看了看我："怎么会呢？"

"听他说你找了女朋友？"叶馨问道。

"分了。"

"怎么会呢？"

"呵呵，夏敏吃西瓜吗？"我笑着避开话题。

"不吃，妈妈说了，晚上吃西瓜会尿床。"小夏敏说得一本正经，逗得我们忍俊不禁。

"有没有发现，她的眼睛还挺像你的。"叶馨把夏敏搂在怀里，笑看着我。

我沉默了。对这个小我十七八岁的同父异母的妹妹，我的心情着实复杂。

我们东扯一句西扯一句，直到夏敏在她怀里安静地睡去。

"你后悔吗？"聊到兴起我突然插进来一句，如同在温馨的饭桌上亮出一把明晃晃的刀子。

"嗯？！"叶馨被我问得有些措手不及。

"我是问：现在他坐牢了，你后不后悔跟他在一起？"

"不会。"叶馨笑着回答，虽然声音不大，却十分坚决。

"哪怕他判二十年三十年，甚至要偿命，我都不会。"她补充道。

我定定地看着她，潜意识里寻找她的语言或者表情的破绽，然后批驳她，将她批得体无完肤。但是，我失败了。

"你是不是挺恨我的？"叶馨笑看着我，很淡泊的样子。

"听实话？"

"实话。"

"确实。"我看看她，又抬头看了看天上的星星，"你想想，我好好的一个家，就让你给拆了。现在，老爹有了新女儿，老妈有了新儿子，把我一个人撂着。"

"夏拙，对不起。"叶馨的头无力地垂下，声音有些哽咽，"如果不是抱着夏敏，我愿意给你跪下道个歉。"

"算了，都过去了。"我的口气软下来。

"你爸一直没有撂下你，他时刻牵挂着你。"

"他应该是内疚多一点吧？"我反驳道。

叶馨沉默不语。

我苦笑道："不过还好，我总算一个人混到成年了。"

叶馨附和："是啊！想想那时你还是个小屁孩，才一米五的个子，说话还奶声奶气的。"说完，她兀自笑了。

"有吗？"我跟着笑道。

"有！"叶馨笑着摇摇头，"那时你屁股上老是挂一大串钥匙，还有一根铁链子拴在皮带扣里，神气活现的。"

"呵呵。"

"一不小心你成大人了，我成孩子他妈了。"

"似乎就在一瞬间。"

"是啊……"

月亮在云朵里飞快地掠过，如同火车穿越一个又一个隧道。星空璀璨，天幕如同镶嵌了钻石的华丽袍子，美妙又遥不可及。屋外的蛙声和院子里的蟋蟀叫声连成一片，让这个初夏的夜晚不再沉闷。恍惚之间，我又想起了童年时代和夏跃进、孙老师坐在竹床上手摇蒲扇纳凉的场景。

"有点凉了，夏敏会不会感冒？"

"那我们先去睡了，你也早点休息。楼上的洗手间里有热水，洗漱用品也准备好了。"

"谢谢。"

第二天一早，在叶馨她们醒来之前，我就走了，留下了夏跃进给我的那张"工资卡"——昨天看了一下，至少还够夏敏将来几年的学费。

九、玫瑰红

回到A大，期末开始了，我在图书馆熬了几个通宵，总算是把几门考试对付过去了。在暑假前的将近一个月里，我关闭手机，深居简出，推掉一切聚会和应酬，尽量避免与外人接触。在清醒状态下的大部分时间里，我把自己锁在图书馆那个杂物间一般凌乱不堪的画室里，一直到饥肠辘辘才出来。

2007年的夏天来得不算早，却气势汹汹，如同一股洪水猛地冲破江堤，轰然泻下。我花400多块钱买了一台大功率风扇，以对付扑面而来的炎炎夏日。这种大风扇常见于烧烤摊或者饭馆的厨房，还有夏天农村红白喜事的宴席上，功率确实了得，不但能掀起画板吹散画纸，我自己也时不时被吹得晕头转向。

在风扇叶子高速旋转发出的嘈杂风声中，我脱掉上衣和鞋袜，光着膀子在填满颜料味道的画室里涂抹，或者发呆——而无论哪种方式，都不能让我感觉惬意或舒畅。在2007年的6月，我第一次觉得时间过得是如此缓慢，就像融化的冰激凌在流淌一般。

我感觉自己像一个在沙漠中艰难跋涉的行者，每一脚下去都会被细而滚烫的沙子埋没，等一只脚拔出来另一只脚又深深地陷进去，如此反复，直到筋疲力尽。前方是浩渺如海洋的黄沙，后面也看不见来时的路，除了炎炎烈日，再无任何参照物。我不知道哪里是正确的方向，或许压根儿就没有方向，但我必须挪动自己的脚步，因为若非如此，便只有死路一条。

窗外的景象却大不相同：又到了学生毕业时节，校园里弥漫着狂欢的气氛。宿舍楼前和香樟路上摆满了废旧书刊、台灯、电吹风、牛仔裤、低音炮、电脑桌、路由器、游戏手柄等一切你能想到的学生适用的物件；到处贴满了校外餐馆的订餐和打折广告，他们到了一年中生意最兴旺的时候；穿着宽大如道袍一样学士服的毕业生们在校园里招摇，站在某块石头边上高呼"茄子"；情侣们面对日渐闭合的感情句号，或相顾无言，或抱头痛哭……

宣布放假的那天下午，我背上自己的摄影包，带上两套换洗的衣服和一本《挪威的森林》，直奔火车站。

"去哪儿？什么车次？"售票员坐在电脑前目不斜视，表情呆板。

"能买到票的最快的是哪一趟？"

售票员扭过头，摘下眼镜，看看我。

"你再说一遍？"

"我问哪一趟车能马上就发车又有票。"

售票员沉吟了近十秒，答道："去丁城方向，三点四十七分发车，还有一张硬座，已经开始检票了。"

"好。"

现在是学生回家的高峰，但不知为何这趟车还算宽敞，没有出现水泄不通的场景。即便如此，上车的过程还是让我出了一身臭汗。我坐在靠窗的位子，看着窗外倒退的风景，感受着车轮撞击铁轨的律动，心中多少有些轻松的感觉。

对面坐的是一对小情侣，男的瘦骨嶙峋，女的满头黄发，一上来就把零食、水果、饮料堆满了四人共用的小餐桌，而后女的脱掉鞋子把脚搁在男的大腿上，两个人用较为勉强的姿势搂在一起，跟在自家沙发上一样。片刻之后，男的巴掌伸进女的后背的衣服里，女的脸凑过去，哼哼唧唧极为享受的样子。

坐我旁边的应该是一个农村大婶，看那表情是既极其惊诧又甚是难为情，于是别过脸去，过了几分钟大概还是感觉别扭，便不住地起身在车厢里来回走动。

我实在是懒得理他们，索性戴好耳机低下头读我的《挪威的森林》，你们爱抚也罢舌吻也罢，哪怕是脱光衣服干得火车翻了，我也懒得管。

晚上八点，车大约是到了W城。旁边的大婶不知是确实到站还是因为看不下去了，终于结束了这段如坐针毡的旅行，怒气冲冲地下车，临走还狠狠地白了对面一眼。不过他们看没看见就不得而知了。

"同学，能帮我把这箱子放上去吗？"

我仰起头，一个女孩正笑吟吟地看着我。她留着刚好齐肩的头发，戴着细细的紫框眼镜，小而坚挺的鼻梁上渗着密集的汗珠，嘴巴里嚼着口香糖。

"方便吗？"她补充道。

"哦！当然可以。"我缓过神来，接过她的小皮箱放进了行李架。

"你坐这儿？"

"嗯——呵呵，介意吗？"她在我旁边坐下来，拿手掌当扇子象征性地扇了扇风，依旧是笑吟吟地看着我。

我心想，这火车要是我们家的，这句话问起来还有点必要。

"呵呵，不介意。"

在她收拾自己的当儿，我继续埋下头去看我的小说。

"在看什么？"

我扭过头，冲她扬起书的封面，给她看了看。

"噢！《挪威的森林》。"

"看过？"

"死不是生的对等，而是潜伏在生当中。"她卖弄似的背诵了其中一句。

我小小地吃了一惊："还有呢？"

"没人乐意孤独，只是不愿失望。"她依旧笑吟吟地看着我。

"不错不错！"我赞美道，"喜欢村上？"

"还行吧——他的作品——包括《且听风吟》和《海边的卡夫卡》，总体来讲文字都很不错，带着一股子哲学的味道，却又不那么晦涩难懂。"

我不禁端详起身边这位女孩。她的脸是圆滑的鹅蛋形，皮肤细腻，呈淡淡的粉白色，紫色眼镜框后面是一双看上去总是笑吟吟的眼睛。她的嘴角微微向上翘着，带着美妙的弧度，一副欲言又止的样子。

"还看过什么书？"

"也没什么，比较喜欢米兰·昆德拉的作品。"

"一切罪恶在事先已被原谅，一切也就卑鄙地许可了。"我学着她的样子背诵了一句。

"呵呵，《生命中不能承受之轻》。"

"老实说，他的东西——着实深奥了一点。"

"他的小说，完全可以当作哲学著作来看了。"

"你学什么的？"

"工科。"

"工科？！"我瞪大眼睛看着她。

"怎么？仇视工科？还是觉得女孩子不应该学这玩意儿？"

"没有，我想表达的只是这个。"我伸手抱拳，做佩服状。

她咯咯地笑了起来："这位好汉，你学美术的吧？"

"何以见得？"

"喏。"她冲着我的摄影包噘噘嘴，旋即又恢复了笑吟吟的表情。

"那你为什么不猜我学摄影的呢？"

"唉，"她无奈地摇摇头，"你的身上有股松节油的味道。"

"有吗？"我慌张地拉起衣领闻了闻。

"你自己是闻不到的，别人也不一定能闻到。"她转过脸去，端坐在我的右边，只留下一个侧脸。

我笑问道："你的鼻子这么灵？"

"还没遇到过对手。"她轻轻地捏了捏鼻子，觑了我一眼，妩媚地一笑，仿佛在证明自己并非说谎。

"厉害厉害！"我再次抱拳。

"好了，这位好汉。"她咯咯地笑着，拉了一下我的手。

我们相视一笑，感觉如同是知遇多年的老友。

我突然感觉，心中的阴霾早已消散，那些如同结核一般凝结在脑海中的烦恼不经意间已被粉碎在铁轨下。

"计划去哪儿？"

"不知道。"看着她惊诧的表情，我补充道，"或许是丁城吧。"

"或许——是丁城——吧？"她有些狐疑地盯着我，复述我刚才的话。

"这样说吧，"我耐下性子，解释道，"我到火车站只是为了出去走走，散散心，并没有具体想去的地方，而上这趟车是因为它刚好有票。"

她将信将疑地点点头。

"你呢？也去丁城？"

"我是丁城的。"

"哦。"

"不过老实说，丁城没什么好玩的。"

"那——哪里好玩？"

"Q城！"

"有什么好玩的？"

"海风、浴场、烧烤、啤酒、欧式建筑。"

"唔，听起来不错。"

"值得一去。"

"那就去吧。"

她朝我转过脸，定定地看着我的双眼，仿佛透过我的眼睛能看到广袤无垠的宇宙一般。

"那什么——我脸上是有些粉刺，但不至于把你好奇成这样吧？"

"呵呵，去你的。"女孩咯咯地笑着转过脸去，轻轻地捶了一下我的胳膊。

"哪个学校的？"女孩又问我。

"A城大学。"

"大三？"

"大三。"我回应道。看来这女孩的观察力非同一般。

"准备出来玩多久？"

"不知道。"我如实相告。

"哦。"女孩若有所思地点点头，瞟我一眼便转过脸去。

我继续看书，她则听起了音乐。

列车在夜幕的掩护下向北疾驰，车轮叩击铁轨发出急促而节奏均匀的声音，窗外偶尔出现的星星点点灯火，像流萤一般纷纷向后飞去。对面的一对似乎是困了，两人勾着头打着瞌睡，女的口中念念有词，如同鬼魅附体。

我读着《挪威的森林》，感觉里面的文字冷静、平和，却充满了让人亲近的力量，如同一曲乡调，没有太多章法，却将故事娓娓道来，让人听到了自己内心的回音，感受到与作者精神的共鸣。

女孩找我搭讪："里面的女生角色你喜欢哪个？直子，还是绿子？"

我抬起头，正好撞见她含笑的目光。

我开着玩笑说："尽管我感觉你很聪明，但不得不说，这是个比较傻的问题。"见她噘嘴，我赶紧说出下文："如果真要在里面的角色挑一个的话，我会选择初美。"

"因为她——优雅？"

"这算是原因之一吧——绿子那样的，过于奔放了一点；直子这样的呢，又过于沉重，就像——就像一笔很重的铅灰色；而初美吧，的确，我是喜欢她的优雅，还有善良，而她对爱情的执着也是难能可贵的品质。"

女孩狡黠地看着我，说："如果我没猜错的话，你最近在感情上受过伤。"

我有些错愕地看着她。

"或许，你的爱人背叛了你。"

看来，她前面问我的问题，并非因为一般女孩的八卦需求，而是在做一个隐秘的心理测试。

我苦笑一声："你学过心理学吗？"

"看过几本书而已。"

我冲她摇摇头："你太可怕了。"

"因为心理学？"

"一个学工科的女孩，熟读文学作品，对哲学有研究，深谙心理学知识，而且嗅觉还异常灵敏，还不可怕吗？"

女孩扑哧笑出声来："看来以后还是装傻好一点。"

"你哪个学校的？"

"在W城，也大三。"她没有回答我是哪个学校，我也没多问。

"除了文学和心理学，还会什么？"

"不会什么，兴趣比较广泛而已。你呢？"

"恰恰相反，我对任何事情提不起兴趣，如果非要找点什么事情打发时间的话，我会画画，写点东西。"

"从社会学角度来讲，你这叫谦虚；从心理学角度来讲，你这叫自我保护。"

"好吧！看来我的内心世界在你面前袒露无遗。"

"吃口香糖吗？"她打开小罐子，伸到我面前。

"谢谢！"我倒出两颗放进嘴里。

"很高兴你已经把我当朋友了。"

"何以见得？"

"你问一下自己：如果我一上车就给你口香糖，你会接吗？"

"上帝啊！"我抱头做痛苦状。

……

休息时间到了，车上熄灯了，我坐在靠窗的位子，了无睡意。女孩看上去很疲惫，戴着耳机开始打盹儿，不一会儿，她的头就靠在了我肩膀上。

她用的洗发水跟颜亦冰是一个牌子的。

我在这种似曾相识的香味中渐渐睡去。

一觉醒来，窗外的天色已经明亮。列车广播正在报站："L城到了。"

我站起来伸伸懒腰，从包里拿出牙膏、牙刷、洗面奶和袋装洗发水，在摇摇晃晃的列车上艰难地完成了洗漱。回到座位，女孩子已经穿戴整齐，甚至还抹了点唇彩。

"早啊！"

"早。"

"睡得怎么样？"

"还好，就是肩膀有些酸。"我揉揉肩膀，"给人当了一夜枕头，血液都循环不了。"

"喊！"对面飞来一个白眼，紧接着双手掏出两个苹果，在我面前晃一晃，"补偿你吧。"

九点半的样子，广播开始报站："前方就是丁城车站……"我有些小小的惆怅，但没说什么。

"快下车了。"她打破沉默。

"嗯。"

"去Q城？"

"是的。"

"打定主意？"

"打定主意。"

"你不准备说点什么？"女孩又是歪着头笑看着我。

"很高兴认识你。"

女孩咯咯笑着："然后呢？"

"我还不知道你叫什么名字呢。"

"黄文，黄色的黄，文字的文，叫我文子就好了——你呢？"

"绿苍。"我打趣道。

"绿苍？"女孩瞪大了眼睛。

"绿色的绿，苍蝇的苍，叫我苍蝇就好了。"

"喊——"她伸出手来拍了我的大腿一下，"你就没个正形啊！"

"我叫夏拙。"

"我知道，夏天的夏，笨拙的拙。呵呵。"

笑过之后，我看了看她，考虑着是否该给她留个电话。

正踟蹰着我感觉车猛然一抖，停在了站台上。

"下车吧。"她头也不回就往车门走。我愣了一下，随即紧跟其后。

走出出站口，我终于鼓起勇气："文子——"

"嗯？"

"以后欢迎你去A城，我给你留个电话吧。"

"先陪你买票吧。"她依旧是笑着，婉拒了我，而后不由分说拉我去了售票厅，排在了学生窗口的队伍中。学生窗口还算好，人不是很多，很快就轮到我了。

"一张最快去Q城的，硬座。"我冲着窗口喊道。

"两张。"她从后面伸出手来，掏出一张百元钞票塞给我。我张大嘴看着她。

"到底一张还是两张？"列车售票窗口的大嫂可能刚好到了每个月的"那几天"，脾气火暴得很。

"两张，两张！"

拿到票之后，我笑着问她："文子，你是不是看上我了？"

"何以见得？"文子笑看着我，胸有成竹的样子。

"你家在丁城，何苦陪我去Q城呢？"

"苍蝇，你也太……那个了吧？"文子笑看着我，"我说我家在丁城，可我男朋友在Q城啊！我本来就没打算现在回去，先去他那儿待一个月再说——我们都半年没见了。"

我的心中泛起阵阵酸意，笑得甚是勉强："那你刚好可以给我当当导游。"

"可以啊！你若是包吃包住，老老实实，我就给你当几天全职导游再过去。"她扬起眉头，"你若是不好生伺候着，我就随时走人，把你一个人落下。"

"呵呵，好好好，一言为定。"我边允诺边思考：既要老老实实又要好生伺候着，会不会有点矛盾？我要是老老实实，又怎么好生伺候这位奔放的工科女生呢？随后我又想起了那个笑话：男女同宿一床，女的划出"楚河汉界"，说"你要敢过来就是禽兽"，男的老实地从了。第二天一早，女的甩男的一巴掌，说："你连禽兽都不如。"

我又想，如果碰到类似情况，我是应该做禽兽呢，还是做禽兽不如？

2007年胶济铁路的动车还没有开通，我们又苦坐了五个小时才到Q城。

一到火车站我就被震撼了。德式风格的高大厚实的钟塔，一字排开的红瓦黄墙的站舍，宽阔而整洁的广场，迎面而来的咸湿的海风，不远处我从未见过的茫茫大海……总之，我对这座城市一见倾心。

"找个靠海的酒店住下，然后我来给你安排行程。"文子一边摆着Pose一边指挥。

"好！听你的。"

太平路。靠海的"7天连锁酒店"，会员的价格是两百元，比A城贵了不少，但环境也是A城没法比的。

服务员问："一间还是两间？"

我看看黄文，她的脸上挂着笑容，眼睛瞟向别处。

"一间吧。"

"标间？还是大床房？"

"标间。"

拿到房卡，刷开门，卸下行李，黄文清理着自己的衣服，说："你先看看电视，我洗个澡。"

我点点头，瞟了她一眼，她补充道："不许偷看啊！"我笑笑，做出一副不屑一顾的表情。

一分钟后，卫生间里传来撩人的水声，透过卫生间的毛玻璃，能看见文子风姿绰约的身影。

我听见自己喉头上下吞咽唾沫"咕噜咕噜"的声音。

大约一刻钟之后，黄文换上一件宽大的棉白T恤出来，上面是一组毕加索风格的抽象图案，T恤下摆罩住了她的牛仔短裤，几乎让人感觉她是没穿裤子的。

"怎么样？"黄文的眼神有些妩媚。

"美极了。"我浅笑道。

"你不洗洗？"

"晚上再说吧！"

"几点了？"

"六点四十分。"

"走，带你吃海鲜去！"

"走！"

走出酒店，步行五分钟便到了海边。这是我第一次看见大海，难怪元稹一张嘴便是"曾经沧海难为水，除却巫山不是云"，在这片浩渺的水域面前，你会感觉八百里洞庭不过是一个小池子，滚滚A江也不过是一条小水沟。我站在海边，凝望着远处海天相接的地方，直到双目隐隐酸痛，胸中的沉郁被海风三两下吹得烟消云散，血液随着翻滚的波涛澎湃汹涌，让我亢奋，忍不住呐喊。

稍往前行，便到了栈桥海水浴场，那里全是花花绿绿的穿着泳装的人，看得人眼花缭乱。

"想下去？"文子看着我惊诧又兴奋的眼神，笑道。

"嗯。"我头也没回。

"那先吃东西还是先下水？"

我回过头来："先吃东西吧，你现在听到的不是海浪声，是我肚子的叫声。"

她哈哈大笑起来，带我上了数米之外的大排档（大排档的门口便是满盆满盆泡在水里的海鲜，几乎全是我没见过的，看得我欣喜不已）。我们点了一斤小贝壳（后来才知道是蛤蜊），一只据说是叫"带子"的东西，四只蚝（这个我认识），还有两只烤得吱吱作响的扇贝。

"再来两瓶崂山，冰的。"黄文熟练地点完菜，叫了两瓶啤酒。

"崂山？啤酒？"

"本地人都喝这个，不喝Q城。"

"为什么？"我愈加疑惑。

"Q城贵啊！要三四块。崂山才一块五一瓶（现在或许是涨了）。"

"哦——"我仰头做恍然大悟状。

上菜很快，我们开始还动了两筷子，后来索性戴上一次性手套，就着啤酒享用了一顿"大众化口味"的海鲜。不知是不是因为太饿了，来到Q城的第一顿饭让我至今回味无穷，想起来都咽口水。

吃完一结账，五十四块。这让我惊喜异常，感觉如同捡了个大便宜。

吃过饭，我们开始往海边走。

浴场的入口有兜售泳装的，黄文问我要买什么样的，我笑着让她挑。

"那就这个吧！"她用食指勾起一条天蓝色三角的冲我晃了晃，神情跟动作颇有挑逗意味。

我笑着问："三角的是不是比平角的便宜啊？"

"为什么？"

"更环保啊！"

"喊！"她把那条泳裤扔给老板，"就这条了。"而后转头冲我说："那你也帮我挑一条。"

我捂着嘴笑，她跑过来，跟着笑道："你笑什么啊？"

"我说——"我笑了半天还没止住，"光一条可能不够吧？"

"你找打啊！"她又举起了她的拳头。

我赶紧求饶，指着穿在模特身上的一套蓝色比基尼。

"这么露？"

"你帮我节省，我也帮你节省嘛，相互帮助不是？"

黄文白了我一眼，自己拿了合适的尺寸去试衣服。

我也拎着自己的"蓝色三角"去换了。

黄文出来的时候几乎把我吓了一跳。之前穿T恤没看出来，她的身材倒真是了得。一双白腿又细又长，带着汉白玉一般的质感，在髋骨位置骤然收拢，剪裁出细细的腰肢；小腹平坦，肚脐深陷，溯游而上，是一对被挡在天蓝色胸衣后面呼之欲出饱满结实的乳房，虽然不是波涛汹涌，却也双峰挺立，让人血气上涌、鼻头发酸。

"喂！"黄文红着脸冲我喊道。

"哦！"我回过神来，脸上也是红得发紫，"想听句实话吗？"

"你说。"

"你的身材确实了得。"

"谢谢。"黄文回过头来，上下打量了我一番，说道，"你想听句实话吗？"

"你说！"我满怀期待。

"你的身材确实一般。"黄文说完咯咯地笑着往前跑去。

我愣了一下赶紧跟上。

浴场几乎跟菜市场一般拥挤，人头林立，波峰高耸，各色泳装风光无限，成了比大海更加蔚为壮观的美景。

我跳进去之后第一句话就是："还真是咸的。"黄文冲我露出特别没心没肺的笑脸。

从小生长在湖边，即使是一只猪也会游泳了。我在水中扑腾了两下子，感觉海水浮力大一点，浪急一点，游起来倒还蛮舒服的。黄文紧挨着我小心翼翼地游着，像一只刚下水的惊恐小鸭子。

在人群和潮水中闹腾了一会儿，带着某种默契，我们游到了一个僻静的角落，待在一块巨大的礁石上面，眺望着远处的海面和船舶。一个浪打来，黄文惊恐地抓住我的胳膊，我下意识一把搂住她。

黄昏时的海水在巨大的天幕下呈现出深蓝的颜色，夕阳已经将一半身躯跌落在遥远的海平面以下，留下一条玫瑰色的华丽投影。海波荡漾，海面上呈现出鱼鳞一般熠熠生辉的光芒。

我们站在离岸边数十米远的地方，让海水淹没自己的脖子，只露出脑袋，我站立在水中，黄文用双手紧紧箍住我的脖子，她把双腿盘在我的腰上，神态妩媚、风情万种。我仰起头，她的嘴唇凑过来，和我的嘴唇对接在一起。我们吻了似乎有一个世纪那么长，同时松开后，我们大口大口喘着气，过了许久才平静下来，继续接吻，继续喘气，如此往复，直至天色完全暗下来。

太阳彻底隐没在海平面下，海风夹着咸涩的味道扑面而来，让我们周身泛起阵阵凉意。而背后的Q城，已华灯初上，在夜色中展示着她的繁华。

"你不觉得海风的味道有些奇怪吗？"往回走的路上，黄文光着脚丫踩在松软的沙滩上，她的身后，是两条由她的双脚绘制的歪歪扭扭的"虚线"。

"是有些。"我附和道，"像一种熟悉的味道——但我想不起来了。"

"呵呵，过不了多久你就会想起来。"黄文坏笑着瞟了瞟我。

回到房间，我们变得一发不可收拾。我吻着她的舌头，一只手搂住她的腰肢，另一只手伸进她宽松的棉白T恤里，探到了那件湿漉漉的泳衣，沿着肩带，找到了她背上的蝴蝶结，轻轻一拽。

黄文喉咙深处发出"哦"的一声，双手沿着我的腹部向下探去，她的手指清凉细腻、柔若无骨……

结束后，黄文斜躺在床上，用头抵着我的下巴，问道："现在有没有想起海水的味道？"

我恍然大悟，向她伸出了大拇指。

突然想起什么一般，我扳着她的肩膀转过她的身体："你男朋友真在Q城？"

黄文白了我一眼，没有说话，轻轻挣扎着再次转过去，打开了电视。

她拿着遥控翻来翻去，最后十分不幸地将频道锁定在A城卫视。

7月7日，刚好是《××偶像》A城赛区的决赛。

"我说能不能换个台？"我有些懊恼了。

"怎么了？"黄文满脸狐疑地看着我。

"这节目没劲。"

"别的也没什么好节目啊！"

"那就把电视关了！"我冲她几乎吼了一句。

"怎么了？"她挪开身体，撑着肩膀吃惊地看着我。

"没事，你看吧！我出去走走。"我爬起来，从地上捡起上衣和短裤，套在自己身上。

"这么晚了别出去了，"见我不为所动，她关了电视跳下床来拉住我，"我不看电视了还不行吗？"

我转过头去，沉默片刻，再转过来。"抱歉！有些冲动了，"我定定地看着她，尔后指着屏幕，说道，"看见这个3号没有？她是我女朋友——以前的。"

见她没说话，我转过头去，补充道："现在是别人的女朋友——情人。"

我像个丢了阿毛的祥林嫂一般，喋喋不休地跟她讲我和颜亦冰的故事——从认识到分手。

讲完故事，黄文紧紧挨着我，一言不发，随后腾出手来把灯灭了。

"夏拙，我想告诉你两点：第一，她离开了你，说明她不适合你，你要相信，芸芸众生中总有一个适合你的；第二，她离开了你，一定有她的理由或苦衷，希望你不要抱怨，特别是不要怨恨，因为那样只会伤害你自己。"

我没有说话，吻了吻她的双眼，而后背过身去闭上眼睛。

旁边隐约响起了黄文均匀、轻微的呼吸声，我背对着她蜷在那里，一动不动，像一枚被冲上岸的海螺。借着窗外的夜色，颜亦冰的模样又一次灌进我的脑海。老实说，同黄文交欢的时候，我一直在想着颜亦冰，想着她在黑暗中白皙的裸体，想着她的喘息和呻吟，想着她的那些小伎俩、小把戏，想着彼时窗外的夜色。我的心中隐隐升腾起一丝忏悔之意，觉得和黄文如此这般很是对不起什么人。但思来想去，又不知道自己对不起的到底是谁。

是啊！谁又值得我坚守？谁又在意我的坚持？罢了罢了！如此反复，我终于睡去。

第二天，我们被窗外的阳光晒醒。黄文背对着我，赤裸着身体张开双臂面对着阳光，朦胧之中，我感觉她像一尊唯美的女神雕像。

吃过早餐店的虾饺，我们顺着海边的公路去了栈桥，去了海军博物馆，去了小鱼山公园，去了海底世界。我们走了许多路，喝了许多水，拿面包当午饭，如苦行僧一般不停前行。

七点多在台东啤酒街吃了晚饭、喝了扎啤，黄文带我去了刚刚建成的天幕城，据说那里有将近九千平方米的人造天幕，在不同的街区分别展示旭日东升、正午阳光、晚霞夕照、午夜星辰的瑰丽景观。那里的建筑浓缩了总督府、亨利王子饭店、帝国法院等的特色景观，形成了东西合璧、古典艺术与现代时尚和谐统一的神奇效果。"这大概是我见过最美的夜市。"我拉着黄文的手奔跑着，叫喊着，开心得如同十来岁的孩子。

晚上，我们拖着疲惫的身躯搅在一起，累得大汗淋漓，连翻身的力气都没有。随后我在极度的困倦之中酣然睡去。醒来的时候已将近十点，黄文正一动不动地看着我，吓得我瞬间瞌睡全无。

"怎么了？"

"没事。呵呵。"黄文回过神来，冲我笑笑，裹着浴巾去洗漱了。

吃过早餐，我们决定上午以休整为主，于是就近逛了火车站附近的几条街。如今的Q城还保留着上个世纪德国殖民地"胶州湾"的风格，宽大的马路上几乎纤尘不染，当街的建筑中许多保留着红顶灰墙的城堡形原貌，如果不是路上随处可见的中国人，你甚至会怀疑是行走在欧洲小镇上。

"这是我到过的最美的城市。"我告诉黄文。

下午去了五四广场，去了小Q城，还去了中国海洋大学——黄文男朋友的学校。

"你就不怕碰到他？"我好奇地问道。

"怕他做什么？大不了散了呗！"

"大不了散了？"我愈加疑惑。

"跟你在一起啊！"黄文笑着搂紧我的胳膊，"刚好你也失恋了。"

我扭头笑笑，不置可否。

晚上，我们再次去了浴场，游到将近十点才回来。

第四天，我很晚才起来。

醒来的时候，黄文已经不在了——连同她的行李。

"原谅我的不辞而别。"桌上的便笺纸上有娟秀的笔迹。

"因为我害怕再跟你待下去会喜欢上你——事实上我已经上路了。趁着现在还能脱身，还是远离你比较好。

"这几天跟你待在一起很开心——我不是说客套话。你的气质、你的谈吐、你的忧郁、你的孩子一般的笑声，甚至于你的脸型、你的身体、你的力量和温度，都是我所喜欢的。

"只是让我无比沮丧的是，和我在一起的时候你的心不在焉，你的魂不守舍，让我伤心。你的心里装的是别人——无论我怎么努力也于事无补。

"你这次过来其实是为了散心，而我来Q城纯粹是为了你——哪里有什么海洋大学的男朋友，全都是为了你。

"好了，一切都过去了。我给你留的联系方式是假的，但我留了你的，实在忍不住了我依旧会骚扰你。呵呵，原谅我的自私。

"By the way（顺便说一下），虽然这几天你跟我说了很多关于颜亦冰的故事，但是你知道吗？你做梦的时候喊的却是'刘Jing'的名字。

"梦是不会欺骗人的，希望你好自为之。

"再见或不见，一切随缘。祝好。

"黄文于7月10日晨5：35。"

十、天蓝

我拿着她写的便笺纸，读了两遍，折好，装进钱包的夹层里。躺在床上，我心中隐隐失落。我想做点什么，却不知从何开始。我直挺挺地躺在床上，凝望着白色的天花板，试图寻找一个类似于"墙上的钉子"一般的东西来吸引我的注意力，然而结果总是徒劳。

我百无聊赖地起床。捡起昨夜落在地上的T恤、裤头、袜子，用纸包好当时随手一扔的皱巴巴的安全套，去浴室洗了个忽冷忽热的澡，直到让自己变得看上去神清气爽才出来。

我在楼下的便利店买了面包和水装进了摄影包，拿着地图开始搜寻之前黄文提过的我们还没来得及去的景点，比如天主教堂、老舍故居什么的。

终于，到了下午，愈加感觉一个人百无聊赖。回到房间更找不到可以打发时间的事做，于是从包里翻出手机一边充电一边开机——我已经超过一周没有开机了。

电话轰鸣，全是未读短信和未接来电的短信提醒。

有将近一百个未接来电：三个欧阳俊的，一个易子梦的，一个安哥的，其余的全是刘菁的。

有近三十条短信。除了10086的服务信息和两条房地产广告，全是刘菁的。

"夏拙，你在哪里？"

"夏拙，你在哪里？快告诉我！"

"夏拙你个浑蛋！快告诉你在哪里！"

……

"夏拙，你到底在哪里？你还好吗？"

"夏拙……"

……

我的眼泪瞬间渗出眼眶，毫无征兆地落下。我躺在床上，让泪水肆意流在枕头上。

流吧，流吧！软弱也好，没出息也罢，反正没人看到。流吧！流干才好。

拨了三遍，我终于打通了刘菁的电话。

"喂——"电话那头的声音微弱，气若游丝。

"你怎么了？"我听出有些不对劲。

听筒那头没有言语，却有低沉的抽泣声，抽泣的声音越来越大，越来越大，最后变成了号啕大哭。

我的心里一紧。

"你怎么了？慢慢说！"

"夏拙！你浑蛋！你浑蛋！！"

我赶紧附和着："我是浑蛋，我是浑蛋……"

过了好久，那边才平静下来。

"你在哪里啊？"

"我在Q城，准备回来了。"没等她多问，我问道，"你在哪里？"

"第四医院。"

电话挂了，再拨过去是忙音。

我想我是一刻都不能等了，立马订了当晚八点五十分飞往A城的机票，尔后抓紧收拾行李，退房，赶赴机场。

到A城是十一点多，到第四医院已将近凌晨了。

走进病房，刘菁正躺在床上安静地睡着，面色蜡黄，眼窝深陷，眼角还有道道泪痕。

我心疼地看着她，忽然明白了跟黄文在一起之后的忏悔之意是为谁而生。

我坐在床前，轻轻用拇指的指腹揩去她的泪痕。

刘菁睁开了眼睛，定定地望着我。

"我回来了。"

我低下头看着她，尽量保持镇定。

刘菁蓦地坐起来，冲着我的肩膀狠狠地咬住，她这一下着实不轻，我都感觉牙齿陷进了肉里，咬得我倒吸了一口凉气。

我咬紧牙关默默忍着，克制着让自己不发声，不反抗。

足足三分钟后，刘菁才松口。

"痛吗？"

"不痛。"

"回去吧。"

"我陪你。"

"回去！"

"让我陪你吧，上次也是你照顾我——"

"我不想见到你。"刘菁转过脸去。

"哦。"

"现在的我太丑了，等我好了再来接我出院吧。"

我刚问了护士，刘菁是营养不良（数天没有吃饭）、感冒加重，才进的医院。

"没有，你很漂亮，你是最漂亮的。"这话果然受用，她的脸上总算出现了笑容。

"抱抱我。"刘菁张开双臂。

我缓缓挪到她面前，紧紧地抱住她，喃喃低语："对不起，对不起，对不起……"

"走吧。"片刻之后，刘菁推开我。

"快走！"见我没动，刘菁举起了枕头，"快走呀！回去！再不走我叫护士了。"

"回去也没地方睡了。"我解释道，"学校放假了，宿舍大门晚上肯定锁了。"

"哦。"刘菁不再坚持，挪了挪屁股，"那你睡上来。"

"啊？！"

"上来啊！"说话间，刘菁已将身体挪到了病床三分之一的位置，都快掉下去了。

"我还是趴着吧。"

"你听不听？"

"好好好！我听我听！"

我放下行李，简单洗漱一番，脱了鞋上了病床。刘菁仿佛忽然之间恢复了元气，像一只欢快的小鹌鹑钻到了我的腋窝下，双手紧紧箍着我的腰，很快响起了轻微的鼾声。

我被她箍得大气都出不得，只能睁着眼睛到天亮。

第二天一早，她神清气爽，跟没事人一样，我倒是黑眼圈重重的，如同化了烟熏妆。上午，我陪她办理了出院手续，并在她的房子里为她做了一顿勉勉强强的午饭，看得出刘菁吃得很开心。

"下一步什么打算？"

"唔？"

"我是说暑假。"刘菁恢复了气色，但明显感觉瘦了好多。每看她一眼我都忍不住心疼。

"上午联系了牧云画廊，还是去他那里打工。"

"那你住哪里？"刘菁看了我一眼，迅速低下头去，"暑假学校又不让住。要不……你搬过来吧。"

我沉吟片刻，答复道："我下午去搬东西过来。"

搬过来后，我依然住阳面的卧室，跟刘菁对门。

第二天，我去老朱的牧云画廊上课。还是老规矩，上半天班，拿一百二。

中午在卧室里睡一觉，四点后陪刘菁去师大的体育中心游泳。

"泳裤不错嘛！在哪里买的？"

"Q城。"我掩饰住慌张，"你别说，海中游泳的感觉真不错。"

"你一个人？"

"怎么可能？！"我故弄玄虚，"Q城有六大浴场，每个浴场里这个时候至少有好几千人，那叫一个——壮观啊！"

"是不是美女如云？"

"那肯定的！"看着她的脸色，我赶紧掉转方向，"不过老实说整体质量一般，比我面前的这位差远了。"

"呵呵，下次带我去。"刘菁咯咯笑着，她的裹着粉色连体泳装的身体"嗖"的一下钻进池子里，再浮出水面时已经是十米开外了。比黄文那小旱鸭子的功夫强多了，我暗自笑道。

游泳后，我们在外面吃饭，计划等暑气散得差不多的时候再一起去江边走一走，或者去爬爬山。

当时感觉不甚明显，但是几年以后，当我回忆起那一段时光，才发觉，那便是大学时代、青春时代甚至是生命中最幸福的一段时光。

唯一的一道坎，便是在A城卫视的包装下越来越火的颜亦冰。自从7月7日那次获得《××偶像》A城赛区的亚军后，她的身影不但出现在A城卫视，还有别的电视台；不但电视媒体在报道，网络和报纸也在跟风；更有甚者，下河街十元一件的廉价女式T恤上也印上了她的图像。

她真的红了。

画廊里的毛没长全的小屁孩也在课堂里公然讨论《××偶像》。提起颜亦冰，还有学生跑到我面前，问我是不是跟她一个学校，认不认识她，甚至还有让我帮忙搞演唱会门票的。发了几次火之后，我也慢慢见怪不怪了。

从画廊回来，刘菁已经做好了午餐。糖醋里脊、小炒肉、丝瓜蛋汤，吃饭的时候，刘菁看了我几次，欲言又止。

"说吧，什么事？"我装作漫不经心的样子。

"上午……颜亦冰来过了。"

"然后呢？"我浅浅地笑着，凝视着我面前的善良女孩。

"她说，她说……"刘菁低下头去，欲说还休。

"是不是说：我们在一起挺好的，请你好好照顾我？"

"你怎么知道？"她有些吃惊地看着我。

我笑了笑，给她舀了一勺汤，说："多喝点丝瓜汤，美容的。"

刘菁低下头去，"呼呼"地喝着汤，时不时抬起眼皮看看我，像一头温驯的小鹿。

"对了！"快吃完饭的时候，刘菁突然想起来，"她还说了，如果你方便，请为她写一首歌，她们9月份好像是要进行全国总决赛，需要有原创的歌曲。"

"知道了。"

"你会写吗？"刘菁追问道。

"我试试吧。"我呵呵笑道，回了房间。

几场雷雨之后，暑气渐渐消退，一年中最热的时光总算慢慢熬过去了。8月底，我带刘菁去看了一趟夏跃进。刘菁给他买了一大堆吃的穿的用的，连内衣和袜子都准备了，感动得夏跃进老泪纵横。莫说夏跃进，就连我也被感动了。回来之后我紧紧攥着她的手，在内心暗自起誓：这一生，就让她陪我走下去吧！

9月，开学了。我们碰到了欧阳俊、安哥和易子梦他们，碰到了吴曲和谢蕊寒她们，我们在一起并没有引起他们多大的惊诧，好像一切都在他们的意料之中一般。他们只是笑着闹着让我请了一次客。

9月的A大如同一个紊乱的舞台，每天都上演着悲欢离合的故事。每个学生手里都有一个剧本，我们担任着自己的主演，同时也兼跑着别人的龙套。剧目不尽相同，有的高潮迭起，有的平淡无奇，有的如鸡尾酒那般花哨，有的如老白干那般浓烈，也有的如清茶般淡雅，唯一可以肯定的是：他们同时上映在A城大学的舞台，让人眼花缭乱。

校园里有穿着迷彩服在残夏的太阳下军训的大一学生；有总算悟出点大学生活的道道，开始选择奋起或沉沦、昂扬或堕落的大二学生；有不愠不火不急不慢的大三学生；还有像我们这样一觉醒来把大学生活挥霍得所剩无几，洗把脸开始决定考研或者找工作的大四学生。

易子梦开始了他漫长又艰辛的求职之路，只要一有招聘会（无论是本校的还是外校的），他便穿着斥三百七十元"巨资"从下河街买来的西服，夹着成沓的个人简历奔向现场。然后他的简历连同成千上万份别人的简历汇集在一起，被人装在烂纸箱里或者蛇皮袋里，静静地等待着被抽中的那一刻——就跟福彩摇号中奖一般。记得易子梦先前在酒桌上说过，凭他的计算机专业，月薪五千不成问题；数十番"战斗"下来，他的西服已经被参加招聘会的上万名学生挤得皱皱巴巴，如同刚从洗衣机里甩过一般；而他的五千元月薪，被挤破头的几近而立之年的博士们毫不留情地抢走，退而求其次的冲击心理底线的三千元月薪，也让成堆的硕士们瓜分。几番折戟沉沙，易子梦终于在火车站对面的"国储"电脑城找到一份工作——月薪一千五。以这样的工资水平，他不吃不喝工作五年（也就是靠光合作用活到二十八岁），挣的钱刚好够读四年大学。

让易子梦难以接受的是：他在学校念的代表中南地区最高水平的计算机专业应用，到工作中其实就是给菜鸟用户装机杀毒，兜售电脑清洁套装和鼠标垫，顺便告诉别人在一台机子上按下"Ctrl＋C"（复制）再到另一台机子上按下"Ctrl＋V"（粘贴）是无效的。

"就是炸臭豆腐的也比老子的技术含量高！"上班两天后，易子梦疲惫不堪，不无沮丧地告诉我。

他之所以跟我交流，是因为四个人当中，只有我是和他一样要为工作奔波的——安哥铁了心要去当兵，他现在的业余时间全部放在体育锻炼和对国防知识的学习了解上，为进入部队保家卫国做好准备；欧阳俊不用操心，他的父母给他罗列了将近十个职位供他挑选。

我的命运跟易子梦差不多，但心态要比他好，说直白一点，较他而言，我只是死猪不怕开水烫而已。

我跟易子梦参加过一次招聘会，看着那人山人海顿时晕头转向，慌忙之中把手中的十几份简历随便投出去就赶紧往回撤，感觉倘若在那里多待一分钟便可能窒息而亡。

我正琢磨着是不是干脆去找老朱，在他的画廊里当个老师算了，突然有陌生电话进来。对方自称是"尚荣国际"的人事经理。

"尚荣国际？"虽然上午的简历是随手一扔，但我还是有印象并没有扔给一个叫"尚荣国际"的单位——再说，招聘会到现在才过去不到三个小时，公司的效率要真有这么高，那也确实了得。

"是的！我们有一个平面广告策划的位子不知您是否感兴趣？"

"真、真的？"紧张的时候我们都成了易子梦。

"月薪三千，外加提成。如果您感兴趣的话，请明天早上九点过来上班好吗？"

"不需要面试？"我的反应已经可以用"惊诧"来表达了。

"不需要，我们对您已经有了深入了解！"电光火石间我已经想起电线杆上经常张贴的"招聘男公关""重金求子"等小广告。我忍不住怀疑这是个圈套，但想想自己不名一文，又无做"鸭"的姿色，光脚的不怕穿鞋的，还是值得一去。

公司算不上大，名字却十分咋呼——"尚荣国际品牌营销机构"，说白了就是个平面广告公司，在A城也算是做出了牌子。老总荣涛是个标准版的生意人：身材五短，脖颈粗壮，脑袋上寸草不生，头型酷似某卫视的节目主持人；一双眼睛如打了润滑油一般骨碌碌乱转，眼神丰富让人目不暇接，笑容饱含深意让人难以捉摸；看人说事，对症下药，对待客户如春天般温暖，对待订单如夏天般热烈，对待Case（案例）如秋风扫落叶般干脆，对待薪水问题则如冬天般冷酷无情。

进了公司才知道，所谓的"月薪三千"其实是没有加班费的，而每天下午下班前半小时，荣总总能给你找到一份要忙到凌晨才能干完的活。

"年轻人多锻炼，有这样的机会不容易，要好好珍惜！"每逢此时，荣涛总是踮起脚尖，攀着我的肩膀语重心长地说。

"感谢荣总栽培，我一定竭尽所能！"我低下头表情坚毅地俯视着老总，一边握紧拳头表决心，一边在心底暗自抱怨。

9月下旬，《××偶像》全国总决赛开赛。全国五大赛区的冠亚季军汇集A城，上演"华山论剑"。A城卫视收视率飙升。大街小巷铺天盖地都是选手们的巨幅海报和灯箱广告。荣总费尽周折，终于在这场轰动全国的选秀活动中接了点残羹冷炙。

"这个案子交给你，是对你的极大信任，好好把握！"荣涛把我叫进办公室，给了我合同复印件和相关资料。

我们的单子是：设计两张海报，一张放在A城各主干道大约两百个公交站点的灯箱上，一张贴在包括步行街、火车站等A城近十个商业中心和人流集散地的显著位置。

合同的甲方是一家房地产公司，他们赞助的选手正是——颜亦冰。

拿到合同后，我待在荣涛办公室足足三十秒，脑子里一阵"黑屏"，半天才重启。

"怎么了小夏？有什么问题？"

"荣总，这个案子能不能交给别人做？"

"为什么？压力太大？"

"倒不是……"

"莫非……这个选手你认识？"荣涛察言观色不是一般的厉害。

"校友——她是A城大学的。"

"这正是我交给你做的原因，"荣涛一脸兴奋，"作为校友，你肯定对她有所了解，这样更适合为她量身定做啊。活动上白纸黑字清清楚楚，委托人进了前三强，我们能增加百分之三十的利润，到时你的提成会增加多少，算算吧！别推辞了，抓紧抓紧！"

"哦……"

我枯坐在卧室的电脑前，凝视着屏幕中的颜亦冰。性感的、可爱的、妩媚的、深沉的、冷艳的、奔放的、古典的、时尚的……照片以每五秒一张的速度更迭，不同风格的颜亦冰在我眼前闪过，我伸出手来，想抓住，可碰到的只是散发着热量的显示器。墙上的时针隐蔽地挪过了两个刻度，秒针发出"嚓嚓嚓嚓"的均匀声音，像心脏一般不知疲倦。我的两眼酸涩，被电脑辐射弄得泪水涟涟。

　　这么巧，颜亦冰，我们又见面了。

　　你依然那么漂亮，就如细雨中的夭桃、春风里的柳枝、月光下的睡莲，就如沾着晨露的玫瑰。再一次见你，我的心依然悸动不已；再一次见你，我需要鼓起更大的勇气才能凝视你的双眸；再一次见你，颜亦冰，你让我感觉你愈加美丽，却带着陌生和不真实。

　　就如我第一次凝视你时那般，我再一次端详你的面容，肆无忌惮，带着深沉的情感和炽烈的欲念，这些情感曾一次又一次将我湮没、将我埋葬，这些欲念曾一次又一次将我点燃、将我灼烧，它们让我心甘情愿地沉沦在爱情里，永不希望解脱。

　　可是，一切都已经结束了。过去的颜亦冰消逝在某个春光明媚的午后，消逝在镜头和闪光灯下，过去的夏拙也死于一场突如其来的高烧。可以肯定的是，这场高烧过后，另一个夏拙获得了某一种免疫力。

　　不知是谁说过：旧的事物会变成陨石坑，它终究和周遭的一切完美地融合在一起，成为记忆——真正意义上的从前。

　　当我意识到刘菁在身后时，想关掉屏幕已经晚了。她一动不动地站在那里，手里端着冲好的咖啡，表情却如同刚从冰箱冷冻室取出来的一般。

　　"你怎么进来连声音都没有？"此时的解释一定会显得牵强，我决定先声夺人。

　　"打扰了你的思念是吧？我很抱歉。"怪不得有人说，不吃饭的女人这世上也许还有几个，不吃醋的女人却连一个都没有。

我浅浅一笑，说："告诉你一个好消息。"

"什么？"她显然被我唬住，之前淤积在脸上的愠怒顿时烟消云散。

"我接了一个大单子——上十万的单子，有百分之五的提成，《××偶像》总决赛的晋级选手宣传海报。如果选手进入前三甲，还能多出三十个百分点的利润。"

"选手？选手是谁？"

我朝着显示器噘了噘嘴："喏。"

"这么巧？你接了她的单子？"刘菁依旧满脸问号，但怒气已在不经意间被疏导出去了。

"谁说不是呢！"我摇头做无辜状，"老板就是精明啊！他知道我跟她一个学校的，认为我比较了解她的特点和风格，所以一定要我来做。"

"呵呵，看来你们老板会用人啊！你对她岂止了解，简直就是清楚得不能再清楚了。"

"你看你！又来了！"我一副公事公办的表情，"这是工作，不能掺杂任何私人感情。"

见她没说话，我一把揽住她的腰，无比柔情地说道："再说了，现在既然跟你在一起，我早就把自己的心腾空，然后再满满当当地把你装上了——谁也容不下。"

"真的腾空了吗？"

"岂止是腾空，那就是格式化啊！格式化六遍了都。"

"呵呵，"刘菁捏着我的鼻子，"你这张嘴是拿蜂蜜水漱的吧！"

"黑人牙膏！蜂蜜水多浪费呀！"

刘菁咯咯地笑了起来，拍了我的头一下，把咖啡放在桌上："先工作吧，别太晚了。"随后带上门悄声无息地走了。

我回过神来，开始琢磨海报的样式。

三天过去了，海报设计依然没有任何进展。荣涛急了，不停地打电话催，越催越烦，越烦他的电话就越频繁。结果离拿设计稿的时间只有一天了，准确地说，只有十个小时，如果明早九点前还没有设计稿的话，这单子就泡汤了，几十万的生意就会砸在我手里。

荣涛打电话来，几近哀求："夏拙，兄弟啊！无论如何今晚要把稿子完成啊！不然我就要让违约金弄破产了，我要垮了你也没好日子过。"最后一句是要挟，听得我火冒三丈，"噌"的一下就把电话挂了。挂了电话依旧不解气，我索性卸了电池在房间里发呆。

刘菁进来，问是不是进展不顺利。

我眯着眼睛没有吭气。

"我觉得吧，做这个海报，就是要让观众——特别是不了解这个节目、不了解颜亦冰的观众在最短的时间内对她有一个深刻的印象。而你就是对她太熟悉了，反而丢掉了对她最本真、最原始的印象。"

我忽然感觉有了一点眉目，灵感就像从暗无天日的牢笼里忽然射进来一丝光线，尽管不能断定那就是逃生之路，但至少那是一个希望。

"继续。"

"你觉得颜亦冰最吸引观众的是什么？"

"歌声。"

"歌声是平面广告无法表现的，我说的是她的容貌——你觉得她的容貌中有什么是最吸引眼球的？身材，还是……？"

"眼睛！"我跳了起来，"我明白了！我明白了！"

我一把搂住刘菁，抱着她转了起来。

刘菁浅笑着挣脱我，说："那就趁热打铁吧，忙完早点休息。"

第二天一早，我走进公司，甲方的人已经到了，他们神色凝重，在等着我的消息，荣总表情忐忑，一双眼睛死死地盯着我的脸，试图从我的表情中寻找答案。忽然之间我感觉自己像个主宰生死的判官，而他们，不过是等着我开口才能投胎的小鬼。一种阿Q式的自豪感油然而生。

"这是我设计的初稿，"对着投影仪，我亮出了自己的稿子，"它的名字叫《月亮女神》。"

投影仪上是一幅油画：蓝色的背景既像天幕又像面纱，从一轮月亮的周围渐渐漾开，由近及远散发着夏夜的气息——静谧、安详、梦幻、唯美，一直延绵开来……而月亮，又幻化出一张精致的脸庞。五官隐匿在蓝色的背景后面，只露出一双眼睛，眼神冷漠又凄清，静静地俯视着一切……

是的，这不过是我去年画的那幅油画，原稿已经卖掉了，所幸照片还在。几乎没做什么改动，只在月亮下方添了一行银白色的文字："颜亦冰，用眼睛说话的月亮女神。"然后在海报右下角标注了节目名称和短信支持方式。

"委托人颜亦冰最吸引人的就是她的歌声和那双传神的眼睛，作为海报，我们无法将她的歌喉立体地表达，故将重点放在对她眼睛的表达上，俗话说眼睛是心灵的窗户……"我按照刘菁提供的思路简单做了介绍。小小的会议室里死一般寂静，荣涛光溜溜的脑袋上早已汗涔涔、湿漉漉，如同刚从冰箱里取出来的西瓜，我几乎都听到了他心脏"扑通扑通"乱跳的声音。

掌声！会议室里响起了掌声。是甲方来的头儿的掌声，紧接着是荣涛附和的掌声，再后来掌声连成一片。

我长吁一口气。

9月29日，周末。

A城卫视现场直播《××偶像》总决赛，颜亦冰一袭宝蓝色长裙，装束一如她刚晋级时的样子。然而无论是台风还是唱功，或者是应对评委的问答，她都显得从容、大度、镇定自若，比起先前有了脱胎换骨的变化。而我再次看见她，也比先前从容了许多。

她的原创曲目是《飞翔》。是的，我给她写的《飞翔》，她自己谱的曲。

飞翔

你已摊开洁白的翅膀
在风的章节中等待起航
我静静地站在你身后
期盼你留恋的目光

在那许久以前的冬月
在那把誓言当碑帖的时光
你的笑容温润美好
烘热我潮湿的眼眶

当春天开始打烊
紫萝藤缠绕在四月的尾巴上
你我曾漫步的田野
有莺燕划过的翅膀
还有天空对你的召唤
飞翔
飞翔
誓言不是绳套

爱情不是拐杖

无论你的飞翔

还是我的彷徨

都有各自

原本的方向

……

她唱得十分用心、十分动情，我也听得十分用心、十分动情。听完那首歌，我没有看接下来的比赛，跟刘菁打了个招呼就回了卧室。

"比赛结束了，"半个小时之后，刘菁敲了敲门，人依旧在门外，"第三名，季军。"

"哦。"

我隐约听到门外一声叹息："你早点休息吧。"

"嗯，你也是。"

"晚安。"

"晚安。"

凌晨一点多，电话响了。是个陌生号码。

"喂，是我。"

"猜到了。"

"比赛结束了，我拿了季军。"

"祝贺你。"

"呃——谢谢你！"

"谢我写的歌？"

"还有你为我做的海报，反响很好。"

"呵呵，我只是拿钱办事。对了，说起来我还要谢谢你，这一把我赚了差不多一万。"

"那你得请客啊！"

"怕请不动你了，你现在是大明星。"

"还不至于，就看你有没有诚意了。"

诚意？我冷笑了一声，这年头诚意值几个钱，对于你颜亦冰来说，还不如一张选票。

"呃——再说吧。"

电话那边是沉默。我正要挂电话，却听到了那边的抽泣声。

"夏拙，你是不是挺恨我的？"

"没有。"

"夏拙，总有一天，你会明白。"

我正要说什么，那边传来了"嘟嘟嘟嘟……"的忙音。那阵忙音从遥远的地方传来，像一把小小的榔头急促地敲打我的心脏。

十一、熟褐

2007年A城的秋天跟往常没有太大分别，黄叶满地，风沙迷眼；每天都有新的楼盘竣工，每天都有旧的民房被拆，打桩机的声音夜以继日，不知疲倦，写着巨型"拆"字的破旧建筑在苟延残喘；医院里人满为患，太平间里每天都会有新的尸体，数小时前他们还是一个个带着温度的生命，数小时后将会变成一堆骨灰；产房里不时传来啼哭声，声音或明亮或嘶哑，但这些并不重要，重要的是这些幼小的生命降生在什么样的家庭，这或许关系着他们的未来：医生、农民、教师、艺术家、警察、黑道人物、性工作者……富二代、官二代、星二代或者农民工二代等这些身份，有可能在脐带剪断的那一刻便已注定。有人贫穷、有人富有，有人奋斗一生也抵不过别人的一顿饭、一瓶酒、一款送给女友的包。

当兵后的欧阳俊说：生命不过是一发意外上靶的子弹。这话听着玄乎，想起来倒也实在。

欧阳俊遇上了点麻烦，准确地说是他家里遇上了麻烦。欧阳俊的老子因为在某个大工程中存在经济问题被"双规"，祸不单行，其母也因涉嫌违规放贷被停职查办。事实上，他们涉及的是同一个案子。老公负责工程，老婆提供经济支持，听起来有点像开人肉包子店的张青和孙二娘。虽然平时大家都是"愤青"，特别是安哥，一听到贪官便怒发冲冠，恨不得拿个炸药包要跟谁拼了，但这事毕竟是落在欧阳俊头上，搞得我们都很是同情。

所幸结果没想象中那么严重，欧阳俊老爸调离原岗，退居二线，升迁基本无望；他老妈提前办了内退，每月领取一笔可观的退休金。

倒是欧阳俊的毕业去向，一下成了未知。

"安哥，我可能要跟你干了。"喝酒的时候欧阳俊冒出这么一句话来。

我因为上一个项目赚了点钱，加之工作后跟宿舍几个人联系更少，便叫上他们几个聚一聚。

"您这是几个意思啊？"我大着舌头问道，"他马上就要去当兵了。"

"对，当兵。我也去当兵。"欧阳俊像个武功盖世的武林侠客，他只消一开口便封住了我们所有人的穴道，让我们动弹不得，也失去了说话的能力。

欧阳俊似乎很满意这效果，他夹起一颗花生扔进嘴里，再慢条斯理地抿一口酒："我爸的意思是，我去部队待上两年，混个'退伍军人安置卡'回来，就可以直接当公务员了，连考都不用考——到时候，我爸这边的风头也算是过去了。"

"你自己怎么想的呢？"我问道。

"挺好的！比直接上班要劲。"欧阳俊看看大家，说道，"其实我也有过当兵的梦想，只是过去没机会而已。"

"你知道当兵意味着什么？"

"吃苦受难。"

"还有呢？"

"被人约束，没有自由。"

"还有呢？"

"意味着要禁欲，听说那里面一个女的都没有，欧阳俊你扛得住吗？"易子梦确实是狗嘴里吐不出象牙来，不过他说得确实在理——尤其是对于欧阳俊来说。把一个天天食荤腥的人变成素食主义者并不是件容易的事。

安哥狠狠地瞪了易子梦一眼，义正词严道："意味着奉献，意味着牺牲，牺牲自己的青春，甚至生命……"

欧阳俊笑着拼命摇头、摆手，冲我说："你告诉我，当兵意味着什么？"

"改变自己。你要尝试的是一种全新的生活，跟你的现在没有半毛钱关系。人进了部队就得像打碎自己重新捏过一般，那会是脱胎换骨的变化。"

欧阳俊笑笑说，没那么邪乎吧。

我说你等着吧。

10月，"尚荣国际"又接到一个某知名化妆品牌的单子，荣涛交给了我。几个通宵之后，初稿获得通过，荣涛狠赚了一笔，我也顺便接了点汤喝。

10月，颜亦冰的第一场演唱会在省体育馆举办，演唱会的主题便是《飞翔》，据说万人空巷、一票难求，效果非常之好。

10月，易子梦惹了个不大不小的麻烦，他搞大了"朋克"女友的肚子。据我们估计，很有可能是这小子抠门儿舍不得买套子，一不小心就让人中弹了。几番忐忑、几番彷徨、几番纠结后，他还是找我借了两千块钱，带着女友去了电视里一直宣传"三分钟、无痛"的那家医院。

10月，安哥和吴曲如胶似漆，堪称模范恋人。吴曲说，一想起安哥再过几个月就要享受"非人"待遇后，她就心疼得要命，所以她要抓紧时间对他好点，让他尽情享受生活的美好。这些话非但安哥听了受宠若惊，就连我们都感动不已。

……

10月的一个周末，刘菁拉我陪她逛街买衣服。说是买衣服，其实并非她自己要买，是要为我买——还要买正装。

"我买什么正装？傻不傻啊！"我对西服、领带、皮鞋那一类玩意儿向来极不感冒。

"怎么就傻了？街上这么多人穿，他们都是傻子吗？"

"反正我就是不喜欢，坚决抵制资本主义腐朽文化的入侵！"我学着安哥的样子义正词严道。

"那好，那我就给你买中山装去。"刘菁头也不回就往商场里面冲。

"哎哎哎，"我一把拉住她，问道，"干吗非要给我买正装啊？到底什么企图？"

"呵呵，带你见家长，可以吗？"

"啊？！"

"我爸说了，周三让我带你去家里吃晚饭。"

"啊？！"

"你去不去？"

"不去！也没见你跟我商量一下，你懂不懂得尊重别人？！"我火冒三丈，正在宣泄中，猛然看见刘菁的眼眶里有泪水集结。

"夏拙，下周三是我的生日，你真的忘了吗？还是你压根儿就不想见我家里人？"

我恍然大悟，但已经有些迟了。我赶紧跑过去连哄带骗，总算是堵住了那即将溃坝的洪水。遵照她的指示安排，买了一身稍微休闲的西装和皮鞋，总算是不用买领带什么的。

"要不要给你爸妈带点什么？"

"不用，家里什么都有。"

"对了你爸做什么的？"

"什么都做，酒店、期货、房地产……具体我也不大清楚。"

"我明白了，哪里有钱赚哪里就有他的身影。"

"哈哈，虽然刻薄，但也确实是这样。"

"那我去中东买一块油田送给他吧，否则真是没什么可送的了。"我不无沮丧地说。

"这个。"刘菁笑着戳了戳我的胸口。

"唉，我要是长两颗心就好了。"

"为什么呀？"

"因为唯一的一颗已经给你了啊！"

"喊！"尽管看上去是明显的心花怒放，刘菁还是捶了我一下。

看来，打人不见得非要等不高兴的时候。

A城有一个地方叫紫竹湖，那里有占地一百四十万平方米的高尔夫球场和高档的商务会所，还有依山傍水如桃源村落一般错落有致的别墅群，里面全部是起价一千万的独栋别墅，小区里连清洁工都是大专学历以上、三十岁以下的女孩子。那里汇集了A城最有钱、最有权和最有名的人。说白了，那里就是社会精英人士的聚集地。

刘菁开着她的宝马带着我进入小区的时候，门口高大威猛的保安冲我们敬了一个标准的举手礼。保安胸前的金利来领带让我突然明白刘菁逼我买衣服的良苦用心。

曲径通幽，刘菁开着车七拐八拐，总算是在一座独栋别墅前停了下来。我小心翼翼地打开车门，踮着脚下车，左顾右盼如同刘姥姥进了大观园。

那是一幢位于小山坡上的三层意式风格别墅，庭院面积在一千平方米以上，尽管已到了秋天，院子里还是生机盎然，绿草如茵；紧挨着别墅有一棵高大的女贞树，树干挺拔，枝叶繁茂，树龄至少有三十年，树下是一张简约的咖啡色小方桌和四把靠背椅，院子的一角是一座假山小桥流水景观，池子里似乎还种了几棵睡莲；站在花园里刚好可以鸟瞰不远处的十八洞高尔夫球场，还有远处碧波荡漾的紫竹湖。

我心生感慨：这就是富人的生活……

"走吧！"刘菁挽着我的胳膊的时候，我下意识地有些抗拒，刘菁愣了一下，还是挽着我进了门。

"阿姨，我们回来了。"

一个四十来岁的女人应声而来，迅速递来两双拖鞋。我道过谢，趁着换鞋的空当悄悄问刘菁。

"你阿姨？"

刘菁扑哧一笑，说："保姆。"

我抬起头来再看了看，那个女的正规规矩矩站在那里冲着我微笑。其实她的神态更像是一个温文尔雅的老师。

"那你爸妈呢？"

"爸上班还没回来，我妈去外面了。"

"外面？今晚回来吗？"

"呵呵，她去国外了，旅游。现在就她会享受生活——我领你上楼吧，去我房间。"

老实说这算是我长这么大第一次进别墅，内心的忐忑不言而喻。我飞快地一眼扫过：一楼主要是一个大客厅，高高的天花板上垂下硕大而精美的吊灯，跟地上铺的中式宫廷风格的地毯十分搭配；厅里的红木沙发反射着暗红的华贵的光泽，沙发背后是一幅巨型的山水画，上题：湘水一派锦中流；电视机旁边摆着博古架，上面放着些石头、铜器和坛坛罐罐。

"走吧。"刘菁拉了拉我的袖子。

"哦。"我赶紧跟上，沿着螺旋状的木制扶梯上楼。

二楼有六七个房间，最左边的阳面便是刘菁的闺房。

房间里面倒是布置得十分清新，跟大厅的华贵截然不同。北面的墙上是刘菁的巨型写真照，西面是床头，床上放着半个人那么大的毛绒加菲猫（这看来是闺房里的必备品）；床尾是一架雅马哈立式钢琴，上面搁着一本厚厚的琴谱；南面是落地的玻璃窗，透过玻璃可以看见整个别墅区坐落在起伏十分平缓的丘陵上，童话里才有的城堡一般的房子就像一颗颗漂亮的糖果落在草丛里，而一条条车行道便如同一根根蜿蜒的丝带把糖果穿起来；远处便是紫竹湖，湖心的小岛上露出亭子的一个角来，像一幅妙不可言的国画。

我去过A城面临拆迁的老街，里面的房子破败不堪，巷子又黑又深，路上污水横流，垃圾池里堆满了一个星期的垃圾，里面臭气熏天、群蝇乱舞。只要你去过那样的地方，见过那样的场景，就实在是难以接受现在窗外的这片美妙景色。同在一片蓝天下，同在改革开放三十年后的A城，欣赏过这样的风景后只会让人感觉失落和绝望。

"爸爸回来了！"刘菁喊了一声。

一辆黑色路虎车停在了门口……

当兵之后我一直在想，这个世界是不是真有如此巧合的事：前女友做了别人的小三，而这个"别人"正是现女友的老子。即使再烂俗的电影里也不会出现这么操蛋的桥段，可是这竟然发生在我的身上！

远远地看着他矮胖的身形挪下车来，我情不自禁地扯动嘴角笑了一下，自己也分不清这算是苦笑还是冷笑。或许，这也是一阵热烈的笑——为生活中无处不在的戏剧场景，为上帝天才的导演天赋。

下楼，跟刘菁的爸爸、颜亦冰的男友、我叫"叔叔"的那个人在客厅里寒暄了片刻，我始终颔首微笑，表情怡然，周到得如同接见外宾。到了开餐的时候，我们一起为刘菁点燃了二十二根蜡烛，甚至还十分默契地唱了《生日快乐》歌。

　　刘菁双手放在胸前，十指交叉顶着下巴虔诚地许了一个愿，之后还深情款款地看了我一眼。看得我心生惭愧——亲爱的，如果你的愿望跟我相关的话，我恐怕要让你失望了。

　　小小的生日宴会结束，刘菁的爸爸拉着我在奢华的客厅里聊天，问了毕业之后有什么理想之类的，并劝说我早日改行学经商和管理。他语重心长，道貌岸然，说了一堆要好好照顾刘菁之类的话，并暗示如果我们在一起，这一切都将是我们俩的。我则始终保持微笑，做出很虔诚聆听的姿态。

　　告辞的时候，他把我和刘菁送出门外，车发动之后，我跑到他面前轻声说道："您知道吗？颜亦冰是刘菁的室友，也是我的前女友。"

　　我看见他的表情慢慢凝固，脸色在夜色中幽幽地泛着青光，如同一块冷却的金属。

　　我悠然地打开车门，坐进副驾驶位子，按下车窗向他挥手作别。

　　哈哈，真过瘾！

　　"刚才你跟爸爸说什么了？"刘菁开着车，脸上还洋溢着甜蜜的笑容。

　　"嗯？"

　　"就刚才，上车之前。"

　　"哦，我说，他一个人在家要多保重身体。"

　　"呵呵，真是个懂事的孩子，"刘菁调皮地看了我一眼，撇撇嘴笑道，"看得出我爸挺喜欢你的。"

　　"哦。"

十二、煤黑

10月底，校园里挂出条幅："携笔从戎，报效祖国""欢迎广大应届毕业生踊跃报名应征入伍""常怀报国之志为民为中华，坚持依法征兵强军强国家"……征兵办公室的地址和电话被贴在了每一栋男生宿舍楼的显眼位置上。

我赶过去报名的时候，林安邦和欧阳俊的名字已赫然在目，办公室里一个穿着制服，肩上扛着两道杠、两颗星的老兄热情地接待了我："还好你来得及时，就剩两个名额了——今年报名的学生特别多。"

走出办公室，我长吁一口气，有种给大学生活做个了断的悲壮感和豪迈感。10月底的阳光依旧灿烂，像金光闪闪的刀子一般明亮刺目，这些刀子扎在人身上让人有些燥热，让人无端地想在哪个地方抓一把、挠一下。我坐在足球场看台上，高大的法国梧桐顶在头上，筛下明晃晃的光斑，打在身上像给我披上一件迷彩的外衣，南风拂过，树枝摇曳，光斑也随之抖动，让人感觉温暖又有些眩晕。

"嘿，帅哥，帮忙传下球！"一只皮球滚到我脚下，我站起来，拉开架势一脚把球踢回场中。

"嘿，帅哥，帮忙把这个行李接一下，谢谢！"2004年的秋天，留着中分的欧阳俊闯进宿舍，面容俊秀，笑声清朗："这是你的铺吧？我就住你这头了，多关照啊！"彼时的林安邦穿着素洁的的确良白衬衣和挺括的深色裤子，三节头皮鞋油光发亮，能照见影子，他一进来就把一套《毛泽东选集》摆在书桌上，跟"毛选"一起的，还有一对花岗岩的镇纸，上书"有志者事竟成破釜沉舟百二秦关终属楚，苦心人天不负卧薪尝胆三千越甲可吞吴"；易子梦脚上是一双土黄色塑料拖鞋，上身一件紧巴巴的大红色假冒品牌短袖，一个巨大的白色耐克钩钩起于左边的胸口，止于右边的胸口，像是专门告诉别人：这娃是"对"的。"兄弟，你好！我叫易、易子梦，以后多、多关照！"易子梦手里拿着四块钱一包的"红旗渠"挨个敬烟，笑容宽阔得把眼睛的位置都挤没了。

彼时的夏拙生怕别人不知道他学美术一般，成天背着画板，拎着颜料箱，满脸写尽中华五千年沧桑。混熟之后欧阳俊告诉我，他一看见我便想起金庸笔下的侠客，带着称手的武器威风地行走江湖——那时军训还没结束，已经有两个女生栽在他手里。其中有一个还是我（当然不仅是我）的暗恋对象。

生命中有太多这样没头没尾的故事，它们就像在漫漫的生命旅途中开的一个个小差，其全部意义就在于让你在百无聊赖的时候多一些可以反刍的东西。三年时间委实让我忘却了许多，有一些当时印象深刻的片段在数年的时光里终究像热带的水果，通通腐烂在某个角落。

晚上，易子梦请客喝酒。这厮的钱包通常情况是只进不出，一毛不拔，这次他主动请客，要不是福彩中大奖了，要就是有事求我们。六点左右，我们几乎同时到了，一上桌，易子梦就质问我有什么事情瞒着哥儿几个。

"老——老实交代！不然这顿饭就、就、就你请！"易子梦说得义愤填膺、义正词严。

欲加之罪何患无辞啊！我笑道："想让我请客直说就是嘛！何必呢？这是……"

"我操！还不老实。"易子梦掏出手机，给他们俩看了看。安哥和欧阳俊看完手机上的内容后死死盯着我，看得我脊背发凉。

"怎么了这是？"

"你也准备当兵了？"安哥和欧阳俊问得异口同声。

"对啊，"我抢过手机，屏幕上是我的应征入伍报名表照片，人证、物证俱在，"三个小时前报的名，正准备告诉你们的，没想到这小子嘴巴更快一点。"

"为什么呀？受刺激了？"

"你现在的工作不是好好的吗？"

"烦了，腻了，行不？"我有些不耐烦，给他们满上小杯的"邵阳大曲"，"喝酒！"

他们仨迟疑地端起酒杯跟我碰了一下，一饮而尽。

喝完第一杯，易子梦说："拙子的新闻播送完了，现在到我了。"

"你怎么了？跟'朋克'散伙了？"

"错！"易子梦的"错"说得豪气干云，"我失业了！我把电脑城那老板给——给炒了！"

"什么情况？"

"没什么情况，就太累了！太不是人干的活了！"易子梦举起杯子抱怨道，他每天早上六点从学校宿舍起床，搭一个半小时公交（需要倒一趟车），七点半去电脑城开门打扫卫生到八点。上班后他就不停地给人装机、维修、杀毒、坐公交给人送货上门，一直到下午六点下班，再坐两趟车回来。

"月薪一千五，老子累死累活连房子都——都不敢租。"说话间，两杯酒已经下肚，易子梦愈加愤慨，脸上红得一塌糊涂，脖子上青筋暴起，"早餐连碗米粉都不敢吃，电话连个长途都不敢打，就连跟女朋友出去开房，还得挑个便宜的，真他妈憋屈！"

我拍拍易子梦的肩膀。

"上次给她做人流，因为没钱不敢去大医院，找了个小诊所，结果弄得发炎了，好长时间没好利索。"又一杯酒下去，可能是喝急了，一下把他眼泪给呛了出来。

"那事完了后，她就不怎么理我了，一问她，你知道她说什么吗？"易子梦眼泪汪汪地环顾一周，从我们脸上挨个扫了一遍。

"她说，跟我谈恋爱连尊严都没有，她说跟我谈恋爱连尊严都没有！"把话说得这么顺溜对于易子梦来说十分难得，我们静静地看着他，听他发泄，"尊严是什么？！尊严不他娘的就是钱吗？！这个社会没钱你谈什么尊严？这个社会你没钱谈什么恋爱？！"

"所以——那事之后，我们就散了。"话刚说完，又是一杯酒下肚，易子梦已是一把鼻涕一把泪，我和欧阳俊左右各一边使劲拍着他的肩膀，安哥抢过他的酒杯，好不容易才让他平静下来。

过了一会儿，易子梦再次站了起来，说："下面我宣布第二个消息——兄弟我也报名参军了！"

"啊？！"

"'啊'什么啊！最后一个名额被我抢到了，排在拙子后面，哈哈。"我们三个面面相觑。

"刚好啊！一起上学，一起当兵！"

"好！一起上学，一起当兵！"又是一杯酒下肚，这酒真辣！

"我可是听说部队里不让看黄片呢，你这……行吗？"

"我去、去你大爷的！"易子梦的拳头向我招呼过来。

"话说回来，"欧阳俊问道，"拙子，你这当兵又是为何啊？"

"我就说嘛——工作不错，月薪几大千，女朋友长得不错性格又好，家里还有钱！"

我笑着背起了"国家兴亡匹夫有责"的标语，嘻嘻哈哈地把他们搪塞了过去。

"那，刘菁怎么办？"

"你不认为，她应该找一个更好的归宿吗？"

"夏拙，你这话真浑蛋。"听我说完，安哥不动声色地骂了我一句。

"我也这么觉得。"欧阳俊附和道——连欧阳俊这样的都说我浑蛋了。

老实说我自己也这么觉得。

这个时候，短信铃声响起，我打开手机："明天会降温，要记得多穿点衣服，别感冒了啊。"

我的眼泪簌簌地往下掉，顷刻之间洇湿了衣襟，我的视线变得模糊，但终究还是发去了回复的短信："分手吧。"

我关掉手机，干掉了一大杯白酒。

第二天早上，刘菁跑来104宿舍（这时我已搬回来住），红着眼睛质问这一切是为了什么："从我们家出来就感觉你变了，变得陌生和不近人情，这是为什么？是因为我们家给你压力了吗？"

"是的！你应该有个更好的归宿，你爸爸也应该选一个更好的女婿继承他的事业。"

"可是我爸很喜欢你、很看重你啊！"

"可我对这些不能接受！"我撒起谎来真有一套，连自己都觉得像真话。

"夏拙，你告诉我，你是不是喜欢别的女孩了？"

"是，认识有一段时间了。"我几乎感觉自己的心如同一块块脆弱的玻璃被我这句硬邦邦的话砸得粉碎。

刘菁像个木偶一般待在那里，等她抬起头，已是泪眼蒙眬："她——对你好吗？"

"挺好的。"

"那就好。"

她的泪水洒出眼眶，"滴答滴答"地砸在我心底。

我看着她的背影夺门而出，想张嘴叫她回来，却发现自己已然失声。

第二天，体检。

"B4"的四名成员连同近二十个响应祖国号召准备精忠报国的"有志青年"被剥得精光,围成一圈站在学校门诊部的会议室,二十多具男性裸体像后现代行为艺术一般陈列在会议圆桌的外围,接受军医们的检阅。

我悄悄地和旁边的欧阳俊说话。

"说什么呢?!"一声大喝从我们身后传来,我旁边一个可怜的正在遵照指示抱头做蹲下起立的兄弟受了惊吓,"扑通"一声倒在地上,真是"两股战战"。

"你,穿衣服,走人。"军医的语气不容置喙。

房间里噤若寒蝉,大家想看又不敢看地瞟着那哥们儿,穿上裤衩、秋衣秋裤、毛衣毛裤、外套、鞋子……看着他从原始生物进化成文明人,大家突然觉得有衣服穿,真好!

体检过后,面试,政审。11月中旬,"B4"成员分别领到盖着大红戳的入伍通知书和肥大的绿色冬训服,并被通知11月25日集合。在此之前,我辞掉了"尚荣国际"的那份工作。荣涛单独请我吃了一顿饭,餐桌上我问荣涛是谁向他推荐的我。"我答应了人家不能说的,"荣涛笑着说,"人家说了,我要是告诉你,那个《××偶像》的大单子就泡汤了。"

"颜亦冰?!"我无不惊诧地看着他。

"这可不是我告诉你的啊!"

"呵呵,知道。"我跟他碰了杯。荣涛叹了口气,说:"老实说还真得感谢她,你小子一走可是我们公司的损失啊!以后谁能顶得起来呢?"说着荣涛背起了那句"国有疑难可问谁",我笑着说别咒我啊!前面那句可是"君今不幸离人世"呢。

荣涛一再叮嘱我在部队好好干:"以后要是想回来,有我荣涛一口吃的,就有老弟你一口吃的!"我跟他碰了碰杯表示了谢意。

11月22号，永康。

到家（严格来说是夏跃进的家）的时候已经是中午，我推开锈迹斑驳的大门，走进荒草萋萋的院子，看见夏敏正蹲在地上玩玻璃球。

"夏敏！"我努力做出友善的表情冲着自己的妹妹喊道。

"哥哥。"夏敏迟疑地应着，她竟然能想起我——半年多没见，夏敏高了，也瘦了，如同一颗小小的豆芽菜。

"妈妈呢？"

"妈妈买米去了。"正说着听见院门"吱呀"打开的声音。我回过头去，一个瘦小、佝偻的身体踉踉跄跄地闯进我的视野，一个二十公斤左右的米袋压在她的肩膀上，她整个人便失衡一般向一侧弯去，她的脖子因为被米袋压着已经抬不起来，只能低头看着地蹒跚前行。恍惚间，我想起了当年她穿着整洁的运动服站在永康中学操场上带操的场景，那时的叶馨，如同早上八九点钟的太阳一般朝气蓬勃，而现在……

我跑过去卸下她的米袋，扛在自己肩上，这时她才直起腰来，喘着粗气看着我："夏、夏拙，你怎么回来了？"

我盯着她：她的头发显得枯黄又毛糙，有几根因为汗水而凌乱地黏在额头上，眉毛纠结在一起，下面是两个松松垮垮的眼袋；眼中全然没有当年的神采，像有一笼雾气罩在她的瞳孔之外，使这双眼睛看上去呆滞又充满了无望；她的眼角有尚未清理干净的眼垢，鱼尾纹深深地向太阳穴延伸；那张曾经白皙如羊脂的脸庞早已褪尽在漫长的时光中，如今让我看到的只是一张布满黄褐斑的、不修边幅的脸。

我怔在那里，不知该说点啥。

"快进屋坐吧。"叶馨似乎也被我看得不好意思，她脱下厚重的棉衣——看得出这是一件质地和款式都不错的棉衣，只是现在已被磨破了袖口，背上也留下刚才米袋压过的灰白痕迹。

我回过神来，进屋卸下米袋。"我马上要去当兵了，回来看看你们，"我看着让我无比陌生的叶馨，"可能这两年都不能回来看你们了。"

"真的啊！你爸一定要高兴死！"叶馨的眼睛里终于有了一点神采，"对了，你去看他了吗？"

"还没有，等下就过去。"我掏出在荣涛那里挣的一万块钱交给叶馨，"以后不要那么辛苦，多保重身体，带好妹妹。"几番推辞之后，叶馨收下了钱。我转身的时候叶馨哭了，那眼泪里蕴含着什么？感动？内疚？或许还有无人关心、独自打拼的痛苦……我快步离开了院子，直奔白泥湖监狱。

夏跃进在玻璃幕墙后面，看上去倒是红光满面。

"你胖了。"我告诉他。

他笑了笑："定量吃饭、按点睡觉、每天劳动，又没什么要操心的……"他有些不好意思了——为他描述的田园牧歌一般的生活。

"我去家里看了看——挺好的，夏敏也长高了，很漂亮、很可爱。"

"嗯，要是有空，经常回去看看吧，你叶阿姨一个人在家挺不容易的。"夏跃进低下了头，那神态像个一不小心打碎了花瓶的孩子。

"那恐怕没机会了。"

夏跃进抬起头。一脸愕然。

"我准备当兵了，这个月25号走。"

"真的？！"夏跃进从椅子上跳起来，似乎蕴含着惊人的爆发力，把看守他的狱警吓了一跳，不但如此，玻璃外面的我也给吓了一跳。

狱警跑过来，拿着警棍抵着他的脖子不由分说地把他拖回去。

我傻站在那里不知道该解释什么。

夏跃进被狱警架着，梗着脖子向我张望，嘴里大声喊着什么。隔着厚厚的玻璃我听不见任何声音，但从他那兴奋得难以自制的表情中我知道，他那是鼓励，是赞许，是久违的开心和感动。

这次见面到此为止，唯愿里面的人能对他好点。

24日晚，"B4"组织了一次"狂欢"，我们在A城最大的"钻石钱柜"KTV，点了最豪华的中包，叫了数十支啤酒，买了堆积如山的零食小吃。我们决定花光身上最后一个子儿，再开始在部队的涅槃、新生。

特邀嘉宾还有吴曲和谢蕊寒，她们对我当兵的事大感意外，谢蕊寒第一个问题便是："刘菁知道吗？"我千叮咛万交代，总算让她答应不告诉刘菁。吴曲一开始还好好的，温柔如水，除了一首接一首的绵绵情歌就是死盯着安哥看，那眼神，是块铁都该给她盯化了。到了后来几瓶酒下肚她就不行了，又是哭又是闹，眼泪汪汪的，看着让人肝肠寸断，没办法安哥只能先送她回去了。没过多久，谢蕊寒跟欧阳俊走了，看来欧阳俊是准备把他大学时代的最后一场盛宴留给谢蕊寒了——可以断定，他们的感情比我们想象的要深。

包厢里只剩下我和易子梦，我们相顾无言，哑然失笑，如同两条被暴雨淋过的野狗。

"唱不唱？"

"唱！"

易子梦唱起了他的主打——《那一夜》。"那一夜你没有拒绝我，那一夜我伤害了你……"易子梦唱得声嘶力竭，给人感觉不像在唱歌，而像是掉进了荒原上的枯井中，只能绝望地求救。

门推开，包房外面嘈杂的声音传进来，易子梦停止了他的歌唱，我们把视线转向门口。

是颜亦冰。

易子梦走了，切换成静音模式的包厢里寂静无声，只有背投上放着烂俗的MV，颜亦冰什么都没有说，静静地走向点歌台。她点了《那些花儿》。

那片笑声让我想起我的那些花儿

在我生命每一个角落静静为我开着

我曾以为我会永远守在他身旁

今天我们已经离去在人海茫茫

他们都老了吗

他们在哪里呀

我们就这样，各自奔天涯

……

　　我的眼中开始腾起雾水，恍惚间又回到了第一次我们一起在KTV时的场景，彼时的颜亦冰看上去高贵端庄，如同米洛斯的阿芙罗狄德。只因这首《那些花儿》，便让我不顾一切，似乎为了她可以跟谁拼了……

有些故事还没讲完那就算了吧

那些心情在岁月中已经难辨真假

如今这里荒草丛生没有了鲜花

好在曾经拥有你们的春秋和冬夏

……

　　唱到"我们就这样各自奔天涯"时，颜亦冰已泣不成声，透过包厢中昏暗的玻璃墙饰，我看见自己也是泪流两行。我站起来拍了拍她的肩膀，告诉她别煽情了。

　　颜亦冰转过身来狠狠地箍住我，久违的吻如雨点一般密集地砸来。她的泪水冰凉咸涩，灌进我的嘴中，如同一杯酝酿多年的苦酒，只消一口，这酒就让我醉了，醉得彻底失去了理智，我撕扯她的衣服，扒下她的裤子，以前所未有的野蛮方式闯进她的身体。

"啊！"因为痛楚颜亦冰叫了出来。我停住了，稍微冷静下来。

"不要停。"颜亦冰躺在KTV的沙发上，头枕着沙发的扶手，双手扶着我，眼神中带着祈求。

在循环播放的《那些花儿》的伴奏中，两具失散已久的身体又一次融在一起。

结束之后，我趴在她身上，端详着她。

我原本以为她在我的脑海中已经变得陌生，可是她的眉眼、她的高鼻梁、她带着棱角的嘴唇、她细细的脖颈和精致的鬓角，她脸上的每一个细节都是如此真实。

"在想什么？"我问道。

"第一次跟你在一起，也是在沙发上。"颜亦冰看着我，轻声地笑着。

"是，那时是在画室，"我转过头来，仰望着天花板上的灯影，"命运就像一个闭合的圆，总以某种相同的方式开始和结束。"

颜亦冰的眼中再次漾出泪水。我再次问道："你怎么知道我在这里？你也知道我当兵，对吗？"

颜亦冰没有回答，反问道："告诉我，你为什么当兵？"

"保家卫国，献身国防。"

"我不是面试官！"

"那你还是别问了。"

"为什么？"

"你的刘总没跟你说起过吗？"说话间我已推开她，起身穿好衣服。

颜亦冰怔怔地看着我。

"你的刘总没有告诉你他有个女儿跟我们一般大，还刚好跟我们是同学？"我鄙夷地看着她，刚才的似水柔情早已烟消云散。

"你是说——刘菁？""刘菁"二字已卡在颜亦冰的喉咙中出不来。

"是的，刘菁。你的同学的老爸是你现在的男朋友！还差点成了你前男友的岳父。颜亦冰，你不觉得命运是个天才的导演？"话有点拗口，但我还是利索地说完了，在她发呆的空当，我穿好最后一件外套摔门出去了。

A城的11月已经到了初冬，凌晨的北风刮在脸上，像锋利的冰刃一般，似乎随时准备割下人的耳朵。我战战兢兢地前行，顶着呼啸的夜风艰难向前，举步维艰。

颜亦冰追了出来，她拦住我，让我听她把话讲完："十分钟——算我求你，好吗？"这话从她口里说出来真让我意外，高傲得如同黑天鹅一般的颜亦冰也会求人？

因为天冷几乎所有的门店都已经打烊。我们只能找一个背风的地方坐着，尽管如此我们还是冻得瑟瑟发抖。

"快点说吧，十分钟。我听完你的解释，明天我就是一个大头兵了。"

颜亦冰没有说话，只是从胸口的衣兜里摸出一张照片，放进我手里。

照片还带着她的体温，但顷刻之间便凉透了。

"这老太太是谁？你奶奶？"我无不疑惑地等着她的下文。

"我妈。"

我再次端起照片借着昏暗的路灯细细看了看，照片中的人满头白发，瘦骨嶙峋，脸上如黄土高原的地貌一般千沟万壑，被褶子分割得支离破碎。我调动脑中所有的美术细胞，却无论如何也没有办法将照片中的老太太跟眼前漂亮高贵的颜亦冰画上母女关系。

"养母？奶娘？"

"亲妈！"颜亦冰的声音在寒风中同样凛冽。

"她看上去身体不好……"我开始冷静下来，字斟句酌。

"无所谓，已经死了。"她惨淡地笑了笑。

"什么时候的事？"

"上个月，12号。"颜亦冰看着远方，眼睛里充盈着泪水，在路灯下熠熠闪光。

"真的对不起。她是因病吗？"我突然想起过年时颜亦冰在家里许久没跟我联系的理由，想起开学后她在酒吧里"炒更"的辛苦，想起今年以来她那郁积不散的愁容。

"尿毒症。"颜亦冰告诉我，那种病几乎是绝症，除非换肾。

去年得的病，寒假才查出来是尿毒症，坚持了半年，快撑不下去了。医生说必须换肾，颜亦冰做了体检，看自己的肾跟她母亲的是否匹配，如果可以，就分给母亲一个肾——结果是不行。然后就得到处找肾源。而那个开支，至少是四十万。

"知道我那时为什么那么辛苦了吧？知道我为什么那么需要钱了吧？"颜亦冰笑看着我，看得我无地自容。

之所以选择报名《中国偶像》，是因为里面巨额奖金的诱惑，踏进那个圈子才知道，里面存在着太多黑幕，总有一双双手，在时刻推着你往东往西。

要想进入赛区决赛，首先得有雄厚的经济实力。因为票数决定去留，而选票说白了就是人民币。

"赛区晋级赛的时候，有一个人来找我，说他们老板可以帮我顺利晋级。前提是跟他们老板'交朋友'，我知道那意味着什么，但还是答应下来了。因为当时我妈需要靠透析维持生命，每个月的开支就是两万元。在那之前，我已经顶不住了，开始到处借钱——包括高利贷。"颜亦冰的泪水滚落下来，"我不是还找你借过一万吗？你知道吗？我最不愿意的就是找你借钱。"

"为什么？"

"夏拙，你是我唯一真心相对的男人，我希望我们的关系只是最单纯的爱情，而没有任何杂质，你明白吗？"

我的心一阵阵绞痛。

"我答应之后，很快便拿到一笔钱，并且顺利进入总决赛，加上后来的奖金，四十万也凑齐了，可是……"颜亦冰再也忍不住，号啕大哭起来。我轻轻地转过身，把她搂在怀里，不知是因为寒冷还是激动，她的身体瑟瑟发抖，如同一只可怜的被人遗弃的小猫。"始终没有合适的肾源。我典当了自己的身体也没能换回母亲的生命。"

尽管知道千不该万不该，我还是忍不住问道："你父亲呢？"

"父亲？父亲……"颜亦冰神情木然，口中不断地重复着"父亲"这两个字，许久才喃喃道，"我没见过我父亲……"

在去部队前的最后一个晚上，我和颜亦冰蜷缩在A城11月子夜的寒风中，我听她讲述从未示人、如同《雾都孤儿》一般悲凉忧伤的童年故事。

听过故事，一切都得以释然，一切都获得谅解。也好，在离开A城之前，总需要一个了断——干脆的、彻底的了断。

"夏拙，如果说大学有什么值得我留恋的话，只有你，和我们一起走过的那段时光。"分手的时候颜亦冰这样说道，末了她又补充道，"刘菁是个好女孩，我对不起她，但那混乱的一切早已在我母亲去世后结束。无论如何，她没有错，不能成为你放弃的理由。"

我苦笑一声，眼泪流了出来，顺着脖颈灌进胸膛，凉透了自己的心。

2007年11月25日上午10时许，二十二岁的大四学生夏拙剃着光头、戴着红花、穿着肥硕的军绿色作训服，在威风的锣鼓声中爬上部队接兵的东风大卡车的时候，操场上人头攒动，到处是哭哭啼啼的家长和傻不拉叽的新兵。孙老师没有送他，夏跃进没有送他，A城大学的老师同学没有送他，刘菁也没有送他——刘菁应该还蒙在鼓里。就这样吧！

军车"咣当咣当"地往前开了，还夹杂着接兵干部的呵斥和家长们的哭声，像极了杜甫《兵车行》中描述的情境。谢蕊寒和吴曲拉着手站在操场上，开始还紧跟着车队奔跑，直到发现这一切都是徒劳才停了下来。吴曲的一声"林安邦，你回来"撕心裂肺，划破长空。这一声凄厉的呼唤盖过了所有的嘈杂，湮没了所有的纠葛，牵绊了许多绿色军装包裹着的游子心。

吴曲和谢蕊寒两人在操场上相拥而泣的身影越来越小，让人看了不胜心酸。

欧阳俊背对着安哥坐在四处透风的车板上，两人把帽檐压得一样低。在这一刻，安哥是否为他的这个伟大的梦想而感觉到后悔？欧阳俊是否为他的这个不得已的选择感觉到悲伤？我不得而知。我只是看到了一直代言"硬汉"形象的安哥那棱角分明的下巴在"吧嗒吧嗒"滴着水，我只是看见一向以"情场老手"自居的欧阳俊鼻子一张一翕的，鼻涕流在了那风度翩翩的嘴上，他擦都懒得擦！

此时此刻，刘菁在做什么？

我是不是应该庆幸没有告诉她这个消息，才不至于经历如此生离死别的场景？

想起刘菁，我的心中隐隐作痛——不是那种针刺一般尖锐的痛，而是被一双无形的手强摁在水中感觉发闷到几近窒息的痛。

回想起来，从那个十月的深夜邂逅那天起，我给她带去的全是伤害和折磨。欧阳俊说过颜亦冰是上帝发给我来体味世间痛苦、感受人生坎坷的。然而，我想，我才是上帝给刘菁的惩罚和磨难。

刘菁，我终于撤离了你的视野，唯此你才能获得幸福。

祝你幸福。

下 卷

迷彩

一、草绿

大学生活无疑是一场盛宴：饕餮青春，不亦乐乎。遗憾的是我们得提前退出——在高潮开始前离开，因为我们要赶赴的是另外一个宴席，没有莺歌燕舞，没有美酒佳肴，桌上只有一道菜：苦难。你必须努力进食、用心咀嚼。"生活"二字已经起不起推敲，你务必把"生活"调整为"生存"。是的，生存下去！

这是我在穿上军装后吃第一顿饭时的感受。

早上，我们被绿皮大卡车拉到火车站，和另外上百名新兵一起被赶上同样是绿皮的军列。坐在石头一般冰冷坚硬的座位上，迎着从不知哪个角落灌进来的冷风，一帮素不相识的大男孩像窝里的雏鸟一般偎在一块儿，相互取暖。车厢里一片哑然，只有从脚底下传来的"咣当咣当"的列车碾过铁轨的声音，间或有压抑得可以忽略的哭泣。每一个人都在忐忑地等待着，等待着即将降临在我们头上的一切。

五个小时后的下午两点半，在车厢里成片鸽子叫一般的肠胃抗议声中，我们的军列终于停在了一个小小的供应站。

馒头——满满两箩筐的馒头，冒着热气、飞扬跋扈地搁在站台前坑坑洼洼的煤渣地上，跟馒头并肩而立的，还有一箱涪陵榨菜和一个硕大无朋的保温桶，保温桶上印着灰底红漆的字："××军供站一九九六年制"。

"下车！集合！成四列，立正！向右看……齐！"指挥我们的，是一个黑脸矮个子上尉。他除了脸黑，长得倒无甚新意，只是嗓门儿大得出奇——整整九个车皮拉的都是新兵，就属我们这个车皮前面的声音最雄壮："后面的快点！别跟羊拉屎一样——现在我们是在行进途中，在这里停车吃饭，解决个人问题，时间十分钟。呃，那啥，馒头加榨菜，管够。但拿到手的必须吃完，否则……"上尉大大咧咧地伸出食指："你们身上哪里有洞，就从哪里塞进去！"说完这句食指还不放下，高高地举着。人群中一片压抑的嘘声，但仅此而已。我和易子梦对视一眼，同仇敌忾地悄悄伸出中指，以示抗议。

"这谁啊？怎么就这么牛？"欧阳俊不以为然地瞥了一眼黑脸上尉。

"如果我没猜错的话，他往后很可能就是我们的头儿。"

易子梦长叹了口气："那哥儿几个就完蛋了……"

"嘿，"我拉住欧阳俊，忍不住悄悄地告诉他一个重大发现，"你说这个连长，他这张脸像不像一块普洱茶饼？"

欧阳俊认真端详了一番，随后果断地与我达成共识："那确实！咱们以后就叫他'普洱'。"

安哥不动声色地扯着嘴角笑了笑，以示同意。

于是，"普洱"作为对黑脸连长的"尊称"获得了"B4"组织的一致通过。令人没想到的是，这个尊称不知在哪一环泄露了出去，等到新兵连结束时，"普洱"作为新兵连长的小名已经众所周知了。

队伍开始缓缓往前挪，每人左手捏着两个或三个馒头，右手从箱子里捡起一包榨菜。

"领……领导，有米饭吗？"在我前面的一个小胖墩很没有底气地冲普洱问道，其实闭着眼睛都知道这话问得比脱裤子放屁还多余，但毕竟一车皮都是大米养活的南方人，这也算是道出了我们的心声。

普洱把目光从无穷远处收回，眯起眼睛，如同机场安检一般把胖墩上下扫描一遍："米饭有，现在打报告回家，米饭管够！"完了他骤然瞪大那双杀气腾腾的眼睛："哪儿那么多废话，下一个！"

"嘿，这孙子，"欧阳俊叫住我，"你说他是不是吃炸药长大的？"

"大概是部队伙食不好，他老拿炮弹当饭吃吧。"

我费了老鼻子劲吃了两个馒头，紧接着上车，车门一关，列车又缓缓前行。

或许是刚才的馒头发酵粉放多了，上车后不久，刚才找连长要饭吃的那个胖墩放了个嘹亮的四四拍的屁。俗话说"响屁不臭"，胖墩的屁没引起大家的反感，却把大家逗乐了。

"听口音不像本地的啊！"我闲着无聊开了个玩笑。

"放屁！"小胖墩义愤填膺，"老子是本地的！"

这一下整节车厢都爆笑起来，连我也未能幸免。胖墩的屁像一声冲锋号，吹过之后大家都你一言我一语地聊开了，好像不聊便跟不上形势，不聊便融不进圈子。以至于后来，整个车厢跟周末晚上的黄兴路步行街一样，喧嚣得甚至有些过了。

"嘿，哥们儿，怎么称呼？"小胖墩不计前嫌地转过身来——转身的幅度有些大，差点把坐在他旁边靠过道的那哥们儿给挤下去。

"我？"我左右看看，确定他问的不是别人，回答道，"我叫夏拙，夏天的夏，笨拙的拙。"

猛然之间我的心像被什么东西硌了一下。

我突然想起，那年那月，在那个清冷的秋夜，我对刘菁就是这样自我介绍的。

刘菁，你在哪里？

"嘿嘿，这样啊！我叫朱聪，朱元璋的朱，聪明的聪。嘿嘿，刚好你拙我聪，我们算是冤家了。"胖墩跟捡了个多大的便宜似的，笑眯眯地看着我。他不眯还好，一眯眼珠子就不见了："上车那会儿没见你啊，你是从哪个县招的兵？"

"呃，我是从学校来的，A大。"

"哇！大学生啊！"朱聪为了配合吃惊的表情，拼命睁大眼睛，这样总算是让人看见了他三分之一的眼球，"那……跟你一起上车那三个也是？"

我扭过头去搜索了被普洱拆开分别坐在车厢前面、中部和尾巴的"B4"组织其余三人：易子梦正在唾沫横飞地跟人瞎侃A大女生的风流韵事，欧阳俊抄着手在睡觉，林安邦正抱着一部板砖那么厚的书在读，双眉紧锁看似与外界绝缘。

我轻声笑道："是啊，奇怪吗？"

朱聪睨了我一眼，无比惋惜地摇了摇他那颗圆润饱满、肥而不腻的头（故此，我在心里给他起了"猪头"的外号）："你说我们当兵吧，是因为学习不好，考不上大学，没出路了。你们大学都上了还过来干吗？脑子让大学给上傻了吧？"

周围的人附和着笑了起来。

我笑着看看他："哥们儿你说得对。上大学嘛，你原以为是自己把大学上了，四年上完才知道，是大学把你给上了！"

周围爆笑起来，有人开始向我打听大学里怎么样。

看来想融入一个圈子，最好的办法就是多损一损自己。

又过了四五个钟头，当我们再一次饥肠辘辘的时候，列车终于停了下来。

这是我到过的最小的车站：站台看上去至少有二三十年没有修葺，墙上"一人超生，全家结扎！"的标语显得斑驳而陈旧，"扎"后面的感叹号倒是显得利索整洁，就像我们前面的普洱；站台上唯一的一盏路灯在暮霭中散发着昏黄的光泽，像在指引着山外的游子和孤魂回家；两条铁轨横亘在眼前，呈现出一种锃亮却压抑的铅灰色，一直延伸到无穷远处，看上去让人绝望而心碎。

"我天！这不会就是我们当兵的地方吧？"易子梦代表我们所有新兵发出了一声绝望的感叹。

"下车，集合！动作快点！"普洱站在车厢门口冲里面一声吼，然后身先士卒跳下车去。紧接着，我们一群新兵像被长篙赶下水的鸭子一般扑棱棱往下跳，有个笨手笨脚的新兵下车时竟然摔了个四仰八叉。一想起这帮人以后就要穿上军装，成为祖国的钢铁长城，我就觉得好笑，这一笑不打紧，刚好被普洱逮了个正着。

"那个兵！""普洱"死死盯着我，"说你呢！好笑是吧？等明天我看你还能不能笑得出来！"

普洱的这句话杀伤力甚强，所有人刚才还萎靡不振的神情在那一瞬间全部换成了惊恐，配上车站萧条荒凉的场景，一种悲壮的情绪像被投了石子的池塘，如水波般迅速蔓延开来。

"集合！成四列，向右看齐！向前看！"队伍刚站整齐，列车便开始缓缓向前挪，并且"哐当哐当"地加速行驶。

"领……领导！火车、车、车开了！"又是我们的朱聪同志，他正站在我的左边，用手指向后面，惊恐万分地提醒着普洱。普洱正在为队伍的不整齐窝着火，就差引信了："这个新兵，你叫什么名字？"

"朱聪。"似乎觉得不够热情，我们的朱聪同志又狗尾续貂地补充一句，"朱元璋的朱，聪明的聪。呵呵……"

这个"呵呵"就像是氯酸钾制氧实验中加的二氧化锰，催化效果奇好。果不其然，普洱原地跳起来了！

"朱聪同志！你以为全世界就你一个人长了眼睛吗？"

我旁边这张胖嘟嘟的脸刹那间变得通红，像一个熟透了的水蜜桃。

"听我口令：稍息，立正！"这口令喊得气势磅礴，威震四方，以至于没有人再去看那渐行渐远的火车，以及另外八个车厢没下来的新兵。

"知道他们去哪儿吗？"我们站在队伍里，不管知道不知道，就是没人敢吭气。前车之覆，后车之鉴啊！

普洱似乎很满意这种众人噤若寒蝉的效果，而后又像给自己圆场一般："G城！"他环顾四周，脸上泛出让人费解的笑容："你们运气好啊同志们，就差那么一丁点儿就出省了。还是本地好啊！三湘四水，人杰地灵……"

我并不关心在这里当兵对于我们来说有什么非凡的意义，我只是本能地对周遭的环境产生了难以言喻的恐惧和排斥。

这是一片隐蔽在群山之中的小洼地，它的存在倒像是提醒我们：还有这么一些贫瘠、落后的地方。火车从一个山洞里钻出来，又"轰隆隆"地钻进另一个山洞，声音越来越小，直至群山中恢复原本的宁静。

"对了，自我介绍一下，我姓杨，以后就是你们新兵连的连长。换句话说，你们这72个新兵以后归我管——向右转，登车！"

懵懵懂懂地，我们又坐上了另一趟车。这次是大巴车，70多个人塞了整整两辆车。

大巴车在山谷密林中穿行了整整一个小时，外面除了偶尔一闪而过的零星灯火，几乎什么都看不见，车窗内一片死寂，窗外倒是时不时传来阵阵类似鸟兽的哀嚎，让人听得毛骨悚然。

包括易子梦在内的许多新兵们，脸上全是看僵尸电影时的表情：屏息凝神、双眉纠结、两眼警惕地注视着周围的一切。

我们终于远远地看见一片灯火——一片隐匿在山坳中的灯火。车上的人都开始兴奋起来。在城市里待了这么久，并不曾觉得城市的灯火有多么可爱，可是就在刚刚穿越密林的那一阵子，我们才开始怀念城市里一直为我们所不齿的，代表着喧嚣、功利与浮躁的灯火来。

可是我知道，城市的一切都离我而去了。

摆在我面前的是，一枚高悬在大门上的熠熠闪光的五角星。

"下车，集合！"

普洱说完，跳下车去，随即伸了个大幅度的懒腰，"奶奶的，累死我了——刘排，你带几个班长把这群新兵蛋子扒拉扒拉分了吧。"听那口气，就像在说"你带几个班长把这箩筐土豆分了"一般。

"林安邦，一排一班，出列！欧阳俊，一排三班，出列！夏拙，二排一班，出列！"

我双手拎着两件硕大的行李走出队列。班长看看我的行李，又看看我，满脸狐疑地问了我一句："多大了？"

"二十二。"

班长张了张嘴，终究没说什么，领着我和另外八个新兵向前面的楼里走去。

另外八个新兵中，有一个就是之前出尽风头的朱聪同志。

二、群青

班长大名张大福，听起来有点像某一款首饰品牌，但是我们私底下都叫他"张龅牙"，或者偶尔会把姓氏省略，直呼"龅牙"。你知道，人们对于周遭的认知往往首先来源于表象的东西，这就像有些男的被叫成光头，有些女的被叫成波霸一般。

我们回宿舍的那晚，张龅牙对我们还十分客气，甚至还为我们这群新兵蛋子打来洗脚水，并说了一些"一路辛苦了，一定要用热水泡泡脚解解乏，才能睡个好觉"之类让人感动的话，当时我甚至想，今后跟着这样的班长干，也不算太亏。带着这样美好的念想，我睡在陌生的架子床上铺，盖着新发的门板一样硬邦邦的军被，也安然入睡了。

第二天我是被尖厉的哨声惊醒的。哨声过后，张龅牙冲着我们每个新兵的耳朵"吊嗓子"："起来！新兵蛋子们！那胖子，你是不是在找你妈呢？就这样子来当兵？趁早滚蛋回家吧！"

惊恐之中我们九个新兵被他撵着屁股完成了穿衣、洗脸、刷牙等。

"这叠的什么被子？我告诉你们！从明天起，你们早上可以不刷牙不洗脸不撒尿，但是必须把被子给我叠好了！这……"张龅牙凝神聚气，指着他的铺面向我们吼道，"就是你们的标准！"

张龅牙的被子，正像一块切好的豆腐一般骄傲地立在一进门的下铺。

新兵连的生活正式开始。

第一个科目：军姿训练。班长张龅牙站在队伍前面，纹丝不动，像一颗不知什么时候钉上去的大铁钉，只有嘴巴在那里一张一翕："双腿夹紧，双脚分开约60度，注意三挺：挺颈、挺胸、挺膝盖；注意三收：收臀、收腹、收下巴颏……第四名！你眼睛骨碌碌乱转什么？你是在跟我扮可爱吗？"

"班长，我眼睛进东西了。"朱聪在我旁边大呼小叫，"快，夏拙帮我吹一吹……"

"哦。"我听了也没多想，转过身去大大咧咧扒开朱聪的眼皮准备帮他。

"浑蛋！"张龅牙晴天霹雳一声吼，把几个军姿刚站出点样子的新兵吓得蹲在了地上，顺便把朱聪眼睛里的沙子也给吓出来了，"谁让你动的！谁让你动的！"

我一脸委屈："班长，我就是帮他吹吹沙子。"

"我让你说话了吗？！我让你说话了吗？！"

"没有！"我也吼道。

"回答上级的问题要喊'报告'！从现在起，你们时刻记住，上级叫你要答'到'，你们的一切行动——包括吃饭、拉屎、洗衣服等，都要先打'报告'。明白没有？！"

"明白。"所有的人都回答道。

"你们没吃饱饭吗？我听不见。"张龅牙的声音瞬间提高八度，"回答我，明白没有？！"

"明白！"我们喊得歇斯底里。

"不够响亮。回答十遍，明白没有？！"

"明白！明白！明白……明白！"我们整整喊了十遍，周围的人都把目光投向了我们。不远处的普洱也在看着我们，他的脸上露出了满意的笑容。

这个笑容让我怒不可遏，我冲着张龅牙大声喊道："报告！"

张龅牙明显愣了一下："讲！"

"请问班长，谁是我们的上级？"

"问得好！"张龅牙瞪了我一眼，脸上尽是正中他下怀的"奸诈"笑容，"在这个围墙里，除了你们新兵蛋子，每一个人都是你们的上级，包括食堂的炊事员和猪圈的饲养员，明白没有？"

"明白！"显而易见，他的意思就是：在这里，是个人都能欺负我们，都能把我们当成九月的柿子一般捏来捏去。

我已经愤怒了，使出全身力气大喊："报告！"

"讲！"

"我们还有自由吗？！"

"不要跟我谈自由！你们要做的只有服从！服从！还有服从！"

"报告！"

"讲！"

"我们是新兵，不是囚犯！"

张龅牙似乎因为这句话愣住了，他站在前面磨叽半天组织不起语言，只能选择恼羞成怒。

"全体都有！军姿训练，一小时，开始！"

随后他踱着方步来到我面前："大学生是吧？知识分子是吧？我告诉你，新兵和囚犯只有政治待遇上的差别。明白没有！"

"明白！"

"我听不见！"

我声嘶力竭地吼着："明！白！"

"把你的答案重复一百遍！"

"明白！明白！明白……"

当这两个字重复到十遍的时候，我开始意识到自己当兵是一个错误的决定。

这两个字重复到第50遍的时候，我已经对部队绝望了。

当我用尽全力喊完最后一遍"明白……"的时候，风刮进了我的眼睛，把我的眼眶刮得就像一个蓄满水的堤坝，只差那么一下就溃堤了。

这是新兵训练的第一天早上，我们九个人像木头一样戳在不知哪里的山旮旯里的军营操场上。周围的情况也不过如此：到处是班长们的训斥，到处是木头一样戳满操场的新兵，到处是重复的"到、到、到……"和"是、是、是……"，像极了初中时代用过的复读机里发出的声音。有些新兵竟然哭起了鼻子，也不知道是受了委屈还是受了惊吓。所有的豪情万丈都灰飞烟灭，所有对军营的美好憧憬、美好向往都化作泡影，我们的情绪就像金融风暴下的股市——已经触底。而这一切，才刚刚开始。

好不容易熬到吃饭的时候，普洱连长站在近百人的队伍前面宣布了吃饭的纪律：一、一个班一桌，严禁说话，有事打报告；二、吃饭时间五分钟，值班员喊开始大家才可以动筷子，值班员喊停就不能再吃；三、吃多少拿多少，不许剩一粒米饭、一口汤、一片馒头屑；四、饭前要唱歌，饭后收拾好餐具放门口，再集合带回。

普洱说完，居高临下，威严地看了看下面的队伍，顺带检阅了一番上午的军姿训练效果。忽然间他大吼一声："明白没有？"

"明白！"

"我听不见。"普洱转过头去，装模作样地支棱起耳朵。

"明！白！"队伍中响起气壮山河的声音，这声音大得把我们自己都吓了一跳。

普洱心满意足地点点头，看来他对上午的训练十分满意。

"开饭吧！班排长过来集合一下。"

新兵们鱼贯而入，留下普洱和一堆班排长们在门外密谋着下一步折腾我们的办法。

中餐：白菜粉条、烧萝卜块、土豆丝。肉是没有的，米饭却管够。这是我们的第一顿午餐菜谱，也是我们未来将近三个月的新兵连午餐菜谱和晚餐菜谱，不过有时会把烧萝卜块改成萝卜丝，把土豆丝改成土豆块——当然，这得根据炊事班的心情而定，心情不好的时候他们会将萝卜和土豆一起炖了，吃得你急火攻心、大便滞胀，上厕所时的心情比上坟还难过。等到新兵就位完毕，只待普洱一声"开饭"，食堂里便开始上演动物世界中群狼分食的场景。猪食也罢，狗粮也罢，你不吃没有人会劝你，五分钟后你就是想吃也不让你吃，这是新兵连的生存法则。

朱聪算是狼群里面比较凶悍的一个，在宝贵的五分钟吃饭时间内，他的嘴巴至少有四分五十秒是被各种食物填充着的。最后打扫战场的时候，他总是用掰碎的馒头把菜碗中的每一滴汤吸干，然后塞进他那吃任何东西都甘之如饴的嘴里。

吃过饭，张龅牙同志充分发扬敬业精神，马不停蹄地把我们带回训练场继续进行一个小时军姿训练，还美其名曰"吃完饭帮助消化一下"。我听过各种千奇百怪的饭后助消化活动，就是没听过站军姿还能助消化的——真是不服不行！

如果有人问我新训中最喜欢的科目是什么，我可能回答不出来，但如果有人问我最讨厌的科目是什么，那我一定毫不犹豫地回答：站军姿。也许在外人和过去的我看来，所谓军姿，不过就是站着不动而已，可事实上并非如此——准确地说是远非如此。除了军姿的基本要领和不知是谁总结出来的"三挺""三收"之外，"龅牙们"还添加了诸如"双腿夹扑克""颈上别大头针""脑袋上顶大檐帽"等辅助手段。我推想，这帮人一定是当年被他们的班长虐惨了，才这样变本加厉地折腾我们。张龅牙告诉我们，站军姿是让我们实现从老百姓到合格军人的第一步，也是最关键的一步。站好了军姿，我们才能上战场。朱聪骂道，上前线前最好在胸前画几个白圈圈，然后站好军姿等着敌人来打吧！

到了晚上，操场上一片漆黑，已经不能组织训练，不过没关系，他们还有别的"训练科目"：学唱歌。普洱亲自上阵，教我们唱《团结就是力量》。唱歌之前普洱先跟我们传授部队唱歌的要领："不要求你们唱得多准多动人，就是听个响！五音不全也没事，关键是要吼出来。好！大家跟我唱——团结就是力量……"一时间俱乐部里传出排山倒海般的歌声，震得人头皮发麻！

第一天训练结束，普洱和"龅牙们"算是成功地给了我们一个下马威。但若是认为仅此而已那就大错特错了，后来我才知道，这就像电影的片头，连片名都还没出来呢。

"夏拙！夏拙！"是我的难兄难弟朱聪的声音。此时我正蹲在厕所里艰难地酝酿着倒出肚子里放了几天的"存货"——拜炊事班的"上级"们所赐，几天土豆炖萝卜下来，我便秘了。

"这——儿——呢——"奋斗了将近10分钟，正有点灵感的时候被这大兄弟一喊，立马前功尽弃了。我提起裤子，冲出厕所："怎么了？慌慌张张的。"

"快！快点！班长找你！"看那表情便知，大事不好了。

"报告！班长，你找我？"

"干什么去了？"

"报告，上厕所。"

"跟谁请假了？"

我听完一愣。

"我有没有说过，出这扇门要打报告？"

"报告，说过。但我只是去上个厕所……"我小声地辩解。

"你只需要回答我，有——还是没有？"

"报告，有。"

"大声点！"

"有！"

"门口，军姿一小时。"

我想，这事要搁在A大，我一定会捡块板砖往他头上砸下去。

可是，这里不是A大了，这是个我混了几天还没有摸清方位的地方——高墙四合，电网密布，里面随便哪路神仙都可以整得你服服帖帖；即使侥幸逃出了这堵围墙，没个三天时间，也走不出这片大山。

我一边在心底骂着最狠毒的话，像一个泼妇一般恨不得把人咒死，一边乖乖地站在门口，愚蠢地保持着军姿。5分钟过去了，10分钟过去了，15分钟过去了……班里其他人都已经洗漱完毕上床睡觉了，只有我还在站着。半个小时之后，我的身体已经抵达极限了，我一遍又一遍地从1数到60，再回过头来从60数到1，每过一分钟都像过一辈子那么漫长。

一个小时后，也就是晚上十点半之后，我终于结束了这痛苦的惩罚，这个时候两条腿已经不像是长在自己身上，而像是被螺丝和焊点固定在身上一般。

看着躺在床上安然入睡的班长，我的恶作剧心态顿生。

"报告！"声音很大。

张龅牙或许正梦见跟他老家的哪个村姑腻歪，嘴上还泛着难得一见的笑容，听见我的"报告"后吓得一骨碌从床上爬起来，然后顺手打开了手电。

张龅牙压低声音："怎么了？熄灯了不知道吗？！"

"报告，我要上厕所！"我的声音依旧很大，给人感觉上厕所是件很牛、很值得骄傲的事情一般。

"声音小点！"张龅牙恨不得捂住我的嘴，"都在睡觉不知道吗？！"

"是！"

"去吧。"

"是。"

从厕所回来不到一刻钟，我又跑到班长床前，大呼："报告！"

"又怎么了？"

"报告，上厕所！"依旧是很牛的声音。

"去吧！"张龅牙翻过身去，嘴里还在小声嘀咕着类似于"懒驴拉磨屎尿多"的话。

半个小时后，我再次跑到班长床前："报告！"

"你又怎么了？"张龅牙的语气中含着杀气。

"报告，上厕所。"

"你都上了几趟厕所了？能不能利索点。"

"报告，拉肚子。"

"去吧！"这一句"去吧"里面似乎包含着一些妥协。在我得到指示出门的时候他追加一句："以后你夏拙要上厕所不用报告了。"

我按捺住心中的狂喜，一口气跑到厕所，在里面笑了足足五分钟才宣泄完小人得志的痛快。

我以为这一场小小的斗争以我的胜利和龅牙的妥协结束了，事实上我错了。今晚这一出意味着我向龅牙发出了挑战——挑战他作为班长的权威，挑战部队赖以生存的铁律。俗话说胳膊拧不过大腿，如果把龅牙以及龅牙背后所代表的部队权威比作大腿，那我其实连胳膊都算不上，充其量，只能算得上大腿上一根桀骜不驯的腿毛而已。

随后，我的耳边总是萦绕着龅牙同志的"深情呼喊"：

"夏拙，去把楼道拖一拖……"

"夏拙，去打点开水……"

"夏拙，你多站半小时……"

"夏拙，再跑一千米……"

没有为什么，用张龅牙的话讲，军人的回答只有"到"和"是"。

新兵连的第一个周末，又赶上下雨，我们一群新兵蛋子暗自窃喜：下雨看你怎么训练？

果然，龅牙传来普洱的指示：今天休整，各班组织压被子。

用过军被的都知道，那玩意儿七斤左右，冬凉夏热，硬得像块棺材板，丑得像块老帆布，不适合盖却很适合叠。刚发下来的军被里面的棉絮是松的，要想把它叠成豆腐块还需一道工序，就是"压被子"。

别看就这一道工序，却是个累死马的活。首先你要找个宽敞又平坦的地儿（一般是水泥地板或者大理石地板，脏不脏没关系，反正没人在乎这个），把被子摊开，然后拿个小凳在上面反复推、反复压，直到那蓬松的棉絮变成结实的棉饼才算大功告成。

好好的一床棉被，我们不惜代价把它压成门板；好好的一条毛巾，我们费尽周折把它叠成豆腐块；好好的一块地板、一条马路，我们拿着牙刷蘸着洗衣粉，一寸一寸地刷……为了"内务整洁"，所有人用同一个牌子的牙膏和洗发水，所有人用同样颜色的牙刷和香皂盒，所有人穿部队统一配发的内裤和袜子……这就是秩序，是铁律，仿佛如来佛的掌心，无论你多牛都无法僭越。

压了一会儿被子，张龅牙被别的班长叫出去玩"双扣"了，就剩下我们几个新兵在俱乐部。张龅牙前脚一走，我的瞌睡虫后脚就跟上了，以迅雷不及掩耳之势占据了我的大脑。像武侠片里被人吹了迷药一般，我打着哈欠昏昏沉沉倒在了平铺在地的被子上。

A大、画室、"堕落街"、颜亦冰、刘菁……一闪而过的片段闯入我的梦境，彷徨也好，恣意也罢，回头看过去的一切是那么美好。刘菁摇着我的手问我："你为什么要去部队？"

我伫立在雨中不知如何回答。

"夏拙，回来吧，回来吧！"刘菁的声音越来越急促……

"夏拙，起来，起来！"朱聪扇了我几个耳光总算把我扇醒。

睁开眼，前面不是刘菁那张温婉美丽的脸，而是一张普洱茶饼似的又黑又板的脸。

我慌忙爬起来，举起右手敬了一个刚学的军礼。

"夏拙？"看样子我已经给普洱留下深刻印象了，而且显而易见不是好的印象。

"到！"

"大学生？"说到"大学生"的时候，他的脸上露出毫不含蓄的轻蔑笑容。毫无疑问，"大学生"作为一个标签，使我们受到了不待见。后来我才知道，普洱之所以对"大学生"比较反感，是因为他自己连续考了两届军校都没考上，最后费了老鼻子劲才上了个提干班，到目前为止他的"学历"栏中填的还是"大专"。

"报告！是。"

"就你这德行？"普洱似乎存心想看看我的反应，见我没动静，便转过身来，向闻讯匆匆赶来的手里还捏着三张扑克的张龅牙宣布了他的处理决定："二排一班都有——向右看齐——向前看！军姿一小时准备！"

军姿，又是军姿！又是军姿！

"报告！"我实在是忍不住了，"连长，我错了！请您惩罚我，但是跟他们没关系。"

普洱睨了我一眼，把目光扫向已经集合成一列的二排一班，"我刚说错了——"

他清了清嗓子，大声吼道："军姿两小时准备！"

我再要说什么，被身边的张龅牙狠狠踹了一脚后也不再吭声了。

普洱大摇大摆地走了。

张龅牙像一枚铁钉一般钉在我们的正前方两米处，身体纹丝不动，只有嘴巴在那里唾沫横飞。

"你们给我听好喽！部队的规矩就这样，所以你们务必要收起那套懒散作风和自由主义思想，是龙给我盘着，是虎给我卧着！管好自己的嘴巴，夹紧自己的尾巴！谁要是冒泡掉链子，跟着你吃苦的可是全班兄弟……"张龅牙的指示抑扬顿挫、激情飞扬，在他正前方一点五米的猪头和小白的头发被他那从牙缝里迸出的口水喷得跟打过啫喱水一般。军姿站了两小时，张龅牙就兢兢业业地训了两小时。直到外面响起开饭号，张龅牙同志还依依不舍地做了最后的四条总结，提出了三点希望，展望了未来两个月新兵训练的美好蓝图。等到去食堂的时候，菜已经被抢光了，剩下一点残汤刚好够我们几个泡饭吃。

"对不起啊！连累了兄弟们！"趁着龅牙上厕所，我给几个受牵连的新兵诚恳地道了歉。

"咳，我说拙子，你这就不仗义了啊！"猪头说道，"什么叫有福同享有难同当？这就叫有福同享有难同当嘛！"

"就是！就是！"其他几个新兵附和道，"我们是战友嘛！"

"我们是战友！"这句话突然让我心头一热。在一刹那，我感受到了"战友"二字的分量。这是一个只有在这样封闭而严酷的环境中才能产生的称呼。相较于大学里的"同学"，社会上的"朋友"，生意上的"伙伴"，甚至酒桌上的"哥们儿"，这个名词有着更加沉重的含义。这是由军营独有的强制力所决定的。在任何一个时间、任何一个地点，做任何一件事情（吃饭、睡觉甚至洗澡），身边都有一个或者一群战友。大家同吃同住同训练同休息同娱乐，连犯了错误都一同受罚。生病的时候有人陪着你；受伤的时候有人护着你；跑不动的时候有人拖着你、拽着你；上了战场，子弹飞来的时候有人挡着你。这样的人，才能算作"战友"。

周日晚上九点，全连在俱乐部组织点名。经过一周的训练，我们基本上知道了"行"与"列"的关系，也搞明白了"立正"之外的几个基本动作。点名也天天组织，基本上是值班员组织唱歌、整队报告，然后是连长"讲三点"，再让指导员"补充两点"，总的感觉千篇一律。

今晚的点名有些奇怪，值班员报告之后，首先登场的不是连长，而是安哥。队伍里出现一阵小小的骚动，直到值班员吼了一声"安静"才算作罢。

"检查。"安哥立定之后双手端着一张A4纸，面无表情地念道：

"今天上午八点四十分，我在宿舍里学习条令，班长任欣同志叫我去小卖部给他买一包烟。我不愿意去买，便以上厕所为由拒绝了班长。从厕所出来之后，班长又让我去买烟，我仍然拒绝了班长。班长说：'林安邦，你学了这么久的条令，我考考你。'我起立回答'是'。班长问：'军人以什么为天职？'我回答：'报告班长，军人以服从命令为天职。'班长又问：'你既然知道军人以服从命令为天职，为什么让你去买包烟都不去？'我回答：'我认为班长让我去买烟，不能算命令，只能算请求。既然不能算命令，我也可以不服从。'班长说：'大学生是吧？有文化是吧？知道玩文字游戏是吧？那我命令，你从现在开始站军姿，一直站到吃晚饭。'我回答：'班长，这也不算命令只能算体罚。'于是我和班长发生了争执……"

检查念到这里，安哥轻轻叹了一口气，这声叹息很轻，也很短，大概除了站在第二排的我，几乎没什么人听见。

"通过排长、连长和指导员的教育，我意识到自己错了。军人以服从命令为天职，我们无权判断命令是否合理，我们需要做的是不折不扣地执行……"

我微微侧过头，瞟了一眼隔我三列的欧阳俊和隔我七列的易子梦。易子梦的眼里充满了恐惧，欧阳俊的眼神中更多的则是不服。

"在此，我诚挚地向任欣班长道歉，也向连长、指导员道歉，希望同志们引以为戒，坚决服从管理，坚决听从指挥……"

我站在队伍里，静静地看着安哥。他的头低垂着，如同一枚没有按时被采摘而在树上被风干的果子，他的眼睛死死盯着手中的"检查"，眼神中有一种难以言喻的屈辱，也有一种被逼无奈的妥协。而就在一周之前，他还昂首挺胸、意气风发，为即将实现他投笔从戎、建功沙场的抱负而踌躇满志。

新兵连第二周，张龅牙开始教我们打背包。打背包有两种方法，一种"三条筋"，就是背包绳裹着被子，刚好是三横压两竖，看起来牢固又美观，可惜比较费时；另一种叫"一条龙"，简单来说就是绳子绕着被子缠上几圈，不求漂亮，但一定要速度快。

"如果是拉练或者野营，就用第一种方法；如果是紧急集合呢——就用第二种。"张龅牙说完十分严肃和庄重地挨个看了看我们，凝重、迟缓地接着说，"做好紧急集合的准备。"

果然，当晚11点，我刚刚入梦，就被一阵尖厉而短促的哨声惊醒。张龅牙低声喊道："紧急集合！快点！"我赶紧爬起来去找电灯开关，黑暗中一只手重重地拍在我胳膊上，"混账，谁让你开灯的？"

别的人已经穿好衣服开始打背包了。我火急火燎地摸索着我的上衣、裤子、背包带，暗夜里传来小白绝望的声音："谁穿错我的裤子了？！"

猪头的声音传来："我说怎么死也穿不进去呢，给你！"

"谁再说话我弄死谁！"张龅牙恶狠狠地骂道，"就这素质还当兵呢！"

有人已经冲出去了，因为去开灯的动作耽误了时间，我冲出去的时候已经落在了后面。

跑出去十多米，张龅牙一把拦住我："你的帽子呢？"我在心里骂了一声，又跑回去拿帽子。等再回来的时候，全连就剩我一个没到了。

众目睽睽之下，我冲着普洱喊了一声"报告"。

普洱瞟了我一眼，迅速转过头去冲张龅牙冷笑道："最后一名，二排一班。"

张龅牙恶狠狠地瞪了我一眼，看上去要不是在大庭广众之下，他只怕会冲我咬上一口。

我无比狼狈地跑进队伍，前后左右一看，除了几个老兵班长收拾得像模像样以外，其他的水平都差不多：背包跟粽子一般圆中带方，衣服扣子错了几粒，没戴帽子的不在少数，穿拖鞋的也有几位，还有裤子穿反的，"大门"没关的，甚至还有一个"强人"，就穿了一条秋裤跑出来了……看到这里，我不禁稍感宽慰。

"科目！"普洱咬牙切齿，"三公里越野，目标操场，出发！"

队伍开始向右转，带来一阵"丁零当啷"的声音，不知是谁把牙缸掉在了地上，随后又有人背包散了架，有人鞋掉了，有人丢了帽子……总之一路，洋相层出不穷。用普洱的话总结："没有最差，只有更差。"我因为先前已经丢过人了，可不敢再丢人，于是勒紧背包亦步亦趋跟着前面的张龅牙，顺便把大部队甩在了屁股后面。张龅牙好像不大情愿我跟着他，加大了步子，把我甩出一截来，我再次暗自问候了他的张氏先人，咬咬牙跟上他。撵着张龅牙跑到终点，我的灵魂似乎已经出窍，血液在血管里左冲右突，如同一条条受惊的蛇。张龅牙也好不到哪里去，双手叉腰，一边大口大口喘气，一边傻傻地瞪着我，像一条被六月的太阳暴晒的狗。同样瞪着我的，还有捏着秒表装模作样的普洱。后面的人陆陆续续跟上来。普洱连长好不容易把队伍给弄整齐，这时远远地传来"丁零当啷"的声音，我们的亲密战友朱聪深一脚浅一脚闯进了大家的视野：帽子斜斜地扣在头上，衣襟大开，武装带不见了，挎包上的牙缸和水壶随着身体的晃动撞在一起，发出类似驼铃的声音；手里的被子已经散架，如同被水泡过的花卷，背包带一截还在背上，另一截已经在身后五米开外……"上级们"窃窃私语，普洱的脸更黑了——"普洱茶"变成了"砚台"；张龅牙看上去也是气得够呛，两颗门牙不畏严寒地伸出来，看上去似乎很想在朱聪身上咬一口。

"二排一班！"

"到！"张龅牙代表二排一班高声回答。

"今晚上你们加加班。"普洱微笑着看向远处。

"是！"

部队带回后，张龅牙出人意料地和颜悦色："都睡吧，都睡吧，以后要注意。"

看他如此温和，我们心中的石头也算是落了地，纷纷倒头就睡。

大概二十分钟后，或许时间更长一点，反正是大约所有人进入梦乡后，张龅牙的声音响起。

"紧急集合！"

见我们还愣着，张龅牙加了一句："抓最后一名。"

我们醒悟过来，开始疯了似的找衣服、打背包，像被开水烫到的狗一般冲出宿舍。

大约两分钟后，队伍在门外集合完毕。当然，还是会有最后一名。这次是朱聪。

"向右……转！目标操场，跑步……走！"

四圈之后，我们被要求带回；而朱聪，被命令再跑四圈后自行归队。

朱聪从喉咙里含混不清地发出"是……"的回答。

"报告！"在得到张龅牙的同意后，我提出申请，"我想陪朱聪跑完四圈。"

"理由？"张龅牙的声音在黑夜里显得愈加冰冷。

"我想进一步提高军事素质。"

"很好！难得有人如此刻苦。"龅牙冷笑着回答，"你们俩，每人再加六圈。"

"报告！"新兵中又一个冒出来了。

"你们也想进一步提高军事素质？"

"是。"七个人声音不大，却比较整齐。

"行啊你们，"张龅牙一字一顿，似乎要把每一个音节咬碎了才吐出来，"二排一班都有，向右转！十圈！"

那次紧急集合之后，我开始放聪明了，晚上睡觉除了鞋子和外套脱掉，其他的能不脱就不脱，背包绳放在手边，水壶和挎包的背带提前摆好，以便在黑暗中也能准确找到。朱聪同志更加警觉，晚上熄灯后干脆把被子捆结实，连鞋都不脱盖着大衣就睡，反正他皮糙肉厚，每天三顿补充的热量是别人的三倍以上，这点冻他也能扛。

我们知道，这仅仅是一个开始。

果然，随后的两周时间里，我们拉了十次紧急集合。最不靠谱的，是周末普洱喝醉的那晚上，一共拉了四次，完了每次讲评还要长篇大论，从英阿马岛战争到伊拉克空袭，从美国的全球鹰到拉登的三姨太，最后的落脚点是如何打赢信息化条件下的局部战争。每次普洱的讲评不到四十分钟决不罢休，他在上面喷着酒气，全连在下面累得跟被骗了的马一般，就连张龅牙也顶不住了。

三、土黄

每每熄灯号响起，我躺在床上，一边竖起耳朵等待着那一声尖厉的哨响，一边回想起这三周以来的新兵连生活，再对比一番大学时代那自由畅快的时光，我的心情糟糕透了。为了逃避那不堪一提的感情纠葛，我放弃自由自在的大学生活，辞掉得心应手的工作，来到这远离尘世的湘西大山，被一帮牛哄哄的"上级"吆五喝六，每天喊着愚蠢的口号，做着千篇一律的动作，把大把大把时间花在诸如叠被子、刷地板等无聊透顶的事情上，时刻被人盯着，连上厕所都要报告，见不到手机和电脑，见不到任何女性……

尽管来部队之前已经有了吃苦的思想准备，但来了才知道，那些准备实在是太微不足道了，就像你预期面对一路坎坷，现实却要你赴汤蹈火。

不知是因为自己的个性太尖锐，还是我这个"大学生"的标签太碍眼，我和张龅牙的关系一直不大好。训练场上做错动作，他一定会翻着白眼问候一声"还大学生呢"；班务会上讲评工作，他也总是不忘关照一句"要克服高学历、低能力，要防止高文凭、低素质"，指桑骂槐的水平堪比A城的"堂客"们。我深知"木秀于林，风必摧之"的处世哲学，也懂得"枪打出头鸟"的生存法则，平日里谨小慎微唯唯诺诺，管住自己的嘴巴、夹紧自己的尾巴，连屁眼都恨不得贴上封条，就差把头插进裤裆里了。无奈张龅牙初衷不改、信念坚定，似乎认定了我就是挑战他班首长权威的"乱臣贼子"。

转机出现在第四周。

有一天我们正在操场上练习正步的分解动作——其实所谓分解动作，就是把一个原本连贯的动作拆开来，分成几步完成，就像我们A城的一句俗语"咬散一个屁来打"。原本一气呵成的屁，非要分成几个放，污染空气且不用说，光是听到那不知何时结束的屁声就是一种煎熬。我不知道这是谁想出来的馊主意，我只知道这样很累——龅牙喊"一"我们伸左腿：离地二十五厘米，大腿、小腿连同脚背一直到脚尖要在一条线上；右腿成站立姿势，上体保持正直。如果那时你问任何一个受训的人有什么梦想，无论他是多么胸怀大志，他当时最大的梦想一定是班长快点喊"二"。

我们在寒冷的山风中苦苦坚持，一个个头上冒出晶莹的汗珠。我们一边在心里问候张龅牙的列祖列宗，一边像等着喂食的小狗一般用可怜巴巴的眼神乞求着张龅牙的那一声口令"二"。

我们没有等来吝啬的张龅牙的那声"二"，却等来了一声汽车的喇叭响，紧接着是新兵连的连长、指导员急促的跑步声。

平日不苟言笑、深居简出如同闭关修炼的指导员当时笑得那叫一个灿烂，仿佛那温暖而富有感染力的笑容能驱散笼罩在山区上空的雾霾。他弓背哈腰，右手打开"丰田霸道"越野车的车门，左手迅速挡住车的门框上部。

"一定是个大人物。"猪头说。趁着张龅牙的注意力也分散的空当，我和猪头抓紧那零点几秒的时间收了收腿。

"废话……"

我的"废话"刚出口，一个个头矮小的小伙子在指导员的"保护"下跨出了车门。

一瞬间我们的世界如同被突然拔了电线的喇叭，整个操场万籁俱寂。

二十米外，我清晰地看见小伙子身上跟我们成色一样、却比我们合身的冬季荒漠迷彩作训服，以及他领口上和我们一样的没有挂军衔的黑色粘子。

"谁家的公子这么牛……"我轻声嘀咕道。

我总是把自认为烂在心里的话一不小心说出口。果然，听力突出的班长刹那间扭过头，狠狠地瞪了我一眼："队列里废什么话？！二！"

我们终于把游离身体之外"多年"的左腿收回。

中午吃过饭回到宿舍，张龅牙领着一个人来到班里，例行公事般地招呼道："大家停一下，这是你们的新战友，叫——那啥……"

"贾东风。"那小伙子从容地补充道，"请大家多关照。"

我不知道这个家伙为什么会有这么奇怪的名字和这么奇怪的长相。他身高一米六五左右，颧骨很高，眼窝深陷，从面相上看不像汉族人而像欧洲人，他有深色的眼眶和乌黑发亮的似乎随时都在转动的眸子，配上细长的鼻梁和轻薄而晦暗的嘴唇，让他看上去显得机警、灵活、健谈并且精力旺盛。

"你说他像谁？"猪头附在我耳边轻声问我。

"谁？"

"看过《加勒比海盗》吗？"

我恍然大悟，笑着对猪头说："小心点，看来我们要与官二代为伍了。"

"贾东风，你睡那个上铺。"张龅牙招呼道，"朱聪，你们帮他收拾一下。"

"班长，我能不能调个铺，我有点恐高。"这位公子爷虽然用的是请示口吻，但怎么听着都像是"通知"。

"哪儿那么多废话？！"张龅牙的反应吓了我们一大跳，也把贾公子吓得目瞪口呆，"让你睡你就睡，别以为这是什么大酒店。"

贾公子估计在家牛气惯了，刚到这里又受到营长和教导员如此高规格的礼遇，所以一时还没有适应张龅牙的节奏。他嘟嘟囔囔："睡就睡，睡就睡……"然后爬上了我的上铺。

目睹这个惊险过程，我暗自庆幸：也许夏拙同志的黎明就要出现了。

我们就像一群在草原上逃命的斑马，虽然看上去大家都危机重重，但其实狮子只盯着其中一只。在前面的三个星期，我不幸成了张龅牙盯上并死命追逐的那匹斑马，眼看着他那杀伤力极强的大龅牙就要咬住我，这时另一匹"斑马"出现了，这一匹或许更彪悍，更难捕获，可惜遇上了张龅牙这样一头知难而进且毅力非凡的狮子，他悲催了，我可以歇下来安心吃草了。

想到这里，我不禁生出一种兔死狐悲的感叹和同病相怜的惋惜。

可是，这不见得是一匹吃素的斑马，谁放倒谁还不一定呢。

果不其然，在往后的"二排一班"，我们的耳边总是萦绕着张龅牙同志的深情呼喊：

"贾东风，去把楼道拖一拖……"

"贾东风，去打点开水……"

"贾东风，你多站半小时……"

"贾东风，再跑一千米……"

……

我不无同情又惺惺相惜地看着贾东风，苦口婆心劝道："你说你傻不傻啊——放着好好的公子不当，何苦来受这份罪？"

贾东风翻着白眼，用他那似乎被柴火熏过的嗓子回敬道："还好意思说我，你这好好的名牌大学不读，来到这鸟不拉屎的地方，你说你是不是傻？"

猪头在一旁插嘴："别谦虚别谦虚，你们两个都是傻子。"

"滚！"我和贾东风在这个时候意见高度一致。

熬过了一个月，我终于逐渐适应了新兵连的生活。即使每天早上五点多起来压被子，即使有跑不完的五公里，即使动不动就要紧急集合，即使食堂的饭菜糟得一塌糊涂，即使时不时被张龅牙摆上一道……

手机早就连同银行卡被没收了，理由是安全保密和倡导节约，但据贾东风透露，此举是为了有效防止新兵串联和逃跑。每周有一次打电话的机会，这是新兵们最开心的时候。通常是以班为单位在公用电话亭前面排队，每人限时五分钟，如果你想再打，那只能等下星期了。

通常这个时候，五分钟的电话有四分半钟是用来哭鼻子了，电话那头父母或者女朋友哭，电话这头新兵哭，眼泪"吧嗒吧嗒"能把电话亭打湿。我无数次寻思，要是部队允许我业余时间做点生意，我只做两样就一定能赚得盆满钵满：一是在电话亭卖面纸，二是在厕所卖散装烟。

每次我都按要求排队，但电话摆在我面前的时候我又不知道能跟谁聊：夏跃进在牢里，过着和我差不多的生活，没有电话。孙老师连她自己的孩子都照顾不了，怎么有闲情管我？刘菁嘛，来这儿就是为了躲她的，怎么还敢打电话给她？颜亦冰，已经成腕儿了，电话只能打到她经纪人那儿，还动不动就是"请问您有没有预约"。"B4"组织的几个难兄难弟，都在"圈子"里，可平时只能打个照面，没有班长点头连对话都不允许……想来想去没有什么需要，就把机会让给旁边的小白。

小白刚刚抹完眼泪，一听这么好的机会。立马破涕为笑冲到电话机旁，回头再次红着眼睛对我千恩万谢，感谢我让他多哭了五分钟。

张龅牙找到我，问我为什么不打电话。

我回答："没什么人可以打的。"

他追问："为什么，你父母呢？朋友呢？"

我笑道："班长，这是命令吗？是不是必须回答？"

张龅牙板起脸说："是。"

我继续笑，完了说："报告。老爹在牢里，老妈早改嫁了，几个难兄难弟，就在这个营区里，所以我不知道该给谁打。完毕！"

张龅牙看样子有些吃惊，张张嘴又合住，看样子似乎是想安慰我，一看我冲他笑了笑，也就放弃了那个念头。

他冲我笑了笑，露出了向外呈45度发散的几颗龅牙。

算起来进部队一个月了，张龅牙同志终于冲我笑了笑，让我真是受宠若惊。

元旦很快到了，2007年算是翻篇了。回想这一年，感觉自己就像一艘在飓风大浪里漂荡的小船，你划桨也罢不划桨也罢，周遭的巨浪自然会推着你前进或者后退；你掌舵也罢不掌舵也罢，命运的狂风会把你吹到注定属于你的位置。无论得失，总算是留下了许多值得回忆的往事。这，或许就是青春的价值，或许就是人生的意义。

元旦放三天假，我们获准有三个半天的真正休息时间，连队也组织了诸如拔河、篮球赛、看电影和拉歌等活动。放的都是诸如《离开雷锋的日子》《上甘岭》《英雄儿女》那样的革命教育片，大家看得津津有味——不仅如此，班里还组织写影评和观后感。远离城市一个月之后，这些过去被认定为小儿科的娱乐项目在这里也很受欢迎。我们心知肚明，易子梦的小电影、欧阳俊的女朋友、我的画室，还有"朱聪"们的"传奇"网游、泡吧飙歌、玩牌赌钱等，已经跟我们彻底划清界限了。

我从储藏室翻出我的几本美术教材，准备看一看，免得荒废了手艺（退伍后还得指着它混饭吃呢）。放回宿舍后，我只是上了个厕所，就闯了个祸。

原来教材里面有一本《人体素描一百例》，几个新兵一看班长不在，等我一转身就在那里翻看里面的裸体画像，这也没什么大不了的，关键是这个时候普洱和指导员两人进来巡视，进门发现一群小子窝在我的床上扎堆，其中还有人议论诸如"这奶子怎么这么黑""这屁股也忒大了"之类的。

普洱夺过书从头到尾翻了一遍，意犹未尽地合上，冲着他们几个问道："谁的？"

问话的时候刚好我上完厕所回来："报告！我的。"

"翻看、传播黄色书籍，是什么性质你知道吗？"

"报告！"我的脸涨得通红，"我不知道是什么性质，但您手上拿的这本书是我的大学教材。"

普洱愣了一下，正酝酿着准备继续说点什么，被明白点的指导员一把拉住。

指导员问我："你学美术的？"

"是。"

"那好啊！我们刚好需要这方面的人才，以后出黑板报就靠你了。"

我有些迟疑地答道："是！"

"另外，你这……教材，还是等新兵连结束再看，可以吗？"

一看指导员这么随和，我哪能给脸不要脸，于是高声回答："是！我现在放回去。"

连长、指导员一走，几个小子面面相觑。我冲他们笑笑："现在太危险了，新兵连结束以后你们要看，我一定借。"

他们忙不迭点头，一个个咽着口水说好。这几个兵都是初高中文化，大多连女孩子的手都没拉过，看到这个会兴奋实在是太正常不过了。随后他们拉着我，像地下党接头似的："哥们儿，你上大学就画这个？""你真的画过不穿衣服的女人？""那啥，画的时候下面有没有硬起来？"问完了也不等回答，纷纷咂巴着嘴，眼神里尽是无限向往。

不知是谁说过，我们都是没开过荤的和尚，有一个偶然吃了块酱豆腐就不得了了。

四、大红

元旦假期结束，新兵训练骤然变得紧张。每天都有新的科目要学习，每天有旧的科目要巩固。总之一句话：不让咱闲着。张龅牙和其他的上级们似乎很享受这大山中的寒冬，看上去每天对着猎猎寒风"虐"我们是件无比惬意的事——尽管他们也冻得瑟瑟发抖、鼻涕横流，真不知道这群人的脑袋是不是都曾集体受过驴子等单蹄动物的践踏。

张龅牙一走我们就围在一起叫苦不迭，小白的一双手已经肿得如同开叉的胡萝卜，宿舍里两个新兵的脚趾已经冻烂了，流出的脓像果冻一般。猪头抱怨道："这不是把咱往死里整吗？再这样下去朱爷我再厚的肥肉也吃不消啊！"我双手合十，对着苍天把普洱、张龅牙等新兵连的全体上级们唾骂了一遍，顺便向佛祖、真主和耶稣祈祷下一场雨或者一场雪，以避免在操场上被寒风冻死的命运。

长这么大，我的祈祷啊许愿啊从来就没有实现过，基本上是要什么什么偏不来，没想到这一次竟然灵验了，不但灵验还一发不可收拾。

1月12日，果真气温骤降，天上下起了"冰雨"。雨一直下，落地结冰，操场上不能组织训练，我们只能在走廊里练练军姿，在俱乐部拉拉歌，在宿舍里搞搞体能训练。虽然张龅牙因地制宜发明了在过道走鸭子步、在床底下做俯卧撑、在楼梯上练军姿等魔鬼训练的办法，但这比起在外面吹风受冻还是要好多了。我花了六元钱从营长家属开的小卖部那里偷偷买来三根"精白沙"，一一点着举在头上，对着苍天拜了三拜，一来感谢老天照顾，二来希望再接再厉，争取更大辉煌：来吧，让这冰雨来得更猛烈些吧，最好是下到来年开春——不，最好下到老子退伍！

看样子是我的诚心打动了苍天，天气再一次如我所愿：豆大的冻雨和粗盐一般的雪粒子一直下了两周还不见停，路面上的冰堆积了几厘米厚，连运送给养的车都进不来。于是我们多了一个训练科目：每天顶着凛冽寒风，扛着铁锹镐头，高唱着《团结就是力量》去给营区外面的公路凿冰扫雪，扫完再把雪堆起来拍成等腰梯形状，使之看上去庄严肃穆如同一副副排列整齐的柏木棺材。

到了1月下旬，天空依旧布满阴霾，冰冻没有缓解的迹象，反而看上去愈加严重，都有点电影《后天》的感觉了。因为冰雪压垮了电杆，压断了电线，驻地的很多村镇都开始停电，到了快过年的时候，给县里供电的万伏高压线也被压断了——全县停电！

部队驻扎的这个县，是一个人口不到三十万的少数民族自治县，交通极不方便，这些年"稳坐"国家级贫困县的"宝座"。县里除了两个农村作坊一般的土特产加工厂之外，基本上没什么企业，所以停电对他们的影响其实不算太大。

中午，我们刚拿起筷子准备吃饭，普洱就吹响了紧急集合哨。经过这么长时间的训练，我们总算能在三分钟内完成集结了。

"都给我听好了！"普洱清了清嗓子告诉我们任务：县里唯一的综合医院有十几台十分迫切需要实施的手术（其中有好几个是等待剖腹产的孕妇），必须要紧急供电才能完成，因而请求部队大功率发电车的支援。我们必须赶在天黑之前打通去县城的十公里水泥路，以保证我们的大功率发电车顺利抵达人民医院。

"最后我说一句，"普洱咳了一声，发出了振聋发聩的动员，"十几条人命握在我们手里，咱们就是用手刨，用牙啃，也要打出一条路来！"

气氛骤然紧张起来。各班排下达任务后，每一个人都挥舞着铁锹和镐头，连一向"只讲解不示范"的普洱都躬下身子使劲地刨着地面上的冰，指导员则在漫长的"战线"上忙前跑后，嘘寒问暖，鼓劲加油。因为身形比较笨拙，他看上去像一只刚学会走路的小狗熊，走几步摔一跤，走几步再摔一跤，逗得大家直想笑又不敢笑。

下午两点，连续干了两个小时以后，部队组织小休。因为中午饭没吃完就集合了，到这个时候每个人都差不多是饥肠辘辘了。此时天上又下起了冻雨，在零下两三摄氏度的气温下，刚清理出来的路面又结起了一层薄冰，大家一边搓手顿脚，一边抱怨天寒。

风子（我和猪头给贾东风取的小名）双手叉腰朝天骂娘："这狗日的老天，怎么下起来没完没了？他大爷的，就是尿尿也有尿完的时候啊！"

我趁着没人，朝天作揖："老天啊！看在我过去求你你都不灵验的分上，这次你就继续别灵验吧！"

"哎，叨咕啥呢？"猪头从兜里掏出一团已辨不出颜色的东西偷偷塞给我，"吃一口。"

"啥？馒头？"我有些迟疑地接过一瞧：这原本比拳头还大的"馒头"已经被猪头捏成鸡蛋大小，上面粘着衣兜里的纤维、被猪头遗忘的瘪壳的瓜子，还深刻地印着猪头的"爪印"。

"我说祖宗，你能不能低调点？"猪头慌慌张张摁住我的手，"从食堂偷馒头出来，这不是死罪也是充军啊！"

"你现在不就是在充军吗？"风子凑过来笑嘻嘻地说。

"你大爷的夏拙！你到底吃不吃？不吃胖爷我吃了！"猪头作势要抢。

"他不吃给我。"风子已经下手了。

"吃吃吃！"我一把夺回馒头，看了看，脏是脏了点，但中午实在是一口都没来得及吃，到这个时候已经饿得前胸贴后背了，也顾不得那么多了！我把馒头掰成三块，两块撒出去，留下一块把上面粘的各种"点缀"摘掉，一口塞进嘴里。

"谢谢啊！"我吞着馒头含混不清地冲着猪头捶了一下，"以后我的就是你的。"

"那好！"猪头也捂着嘴使劲地咽着馒头，趁着喘气的时候来了一句，"等新兵连结束，你那本女人没穿衣服的书归我了。"

这个时候我方知上当，这小子！

下午两点半，旅里的大部队从十多公里外徒步赶来，一路上唱着整齐的军歌，迈着铿锵作响的步伐，看得我们一帮新兵很是震撼。

一到位置，他们便"嗷嗷"叫着干了起来，一边干还一边喊："兄弟们，快点整啊！给这帮新兵蛋子们做做示范！"

指导员一听，也在那儿鼓噪："新兵同志们！听见没有？长江后浪推前浪，可别让这帮老兵油子们看扁啦！加油干啊！"

我们一听，也纷纷甩开膀子开足马力干了起来。这就真应了毛主席那句话："与天斗，其乐无穷；与地斗，其乐无穷；与人斗，其乐无穷。"

四点一刻，医院打来电话，说有两个孕妇临盆和一个因交通事故受伤的病人生命垂危，急需手术，我们务必在一小时内保证通电，否则后果不堪设想。听到消息后新兵老兵都噤了声，路上一片哑然，只有铁锹快速撞击地面发出的"叮叮当当"的声音。这声音单调、急促，带着火花，一截一截地向人民医院移去……

五点五分，通往医院的十公里路段全线贯通并铺上了防滑的煤渣和干稻草。我们的涂着迷彩伪装的大功率发电车威风凛凛地开到了县人民医院。"啪——"的一声，在昏暗的暮色中，医院的窗口亮起了灯火，这灯火是那般亲切，明晃晃地映着我们被冷风割得伤痕累累的脸庞，把我们的心也照得亮堂堂的。

二十分钟后，产房里传来一声清脆的啼声，我们的心都骤然狂跳起来，不管新兵老兵，每一个人都找了就近的裹着军装的身体拥抱起来。随后的三个小时，又陆续传来阵阵婴儿的啼哭，这些声音或清脆或嘶哑，或柔弱或明亮，每一声都落在我们心里，激荡着我们的神经，引得我们阵阵战栗。

最后一台剖腹产结束于晚上九点半，母子平安，据说年轻的父亲当场给孩子取名"拥军"。

九点四十分，我们完成保障供电任务，开始撤回。这时路上站满了自发送行的群众，老太太送来滚烫的鸡蛋，姑娘们投来热辣辣的目光。一路走过，有鞭炮的鸣响、礼花的绽放，有陌生的百姓拉着你的手，把吃的喝的一股脑儿塞进你的兜里和怀里。我们淡忘了脸上和手上皲裂带来的疼痛，忽略了鞋里冰冷潮湿的袜子和长满冻疮的脚趾，迈着整齐的步子，高唱着"过得硬的连队过得硬的兵"，昂首挺胸地穿过县城，就像受阅方队接受天安门城楼上的元首检阅那般庄重。

冰灾过后，上级们变得温和起来；同样，我们也变得稍许温顺——虽然对于部队的制度，依然有这样那样的不满。

春节临近，郁积已久的阴霾终于散去，久违的太阳映照在土地上，温暖得如同母亲的手轻轻拂过；小河的冰面开始解冻，春水悄然泛着粼粼的波光；被冰雪压迫已久的树木也不急不缓却义无反顾地挺直了脊梁，附着的冰凌和雪块开始剥落，到处都传来簌簌的声音。我们的训练依然紧张，却不如先前那么压抑：新兵中开始传来了笑声，老兵也会训斥我们，但这种训斥开始带着温度和善意；虽然他们依旧严厉，但至少我们开始接受，并习惯。训练之外我们忙着挂灯笼、接彩灯、贴春联、整理营院，忙得不亦乐乎。

过年前的一两周，新兵开始陆续收到家里寄来的包裹。里面无外乎是可以解馋饱肚的家乡特产，也有香烟、茶叶之类的礼品，这些东西的来源和去向我们都心知肚明，有些机灵点的已经开始争相效仿。我自知孑然一身，形影相吊，既无人给我寄包裹，也省去了"提猪头拜庙门"的麻烦。我到处蹭吃蹭喝，今天搞点无锡酱排骨，明天搞点青海牦牛肉，这里蹭点陕北大枣，那里蹭点天津麻花。或许是新兵连伙食太差的缘故，这些南北特产总能勾起我肚子里的"馋虫"，让我心里面也好生羡慕。

大年三十，上午组织训练，下午包饺子，到了晚上便是聚餐和收看春节晚会。年夜饭最让我们期待的，是属于新兵的每人一瓶的雪花啤酒。看到这里的朋友，或许对三块钱一瓶的雪花纯生不屑一顾，但是当你置身于管理严格的新兵连，当你在进去第一天就被告知"严禁饮酒和含酒精饮料"，当你连一个家里寄来的包裹都要被层层上级翻检一遍，你就知道这一瓶酒是多么来之不易。

餐桌上，尽管只有一瓶酒，我们也喝得豪情万丈。我们高举着劣质的一次性纸杯，分别在连长、指导员、排长、班长的提议下连吼三声"干！干！干！"才喝完。

干杯的时候猪头特意留下一口，跟我碰了碰杯，说道："这点啤酒还不够老子打湿喉咙呢！来，夏拙，我敬你这个兄弟，干。"

我端起杯子，把剩下的几滴啤酒干下去。

新兵的酒量参差不齐，有的还没尝出味来，有的却已脸红脖子粗，有的开始嘤嘤哭泣——大年三十了，全中国的游子都回家了，我们却还在这里喝着每人一瓶的廉价啤酒，吃着大锅蒸出来的年夜饭。谁不怀念老妈做的饭菜，谁不希望跟老爹喝上二两，谁不愿意和朋友们一起点上一堆爆竹，或者在KTV里面纵情迎接新一年的到来？

这一声声哭泣开始还很小，后来便如同多米诺骨牌，哭成一片。指导员左安慰没用，右鼓舞也没有用，最后悻悻地放下酒杯，说解散吧。

"起立！"普洱在食堂的一个高台上咆哮了！

刚刚还"琴瑟和鸣"的一片哭声戛然而止，每个人都如突然松开的弹簧一般弹了起来。

"大过年的哭啥哭！丧气不丧气！你们要哭可以，先脱下这身军装再给老子哭！因为，军装不能穿在孬种身上！"这一招果然奏效，每一个人都抹了抹眼睛，试图毁灭刚才哭过的证据。

"同志们，"普洱的声音难得柔和起来，"你们的心情我也理解。大过年的能回去一趟，是多好的一件事啊。可是你们想过没有？如果没有我们这些人聚在这里，你们家里的父母能安心过年吗？只有我们守在这里，才会有千千万万的人能团团圆圆！"

掌声应景地响起来。

"话说回来，有什么值得你们哭的？想想你们，马上就是一名光荣的中国人民解放军战士了，而你们的许多朋友们，还在过着浑浑噩噩的日子。或许是的，此时此刻他们比你们痛快，但是想想未来，你们一定比他们有出息！（掌声再次响起）那谁不是说过吗？天将降大任于斯人也，必先苦其心志，劳其筋骨，饿其体肤……"

不得不承认，普洱还是有一套忽悠人的本事，这样一来原本难以收场的年夜饭总算是完美结束了。

"吃得怎么样？"风子走到我身边，把原本就很低的嗓音压得更低。

"吃个鸟，排场挺大，菜却没几个。"我看了风子一眼，眼神一亮，"莫非？"

"大学生脑子就是好使，"风子笑了笑，"走。"

"去哪儿？"

"猪圈。"

"猪圈？"我差点喊出来。去猪圈吃年夜饭喝酒，也亏他想得出来。

"那你说去哪儿？"风子胸有成竹地看着我。

我把整个新兵营围墙以内的地方全部过了一遍，竟然没有一个可以让我们小聚的地方。

我的心中感觉无限悲凉，叹道："普天之下，竟然连……"

"别拽文了，你爱去去，不去拉倒！"风子不耐烦了。

"去！"我赶紧收口，亦步亦趋跟上，"对了，我叫下猪头。"

"已经叫了。一瓶茅台三个人，刚好。"

他大爷的，"一瓶茅台"竟然被他说得云淡风轻。

在新兵营的猪圈里，几头黑花母猪正躺在干草堆上哼哼唧唧。看到我们走进去，其中一头爬起身来往猪栏上拱了拱，然后以迅雷不及掩耳之势拉了一坨硕大的猪屎。

风子开起了玩笑："猪头，你看你媳妇对你多好，过年了还给你送财喜。"

猪头瞟了风子一眼，然后笑眯眯地对着那头不注意形象的猪说："嘿，小贾，你东风哥哥来看你了。他怕你过年孤独，特意还叫了两个帅哥陪你。你选哪个啊？"

我笑着朝他们屁股上分别踹了一脚："妈的，你们还缠绵上了。"

"开动开动！"

风子打开一个塑料袋，从里面掏出报纸在地上垫好，再拿出六个保温饭盒，里面分别是：酱猪蹄、凉拌猪耳朵、烤羊排、炸鸡腿、干煸牛肉和烟熏腊肉——都是"硬菜"。这让许久不曾沾过荤腥的我们垂涎不已，顾不得这是在猪圈，也顾不得旁边的猪们正哼哼唧唧拉屎助兴。猪头眼疾手快，将罪恶的魔爪伸向酱猪蹄，捏起一块放进嘴里，两秒过后，他吐出的就只是几块零碎的骨头了。我不甘落后，抓起一只鸡腿，狠狠地啃了起来。

"出息……"风子看着我们，摇着头一副恨铁不成钢的表情。不知什么时候他的手里多出一瓶茅台来："糟了，没带杯子。"

"怎么办？"

"亏你还是大学生，"猪头吐出第五块猪蹄骨，"对着瓶子吹啊！每人五秒。"

"这主意不错。"风子表示赞同。

"只是这样就要跟你们这帮畜生间接接吻了，"猪头说完一副忧郁的表情，"可怜朱爷我还没有过初吻呢。"

"你要觉得不甘心，就把初吻献给它吧。"风子边说边努努嘴，指向猪圈里的那头猪。那猪似乎听懂了一般，哼哼唧唧，"浅吟低唱"地摇着尾巴朝我们这边蹭来。

"老子就算打一辈子光棍，也绝不碰你妹。"猪头以牙还牙。而此时我乘机啃了一个鸡腿、三块猪蹄、两根羊排、外加牛肉、腊肉若干块。

"对了，"我已经有了七分饱，从容问道，"你这菜是哪儿来的？怎么还是热的？"

"老头子让司机送过来的，装在保温箱里跑了三百多公里。"

"你们家老头子对你真不薄，"我感慨道，"三百多公里啊，怎么着也得三个小时吧？"

"多大个事，又不要他跑。"风子不以为然，对着茅台吹了五秒，"到你了。"

我接过酒瓶子，把酒倒进嘴里。

"话说你们家老子是军里的参谋长？"

"嗯，"风子点了一下头，"猪头，到你了，别光顾着吃。"

猪头嘴里包着一整块羊排和一大坨猪蹄，给噎得直翻白眼，等嘴里那些东西落进肚子里，他才长吁一口气："妈的，你说我要是噎死了，算不算烈士？"

"当然算，"风子笑着说，"明天的军报上就一定有大黑标题：烈士朱聪在猪圈里被噎死。副标题：小母猪伤心欲绝几天不吃不喝。"

"你小子积点口德，"我笑着说，"大过年的还是说点吉利话。"

风子和猪头异口同声："祝夏拙与普洱同志生死与共、形影不离。"

这或许是最阴最损的祝福了。

风子再次把酒瓶递给我："说点正经的，大过年的，你说家里人都在干啥？"

"看春晚呗，"风子的话勾起了猪头的思乡情绪，"我爸、我妈、我姐、我爷爷，几个人围在一起，吃着年饭，看着电视，放着烟花……"猪头的眼神穿过猪舍的窗户，投向遥远的东北方。

"拙子，你们家呢？"

我没有回答他，而是举起了瓶子，"咕嘟咕嘟"喝了几大口。上千元的茅台跟几块钱的二锅头在我嘴里其实没有太大区别——都能呛出眼泪来。

此时此刻，孙老师应该如猪头描述的那般，吃着年饭、看着电视、放着烟花，然后给那个叫她"妈"的小子一个大大的红包；夏跃进呢？不知道监狱里会不会像这里一样，过年了加个餐，给每个劳改犯人一瓶三块钱的雪花啤酒？还有叶馨，我年少时代的暗恋对象，一直不愿承认却无法回避的我的后妈，以及我的同父异母的小妹妹夏敏，你们好吗？

风子沉默地拍了拍我的后背，猪头从兜里掏出一张皱皱巴巴的卫生纸来。我揩去眼泪，灌下了一口酒："哥儿几个，喝了这顿酒，以后就是难兄难弟了。"

风子说："有福同享，有难同当。"

猪头说："有酒同喝，有肉同吃。"

我接口道："有对象呢？"

风子赶紧接上："那还是算了。"

我和猪头起哄，鼓动风子讲起了他那缠绵悱恻、荡气回肠的情史。

"糟了！"风子的情史刚进入初中阶段，我突然想起晚上有自己的岗。我又懊恼又害怕："坏了坏了！张龅牙不把我吃了才怪。"

当我赶到哨位时，发现龅牙班长已经站在那里了。

"口令？"龅牙冲着我有点开玩笑地自问。

"泰山，回令？"

"黄河。"

"班长，我错了，我来晚了。"我想态度好一点，又是过年，应该不会太严重吧。不管怎样，要有最坏的思想准备：或许是站岗一晚上，或许是跑十公里。

出乎我的意料，龅牙竟然冲我笑了笑："回去吧。跟他们看晚会去。"

我愣在那里，半晌才开口："班长，这是我的岗。"

"我知道。"

"那回去的应该是您。"我稍稍放松，也轻声笑了笑。

"别啰唆了，这班岗我来站。"见我要开口，张龅牙厉声道，"这是命令！"

我沉默了一会儿，不肯离去。

"哟，又想抗命？"龅牙板起了脸，但看得出，他的眼神是温和的。

"我不想看电视，那晚会太傻×了。"刚说完我就后悔了，因为"规定不让新兵讲脏话。我满怀忐忑地瞟了一眼张龅牙，等待着他的发落。

"是挺傻×的。"张龅牙附和我一声。而后，我们对视了两秒，一起大笑起来。

"这样，我们一起站会儿吧，反正都没啥事。"

"是。"

"怎么一股怪味？"龅牙冲着我嗅了嗅。

刚在猪圈里待了那么久，没有怪味才怪呢。

"在厕所里待了一段时间，"我大言不惭地撒了谎，"我便秘。"

"哦。"张龅牙点点头，若有所思。

"说说你的故事，大学生。"

"关于什么？"

"拣你感兴趣的吧，爱情、学业、家庭什么的。"

我笑了笑，回答道："不值一提。"

张龅牙眯着眼睛看了看我，浅笑道："那你要提了我才知道。"

没办法，我把欧阳俊和安哥他们的故事凑了凑、编了编，总算是搪塞了过去。

"能上大学真好啊！"张龅牙仰望着远处的零星烟火，唏嘘道。

"班长你呢？"我赶紧岔开话题，"你今年该有二十六七了吧？"

龅牙白了我一眼："你才二十六七呢！我比你大了不到两岁，二十四。"

我偷偷伸了伸舌头。苍天啊，二十四岁老成这样子，也算是让咱开了眼界！

张龅牙似乎心有不甘，瞪着我的眼睛问道："我真的——看上去有那么老吗？"

"没有没有！班长你只是看上去很成熟稳重，不像我们这样的愣头青。"

张龅牙没看我，自顾自念叨："部队催人老，部队催人老啊！"

我赶紧岔开话题："班长，那你年纪也不小了，应该有对象了吧？"

"有啊！"张龅牙的眼睛在夜色下骤然睁大，瞳孔里面闪烁着光芒，"拿着。"

说话间他把步枪交给我，自己腾出手来解衣服扣子。

我看着他解开冬常服的第二颗扣子，小心翼翼从贴胸的衬衣口袋里摸出自己的绿皮士兵证，再小心翼翼打开，如同打开一件丝绸包裹的稀世珍品。

"这，"他的话音稍稍有点颤，"我对象。"

为表示郑重，我双手接过证件，缓缓打开——是一张三寸大小的半身单人照，照片中的女子穿着浅粉色的短袖T恤，留着细碎而整齐的刘海儿，看上去一脸的清纯和朝气。只是照片的欧洲田园背景略有些俗气，很明显是在乡镇的照相馆拍的。

"怎么样？"张龅牙脸上带着欲盖弥彰的幸福表情，眼神中饱含期待，牙齿在夜色里熠熠生辉。

"班长你真幸福，找了个这么漂亮的女朋友。"我满足了他的小小虚荣心，"她是做什么的？"

"你猜猜。"

"老师？"

"哇！"张龅牙一脸惊诧地看着我，"你咋知道？"

"开玩笑，学美术的嘛！观察力非同一般嘛。"

"初中老师。在我们老家的初中教英语的。"

我蓦地明白了为什么我会张口就能猜出她的职业，原来她跟叶馨有几分神似。

"怎么认识的？"

"嘿嘿，这说起来话就长了。"

女孩叫梅子，是龅牙班长青梅竹马的女朋友，两人从开裆裤时代（张龅牙原话）起，经历了两小无猜的童年，一起上小学、初中，无比幸福地度过了长达九年的同学生活。升高中的时候，两人双双考上重点学校，但都因为家境贫寒而面临辍学。张龅牙同学从小就信奉刷在他们那土坏房学校墙壁上的标语——"知识改变命运"，当他还没来得及学好知识并以此来改变命运时，残酷无情的命运已经阻隔了他求知的路。十五岁的张龅牙做出了一个伟大的决定：他打工赚钱送梅子读书。

张龅牙的眼里泛着无比的真诚："既然没来得及让知识改变我的命运，那我就想办法让它改变她的命运。"

我真想插一句班长你好早熟，但看他那沉浸于回忆中的陶醉表情，就忍住了没打断他的故事。

为了这个决定，初中毕业的龅牙扔下书包，拿起了泥刀抹子跟着村里的民工混入了城里的建筑队。挑砖头、和水泥、睡工地……十五岁的龅牙干着二十五岁小伙子的活，一天下来，也能拿到五十块钱。梅子高中每学期的学费一千五左右，加上梅子省得不能再省的伙食费和当时名目还并不繁多的建校费、赞助费等其他费用，一个学期两千五百块就够开支了。

张龅牙说："每当我想起我干一天活，就够梅子在学校吃一个星期，我就特别有成就感，干活就特别来劲！"

好景不长，当年年底，工程出了点事，包工头卷着一笔尾款跑路了，欠下工地上每个民工两个月工资。由于当时钱一凑整就给梅子打过去了，龅牙连回家过年的路费都没有，只好在工地上烧着碎木头、硬纸板，吃着方便面过年。

张龅牙说："实话告诉你，那年过年，可比现在这情形差远了……唉……那时我才十五啊！"

张龅牙说完，用手背轻轻地揩了一把眼泪。我站在那里有些不知所措。张龅牙看了看我，笑了笑。

年过完了，包工头还没见回来，梅子又马上要开学了，龅牙一咬牙，借了两百块去了海市，投奔了一个老乡。因为龅牙还没满十六周岁，按规定还不能参加招工，于是无奈之下又花掉一百做了张假身证，再配上他在工地上锻炼出来的身板，总算是在一家鞋厂找了份工作。每天工作十四个小时，一个月差不多能赚两千。

后来，他又先后跳槽干过保安、汽修店杂工、电镀厂工人，最后在某个以高自杀率而赫赫有名的电子加工厂干到梅子高中毕业。

龅牙双眼看着无穷远处，说："哪里有钱，哪里赚得多，我就去哪里。只要不违法，就是拼了命我都干！"

靠着张龅牙三年拼命地工作，梅子顺利完成了高中的学业，并且考上了一所师范学校——她之所以这样选择，是因为师范学校能够减免部分学费和生活费，这样就不需要龅牙那么辛苦了。

2001年秋天，梅子进了大学后，张龅牙终于腾出身来追逐自己的梦想——当兵。这兵一当就上瘾，同一批战友大多已经退伍，龅牙还坚持着。

龅牙说："我们没什么文化，也没有太多的念想，我只知道，现在的生活，比起我过去遭的罪来，真的可以算是幸福了。"

我点点头，没说话。

张龅牙又说："老实说，挺羡慕你们大学生的，有知识、有思想、有抱负，敢想敢做。"

我继续点头，没说话，心里却开始犯嘀咕：你不是一直看不起大学生吗？

张龅牙又说："不过你们啊，一直待在学校，没吃过什么苦，所以很娇气，就像……就像一块生铁啊，硬度是够了，可是韧劲不够。碰到比你们软的好对付，可是一碰到比你们硬的，'咔——'一下就折了。"

我依旧是点头，等待着他的下文。

"所以啊，你们来部队是好事，打磨打磨，淬淬火，百炼成钢，将来才能成材不是？"

我转过头去，第一次认认真真地看了看这个我一直背地里叫他"张龅牙"的班长——怀着某种难以言喻的心情。

"我想，你们几个大学生来部队，也无非是这个目的吧？"

我开始汗颜。平心而论，我们几个除了安哥是怀着从军报国的远大理想之外，剩下的几个都是各怀鬼胎：欧阳俊为了公务员的安置卡；易子梦为了逃避就业高压；而我，干脆是为情所困。为情所困，这理由现在来看怎么着都像是个笑话。

我岔开话题："班长，那你跟……嫂子处得怎么样？"

张龅牙班长的脸上立马绽放出幸福而又腼腆的神采，这跟他平时训我们时凶巴巴的表情大相径庭。"挺好的。"说罢朝我解开冬常服的风纪扣和第一颗扣子，亮出他里面穿的银灰色桃心领毛衣，"她织的。还不错吧？我本来想今年过年回去跟她订婚的，没办法，赶上训你们这帮新兵蛋子。"

我带着稍许的歉意冲他笑了笑，张龅牙也笑着拍了拍我的肩膀。

突然之间我们听到一声咳嗽，声音不大却足够听到。

"谁！口令！"张龅牙喝道。

刚光顾着聊天去了，什么时候周围站了一个人都不知道。这要是被普洱撞到不写检查才怪。

对方不说话，缓缓地向我们移动过来，那场面真让人汗毛倒竖，一瞬间我脑子里全是僵尸电影里的场景。

"站住，口令！"张龅牙已经端起枪并拉响了枪栓。

"泰山！"对方的回答听得我们一愣，惨了！还真是普洱，怪不得一站树下就全遁形了，整个就一坨黑影。"好了好了，张班长，大过年的别拿枪对人了。我刚看你们聊得挺欢实，就没打扰你们。"

我和张龅牙对视一秒，迅速把头低下去。

"好啦，没事！大过年的聊聊天不挺好的嘛！你们下岗了，我接岗。"

"连长，不是我们班新兵的岗吗？怎么能让您站岗呢？您快请回吧！"

"哪儿那么磨叽，快回去！马上就到十二点了，指导员在组织放礼花，带你们新兵去帮忙吧！"

"连长！"我和龅牙同时喊道。

"你们去不去？"普洱说着已经握着枪管作势要用枪托砸我们。

张龅牙带着我并排站着，冲连长敬了个标准的军礼，跑进了操场。

操场上，指导员正带着兵们在摆鞭炮。

"同志们！马上就新年了。我们倒数10……9……8……7……"所有的声音都跟了进来："6……5……4……3……2……1！"

"放！"指导员一声令下，鞭炮齐鸣，锣鼓喧天，璀璨的烟火绽放在山旮旯里的军营上空，如同一簇簇来自天堂的鲜花，把这个几乎被遗忘的角落映衬得格外动人。

五、柠檬

元宵过后没多久，我们就要结束新兵连的生活了，这意味着我们不用再穿着没有肩章、没有领花、没有标志符号的军装，戴着没有帽徽的"绿帽子"；意味着我们不用再以"新兵蛋子"的身份被人理所当然地呼来唤去；意味着我们可以吃饭超过五分钟，可以上厕所不用打报告，甚至可以在周末的时候去服务社买上两瓶"Q城"或一瓶"小二"喝一喝；更重要的是——这意味着我们将真正以一个兵的身份存在于这支部队。而在此之前，我们还只是学生、工人、个体户、无业游民……是连"列兵"都不能算的老百姓。

我们满怀激情地等待着这一天的到来，就像即将分娩的母亲等待着自己孩子的第一声啼哭，就像潜伏多年的地下工作者等待着自己的部队攻下城门，就像辛苦多年的科学家等待着最后的试验成果。

指导员一脸严肃地把我叫到办公室，开门见山地问道："你认不认识三排七班的易子梦？"

"认识，我们是大学同学。"

"关系怎么样？"

我已经隐隐感觉到可能出了什么状况。

"关系不错，我们不但是同学，还是室友。"

"那好，"指导员稍微吁了一口气，"是这样，易子梦不想当兵，跑了。"

"跑了？"我惊呼。

"不过已经找到了，"指导员点了一支烟，抽了一口，吐出烟圈，"这小子，从猪圈的小窗户里溜出去了，跑到老林子里迷了路，还好被我们的人找到了，否则不是饿死也是冻死了。"

"现在呢？"

"关起来了。"指导员有些焦躁地摁灭了烟头，"他回来后既不出操又不训练，还动不动以跳楼相逼，我们做了工作也没什么效果，所以想找你们几个大学同学劝劝他，看看能不能让他转变过来……"

指导员话还没说完，我的心便骤然一紧，这个时候闹退伍，可非同一般啊。下意识里，我既有对易子梦前途的担忧，又隐隐地有一丝幸灾乐祸。

易子梦的行为，不正是我琢磨了许多遍却不敢实施的行为吗？

"报告！"

"说。"

"如果他不能转变，会有什么后果？"

"那就只能退回去呗。他还不算正式入伍，又保留了学籍，应该可以回去继续念书啊……"指导员说了一半看了看我，正要出口的下半句话戛然而止。他瞪了我一眼，喝道："夏拙你想什么呢？告诉你，你小子千万别给我耍花花肠子，否则……"指导员清了清嗓子，咆哮道："我就是毙了你也不让你得逞！"

我吓得一哆嗦，敬了个礼赶紧跑了。

易子梦被关在一个临时放被装的仓库里，由两个人看着。安哥和欧阳俊已经在那里了，房间里早已清空，似乎是专门为我们几个人相聚而准备的。易子梦解开风纪扣，手枕着头躺在临时铺的铁架子床上，眼睛死死盯着天花板，脚却撂在床架上一抖一抖的。这个姿势看得同为"新兵蛋子"的我好生羡慕。要知道，新兵在晚上熄灯前，屁股沾一下床都是大忌。

看见我过来，欧阳俊摊开手耸耸肩，做了个无奈的姿势，安哥则气鼓鼓地站在离易子梦一米远的地方，军姿挺拔似定海神针。

进入新兵连之前，我们曾想过我们四个干啥都要在一起—— 一起训练，一起生活，遇到了困难一起扛。进了新兵连才知道，这个想法原来是如此幼稚。我们被分配在不同的班排，没有自己的时间和空间，不允许随意串门和沟通，即使走在各自的队伍里与对方擦肩而过，也不能扭头或打个招呼，只能咧嘴一笑算是问候。后来，我无数次设想、甚至梦到过"B4"相聚的场景，比如偷偷地在墙根下分享着来之不易的一根烟或者一小瓶邵阳老酒，比如道貌岸然地在观礼台上领取着代表我们能力素质的奖项，比如气喘吁吁地冲刺到五公里跑道的终点，然后问候一声："哥们儿，还行吗？"这些多数带着意淫的成分，可是我觉得这是在新兵连里最有可能的会面的几种方式。

可是我就是没有想到，我们几个会以这种方式和这种心情来相聚。

我朝着易子梦的腿上踢了一脚："什么情况？"

"老子要回去，不……不陪你们玩了。"

"为啥？"

易子梦停止抖腿，盯着我看了十秒钟："拙子，兄弟！我希望你能不……那么道、道貌岸然。你告诉我，你就没想过离开这个鸟不生蛋，狗——不拉屎的地方吗？"

我心里"咯噔"一声："我承认，我想过。"

"那不就得了！"易子梦兴奋地坐起身，拍着胸脯说，"你只是想想而已，又算什么呢？"他的言下之意是：老子想到了，做到了！

我无奈地摇摇头："确实，我没你洒脱。"

欧阳俊笑了笑，拍着易子梦的肩膀："我说你小子也忒不仗义了，我们几个大学四年没有分开过，连当兵都约好一起来，结果你先开溜了。唉……"

"别跟我扯这些。是！我是珍惜兄弟之间的感情，可是我也不能因为兄弟感情而过上这种地狱般的生活啊！你们说说，你们说说！要吃吃不好，要睡睡不好，要自由没自由，要尊严没尊严，这算是人待的地方吗？"

我们沉默。

"我还年轻，可不想大好青春就浪费在这里！老子要吃好喝好玩好，要谈恋爱，要享受生活。懂吗？"

"那你认为你离开这里就可以享受生活了吗？你之前不也找过工作吗？怎么样？你因此而享受了你那狗屁生活了吗？"

安哥的话再一次戳中易子梦的痛处。

易子梦扭过头，嘟嘟囔囔："那也比现在好！至少我是自由身。"

"罢了罢了，就你这想法来当兵也够荒谬，没有理想、没有信仰，想在这里混下去确实不容易。我不劝你了！爱干啥干啥去吧！"

"安哥你别说我，"易子梦显然对安哥的指责不是很服气，"你说你多好一人，在学校又是拿奖学金又是党员模范啥的，一到了这里不是挨批就是做检查。你说你还混个啥呀！我要是你，早他妈走了！"

安哥显然是被呛住了，嘴唇一抖一抖的，拳头捏得嘎嘎作响。我真怕他一冲动把易子梦给暴揍一顿。

"我承认，"安哥咬牙切齿，"我自己混得不怎么样，确实没有资格教训你，但是……"

安哥长吁一口气，总算是舒缓了自己过于激动的情绪。他看了看我，看了看欧阳俊，又看了看易子梦："路是我自己选的。即使是跪着，爬着，我也要坚持到底。"

我想说点什么，但是嗓子被棉花堵住了一般怎么都说不出口，我拍拍安哥的肩膀，安哥出人意料地"哇——"的一声哭了出来。

在某旅新兵营的临时被装仓库里，同处一连却阔别两个月的"B4"成员抱头痛哭了一场。我们拼命地、肆无忌惮地流着眼泪，试图用泪水冲刷掉这两个月来所受的委屈和折磨，试图靠臂膀挽留这相聚三四年却即将面临分崩离析的兄弟情谊。

易子梦走后，我们迎来了授衔的日子。站在血色的"八一"旗下，我和林安邦、欧阳俊还有另外70多名新兵穿着挺括的常服，站着笔直的军姿，用褪去了学生稚气和社会流气的嗓音歇斯底里地吼着入伍誓词："我是中国人民解放军军人。我宣誓，服从中国共产党的领导，全心全意为人民服务，服从命令，严守纪律，英勇战斗，不怕牺牲，忠于职守，努力工作，苦练杀敌本领，坚决完成任务，在任何情况下，绝不背叛祖国，绝不叛离军队。"

新兵连的生活总算是告一段落，但普洱告诉我们：真正的军旅生涯才刚刚开始。他的意思是，我们已经走过的两个多月不过是序幕，实质性的内容在后面，让我们鼓足干劲，掀起一轮又一轮的高潮吧！

安哥分配在一连。就像解放军序列中的许多部队一样，序列上排第一的部队其地位也往往是第一。而据可靠消息，为了争取到几个"好苗子"，普洱差点和一连的连长打了起来。

普洱是二连的连长，新兵连长只是他的一份兼职。作为一名标准的军人，在没仗打的情况下，普洱只好把号称"全旅标杆"的一连作为他的假想敌。他们从训练到内务、从士气到作风、从政治教育到后勤建设，只要是能分出高下的都要亮出来。哪怕是菜地里的冬瓜、茄子，都要拿出来比一比粗细。无奈一连原本"膀大腰圆"，再加上旅里时不时的政策倾斜，所以和他们的竞争大多是以普洱的失败而告终。为了挽回颓势，普洱主动请缨担任新兵连长，这哥们儿每天起早贪黑焚膏继晷，为的就是分兵的时候多挑几个好苗子，以图靠着这点新鲜的血液打败一连。谁想这次分兵，又被一连插了一杠子，把最好的一批新兵扒拉走了。普洱一边怒骂机关干啥都护着排头兵，一边在心中暗自感慨既生瑜何生亮；然后忧郁地听任那张茶饼脸继续黑下去，直至黑成一块砚台。

欧阳俊在新兵连的表现也十分不俗，据指导员鉴定，他是全连最有提干可能的新兵。无奈他学的是信息工程，顺理成章地让通信营挖走了。普洱眼看着他辛苦栽培的优秀士兵苗子们一个一个脱离自己的视线范围，而剩下的不是泛泛之辈就是歪瓜裂枣，那心情也可想而知了。

最后扒拉扒拉凑了几排人坐了个破"解放"回连队，普洱已经没有多少说话的欲望了。

"你、你、你，你们三个去一排，你们两个去二排，剩下的去三排。"

我一看前面三个没我，接下来的两个也没我，于是很知趣地背着背包、拎着袋子、抱着脸盆牙具洗漱用品什么的，跟着剩下的一拨人灰溜溜地跟在三排长的屁股后面。

顺便说一声，我也分到了二连。

剩下的五个人里边，一个叫安鹏、一个叫谢进，新兵连的时候是跟欧阳俊一个班的，去他们那串门的时候打过招呼；另外两个，是猪头和风子。

三排有两个班，安鹏和谢进分在了五班，朱聪和我还有贾东风在六班。拎着锅碗瓢盆进班的时候，朱聪同志革命乐观主义精神作祟，说了一句："六班好啊！六顺六顺！"

来接我们的副班长兼代理班长伍卫国瞟了朱聪一眼，冷冷地说："可惜没有八班，否则让你去八班也好，八发八发嘛！"

猪头赶紧讨好道："嘿嘿，就是就是！班长您真幽默！"

伍班副停住了前进的步伐，立定，向后转，甩出一张狗不理包子一般尽是褶子的脸。他定定地看了猪头大概五秒，来了一句："新兵，你的话太多了！"

这一句话噎得猪头面红耳赤，我赶紧闭上嘴巴，用鼻孔呼吸，暗自告诫自己：祸从口出，一定要闭紧自己的嘴巴，夹紧自己的尾巴。倒是后面的风子不大以为然，歪着头笑了笑，一脚踏进了班里。

被猪头称为"六顺六顺"的三排六班，位于营区东南角第二栋楼的四楼最西边，阳面。班里一共四张上下铺，四个下铺分别住着未曾谋面的班长、副班长兼代理班长伍卫国、下士向北、上等兵陈文博，最靠里的上铺住着上等兵冯涛涛。

"你们仨，"伍班长指着我们几个，"每人挑一个上铺安顿好，十五分钟后检查你们的内务。"说罢就出门了。

我、猪头还有风子三人对视一番，各自挑了一张适合叠自己被子的铺位，紧张地忙活起来。

"我说哥儿几个，"伍班副一走，向北就大大咧咧坐在床上，从被子下面摸出一包"精白沙"，对着我们比画一番，"抽一根？"

我和猪头吓得大气不敢出。抽烟在新兵连可是重罪，有一次隔壁班的新兵在厕所抽烟被班长逮到，班长笑眯眯地说："喜欢抽烟是吧？我让你一次抽饱。"于是除去被作为物证被弹进小便池的那一根，一包烟的其余十九根全被班长塞进新兵嘴里，再一一点着，抽得那个新兵一把鼻涕一把泪，连头发都熏黄了。经此，新兵果然一次抽饱，把烟彻彻底底戒了。

风子比我们有出息一点，他大大方方从包里翻出一包烟来，应道："还是抽我的吧！"

"我靠！蓝芙？有钱啊！"

风子把烟弹出，发了一圈，笑呵呵地说："没啥，孝敬您的。"

"嗯，有眼色！"向北和陈文博都发出啧啧赞叹。

"我说你们也别太紧张了，班长马上回来。伍班副——代理班长嘛，马上到头了。"

"对了，我听说咱们这批新兵里有大学生。"一直坐在角落里看书的上等兵冯涛涛冲我们说道。

"报告，他是大学生。"猪头抢在我前面，指着我回答道，回答完毕还露出一脸谄媚的笑容。

"那太好了！"冯涛涛跑到我前面。他手里拿着一份军校入学考试模拟题（英语），问："你帮我看看这一段是啥意思。"

我不好意思告诉冯涛涛我的大学是如何醉生梦死念完的，更不好意思告诉他我的英语其实是浑水摸鱼考过的。事到如今，我只好硬着头皮给他看了看，还不算难，于是给他细细讲解了一番。

冯涛涛刚转过身，伍班副就回来了。这个时候猪头和风子都已经整好了内务，而我的床上还是一片狼藉。

"夏拙，你怎么这么慢！"

"伍班副，他刚给我解题来着。"冯涛涛带着一副和气生财的表情走到伍班副面前，帮我解释道。

伍班副斜了他一眼，没理他："新兵，回答我，我说过让你抓紧整内务没有？说过十五分钟后检查没有？"

"报告，说过。"

冯涛涛还要说什么，伍班副的口中已经发出指令："打背包。"

在我愣神的空当，他又吐出两个字："楼下。"

我继续迷茫，他又吐出两个字："十圈。"

连起来就是：打背包楼下十圈。如果把要素补充完整，那么这句话就是：打背包到楼下跑十圈。当然，主语是"你"。

我迟钝的脑袋瓜子终于想明白这句指令，一句脏话在我胸中翻涌，却最终被吞入腹中。

我迅速拿起被子对折四次，用背包绳三横压两竖捆好，利索地下楼小跑进操场。

如果说两个半月新兵连的生活教会我们什么的话，其实除去表象的走齐步、叠被子、单双杠等之外，最深刻的或许是教会了我们隐忍。我们学会了接受曾经不能接受的现实，应付过去无法应付的麻烦，克服自认为克服不了的困难，承受许多超越想象的磨难。我们学会了一种人生观：所有的苦难、所有的麻烦都是对自己最好的锤炼和打磨。进部队之前我们只是一堆材料——就如张龅牙所说："我们是一堆生铁，经过锻打之后，成了一堆不锈钢毛坯，而新兵连之后的生活就像是更为复杂的工艺流程，将我们车铣刨磨，最终成为成品，成为战争机器的一部分。"

我扛着背包奔跑在四百米的煤渣跑道上，嘴唇半张，节奏均匀地发出"呼……呼……吸……吸……"的声音。天刚下过雨，碧空如洗，操场周围的香樟和玉兰仿佛被绒布擦过一般显现着光泽；跑道内侧是深浅不均的积水，这大概是部队训练太刻苦导致内圈磨损严重的缘故，小水洼里倒映着三月里如棉花糖一般的白云，让人不忍心践踏。

"夏拙！"跑到最后一圈的时候，张龅牙出现在我的面前。

此时此刻，再见到那两颗在夕阳下闪着金光的龅牙让我感觉是如此亲切——虽然我离开新兵连还不到六个小时。

"班长，你怎么在这里？"

"我本来就在这里啊，带完了你们这帮新兵蛋子，我也得回老连队啊。"龅牙认真地看了看我，眼神出奇地和蔼，让我怀疑新兵连的那个张龅牙和现在站在我面前的这个是不是同一人，"倒是你，怎么刚下连就跑步啊？这么刻苦不像你的风格啊？"

"哎，别提了。"我悲催地摇摇头，简单描述了下连后的遭遇，顺带批判了一下那个满脸褶子的代理班长伍卫国。

"不过我们班长好像是临时代理的，真正的班长马上就要回来了，希望能摊上个好点的吧。"

"那什么样的班长就算好的呢？"

张龅牙似笑非笑地看着我。我看看他隐隐期待的眼神，骑驴下坡地把马屁拍得"嘣嘣"响："班长你这样的就挺好！"

张龅牙听了如此一番恭维，大笑起来，笑得地上棉花糖一样的云都碎了。

我终于意识到自己犯了一个错误。

六、松枝绿

果不其然，我们三排六班真正的班长是张大福，也就是我和猪头私下里称呼的"张龅牙"，后来觉得"龅牙"实在是对班长有些不敬，于是大家在非正式场合叫他"牙哥"——当然，官方称呼还是"张班长"。

三排六班其余人员也大多有非官方称谓，譬如冯涛涛代号"秀才"，陈文博人称"博哥"，向北别名"马王"，我们新兵尊称他"马哥"。开始我还以为他姓马，于是傻乎乎地叫他"马班长"，弄得全班笑疼了肚子。后来我才知道，之所以给他冠名"马王"，其实是因为他雄性荷尔蒙分泌过旺，经常"跑马"。

我不知道"跑马"是不是部队才有的"专业术语"。反正在此之前的大学生活中，我从不知道这个富有诗意的动宾结构短语竟然还蕴含着这么一层隐晦的意思——梦遗。

初二的时候，生理卫生老师告诉我们，梦遗属于正常现象，是由于对异性的渴望造成的生理反应，等长大了、恋爱结婚了自然会消失。的确，进入大学时代，性的解禁远远超出我们的预期，性知识的学习超越了专业、年级和性别，成了唯一没有学分却让大学生趋之若鹜、学无止境的科目。抛开情感因素不谈，性是成年人正常的生理需求，就跟吃饭和排泄一样。有恋爱对象的，可以以爱情的名义借对方的身体满足自己，像易子梦那样单身的，便借助小电影把自己朝气蓬勃充满生命力的过剩荷尔蒙消耗掉。

有人说在部队，雄性荷尔蒙都用来长胡子了，肾上腺素都用来发脾气了。"跑马"是部队对性的包容的底线。在这个近乎单性的环境里，性的诉求是被禁止并且遭人唾弃的。没有人在宿舍里堂而皇之谈论性，更遑论像易子梦喜好的那般对着电脑看片"打手枪"了。因此"跑马"似乎是唯一的宣泄途径。

而所谓"马哥",不过是比别人多一些荷尔蒙分泌而已。他的白床单上,不时被他弄出一幅"日本地图",其中"东京"位置还被他做了重点标记;不久,"韩国""朝鲜"相继出现,紧接着"新加坡""菲律宾"等岛国越来越多;最后,在"澳大利亚"全境版图构筑起来之前,在伍班副的强烈谴责和六班全体同志的抗议下,"马哥"终于把床单泡进了"84"消毒液中。

伍班副大约是班里唯一没有小名的。没有小名的原因有两个:一是他无论是长相、气度还是性格、特长都毫无新意,他就像从一条成熟完整的工艺流水线上生产出来的产品,标准合格,却并无特色;二是他为人古板、不苟言笑,整天拉着一张"青铜雕塑脸",让他乐呵一下大概需要周幽王烽火戏诸侯的阵势。

"老兵连"其实是区别于"新兵连"的称谓,我们习惯称呼现在的环境为"连队",而与之对应的是机关——那是一个高高在上的地方。机关门口有高大威猛的哨兵,见了干部"啪——"地敬一个军礼,见了战士眼皮都不抬。进门要录入指纹,得到那个仪器里传出一句没有温度的女声"××,通过验证"后,你才能迈进那威武、庄严、肃穆却显得多少有些不近人情的大厅。

扯远了,说说我们的连队。二连是一支有着"光辉历史和光荣传统"的"英雄连队"(来自指导员"语录"),"光辉历史"和"光荣传统"主要存在于每周四的政治教育课上,白白胖胖如同一团年糕的指导员对这些故事如数家珍,譬如在大西北创业时期条件是如何艰苦;譬如抗美援越时期我们的前辈是多么顽强;譬如1998年抗洪的时候部队是多么英勇……听得人心潮澎湃热血沸腾,巴不得马上来一场世界大战,然后我们刺刀见红,用鲜血续写连队的辉煌。当然,也有诸多指导员回避和忽略的地方,却在一茬茬官兵中口口相传,充满了传奇色彩。譬如前几年一个老兵搞大了外面南杂店老板女儿的肚子,人家天天拎着农药瓶子跑到部队门口闹腾，搞得首长们心浮气躁，把那个老兵除了名。尽管这属于"野史"，不能载入连队光辉的史册，但教训是深刻的，指导员指导我们"要树立正确的婚恋观"，普洱连长则警告我们"不但要管好自己的嘴巴，还要管好自己的鸡巴"。

像解放军所有连队一样，二连实行"连长加指导员"双领导制。从制度上来看，这是为了遵循"党指挥枪"的原则，从思想和组织上保证"党对军队的绝对领导"，从更深层次的内涵来看，我认为，这正是符合中国人的传统思想——阴阳调和，相生相克，通过相互影响相互牵制来达到内部的"和谐统一"（太极图上的两个小蝌蚪不正是咬着对方的尾巴吗）。

尽管普洱有时表现得咄咄逼人，指导员却不哼不哈，始终笑眯眯的，如同年画里的童子。普洱呢，粗中有细，虽说有时会有些小动作，但从来都是以不影响大局为前提，以不激怒指导员为底线，他的张扬、他的粗犷以及对权力的欲望是可控的，是收放自如的，是兼顾军事干部特点和领导风范的。

这些感悟是在下连队一周后产生的。这一周总体来说过得忙碌而充实，却不似新兵连那么压抑——我们终于不用上厕所之前必须打报告，也不用打电话限时五分钟了，甚至，我们还可以趁着休息时间去一趟服务社，顺便经过通信营的楼下装作不经意地瞟一眼楼上的女兵。

说到女兵，我就不得不提"B4"中最风流倜傥的欧阳俊了。这小子就是个桃花命，就连当兵也分到了全旅唯一有女兵的单位——尽管数量不多还容易给人造成部队伙食特别好的假象，但毕竟那是女兵啊！在你饥渴难耐命悬一线的时候，你会计较糠窝窝是不是粮食吗？

"一个个跟没削皮的红薯似的。"在一次偶遇中，欧阳俊简单地介绍了他们连女兵的状况，并且发出了如此叹息。听得旁边一直淌哈喇子的风子暴跳如雷："妈的！平时有个女生看就不错了，你还挑三拣四，不行老子跟你换啊！"这厮全然不顾两人初次见面的基本社交礼仪，差点就要揍这个白白占用资源"得了便宜还卖乖"的"小白脸"（猪头这样称呼欧阳俊）。

欧阳俊大为光火，一边摩拳擦掌，一边训斥我品位低下、交友不慎，跟这么一个脑子不好使的傻×在一起，并预言我假若不悬崖勒马则一定会智商跟着降低到白痴水平。

我和猪头费了老鼻子劲才把两人拉开。猪头拖着风子回去了，我稳住欧阳俊，笑着说："这家伙是憋坏了，你是饱汉不知饿汉饥啊，以后别刺激他们了。"

欧阳俊白了我一眼，没说什么。突然他转过身来，一脸严肃地看着我。

"干啥？"我第一次被他这样盯着看，老实说还有些紧张。

"告诉你两件事。"

"嗯？"

"第一，我跟谢蕊寒散伙了。"

"为啥？"我下意识地问道。想当初欧阳俊脚踏N只船被谢蕊寒知道了都没有散伙；欧阳家东窗事发，别的女孩一个个像躲瘟疫般弃他而去，唯有谢蕊寒不离不弃，从这一点我就认定了他们的感情固若金汤。他们的散伙确实让人意外。

"我提出来的。"

"为啥？"我穷追不舍。

"为啥为啥，哪儿那么多为啥？"欧阳俊不耐烦地回应道。不过很快又平静下来，他拍拍我的肩膀，算是为刚才的冲动道了歉："你想啊拙子，我们在部队至少要待两年，两年时间不能回是吧？平常也上不了网是吧？用不了手机发不了短信是吧？打电话受限制是吧？"

一连串"是吧"让我搞明白了自己的处境。欧阳俊没停下来，继续分析道："你说一个正当年的女孩，又年轻又漂亮的，凭什么陪着你受这些苦操这些心？咱们是义务兵，人家可不是义务军属，对不对？"

"再说了，"欧阳俊叹了一口气，"你说她跟我在一起两年时间吧，受了不少委屈，马上都要毕业了，她也得为自己的前程做个打算，对不？女孩子嘛，要不就找一个好工作，要不就找一个好老公。"

我用舌头舔舔有些干涩的嘴唇，试图做一些苍白无力的劝解："也不至于啊，你在这儿待上两年，退伍后拿上安置卡，在A城找个好工作，不也是挺好吗？你们坚持两年就好了啊！"

"或许不止两年，"欧阳俊看着远方起伏的群山和在山间不甘寂寞的落日，老成地叹了一口气，"我决定了，既然来了就好好干。"欧阳俊收回那投向无穷远处的目光，定定地看着我，一字一顿地说道："我要提干。"

"提干"这个词第一次出现在我的耳边，如同一阵弱电流爬过我的全身。我轻轻地、不动声色地颤抖了一下。

"很好！支持你！"不知为什么，我的祝福似乎有些乏力，而且显得言不由衷。

"那么，第二件事呢？"

欧阳俊的表情终于恢复了往日的活跃，他凑近我的耳边，跟地下交通员接头一般："吴曲要过来看安哥。"

我激动地骂了句脏话。有的时候，被公认为粗鄙的字眼往往能最真实地表达情绪。

"真的假的？什么时候？"

"周六。"

"安哥同意了吗？"我饶有兴趣地问。

欧阳俊白了我一眼："对于吴曲来说，安哥的意见重要吗？"

"那倒也是。"

事实上，吴曲是周日上午才到部队的。因为从A城发往驻地的大巴车最快也需要八个半小时，而且每天只有一班。吴曲来探望的路线由东北到西南，几乎是斜着穿越了整个省。等抵达这个小县城时，已经是晚上七点左右。而这个时候，列兵林安邦是断然出不去的，吴曲在外面找了一家破破烂烂的招待所对付了一晚，周日早上赶来了部队。

关于地方女青年前来探望列兵林安邦一事，在旅里引起的反响远远超越了我们的想象。据说当时的门岗见到打扮前卫的吴曲之后，方寸大乱，连敬礼问好的基本程序都忘了。

"我找一连的林安邦，去年12月入伍的。"吴曲自报家门，还顺手掏出了身份证和学生证。

"列兵？"

"呃，当兵还分优兵劣兵啊？"吴曲一肚子不解，"我觉得他肯定是个好兵，他跟我说在新兵连还评了优秀士兵呢。"

门岗忍住笑："你是他什么人？"

"女朋友，"吴曲想了一下，改了口，"呃，未婚妻。"

"未婚妻？"门岗是个一期士官，作为门岗他已经在此坚守了四年，第一次遇上地方女青年只身探望列兵这种事，更是第一次听说列兵还有未婚妻。

门岗不知如何应付，手忙脚乱地拨通了管理值班室的电话："报告参谋，有人探望一连的列兵林安邦，是个女的。呃……"门岗纠结半天，还是如实汇报了："是列兵的未婚妻。"

值班参谋的头有些大，他当了五六年参谋，也是第一次听说列兵还有未婚妻，于是电话继续向上请示……

等到安哥满脸通红赶到门口时，已经快到中午饭点了。

等见到林安邦时吴曲火冒三丈："你们这是什么烂地方？姑奶奶我等了不下两小时了！"

就在门岗正目瞪口呆，安哥正一脸无辜的时候，吴曲"哇"的一下哭了起来，她一边哭一边搂着战战兢兢的安哥，把眼泪鼻涕一个劲儿地往他的列兵衔上蹭。

"别这样，别这样，吴曲我算是求你了！"安哥急得眼泪都要出来了，他上身依旧保持着跟路灯平行的正直，脚跟并拢，脚尖分开约60度，双手却不知所措：应该是中指贴着裤缝线呢，还是应该轻抚着他"未婚妻"的背，安慰她的舟车劳顿和一片苦心？

"呃呃呃……列兵，"门岗出于职责，必须阻止这一场话剧式的碰面——尽管他或许很喜欢这千年难得一见的场景，"你们，要不换个地方吧……那啥，这里是大门呢，上面还有摄像头。"门岗说完用手指了指正闪着红灯对准他们的"大眼睛"。

管理值班室里的监控录像前，一个值班参谋在愤愤地骂："狗日的小曹，就喜欢多管闲事，以后专门给他安排夜班！"

另一个喟然长叹："可惜了！就差'打啵'了！你说那个新兵蛋子，好好的未婚妻不守着，跑过来当兵干啥？"

"鸟兵！"两个参谋同时骂道。

我和欧阳俊赶到传达室的时候，他们久别重逢的心情已然平复。吴曲坐在传达室的木质沙发上，正用她柔情似水的目光一寸不离地追随着安哥，几乎要把安哥淹死在她温柔的港湾里。安哥的脸也始终是充血涨红的，如同被马蜂叮过。

自上次送走易子梦后，我们仨还不曾相聚过。久别重逢，我们兴奋并谨慎地回味着大学时代的往事，各自倾倒着各自的苦水。吴曲对此很是不解，问道："你们不是在同一个院子吗？"

欧阳俊长叹一口气，意味深长地问了吴曲一句："你知道什么叫咫尺天涯吗？"

吴曲晃了晃脑袋，给我们带来了几个消息。

一是谢蕊寒找了男朋友。对此欧阳俊反应平淡——至少看上去是平淡的。

我没憋住，还是嘀咕了一句："这速度也太快了吧？"根据欧阳俊的口供，谢蕊寒和他分手是春节后的事，算起来还不到一个月。

吴曲难得委婉地看了看安静地坐在她右手边的欧阳俊，小心翼翼地解释道："其实……那个男的，追了小谢好久了……"我禁不住哀叹："不怕贼偷，就怕贼惦记啊。"

欧阳俊的脸上，倒是挂着淡淡的笑容。他岔开话题，问起了易子梦的情况。

"咳，别提那小子了，"吴曲一脸的不以为然，"又回电脑城上班了，天天就是干点装机、杀毒的活，看着挺潦倒的。前几天还找我借钱租房子来着。"

我们的心情一并沉重起来。小时候我们渴望长大，等长大了才觉得小时候是多么美好；上学时我们渴望毕业，等毕业了才知道生活是如此艰辛。幸福在哪里？每一个人都在追寻幸福，等你历经千辛万苦终于把"幸福"攥在手里，才发现那并不是你所想象和期望的幸福——那是更深沉的苦难，更痛苦的煎熬，更尖锐的痛楚。你怀着万分的失落与惆怅回头看，才知道你一路走过一路错过的，才是真正的幸福。

"拙子。"吴曲正襟危坐，一脸严肃地看着我。

我的心脏像一列正驶出站台的火车，"哐、当、哐当、哐当哐当……"地加速跳动起来。

"刘菁……出国了。"

吴曲言简意赅。"出""国""了"三个字像内力深厚的人在我胸口猛击了三掌，震得我肝胆欲裂。我尝到了嘴中莫名而来的酸涩味道。

"她还让我给你带了一句话。"

"啥？"我琢磨着她要给我带来的话是什么，是"我爱你"还是

"我恨你"？

"她和她爸爸断绝了关系。"

"知道了。"我低下头想了想，"没别的？"

"没别的。"

"嗯。"

"你们到底咋了？这事跟他爸有啥关系？"

我坐在那里沉默不语。

那晚上，我失眠了。

我躺在床上，无论是睁开眼睛还是闭上眼睛，脑子里全是刘菁的影子——开心的、欢畅的、调皮的、温柔的、娇媚的、赌气的、忧伤的……我感到浑身无力，奄奄一息。风在外面摩挲着香樟的树叶，发出沙沙的声音，像刘菁躺在我的身边在翻看一本时尚杂志。风吹过屋檐，发出低沉的呜咽，像刘菁在我这里受到委屈后静默地抽泣。

此时此刻，刘菁，我想你。我多想在这个风轻月明的夜晚，悄悄地拥你入怀，亲吻你的耳垂，摩挲你的发丝，或者长久地与你对视，用世界上最轻最轻的声音告诉你：我爱你。

可是，刘菁，此时此刻你在遥远的国外，而我却在偏僻的旮旯里，一幢简陋的兵楼里。

我躺在床上翻来覆去，凌晨两点，张龅牙干脆起床，把我叫到阳台上，给我发了一根烟。

"班长，我不会。"我诚惶诚恐，心想吵醒他了，他会不会训我一顿？

"没事，试着抽一根，解解烦。"

我学着他的样子把烟叼在嘴里，他把打火机伸过来，"啪"的一下，点着了。

漆黑得如同一团墨汁的夜里，两点火光在早春三月的寒风中忽明忽暗，像两只诡谲的眼睛。

　　"想对象了？"

　　我没有回答，我不知如何回答。

　　"老实说，我也挺想的。"

　　"让她过来看你啊！"

　　"没时间，她要上课呢。"

　　"哦，那得等她放假。"

　　"那得等十一了。"

　　"是啊！可是十一人太多了，交通也不安全。我希望她过来，却又不想她那么累。"

　　黑暗中，我听见张龅牙轻轻地叹了一口气。

　　"班长，你真是个好人。"我顿了顿，真情实意地说了一句没头没脑的话，"嫂子也是个好人。"

　　"呵呵，傻小子。"黑暗中，一只胳膊拍了拍我的肩膀。

　　"我睡觉去了，你要想就想一会儿吧，别耽误早上出操就行了。"

　　"嗯。"

　　"想开点。"黑暗中，一点火光忽明忽暗地离我远去，慢慢地朝着宿舍的方向，然后不见了。

　　人是会变的吗？装束、打扮甚至身形都可以变，要不然如今的大街小巷也不会多出那么多擅长拉皮、割眼、往女人胸口塞硅胶的"韩国专家"。问题是：人的本性是能改变的吗？古话说"江山易改，本性难移"，这话一定有它的道理，比如安哥的刚正不阿，比如刘菁的单纯善良，比如欧阳俊的放荡不羁……这些或许是由DNA决定的，到老都不会改变的人的特质，我对此深信不疑。

　　可是龅牙班长颠覆了我的看法。我下连之后，张龅牙完全变成了另外一个人——不再苛严刻薄，不再吆五喝六。他像个绅士一般处理人际关系，像个和蔼的酋长一般依靠威信和气度管理着三排六班，除了必须遵守的条令条例及相关规章之外，他再也没怎么找过我们的茬儿。连新兵连时在他手下吃尽苦头的贾东风都禁不住感慨："除了那两颗表明身份的门牙跟新兵连时一样之外，张龅牙绝对、肯定、百分之百不再是新兵连的那个张龅牙。"

当然，作为一名新兵蛋子，一名肩上只有可怜巴巴"一道拐"的菜鸟，如果你认为从此以后便可以高枕无忧，那就真的是"很傻很天真"了。所谓"江山代有才人出"，接替张龅牙调教"菜鸟"的是伍班副。此人方枘圆凿，让我们深刻体会了什么叫"铁面无私"——猪头的体能，我的内务，以及贾东风的作风成为他重点关注的对象。

"朱聪，你散步呢还是跑步？给我快点！"

"夏拙，你这被子，应该找炊事班的过来参观一下，他们要能把馒头蒸成这样就好了！"

"贾东风，收起你那公子哥儿的做派，别给我一副吊儿郎当的样子。"

……

每天总有无数这样的声音在我们三个新兵的耳边炸响，炸得我们晕头转向、六神无主。我们三个难兄难弟一凑到一起，便开始激昂愤慨却小心谨慎地痛斥伍班副的"罪恶行径"。我们是如此同仇敌忾，却是如此无计可施。

我们三个每天要提前二十分钟起床，整理好自己的内务之后迅速打扫完室内外卫生。根据伍班副的要求，在出操之前我们要为两位"班首长"打好洗脸水和漱口水、挤好牙膏、把毛巾叠好放在洗脸盆的右沿，等"班首长"跑完操回来洗漱的空当，我们要抓紧时间给他们叠好被子（这个一般我不参与，因为我叠过的他们还得再叠一遍）。尽管后来在龅牙班长的明令禁止下我们停止了这种服务，但和我们处于同一等级的别班新兵却从来没有停止过。

七、普蓝

下连队第三周的周末晚点名时，普洱无比郑重地向我们宣布了旅里将组织军事技能大考核的消息。内容主要是体能和队列两大块，涵盖单兵队列、五公里、军体拳、单双杠及俯卧撑等九个项目。

普洱的脸上千年难得一见地绽放出神采："同志们，知道我们的目标是什么吧？"这是普洱惯用的修辞手法——设问，因为他从来没打算从我们口中得到答案，我们也从来不准备"知道"——要是你知道了，那不说明你和连首长一样高明，甚至比连首长更高明？人家杨修不就是这样被曹操干掉的？

在毫无悬念地得到沉默的答案后，普洱石破天惊地宣布了我们的目标：干掉一连！

普洱的"干掉一连"说得是如此豪迈，以至于指导员忙不迭朝着一连的方向瞅了瞅，生怕一连的人听到了一般。

紧接着，又是黑脸那招牌结束语"最后我说一句"："这次除了炊事班和有卫生队全休证明的病号，谁都不许请假！是骡子是马拉出来遛遛，谁要是装熊包当孬种，就从二连滚出去！大家有没有信心？"

"有！"俱乐部里响起了气壮山河的回答，震得人头皮发麻。

在这信心满满的回答中，我瞟见了猪头一贯乐天的脸上难得的悲观神态。

五公里训练从第二天早上开始。值班排长刚把队伍带进操场的煤渣跑道，普洱就一脸不屑地训斥道："扯淡！打起仗来有煤渣跑道给你们跑吗？"随后他命令排长调整队伍向着大门口跑步前进，目标是五公里外的小镇。普洱的理由冠冕堂皇："你们这帮小子不是成天想出去吗？就带你们出去呼吸点新鲜空气。"

从旅部大门，到镇上的"来一碗"牛肉粉馆，走小路的话不到两公里，而走大路，则刚好是五公里整，折合旅里的煤渣跑道十二圈半。可是煤渣跑道上的五公里跟旅部到镇上的五公里沟沟坎坎的山路岂能相提并论？"F1"方程赛跟越野车拉力赛能一个速度吗？

普洱不知从哪里弄来一辆破破烂烂、直冒黑烟的速度比我们快不了多少的摩托车，一路撵在我们的屁股后面，把我们撵得鸡飞狗跳。

"你们都给我听好了！"普洱威风凛凛地跨在他那辆锈迹斑斑的、坐垫海绵鼓胀出来的摩托车上，向疲于奔命的我们宣布了他的奖惩规定：以后每天跑大路到镇上，再从小路带回，最快抵达终点——也就是牛肉粉馆的，将获得跟他共进早餐——也就是一碗牛肉粉加一个荷包蛋的机会，连长请客；每天跑得最慢的那个，要负责将摩托车推回旅部。

"同志们！为了牛肉粉，冲啊！"黑脸话音刚落，摩托车就扬起一阵浓密的黑烟，咆哮着向前冲去。

我们笑归笑，却丝毫不敢怠慢。因为我们都知道牛肉粉的美味——特别是在食堂每天早上除了馒头就是萝卜、榨菜、豆腐皮的情况下；我们更清楚，要把那辆苟延残喘的摩托车推回来，将是一件多么受煎熬的事。

那一天，值班排长得意扬扬地吃到了热腾腾香喷喷的牛肉粉，而我们只有徒步带回的份。

后来，伍班副也吃到了牛肉粉，回到宿舍还不停地吧唧嘴，他那低调的炫耀激起了我的斗志。

第三天，我也吃到了久违的牛肉粉。当我拼尽全力、以万夫莫开之势接近那鲜红色的、斗大的、显得既牛又傲慢的"来一碗"三个字时，我感觉自己周身的血液都要沸腾了。我以大概十五米的距离甩开紧随我身后的也想吃粉的一班长，冲进店里，在即将一头扎进老板煮粉的锅里之前刹住了脚。

老板战战兢兢地问道："宽的还是细的？"

我瞟了普洱一眼，喘着粗气、无比豪迈地应了一声："宽粉！不要辣子！"

坐在旁边的普洱仰起头，定定地看了我大概五秒钟，而后慢条斯理地挑出碗里的芫荽菜根。

时至今日，我依然能回忆起那天早上米粉的味道：大骨熬出的鲜香汤料，浸泡着刚出锅的小拇指宽的米粉，上面漂浮着细碎的香葱、芫荽，还有切得薄薄的大片卤牛肉和煎得外焦里嫩的荷包蛋。那大约是我吃过的最好吃的牛肉粉。后来我曾有过无数次冲动，想再去"来一碗"吃一次，却一直到我离开也未能成行。

也许我觉得好吃，只是"失去的才是最好的"这种心理在作祟。因为那次之后，又有好几个人吃到了形式大于内容、意义超越实际的"来一碗"，而我从那之后却一次也没再吃过。

那天我吃完粉随部队回去的时候，我突然意识到一个问题：这三天都是猪头在推车。车挂着空挡，钥匙攥在普洱手里，在平地还算好，遇上上坡或下坡就挺费劲。我走过去的时候，风子正推着摩托车的屁股在给猪头帮忙。

他讥诮道："怎么样？米粉好吃吗？"

我的脸刹那间红了起来，电光火石间我想起了除夕夜我们在猪圈里富有黑色幽默的誓言：有福同享，有难同当。

我无比惭愧地把手搭在那辆破车的破坐垫上，对着猪头说："从明天起，要是再让你推这个玩意儿，我就是王八蛋！"

第二天一早，我在兜里放了一根背包绳。普洱的摩托车"突突"声一响起，我就拽着猪头让他紧跟着我。"步子均匀点，呼……

呼……吸……吸……就这样!"猪头保持着均匀的频率和步速只坚持了大约两千米,就乱了方寸。我紧挨着他的身边大喊:"还想推摩托车吗?"猪头一咬牙又坚持了将近一千米,便又着腰大口大口喘着粗气:"妈的,枪毙……朱爷我……算了!"他向我摆摆手,再也不肯前进了。

"妈的!想当孬种吗?想让人瞧不起你吗?"

猪头翻着白眼凶巴巴地看着我。

我从兜里掏出背包绳,一头系在我的腰上,一头攥在猪头的手上。

"走!"我暴喝一声,拉着猪头向"来一碗"的方向冲刺。

一千米,五百米,四百米,三百米……

到最后一百米的时候,我们终于超越了四班的一个列兵,最后五十米的时候,我们又超越了一班的一个上等兵,最后十米,我们以三步的距离超越了"马哥"向北。

我们赢了,终于不用推车回去了。

我和猪头一抵达终点便双双四仰八叉地躺在"来一碗"的门前,大口大口地喘着粗气。全连都在盯着我们看,包括正优哉游哉吃着米粉的普洱。管他老板也好顾客也好,管他地上有多脏,爱看就看吧!反正我们不用推那个破车了。想到这里,我和猪头对视了一下,笑了。

回去的时候,看着在后面呼哧呼哧推着那台摩托车的四班的兄弟,我的心中五味杂陈。不是你死就是我亡,每天总有一个人要做最后一名,每天总有一个人要推那辆不仅笨重而且象征着"孬兵"的摩托车——丛林法则啊!

风子把我们拉到队伍的尾巴上,兴冲冲地从作训服的裤兜里掏出两袋沾着水汽的早餐来。

"喏,犒劳你们的。"

"啥玩意儿?"

"煎饺!刚我装作上厕所,绕到粉馆后面偷偷买的。唉,把老子的大腿都烫起泡了。"

一听"煎饺",刚刚还蔫不拉唧的猪头立马又活了过来,两眼放光地夺过袋子。

再往后的每天早上,我的背包绳使用的距离越来越短,从八百到七百到四百到两百……一周之后,猪头再也不需要借助背包绳就能完成任务了。吃粉的一直是那两三个优秀选手,但推摩托车的人每天都在换。

不过再也没轮到我们仁。

离四月中旬的考核还有大概一周时间,猪头的五公里已经勉强能及格了。队列和军体拳也没问题,俯卧撑和手榴弹投掷比较悬,倒是单双杠和四百米障碍毫无悬念——毫无悬念过不了。

每当我看见猪头那臃肿如一件羽绒服的躯体吃力地吊在单杠上,原本白皙肥嫩如同发糕的那张胖脸随着上杠时间的持续而渐渐变红、变紫,最后变成一团猪肝色,此时,在旁边的"伴奏"一定是伍班副恨铁不成钢的训斥和老兵们"干啥啥不中,吃啥啥不剩"的讥讽。而无论如何,猪头那松垮的肱二头肌是断然拉不起他那八十多公斤体重的,也就使他无法完成哪怕一个单杠练习——引体向上。此情此景,让我和风子无比沮丧和爱莫能助。

总是有一些得了便宜还卖乖的人,他们吃好喝好,享受着上天赐予他们的"优惠大酬宾",然后对着那些被上天坑过、愚弄过的人传播福音:上天对人是公平的。换在平时,我或许还能忍受这种论调,但当我看到猪头那涨红的脸上无比屈辱也万分无奈的表情时,我就只想说:"上天,去你大爷的吧!"

每个人都是一颗富有生命力的种子,这大概是上天待人公平的唯一佐证。但不是每一粒种子都有其适宜生长的土壤,有些适合贫瘠的沙土,却被放进了肥沃的黏土;有些只能栽种在温暖湿润的环境里,却被放进了干涸的沙漠或寒冷的冰原。

猪头是个积极乐观、人缘甚好、富有幽默感的青年，如果在社会上，他的性格或许能让他前途通达，可是这哥们儿偏偏选择了部队；换句话说，猪头把自己明显虚胖的躯体投进了靠身体吃饭的部队。这是他的悲剧。

"怎么办？"猪头一脸憔悴地看着我和风子，作为连里唯一三项体能不达标的"重点人"，他的气色已大不如从前了。"普洱说了，除了炊事班和有全休证明的病号，谁都逃不了。"

我和风子也一筹莫展。

"要不……"风子出了一个馊主意，"要不……你装病吧？"

我白了风子一眼："你装病能装出张全休证明来？"

"要不我们帮你一把，把你腿打折吧？"风子不识时务地开着玩笑。

我听罢踹了风子一脚。

"有了。"猪头的小眼睛里忽然一下冒出光来。他没顾得上理我们，夺门而出。

晚饭时分，猪头一瘸一拐地回来了，手里还捏着一张卫生队开的全休假条。

"你这是怎么了？"龅牙班长一脸紧张地问道。

"去卫生队做了个手术。"猪头一脸闪烁地回答。

"哪里不舒服？做了什么手术？"

"阑……阑尾炎，做了……阑尾切除手术。"

我和风子瞠目结舌。

"连……连长在不在？我跟他汇报一下。"猪头说完就抬腿往连部迈去。他的步伐十分怪异，两腿之间似乎被什么东西撑开，使他走起路来如同螃蟹。

包括张龅牙和伍班副在内的全班人，和我跟风子一样，一脸疑惑地看着他胖嘟嘟的身影一步步挪出三排六班。大概五分钟之后，从位于二楼的连部传来一声石破天惊的咆哮："滚！"

很显然，除了普洱，二连再没有人能将这声"滚"吼得窗玻璃都震起来。

又过了大概三分钟，猪头回来了，带着一脸恐惧和悲伤。

"怎么回事？"开饭的哨声响了起来，我抓紧问道。

猪头没有回答，只是说了一声："帮我打份饭。"然后龇着牙，用几乎只有他自己能听到的嗓音发出了一声"疼"。

我看看他，赶紧跑步下楼。

后来，在厕所里，猪头解开腰带，小心翼翼地剥下他的裤头，向我和风子展示了他用以换来全休假条的伤口——他两腿之间的关键部位被一团纱布裹得严严实实，如同一具小小的木乃伊。这小子跑到卫生队，浑身上下找不到一个可以"全休"的理由，竟然把多出来的半截包皮给剪了。

"部队就是好，全免。搁地方上怎么着也得一千大几吧？"此时此刻，猪头还保持着他的黑色幽默，实在是不得不让人佩服他的乐观。"拙子我跟你说，给我动手术的医生自称'修枪高手'，说经他'整容'过的官兵大到营职干部小到列兵，没有一千也有八百。"

猪头眨巴着他的小眼睛，搂住我们的肩膀把我和风子的脑袋凑在他那张猪嘴前，然后像地下党员那般机敏谨慎地告诉我们："连普洱也是他给剪的。"

还有呐，卫生队那个小护士，长得还真不赖，虽说戴着口罩，但我一看她眼睛就知道是个小美女。朱爷我都几个月没见过美女了，你说我下次见了她要不要打招呼呢？

猪头说完还咂巴咂巴嘴，随后幡然醒悟似的："不敢想不敢想，保不准想着想着把下面缝的线给绷掉了。"

我和风子只能哭笑不得地看着他。

"普洱怎么发那么大火?"

猪头的神色这才有些黯淡:"他说我为了逃避考核,不择手段。说我这是逃兵行为。朱爷我还不是怕拖连队后腿,影响了考核成绩?"

说到这里,我们仨的神色都黯淡了下来。

4月的第二个周末,全旅迎来了轰轰烈烈的军事训练共同科目大考核。在普洱的精心准备下,二连取得了九个单项中的三个第一。特别是五公里考核。拜他的"左手牛肉粉,右手摩托车"所赐,跑了近一个月山路的我们在煤渣跑道中健步如飞,以一分多钟的平均优势远远超过第二名的一连。

然而,普洱最寄予厚望的单兵队列却遭遇滑铁卢。打败我们的倒不是一连,这大概是唯一值得安慰的地方,可是,当我们弄明白打败我们甚至全旅所有连队的高手是谁之后,在场的所有男兵都只有盯着自己裆部看的份了。

原本,我们的队列在组织指挥、人员协同上已无可挑剔。普洱信心满满,以为稳操胜券了。谁知接下来上场的是通信一连的女兵分队。也不知通信营的领导们是何居心,派上场的女兵几乎是清一色的高个子,从两点钟方向看过去,不仅个子高,连胸围也似乎一样高。

这群女兵喊着带炸音的"一、二、三、四",铿锵有力地跑步上场。"稍息,立正!"指挥员的口令尖锐凌厉,队员的动作也绝不拖泥带水。"向右看齐"时整整一个排面的目光齐刷刷地向我们投来,那股杀气让我禁不住往后仰了一下。

"呃呃,我第一次发现咱们旅里的女兵长得还真不赖,特别是那排头你看见没?"风子吸溜了一口将要流出来的涎水,"你说通信营的营长是不是专挑D罩杯的女兵上场？这果真是'胸器'呐！"

此时此地，全旅男兵都要拜倒在这帮D罩杯女兵手里了。

考核完毕，通信一连女兵分队拔得头筹，旅长讥诮我们：给所有男兵每人发一把菜刀。

对于这个结果，黑脸倒是比较淡泊：我们"虽败犹荣"，通信营"胜之不武"，不怪我们。

我冲风子笑着耳语："要怪就怪我们胸肌不够发达吧。"

风子无比诚恳地告诉我，他有点喜欢上那个女兵排头了："就那个，大眼睛的那个。你那个同学欧阳俊不是在她们营吗？帮我打听一下，有重赏。"

借着去服务社买东西的机会，我向欧阳俊转达了风子的深切祝福，并恳请欧阳俊帮他这个小忙。

欧阳俊一脸不屑，答道："我不能告诉你排头的名字，但可以告诉你她的身高——一米七三。"

言下之意，一米六五的风子要想追她，无异于小矮人追白雪公主。

我有些愠怒，说道："欧阳俊不至于吧？又不是你的人你把的哪门子关啊？！"欧阳俊帮我解围似的加了一句："你让他换个人，或许还行。"

欧阳俊的这句话我转身就转达给了风子，但事实上，过了半年我才明白这句话的意思。

考核结束。在全连喜气洋洋的会餐庆祝中，猪头把他的床铺搬到了炊事班——这是普洱对他逃避考核的惩罚。不过按指导员的说法，这是人尽其才的好方法。作为战斗人员，朱聪同志体能还达不到要求，却可以在别的岗位上发挥更好的作用。

"尽个锤子！尽他妈欺负老实人！"我朝着连部的方向啐了一口。

"没事没事，多大个事嘛！"猪头倒反过来安慰我，"朱爷我也烦死了这种老拖后腿的日子，去炊事班更好，以后要找朱爷我要两根黄瓜、几个鸡蛋什么的，尽管开口。"

我笑道："你小子还没去就动歪念头了。"

风子难得一脸严肃："要不要我找人打个招呼，去别的连队？这地方太变态了！搁别的连队，你这体能都算可以的了。"

猪头拍拍风子的肩膀，又拍拍我的肩膀，说道："你忘了？我们说过当兵就在一起的。现在虽然没在班里，毕竟还是一个连不是？去了别的地方了，咱哥儿几个，就真散了。"

猪头一席话，听得我鼻子发酸，正要抒情一番，炊事班长老憨在外面吼了起来："小朱，麻利点把这筐土豆给洗了！"

"唉，来了。"猪头一听立即进入角色，他随手操起一把菜刀，无比豪迈地来了一句，"从今儿起，朱爷我就要当一个火头军，在三尺灶台发挥余热了！"

猪头去了炊事班之后，我最喜欢出的公差便是去饭堂打扫卫生了。

作为一名士兵，特别是一名列兵，除开正常的军事训练和专业学习之外，我们几乎每天都会遇到各式各样的公差，譬如为应付上级检查而拿鞋刷刷马路，譬如帮机关领导打扫礼堂或者清理公厕，譬如给旅养殖场拉猪粪和鸡鸭粪，譬如帮某个参谋干事助理员搬家，譬如给营长家属整理他们家的小菜地，譬如掏下水道，譬如挖电缆沟，譬如种树，譬如铺草皮……总之名目繁多，不一而足。

出公差的时间大约都在午休或者周末，既不能占用训练时间又不能占用政治教育时间，那么唯一可以被占用的，只有我们的午休时间和自由活动时间。作为一名列兵，我们对这样的任务大多头疼不已。当然有时候运气好的话，也能遇上一些让人轻松愉快的公差，比如赶上出板报啥的，不仅能借着机会捡起画笔练练手，还能享受早上不用出操的优待，更重要的是——每次遇上板报比赛，我们连稳拿第一。因为这个，指导员对我青睐有加，有时候犯点小毛病落他手里，他也是睁一只眼闭一只眼。

不过比起打扫饭堂来，出板报的诱惑力就小得多了。

发射一营共两个连，每周轮流担任值班。值班的内容包括值班站岗、公差勤务还有打扫饭堂等。轮到二连值班的时候，每个班打扫一天饭堂，到了周末再进行大扫除。打扫饭堂的任务不算太重技术含量也没多高，所以老兵是不用参加的，这些活自然落在了新兵头上。

猪头下炊事班后的第一个周末，我和风子拖完地，擦完餐桌，把别人洗好的自助餐盘沥干水、摆好放进消毒柜，把泔水桶抬出厨房，再把案板、砧板、菜刀啥的收拾好，一切大功告成准备撤退。猪头一把拖住我们："哥儿几个，等一下。"

风子问："干啥？"

猪头扬扬眉毛，悄声问："晚上看不看新闻？"他总喜欢故弄玄虚，屁大点事都搞得跟地下党接头一般。

"不看，自由活动，九点点名。怎么了？"

"那不就得了！"猪头话音刚落，分别从两个裤兜和一个衣兜里掏出三瓶"劲酒"。

我和风子两眼放光："喝点？"

"喝点呗。"

"没菜啊！"我长叹一声，"寡酒无味啊！"

"嘁，"猪头带着一种正中下怀的快感，骄傲地白了我一眼，"也不看看到了什么地儿。"

话音刚落，猪头就推开给养库的门，里面有卤猪耳一只，炸花生米一碗，外加成堆的黄瓜西红柿。

"怎么样？"猪头的脸上写满了得意二字。

风子激情奔放地跑过去，凑着他的肘子脸就嘬了一口："兄弟，爱死你了！"

拧开小瓶盖，我们把一百二十五毫升的劲酒碰在一起，一种幸福感像电流一般迅速麻过全身。

风子说："还记得上次喝酒吧？还是在猪圈里。"风子环顾了四周码成堆的包菜黄瓜茄子西红柿腐竹等："从环境上来看，比上一次是要好点。"

"那是……"猪头咬着一根黄瓜，含混不清地应道，"说起来就恶心，那次在猪圈，老子一喝酒，旁边的花母猪就撒尿，老子一吃菜，这狗日的就拉猪屎——说错了，是猪日的。"

"你还说恶心，"我笑道，"那会儿就你吃得最多，十块猪蹄你小子至少啃了六块。"

"嗨，还不是因为肚子里没油水，"猪头摇着头，开始追忆起往昔，"新兵连那伙食，真他妈糟，比猪食还不如。"

"所以，你现在进了炊事班也不错啊！油在这里，水在龙头上，你想装多少就装多少。"

"开玩笑！"猪头豪情万丈，"哥儿几个，有我猪头在，就不会让你们饿着。从今往后，我保证你们每个星期至少打一次牙祭。"

猪头说话还算靠谱，每周六晚，卫生打扫完毕，我们三个便潜入给养库，不动声色地组织一次"小咪"。在猪头的"贪污截流"下，我们吃到了只有营长和教导员餐盘里才有的酱牛肉、炸鸡翅、炖排骨、粉蒸肉……后来猪头学会了掌勺，我们又吃到了他做的香葱蛋饼、辣椒炒肉还有紫苏煎黄瓜。特别是紫苏煎黄瓜，成本低廉、味道鲜美、营养丰富，不愧为佐餐下酒之良品。

这样幸福的小时光一直持续到五月初，猪头一不留神把教导员家属给他寄过来的一块乡里腊肉给炒了，搞得教导员勃然大怒，猛尅了司务长一顿。司务长挨了尅，猪头自然躲不过，屁股上挨了两汤勺之外，还被罚连续做一个月的早餐，并被没收了给养库钥匙。

不过这小子比较仗义，一口咬定腊肉是他一个人偷吃了，硬是没把我们给抖出来。

八、深红

5月6日，我和欧阳俊、林安邦获准请假一周返校参加毕业答辩。

捏着假条走出旅部大门的一刹那，我感到我的心在颤抖。五个月来，我们三个人中还没有任何一个人独自离开过这座军营半步。而现在，当我们堂而皇之地踏过门口标着"军事禁区"的黄色警戒线，种种磨难、约束、纠结、彷徨……如同被突然按下了"OFF"键一般戛然而止。换句话说，我们自由了！

嘹亮的口号声、踏步声渐渐模糊。欧阳俊从包里翻出一副墨镜戴上，我把被文书"保管"了好几个月的MP3拿出来，挂在耳朵上。我们对视两秒，夸张地大笑起来。只有安哥无动于衷，穿着便装依旧迈着他那每秒两步、每步七十五厘米的齐步，向镇上走去。

再回A城。再回A大。

四年前，刚满十八岁的我义正词严地拒绝了夏跃进送我的提议，独自一人扛着大箱子走进了A城大学。报到、注册、缴费、分配宿舍……身上穿着"以纯"T恤和"安踏"运动裤，兜里揣着夏跃进给我的"巨额"学费，心中藏着乡下孩子的兴奋、忐忑和欲盖弥彰的自卑。那时我觉得A大是那么"大"，从东头走到西头，得三十多分钟，比起一眼望得穿的永康镇来，这里就像一个王国。

我相信许多人在刚进大学的时候一定是豪情满怀、踌躇满志的。我们每天按时起床、准时上课、认真记笔记、积极参加课外活动，坚持体育锻炼，把大学生活过得"五讲四美三热爱"。可是好景不长，一个月之后，易子梦便开始翘课玩电脑，欧阳俊也开始夜不归宿。我大约坚持了一学期，在某个周五的下午，我怀着无比内疚的心情翘了一节课，从此一发不可收拾。再往后，睡觉的时间越推越晚，起床也成为一件必须"顺其自然"的事情。睡觉之前的俯卧撑运动，也仅仅保留了"俯卧"却去掉了"撑"的步骤。教室渐渐空了，而校外的招待所却日益人满为患，一学期究竟学了几门课程，只有在考试之前一周左右我们才搞明白。

我们就像一堆密度不同的物体，以不同的速率沉沦、堕落，我们意识清醒，却无力抗拒。在这个集体沉沦的过程中，也有林安邦这样出淤泥而不染的学生。四年之后，当年被我们骂作书呆子的这些人赚得盆满钵满，他们的羽翼已丰，足以飞出校园搏击长空；而更多的学生，却不得不面对毕业即失业的窘境。

四年后的今天，有人保研了，去名校或本校；有人考研了，成功、被调剂或败北；有人考公务员了，行测申论不离手；有人出国了，东瀛、西欧或北美；有人工作了，有人参军了，有人休学了，有人退学了，还有人继续大五……

"如果大学时光可以倒流，你希望可以回到哪一段呢？"打开校园论坛，有人抛出了这么一个问题。回答千奇百怪，有说想回到大一开学准备从头来过的，有说想回到某一个瞬间对深爱的女子说我爱你的，有说想回到考研的考场把做错的那道题的答案改过来的……

我把视线从显示屏上拉回来，把目光投向窗外。

窗外是一个大晴天，阳光透过林荫道上葳蕤繁茂的香樟树，漏下斑驳的光影，我就在这样的光影里，走过了人生最朝气蓬勃的三年半……

第一学期，我老老实实、中规中矩，上课很少迟到和早退，现在能回忆起来的有：一次在路上被电动车撞，所幸只是皮外伤；两次被扒，共计损失人民币三十六元和价值三百元的诺基亚1110蓝屏手机一部；四次被人偷走衣服，包括内裤，其中三次是在晾衣场，一次是在澡堂；六次被老师叫起来回答问题，答对次数为五次；无数次在凌晨被卖房的、卖车的、卖盒饭的电话短信从梦中惊醒；旷课记录为零，做爱记录为零。

2005年的春天，受欧阳俊濡染，我未能免俗，跟一个和我一样高的女孩谈了一场莫名其妙的恋爱——两人在一起有点莫名其妙，分手也是莫名其妙。没头没尾的恋爱应该不算恋爱，就像没头没尾的小说不能算小说一般。女孩是我在选修中国哲学史的课堂上认识的，长得一般，五官还算匀称，皮肤白得甚至有些病态，个子却是不一般的高——瘦高瘦高的，一百七十三厘米却不到四十五公斤。最有特点的是她的脖子，恐怕得有十几厘米长，却没饭碗那么粗，摇摇欲坠地顶着一颗"充满智慧与八卦"的脑袋。有时我甚至担心有一天这脖子会不堪重负一不小心"咔"的一声折了。

"千万不要喝酒，千万千万不要呕吐，"我叮嘱她，"你要是呕吐，那你痛苦的时间可比别人要长一倍。"

大一的那个初夏，我跟这个女孩有了这么一段不明不白的交往。或许是因为空虚，或许是追求时尚，或许是因为荷尔蒙在体内聚集需要释放，总之就是在一起了。我们的恋爱形式单调、内容单一，基本上只有一个动作：走。我陪她徒步穿越了A城一半以上的大街小巷，多数时候只是闷头行走，并没有交谈，即使交谈，也是类似于"肚子饿不饿——不饿"之类百无聊赖的对话。

很快便到了暑假，送她上车之前还如胶似漆，如同热恋中的情侣，车开走后一直到暑假过完，都没再联系。到下半年，我们已然形同陌路。

大二整整一学年，我有大概三分之一的课时都在图书馆，三分之一在画室，还有三分之一在教室里。这一年，我十五科考试有五科亮了红灯（所幸补考顺利过关），却通读了大约六十本小说，开始写一些边边角角的东西并挂在校园网的文学板块上，不过大多反应寥寥。

大二暑假，夏跃进大发慈悲，给了我一笔"巨款"，让我有了到处瞎逛的经济基础。那个夏天，我去了七个省十多个城市，有过短暂艳遇和被宰被扒等遭遇，被晒得如同焦炭。

进入大三，我认识了颜亦冰。都说恋爱是人生最重要的课程，我不得不承认，颜亦冰是我的一个很好的老师，她教会了我很多。

跟刘菁的相处，让我至今心怀愧疚和感恩，她让我真正体会到爱的温暖和甜蜜。说起来，她才是我的第一个真正意义上的女友。可是，我们终究还是分道扬镳……

我想了半天，在论坛里写出自己的答案：如果时光可以倒流，我想回到2006年9月的那个晚上，如果我早走或晚走几分钟，就不会有那一场错误的邂逅，也不会扯出那么多的感情纠葛。我相信你是无辜的，其实，我也是。说"我爱你"已经太迟了，不如说"抱歉"吧。可是，如果时光可以倒流，我还是会选择在那时那刻与你相遇——不会早一步，不会晚一步。

我的毕业论文是当兵之前就完成了初稿的，回来之后稍作改动便参加了答辩。大概是考官对当兵的怀有好感，我的答辩比预想中的要顺利。结束后，易子梦请我们吃夜宵。在"堕落街"永远繁华的夜宵摊上，易子梦光着膀子，趿着人字拖，嘴里叼着一根"红河"，旁边是我和欧阳俊，对面是正襟危坐的林安邦和黏在他身边寸步不离的吴曲。地上有七八个空的啤酒瓶子，桌上还有四瓶没开，数堆吃剩的龙虾壳和一把烤串的竹签散布在桌子上。

易子梦掸掉烟灰，问道："哎，你们知道'艳照门'不？"

安哥追问："啥门？"

"艳照门！"易子梦一脸不屑，"就说你们几个当兵当傻了吧？外面的世界发生了啥事你们都不知道。"

"到底啥事啊？"欧阳俊的胃口被吊起来了。

"不是吧？艳照门你们都不知道？"吴曲放下一直拽着的安哥的胳膊，"林安邦，别装清纯了。我不介意你多看几眼女生的胸。"

"啥意思，真不知道。"安哥显得很无辜。

"你们在部队连电视都不看的吗？"

"看啊！"安哥满脸疑惑地盯着吴曲，"可是，《新闻联播》里没有这回事啊。"

"完了，"吴曲捧起安哥的脸，端详一番，又松开，"当兵真当傻了。"

我们几个面面相觑，似乎都不愿意承认这一事实。可是，看我们的模样神情，便一目了然：三个脑袋大约找不出一根两厘米以上的头发，即使在夜宵摊上也是正襟危坐——欧阳俊多少还好点，林安邦则是美女相伴也毫不放松，一副老僧入定怀不乱的架势。最为关键的是，我们在夜宵摊上表现出来的不自在也不约而同，以至于宵夜之后易子梦提议去唱K遭到了我们口径一致的拒绝。

易子梦有些失落，嘟嘟囔囔："看样子你们真的是当兵当傻了。"

回到宿舍后，我们在五分钟内洗漱完毕，于十点前准时上床。

黑暗中，我辗转反侧，安哥在我的脚那头轻轻叹着气。

"老实说，我有点怀念部队了。"对面的欧阳俊小声地冒出了一句。

"呵呵，瞧你那点出息。"我讥讽道，"是谁在部队里成天嚷着'肖申克的救赎'来着。"

欧阳俊没有说话，倒是安哥开口了："我也是，这几个晚上都没有睡好。"

"安哥，漂亮性感的女朋友你不陪着，在这霉了半年的床上你怎么可能睡得好？"

"滚。"安哥百年一遇地说了一句粗话。

"你说在部队吧，挺反感那些条条框框。可是一出来，就是各种看不惯、听不惯、待不惯。你们是不知道，我现在进门都忍不住先敲门喊'报告'。"

我们在黑暗中笑了。

"老实说我也是。"我必须坦承，现在我看不得别人乱丢垃圾、看不得别人留黄毛、看不得别人光膀子、看不得别人流里流气……

"拙子，"欧阳俊义愤填膺地问我，"你说我们好好的大学生活不过，非得被人管着被人虐着才舒服，我们是不是犯贱啊？"

我和安哥都笑着回答："大概是吧。或许，的确是。"

第二天一早，六点十分。没有闹铃，没有号声，我们准时起床。欧阳俊拖地打扫卫生，林安邦去操场跑步，我则把临时盖的一条毛巾被叠得方方正正有棱有角。

"看样子你真的是当兵当傻了。"欧阳俊放下扫把认真地看了看我。

"彼此彼此吧。"

中午，欧阳俊被一群学生会的学弟学妹们拉出去吃饭，林安邦也跟吴曲出去约会了，我一个人躺在宿舍里。五个月的部队生活养成了我午休的习惯。两点半左右，迷糊之中感觉床在摇晃。我骂了一句："易子梦你大爷的，别打手枪了。"没有回音，床却继续晃着。我探头往下看，房间是空的。这时外面有人狂吼："地震了！地震了！"我一下子惊醒了，翻身下床，趿着拖鞋就冲到了楼下。

操场上全是人。有光着膀子赤着脚只穿着裤头的，有抱着笔记本攥着钱包的，有裹着棉被顶着凳子的，有拿手机打电话的——这个时候，电话已经不通了。大约十分钟后，欧阳俊和林安邦回来了。

"听说震中在四川汶川，有八级。"

"怎么办？"我问他们。

安哥没有丝毫犹豫："走！赶紧回部队，或许能赶上救灾的队伍。"

"问题是这个点已经没有回去的车了啊。"

"我来想办法。"欧阳俊这个时候显得尤为沉着。

大约半个小时后，一辆车就到了宿舍楼下。我们将行李装好，跟几个送行的同学拥抱告别。吴曲双眼噙着泪，站在车窗外死死地盯着安哥。安哥冲着窗外挥了挥手，关上窗子，哽咽着催促道："走吧。"

吴曲拍下窗子，流着眼泪决绝地说："林安邦你放心，我会跟你在一起的。"

车发动了。

"林安邦，我一定要跟你在一起！在一起……"吴曲的哭腔渐行渐远，只有安哥在我旁边悄悄地抹着眼泪。

欧阳俊坐在副驾驶上，情绪有些低沉。他嘟囔着，似乎自言自语："这一走，不知几年后才能再见了。"

我坐在驾驶座后面，也陷入了离别的感伤。我们曾期盼着怎样轰轰烈烈地离开这座美丽却忧伤的校园，曾幻想着在毕业典礼上要如何慷慨陈词指点江山，没想到，一场地震，成就了我们几个匆忙而意义不凡的告别仪式。我或许该做点什么，为这个苦熬四年终将离别的校园，为这如杂货间一般紊乱不堪的大学生活，为我这一段或喜或悲的心路历程。

如果可以，我想再去食堂吃一碗滚烫的砂锅粉，去教学楼听一堂哪怕枯燥的思修课，去图书馆的九楼翻一本无人问津的小说，去画室涂两笔丙烯颜料，去后山看一遍夜色……

可是，这些看似平淡的生活，连同我迷彩服一般斑斓的青春，终将远去。

抵达部队的时候是晚上九点。

全旅上下都换上了迷彩服，打好了背囊。所有的军车列成长队，车厢上挂着红底白字的标语：一方有难八方支援、和灾区人民同呼吸共命运，一副蓄势待发的样子。

我回到连队，张龅牙他们已经把我的背囊收拾好了。大家穿着迷彩服，围坐在俱乐部的电视机前，几乎所有的频道都在滚动播报着关于地震的最新消息。死亡和失踪的人数节节攀升，好像那些无关生命，而仅仅只是一组组数据。

数以万计的生命在那一天的下午两点二十八分灰飞烟灭，还有许多在废墟和黑暗之中因为饥饿、缺水、恐惧或者失血过多而死去。这些生命在那天之前还那么鲜活，他们或许快乐或许忧伤，或许幸福或许孤独，或许纠结于一段感情，或许沉迷于某个游戏，或许追逐在名利场上，或许放纵在纸醉金迷中……当灾难降临，这一切都变得轻薄、肤浅、不值一提。如果未来可以预知，他们将如何打发自己的余生？如果生命可以重来，他们将以什么样的态度来面对这个世界？

第二天，依旧是战备状态。所有人员全副武装待在宿舍，等待着那一声号令。电视里，各军区和各兵种先后投入抗震救灾战场。废墟之上，迷彩斑斓，战旗飘扬，参加抗震救灾的部队无疑是辛苦的甚至是危险的，可是在和平年代，有什么能比这些更能让军人感到幸运和自豪呢？

我们生活在一个硝烟无处释放、箭镞任意生锈的年代。在这个年代当兵无疑是幸运的，因为不用面对战争这个巨大的绞肉机，不用触碰那生离死别的痛苦；可是在这个年代当兵又是不幸的，因为我们感受不到疆场厮杀的悲壮，我们体会不到马革裹尸的豪情。当战争远离我们的时候，除了时刻准备战斗，军人存在的最大价值便是救百姓于水火之中，保卫人民群众的生命财产安全。

这也是一场战争——一场对抗大自然顽劣的战争。

我们群情激昂，张龅牙让我代表全班写了一份《请战书》，并郑重其事地按上每个人的指印。《请战书》交上去之后，指导员亲自用毛笔在整开的红纸上抄了一遍，并让全连官兵签了名，交到了机关。随后，各单位纷纷仿效，请战书贴满所有能张贴的地方。

可是，上级首长并没因为我们的《请战书》而批准我们参加这次救灾。尽管这次部队派出近十万人投入了这场堪称伟大的抗震救灾任务，但是我们并没有接到命令。大约一周之后，部队解除战备状态，恢复了正常的训练生活。

汶川大地震之后，2008年8月，中国发生了另一件大事：第二十九届奥林匹克运动会在首都召开，全世界的目光都聚焦在那里。许多老兵晚上偷偷跑到俱乐部，用毛巾被把窗户玻璃盖起来，把电视开到静音，看各项比赛的重播。对此，普洱和指导员只是睁一只眼闭一只眼。

对于欧阳俊和林安邦来说，有两件比奥运会更了不得的事，这两件事，不仅把他们搞得元气大伤，连我也焦头烂额。其中之一就是吴曲决定赴湘西支教，她选择的学校正是部队驻地的林口镇中学——一所不到两百名师生的初中，就在"来一碗"的后面。

安哥知道这个消息时，吴曲已经在那里签了两年的合同。她带着合同搭乘三轮摩托车风尘仆仆来到部队门口，哨兵已经认出了她——某个列兵的未婚妻。

在大门口的会客室里，安哥哆哆嗦嗦地看完了那份合同，我没有参加这次会见，却可想而知安哥当时的心情，如果把醋、芥末、蜂蜜还有油泼辣子混在一起，塞进某个人的嘴里，那人的感觉应该和当时的安哥差不多。

"吴曲，我觉得你这个决定太……"

吴曲飞快地打断他："请叫我吴老师，谢谢！"

安哥一时语塞，就像因为网络故障突然卡住的视频一般。过了好久，网络才重新畅通。

"你知不知道，就算你在这里，我们……还是没机会见面。我们请假——特别难。"

"我知道，"吴曲说完，眼泪就飙了出来，"可是，我只想离你近一点，我只想离你近一点你知不知道……"

"我知道，我知道。"林安邦手忙脚乱，拼命地翻着衣兜找纸巾，却不敢给她一个拥抱。

值班的哨兵很知趣地带上门出去了。

林安邦这才轻轻地走过去，拍了拍她的背，让她的头靠在自己的肩膀上。

9月1号，吴曲的学校开学了，她负责两个班级的英语，还有音乐。在这样的村镇学校，音体美这类"杂课"没有专门的老师，只好由这些年轻有特长的老师们代课。吴曲的课时特别多，但每个周末的下午，她都会拎一些水果零食和生活用品过来，在大门口的会客室跟安哥见上一面。

吴曲虽然自称"未婚妻"，但毕竟不能算家属，所以不能进大门；安哥因为是"新兵蛋子"，基本上不允许请假出去，所以他们相会的地点就只能是传达室。

部队的传达室，大概就类似于两国边境的自由贸易区，既可以会客，也可以中转一些快递、包裹甚至炒粉、火锅之类的东西。特别是到了冬天，里面有人打电话给围墙外面的狗肉火锅店订上一个锅子，半个小时之内，店里的瘸腿"满哥"便会把炖好的狗肉装进小塑料桶里，连同下火锅的青菜粉条还有酒精炉子一起送到传达室。36元一斤的狗肉，炉子、桶子的押金30元。一手交钱一手交货，啥时候吃完了把炉子还了，再退还押金。

托吴曲和安哥的福，我还有机会尝尝部队里难得一见的水果，并且能通过吴曲的描述多少了解一些外面的世界。可是欧阳俊就没那么好运气了。

有一句比较粗俗的话：狗改不了吃屎。这句话在今天已经不那么准确了，因为这年头许多狗比人金贵，刘菁说她家的藏獒每天的伙食标准是一百块，算起来都顶我们在这儿吃上一周了。但是这话用来形容欧阳俊这小子，又实在是再贴切不过了。

和谢蕊寒散伙之后，这小子不知怎么地又跟他们通信连的女兵处上了。在一个月朗星稀的仲夏夜，欧阳俊和他的通信女兵相约在生产基地的蔬菜大棚里。两人卿卿我我互诉衷肠，全然不顾蚊虫叮咬和旁边化粪池里散发出来的各种味道。他们以为这个地方足够隐蔽，却不承想被夜巡的军务科长和两个纠察员逮个正着。就像电影里的镜头一样，欧阳俊正把罪恶的黑手伸进女孩的短袖夏常服衬衣里，这时一道白色光射来，正好打中了他们。两人身手敏捷开始分头逃窜，两个纠察员则穷追不舍，其中一个纠察员大概是点背到家了，一脚踏空掉进了化粪池，幸亏池子不深，否则当年我们旅就要有一个烈士诞生了。一时间军务科长也顾不得抓人了，救人要紧，两人齐心协力把那个满身大粪的纠察员扯上来，两个要抓的人却不见踪影。军务科长气得差点吐血，第二天一早便开始了雷厉风行的侦破工作。

欧阳俊这小子虽然天资聪颖，但反侦察能力确实有待提升。当天上午，机关就把目标锁定在他身上。一是因为全旅生产女兵的单位只有通信营，为数不多的几个女兵还没"出口"，就基本"转内销"了；二是因为菜地的泥巴被他慌慌张张带回了宿舍；第三嘛，欧阳俊乱搞男女关系的苗头早就被他们营长和教导员发现了。

一番威逼利诱，欧阳俊招了，不但招了还大包大揽承认是他主动找的女孩子，跟人家没关系，请求组织对那个女兵从宽处理。

在军务科长气急败坏的控诉下，机关对欧阳俊的处理意见很快下达：鉴于事件影响恶劣，本着惩前毖后、治病救人的原则，将欧阳俊调离通信营，分配至阵地管理营。

顺便提一下，对女孩的处理意见是：撤销班长职务并做出深刻的书面检查。

后来我才知道，这个女孩叫肖婷婷，就是上次全旅队列考核中以清脆的口令和挺拔的形象震惊四座的队列指挥，也是风子看上的姑娘。怪不得当时欧阳俊死活不肯告诉我那姑娘的名字，原来是这小子留着给自己了。

大家都说，说是分配，其实准确来说是"发配"，欧阳俊发配的地方离我们的营区大约有100公里，是距旅部最远的一个单位。除了训练和演习，平常只有一个班驻扎在那里。出于安全保密的需要，那地方在深山老林里，方圆十里都没有人烟。

欧阳俊是在宣布处分意见的当天走的。这小子坐在"勇士"吉普车的后座上，潇洒地冲我们挥挥手。司机大概看不惯他那吊儿郎当的样子，大脚轰了一把油，吉普车呜咽着绝尘而去，留下我和林安邦在那里喟然长叹。

"四个，剩两个了。"林安邦苦笑着摇摇头。

"妈的，到哪儿都管不住自己的鸡巴。"我学着普洱骂了一句粗口。

林安邦深沉地叹了一口气，怆然地走了。

连队的生活如同领导的讲话稿一般，每天都大同小异。起床，出操，整理内务，开饭，操课，中餐，午休，操课，晚餐，看新闻，点名，洗漱就寝……从早上六点二十分到晚上十点，什么时间干什么事情，从来就是只需你用耳朵无须用脑子去关注的问题，甚至连什么时候穿什么衣服，床上铺的是床单还是凉席都会有人替你考虑。你要做的只有两个字："服从"。

我很感谢新兵连时龅牙班长教会我们的这些部队基本的生存技能

和游戏规则，虽然学到这些东西让我们吃了一些苦头花了一些代价，但至少现在让我们感觉到十分管用。

三排六班也还总体和谐。向北抽烟越来越凶，跑马的次数倒好像不那么频繁了；"秀才"冯涛涛参加了6月份组织的军校考试，结果名落孙山，一气之下把那套复习资料全给烧了；"博哥"陈文博最近好像恋爱了，每天趴在一楼的磁卡电话上黏黏糊糊，被班副伍卫国唾骂为"骚情"；伍卫国还是老样子，除了牙哥（张龅牙）谁都看不惯，每天都是一副替天行道的模样，真不知他这样会不会太累；牙哥作为班首长，训练场上还有板有眼，一到业余时间就到处拉人下棋，水平臭得堪比猪头的袜子，曾创造跟我下棋连输十九局的纪录，简直可以跟中国足球媲美；贾东风左右逢源上蹿下跳，很讨连首长欢心，也引得老兵们一阵羡慕嫉妒恨。

值得一提的是，"八一"前后，机关为基层连队联通了政工网。这是部队开发的政治工作网络平台，功能类似于因特网，但在速度和效果上跟因特网不能同日而语。电脑接到班排以后，老兵们似乎不怎么感冒，除开冯涛涛偶尔打开看看电影和连续剧之外，其他人连碰都不怎么碰。

风子当仁不让，占了班里两台电脑中的一台，率先玩起了DOTA，为二连的网络游戏扫盲做出了突出贡献。在风子的感召下，向北和冯涛涛很快加入其中，每天一回到宿舍，便开始抢电脑占位子，班里不够便去其他班占，这样一来，二连的其他几个班也纷纷加入这个游戏。一周之后，这个以改进政治工作模式、丰富官兵业余文化生活为目的的网络平台，借助一款名为"魔兽争霸"的网游完成了普及。不到半个月，二连在内部便顺利完成了"DOTA五对五"的对战模式。作为DOTA游戏推广普及的开山鼻祖和骨灰级玩家，风子赢得了堪比老兵的尊重。换句话说，在二连接近半数的游戏玩家眼里，没有新兵蛋子贾东风，只有骨灰级大师"风之子"（风子在游戏中的名字）。

顺便交代一下我的难兄难弟——因为割了包皮被从三排六班贬到炊事班的朱聪同志。这小子在三排六班处处受排挤遭打压，到了炊事班却如鱼得水。凭着一股对吃的热忱，猪头的厨艺如同得了洪七公真传的郭靖一般，功夫日渐精进。下炊事班大概一个月，猪头便开始掌"锹"——要做全营百十号人的饭菜，当然是用锹。站在灶台上翻动铁锹是个体力活，更是个技术活，猪头利利索索地拿下了。不但拿下了，还干得很漂亮。大概半年之后，猪头拿到了三级厨师资格证。

老实说这些隔我们有些遥远，作为猪头的兄弟，我和风子更关心的是他给我们偷偷留下的是腌黄瓜、煮鸡蛋还是炸馒头片。

九、墨绿

8月底，我们接到了实弹发射演习的命令。

我们所说的"弹"，既不是子弹，也不是普通的炮弹，而是安装了精确制导装置的飞行数千公里的导弹。

指导员说："我们手中的导弹，是国家的'撒手锏'。遇上战争，只需一枚，便足以摧毁一座城市。"因此，这样的"弹"便被称为"战略导弹"，我们的部队也便被称为"战略导弹部队"。

第一次见到"弹"，是在下连后的第三个周五。站在那个十几米长的涂了迷彩的圆筒面前，看着它在低沉的轰鸣中缓缓起竖，直到变成一根擎天的柱子，撑开天地，变成一把利剑，直指苍穹。我忽然感觉到自己的渺小，又在这种渺小中发现了自己的崇高。

牙哥告诉我们，我们就是那传说中的"导弹兵"。这是属于我们的装备，这也是我们必须熟练掌握的武器。

"导弹兵"——听起来真是牛气。我喜滋滋地笑了笑。

普洱说："过去导弹部队号称是百人一杆枪，千人一发弹。现在时代变了，导弹的精度越来越高，射程越来越远，个头却越来越小了。过去一个营上百号人围着一枚导弹转，现在一个连三四十号人就装备一枚导弹了。"

"别看个头小，洋鬼子们想在我们中国人面前逞能还得看看它答不答应！"普洱轻轻抚摸着那裹着迷彩的大圆筒跟我们吹起来，"真打起来，只要咱一个连，华盛顿也好，纽约也好，夷为平地就是分分钟的事。"

普洱的话让我们一群没见过世面的新兵瞪大眼睛，下巴都快要掉下来，老兵们却都淡定地笑了。看来，普洱是把牛皮当起床号反复吹过了。

"风子，你老子是当首长的，你说说普洱的话有几分真？"我转过身悄悄问风子。

"七分吧。"那口气，好像是在西餐厅回答侍者牛排煎几成熟一般。

"吹牛吧？那咱这导弹真能打到M国去？"

"不然呢，你以为洋鬼子会那么老实？"风子迎着我那无比崇拜的眼神，不以为然地告诉我，"所以他才死活要把我放在这里。老头说了，其他军兵种没意思，每天叫着喊着打仗，又是擒拿格斗又是投弹射击的，其实真打起来，哪有他们啥事啊！导弹'嗖嗖'两下全解决了。"

冷兵器时代已经成为遥远而陈旧的历史名词，枪炮构成的热兵器时代也在20世纪宣告终结。美伊战争告诉我们，飞机和精确制导武器成了战争的主角，基于信息系统的现代战争模式迅猛发展，已成为不可逆转的趋势。

"看见那个红色坨坨了吗？"风子指着导弹旁边另外一辆车上的按键问我。

"嗯！"

"那就是导弹点火发射的按钮，只要这玩意儿一按，导弹就上天了。"

"我要当那个按按钮的人，"风子抬头望着水洗过一般的蓝天，踌躇满志地告诉我，"我要做扣动导弹扳机的那个人。"

我的敬意油然而生。他是真正的明白人，他知道自己来部队的目的，他知道自己要的是什么。可怜我一个大学生，稀里糊涂穿上这身军装，竟是因为愚蠢可笑的"为情所困"。

看过导弹之后，我的心中似乎有一张皱巴巴的帆被忽然鼓起来，把我的精神撑得满满当当的，让我如打了鸡血一般亢奋不已。现在看来，我一不小心加入了中国最神秘的导弹部队，成了一名执掌"大国长剑"的导弹兵。这听上去是一件非常了不得且值得炫耀（但绝对不能炫耀）的事情。事实上，这么了不得的岗位需要的是同样了不得的素质。抛开队列、体能等这些最基础的东西之外，我们更需要的便是导弹专业素质，譬如实装操作技能和导弹专业理论。

实装操作技能好说，就像生产线上的工人操作机器一般，操上十遍八遍导弹就能竖得直直的。专业理论就玄乎了，简单来说就是你要通过学习，明白导弹的内部构造和发射升空的原理。这需要你有一定的数学和物理基础，以及对待专业理论像对待初恋情人那般狂热的激情。

6月的第一个周末，太阳很好，但早上起来还感觉不到热。我、风子，还有向北窝在宿舍里打"跑得快"。旁边的本子上我已经累积了七个"正"字零三笔，还差两分就能赢到风子和向北一人一瓶营养快线。通信员李瑞跑过来，尖声细气地招呼："哟，打牌呢！"

风子一听他那老鸨嗓子，头也不回就应道："咳，原来是李公公来了。"

"去你的。"李瑞娇嗔着翘起兰花指弹了风子的头一下，转过头来笑吟吟地对我说："夏拙，连长宣你。"

"宣你大爷的，没见老子正忙着吗？"我心花怒放地甩出一张牌，高喊，"老A！"

"那好，我这就去给连长回话。"

"啥？连长？你刚说啥？"

"连长宣你。"李瑞翻着白眼重复道。

"我靠！"我吓得一个激灵，抓紧把牌扣起来，冲着李瑞赔起笑脸，"不好意思刚没听见啊！等下赢了他们请你喝营养快线！"

跑到楼下，我整了整军装，看看扣子鞋带什么的弄利索没有，再在虚掩着的挂着"二连连部"牌子的门前立定，轻轻地敲了三下门。

"报告！"

"进来。"

推门敬礼。

指导员正在翻看前天的《解放军报》，见我进来冲我笑笑，然后扬了扬报纸算是回礼。

连长普洱同志坐在椅子上，正握着一把锋利的裁纸刀在龇牙咧嘴地挑他脚上的鸡眼。可能是我的贸然进门打搅了他的雅兴，也可能是他的鸡眼挑得不甚顺利。知道我来了，他的头依旧没有从他的双腿之间抬起来，只是眼皮翻了一下算是打招呼。

"来了，大学生。"普洱说。

一听"大学生"三个字，我原本紧张的心情愈加诚惶诚恐起来。他属于士兵提干的，第一学历还是中专，尽管后来自学成才拿到了函授大专的文凭，但这始终让他不痛快。因此，他一提起大学生，准没好事，这是我入伍半年总结出来的最为深刻的教训。

"连长好！"

我生怕他没看到我敬礼，赶紧抬手再给他补了一个。古话说得好：礼多人不怪嘛。

普洱总算把头抬了起来，说了两句话："妈的，这鸡眼太讨嫌了。那啥——大学学的是什么？"

前一句如果没有更加深刻的寓意，那么显然是自言自语，第二句应该是问我。

"报告，我大学学的是广告设计。"

"嗯，好。"普洱说完，就把右手从左脚的脚趾之间解放出来，从抽屉里掏出一本书，向我扔来。

我知道，别说是普洱抠过脚趾的手扔过来的书，就是他亲手丢来大便，我也得毕恭毕敬接着。

我一脸庄重地捧起书，如同教徒捧着《圣经》。封面上宋体印着书名《××导弹控制系统》，右上角黑体标注"机密"。

我不敢翻开书，更不敢多问，只能继续毕恭毕敬地站着。

普洱开口了："给你一个半月时间，把这本书搞明白。"

如果把普洱说的这句话写下来，应该打个句号。可是我心有不甘，希望他后面再说点什么。

等了半天没动静，我终于壮着胆子，告诉普洱："报告。我大学学的是广告设计。"

"这个你已经说过了。"普洱冷冷地望着我，似乎在等我的下文。

"那是文科。"我鼓起勇气回应道，"可是这是理科知识，而且一个半月根本连看都看不完。"

"那就再加半个月。"见我再要说什么，普洱不耐烦地把刚挑鸡眼的裁纸刀晃了晃，似乎是想告诉我：我若再啰啰唆唆，他就会把我当他脚上的鸡眼一样挑掉。

"你们张班长，高中上到一年级，文理还没分科呢。现在不照样学得好好的？！去年还考了专业等级四级呢。赶紧滚！"

他后面那"赶紧滚"三个字出口的时候，脸像突然灭了灯一样瞬间黑了下来，眼眶也一下子瞪开，我估计古人说的"决眦"就他那样子。

我夹起书落荒而逃。刚出门的时候，突然听到后面一声暴喝："站住！"

我战战兢兢停住，转过头去。普洱慢悠悠晃过来，难得一笑地问道："我听说连里有人给我取了小名。叫……普洱？"

我的舌头开始哆嗦，忙不迭发着颤音："不不不，不知……知道。"

普洱意味深长地看了看我，浅笑道："嗯，去吧……"

天地良心，活了二十多年，我第一次被吓得腿发软了。

我几乎连滚带爬，总算是回到了宿舍。向北和风子还在那里死等着。

"拙子，赶紧过来，这一把你要能赢，我替你刷一个星期的厕所。"

我几近虚脱地摆摆手，放弃了巩固战果的打算："我不玩了，你们玩吧。"

"那你干啥？"风子一脸纳闷儿地看着我。

我挣扎着吐出三个字："学专业。"

在普洱面前讲道理，就好比少年给老汉讲理想，神仙对寡妇讲忍耐，效果往往适得其反。趁着高中的物理、数学还没有忘光，我抓紧拿起教材学起了电子线路和力学原理，花了两周时间，总算是记住了欧姆定律，知道了什么是相对坐标。晚上加班，狂啃那本带着普洱浓郁的臭脚丫子味的《××导弹控制系统》，遇到问题，逮到谁问谁，连伍班副也不避讳；只要有装备操作的机会，我必定会缠着牙哥一遍又一遍地练动作要领，练操作手法，直到把他那一套本事搞得八九不离十。

8月下旬，我总算是把那本带着普洱殷殷嘱托和浓郁脚臭的书搞明白了。可是并没有下文——普洱既没考我，也没给我哪怕一个什么说法。我的心里，不禁涌起一种被愚弄的感觉。

9月15日，旅里参加实弹发射演习的部队上百号人和数十台装备车在火车站集结完毕。参谋长宣读了演习命令之后，政委向我们做了热情洋溢的动员。几年以后，政委的动员讲话，连同我在随后的军旅生涯中听到的越来越多的领导讲话，就像擦在皮肤上的酒精，迅速挥发掉了。可是，那天我们挺拔地站在威武的导弹装备车前，高喊着"首战用我，用我必胜"的口号，那个令人热血沸腾的场景我至今都印象深刻。

政委的动员讲话点燃了我们汽油燃烧一般的激情。随后，参谋长跑步向旅长报告。旅长的嗓音像炮弹一般在夏末的清晨炸响："出发！"

所有车辆依次开上了平板的军列，所有人员全部钻进了绿皮的硬座车厢。队伍像一条长蛇，从这个隧道口一直延绵到下一个隧道口。我似乎感觉到一种叫作"豪迈"的东西像热气一般从脚底板上升起来，不急不缓却义无反顾地占领了我的每一个毛孔每一根毛发。

"咣当——"一声，火车动了起来，载着满满几个车皮的兵，以及满满几个车皮的激动、亢奋，缓缓地却义无反顾地离开这个小山坳。

我问牙哥："班长，我们去哪儿？"

牙哥笑着回答："西北。"

"西北哪里？"

牙哥笑了笑，看着我没回答，倒是旁边的伍班副开口了："夏拙！保密守则十不准是什么？"

我无奈，开始背："不该看的不看，不该说的不说，不该问的不问……"

"知道你还瞎问！"伍班副又开始熊起我来了，看那架势不训上我半小时他一定难解旅途中的烦闷。倒是牙哥替我解围了："没事，也没什么要紧的。你知道我们去西北就行了。"

我兴趣盎然："班长我们什么时候回来？"

"10月下旬吧。"

"那嫂子呢？你不是说她十一要过来看你吗？"

牙哥收起他那胸有成竹的笑容，错愕地盯着我看了大概十秒钟。

"哎呀！"说话间牙哥举起右手狠狠地拍了拍脑袋，"我忘了告诉她，让她别来了。"

"她不知道你参加演习吗？"

"废话，这是军事机密。"风子在旁边白了我一眼。

"那你给她打个电话呗！"

"执行这种机密任务，谁还敢带电话？"

牙哥没说话，长叹了一口气。

"没事的班长，"我安慰他，"嫂子联系不上你，肯定知道你有事，不会来了。"

"嗯，希望如此吧。"牙哥冲我点点头笑了笑，看上去似乎依旧有些忐忑。

军列在路上走了整整四天。不停地让车、不停地停车让普洱大动肝火。他一边大骂铁路沿线的调度是吃干饭的，一边粗着嗓子让我们注意警戒，一旦停车便荷枪实弹地站岗，严禁任何人靠近我们的武器装备。

9月19日，我们终于抵达位于西北戈壁的终点。

我曾想，如果不是因为身上这身迷彩，或许今生我都不会踏上这片塞北的黄土塬，不会看到雁门关外的寒霜冷月，不会感受到毛乌素沙漠吹来的凛冽西风，更不会有机会见证平地惊雷、利剑出鞘的壮美与豪迈。

这是一片贫瘠的土地，夏末秋初便是一片枯黄。座座土丘逶迤千里，如同刚从巨大烤箱里做出的规格相近却摆放凌乱的面包。目光所及，有几处残损的建筑屹立于稍高的土丘之上，就像大地上随意长出的臼齿。有人告诉我们，那就是烽火台——古时戍边用来通报战况的。继而有人告诉我，这里即是九百年前岳飞抗金的主战场。

想当年"三十功名尘与土，八千里路云和月"是何等豪迈，"壮志饥餐胡虏肉，笑谈渴饮匈奴血"又是何等壮烈。在古战场安营扎寨，沙场点兵，这是一件充满浪漫主义的事。可是，对于军人来说，浪漫主义从来只存在于诗词歌赋之中，现实——特别是作为一名普通士兵所面临的现实永远是艰苦而单调的。西北缺水，每天早上用来洗漱的水龙头就像患了前列腺炎的大叔在晨尿；而到了晚上，凛冽的西风灌进板房，把我们的宿舍变成冰窖，我们把带来的所有衣服都穿上盖上，把自己裹成个粽子。即使这样，彻骨的寒冷还是侵入我们的被窝，一次次把我们冻醒。

安顿下来之后，我们进行了大约两周的适应性训练。普洱告诉我们，导弹发射时间定在10月7日，来的一共有六个发射连队，能打的却只有一枚导弹。

"同志们！"普洱清了清嗓子，又开始了他的励志演讲，"你们知道导弹发射升空是一种什么样的感觉吗？你们知道亲手把导弹送上太空是什么感觉吗？你们想不想体会一下？"

队伍中颇为配合地响起歇斯底里的声音："想！"

"但是……"普洱的声音无比的威严，"弹只有一枚，发射连却有六个。怎么办呢？"

队伍中鸦雀无声。

"办法只有他娘的一个字：抢！"普洱的话一出，指导员就在队伍的一侧猛地咳嗽，听上去像是得了肺结核一般。

"要抢到这枚弹，光耍嘴皮子可不行！"普洱说完，还意味深长地瞟了一眼指导员，似乎是要提醒作为政工干部的指导员别光顾着耍嘴皮子，"咱们得靠干！真刀实枪地干！没日没夜地干！只有咱们专业学得更好，操作做得更好，才能让领导放心。他们放心了，弹才会交给我们，你们说是不是？"

"是！"

"那好！从现在开始，大家比别的连早起半小时，晚睡半小时，抓紧学，抓紧练，抓紧干！"

"干"字一出口，普洱伸出去的右臂在空中画了一道优美的弧，又干脆地收回来，变成一个拳头握在胸前。他的拳头握得紧紧的，似乎一把就揪住了我们这几十号愣头青的心，让我们紧跟着他的节奏，随着他一起焦虑，一起亢奋，一起紧张，一起豪迈。

我偷偷地问牙哥："为啥能打的只有一枚弹？"

"你以为我们的弹像步兵的子弹、炮兵的炮弹一样随便造？"牙哥笑着看看我，说，"我们的导弹金贵着呢。我当了七八年兵，还没打过一次实弹。"

"啊？"我吃惊地望着他，"不会吧！"

牙哥告诉我，这个型号的导弹，是四年前才换的。换型之后，全旅就打了一枚弹，还是一连打的。那一年，人家打弹，我们只有远远看着的份。

"所以啊，这一次我们一定要加把劲，争取把这个机会抢到手，以后退伍了，也算是不枉咱这导弹兵的称号。"

实弹发射的日子一天天临近了。来的六个发射连都铆足了劲想抢这枚弹。大家都知道，有了弹，就有了机会，就有了功劳，干部可以提升，士兵可以立功，最不济也算是打过弹的，这在旅里可是最能获得别人尊敬的资本。反之，没有抢到弹，咱就只能是观众，是陪衬，是搭配红花的绿叶，是打酱油的部队。于是，一连贴出了保证完成发射任务的决心书，三连、四连发出了比谁作风过硬比谁操作熟练的应战，五连进行了集体宣誓，六连组织了全体官兵联名写了请求参加发射的长信，贴在了旅前进指挥部的门口。只有我们没动静，该干啥干啥，看上去一点紧迫感也没有。

可是我知道，普洱一定是有招的。

9月30日，有消息放出来，旅前进指挥部有了让一连实施发射的初步意向，但是还没有形成最后的决议。下午，各连组织轮训的时候，全旅唯一的那台导弹发射车却出现了故障。这下可急坏了指挥部的首长们，旅长双手叉腰冲着几个营长和连长吼道："你们不是决心挺大吗？又是决心书又是保证书的，这次刚好考验考验你们，看看谁能把这故障排除了。"

一连的连长自告奋勇，带着队伍就上去了。一帮人对着发射车捣鼓了半天没搞出个所以然来，灰溜溜地带回了。三连、四连紧随其后，也没解决问题。后面的五连、六连一看那架势，连上去的勇气都没了。倒是普洱在那里气定神闲，一副胸有成竹的样子。

旅长冲着营长和连长们骂起了娘："你们不是挺能吗？怎么现在都认怂了？！光喊口号有个屁用？打起仗来喊口号、挂横幅、写战书能吓跑敌人吗？我告诉你们——今天谁排除了故障，这枚弹就交给谁打。如果谁都排除不了，明天就各自回营！打弹，打个球啊！"

营长、连长们面面相觑，不知如何收场。

这时普洱的声音意外地炸响："夏拙！"

我头皮一紧，下意识地高声答："到！"

"你去看看！"

我咽了咽发干的嗓子，高声回答："是！"

旅长拉住普洱，满脸狐疑地问道："新兵？"

普洱回答："是。"

"成吗？"

"成！"

"我看你是瞎搞！"旅长暴怒起来，"这么重要的任务你交给一个新兵蛋子？出了问题谁负责？"

"报告！"普洱的声音显得有些漏气，"我负责！"

"你怎么负责？"

普洱咽了咽口水："如果损坏了弹，我申请就地免职。"

靶场一片寂静，静得让人毛骨悚然。

"好！军中无戏言。"旅长艰难地挥挥手表示同意。

普洱把我叫到跟前，用只有我能听明白的声音嘀咕道："重点看看弹上电源的各项参数设置。"

我只能点点头。

普洱忽然拍拍我的肩膀，用无比温柔的声音说道："去吧！"那一瞬间，我突然想起了夏跃进。

问题不大，确实是弹上电源的一组技术参数由于操作失误设定过高，造成了电压不稳定所致。这些在普洱给我的那本带着脚臭味的书里就能找到答案。我按照相关要求重新设定好参数，然后爬出了弹体。

普洱的眼神十分急切："怎么样？"

"可以了。"

"你确定？"言下之意是：如果你这里有什么闪失，老子年底就要脱下这身制服了。

"确定。"

普洱向旅长申请由二连独立执行一次操作，以检验故障排除情况。

我们都知道，机会来了。

从占领阵地到张龅牙按下"点火"之前，整套操作流程如行云流水一气呵成。导弹正常起竖，各项指标正常。

"好！"旅长宣布，"这枚弹就归你们打了！"

二连的全体人员雀跃起来。旅长在远处指了指我："列兵，你过来。"

我跑步过去，立定，敬礼，高喊："首长好！"

旅长点点头："干得漂亮！叫什么名字？"

"报告首长！我叫夏拙。"

"大学生？"

"是！"

"不错！后生可畏啊！"说罢，旅长扭头钻进了他的迷彩越野车。

普洱走过来，出人意料地笑了笑："小子，干得还不错——不过别翘尾巴。明白？"

我高声回答："明白！"

10月4日，距离实弹发射还有三天。如果不出意外，牙哥张大福将负责按下"点火"的红色按钮，成为"扣动导弹扳机"的那个人；然后立功受奖，顺利晋升为中级士官。对于一个导弹兵来说，最荣耀的莫过于能参加一次导弹发射，而对于一个参加发射的导弹兵来说，最最荣耀的莫过于能够按下那个点火的按钮。往小了说，这是岗位所决定的；往大了说，这是命运的安排。

所谓命运，不过是由无数偶然连起来的生命轨迹，意外和惊喜，都不过是概率事件。我们无法预知，更不可能操控命运，我们可以顺应，或者抗争，但终将臣服于命运的安排。

4日下午，旅前进指挥部政工组送来一张照片请牙哥辨认。这是一张拍摄于驻地县城二十公里外的一条山涧中的车祸照片。由于浸泡时间过长，照片中遇难的人物面部已经深度浮肿，额头上的血迹凝结成块，遮住了左边的近半个脸颊。

据说，车祸是因为中巴车超载并转弯过急导致。事后，交警用起重机从水里吊起中巴车，再用切割机将严重变形的车身割开，他们在一名年轻女性遇难者身上找到了一张某县到T市的汽车票，一张T市到C市的火车票，还有一张C市到H市的汽车票。攥在遇难者手里的，是H市到驻地县城的中巴车票。钱包里还有一张遇难者本人与一年轻士兵的合影。正是这张照片让公安联系了旅里的保卫部门。

经辨认，合影中的士兵正是一营二连的张大福。

遇难者的照片刚交到牙哥手里，我们就听到一声凄厉的"梅子——"，然后就看见牙哥昏厥在训练场上。

牙哥昏厥后醒来，醒来之后恸哭到再次昏厥，如此经历了整整两天，他才恢复点元气。我知道梅子和牙哥的故事，知道他们相濡以沫十多年即将修成正果，我甚至知道牙哥为了给他心爱的梅子买一枚钻戒、拍一套婚纱照，连烟都戒了。

我知道，牙哥与梅子之间的爱情，是甚于亲情甚至生命的爱情。相比之下，如今多数人激情浪漫的恋爱和婚姻显得如太阳下燃烧的蜡烛那样苍白，经不起推敲。

我后来还知道，原来牙哥和梅子的老家，就在离我们演习场不足300公里的地方。而她，却数千里南下，奔波三天，辗转四趟，只为赶去见自己的爱人一面。

驻训指挥部派出了一名保卫干事陪同牙哥回去处理梅子的后事。我们看着牙哥神情恍惚、丢三落四地收拾着回旅部的东西，心中泛起海水一般苦涩的哀伤。我们默默地为牙哥收拾好行装，送他坐上车，却不知道接下来该做点什么。悲观的情绪笼罩在二排六班、二排，甚至是整个连队。可是再过三天我们就要执行发射任务了。

普洱集合我们，表达了对梅子去世的哀悼。普洱说："军人真正的伟大不在于吃了多少苦，受了多少累，而在于为了我们的国防事业奉献了自己的全部青春甚至生命。"普洱顿了顿，继续说，"更伟大的在于，我们不但牺牲了自己，还牺牲了我们的家庭，我们的父母、爱人、小孩都在陪着我们奉献、陪着我们牺牲！"

普洱低沉着嗓音说道："张大福同志的家属走了，我们的工作还得继续，哪怕是我们的战友牺牲了，我们的战斗也还得继续。所以大家要打起精神，鼓足干劲，为了夺取三天后实弹发射的胜利而不懈奋斗！"

当晚，我躺在床上，辗转难眠。脑子里尽是九个月前的除夕夜，哨所的灯光下牙哥小心翼翼掏出士兵证内夹着的梅子的照片。照片中的梅子清纯而宁静，朝气又腼腆；衣衫素洁，表情贤淑，双眸如溪流一般清澈，笑容像秋日午后的阳光一般明朗。我又想起牙哥的大檐帽内侧帽墙中贴着的他和梅子的大头贴，两人在一个个卡通相框中笑得没心没肺，像一对现世活宝。无论如何，我都不愿意相信此时此刻两人已经阴阳两隔，我更不愿意相信，此时美丽的乡村英语老师，我们二排六班兄弟的军嫂——梅子，已经殒命在莽莽丛林中。

生命无常，在命运的摆布下，人是多么脆弱和渺小！

第二天一早刚出完操，我和风子趴在几乎要结冰的水龙头上洗漱。

"你说咱们班长怎么就那么命苦呢？"

我看了看风子，吐掉嘴里的牙膏泡沫，回应道："这是命数，没办法的事。"

"你说，牙哥走了，操作怎么办？"风子放下手中的牙缸突然问道。

我愣了一下。

"对啊！他走了，那个号位就空出来了。"

风子看看我，问道："拙子你看谁会操他那个号位？"

牙哥的号位是整个导弹发射中最关键的号位，他这一走，发射任务就变得难以捉摸。

"伍班副吧？"

"怎么可能！伍班副有自己的号位，他那个位置也很重要。"

我迟疑道："要么是马哥？"

"你看马哥那稀稀拉拉的样子，适合那么神圣的岗位吗？"

"那……从别的单位调一个号手过来？"

"拉倒吧！"风子白了我一眼，"以普洱的性格，除非二连的人死光了。"

做完早餐赶来洗漱的猪头忍不住了，问道："那你到底觉得是谁？"

风子扬了扬眉毛，问道："你们看我合不合适？"

他那德行引得我和猪头嗤之以鼻。风子一看我们不以为然的表情，急了："怎么？不相信我？"

"也不是不相信你，我只是觉得这么重要的机会普洱不会交给一个列兵。"

"你们走着瞧吧！无论如何，我也要把这个机会抢过来。"

风子话音刚落，李瑞跑过来，尖声尖气道："哎呀夏拙，可找着你了。快，连长找你呢！"

普洱双手背着呈跨立状。

"夏拙。"

"到！"

"二十二号你能操作吗？"

我愣住了。二十二号是牙哥的号位，也就是风子说的"扣动导弹扳机"的号位。这个号位意味着什么，每一个导弹兵都非常清楚。

"回答我，能不能？！"普洱的脸色一如既往的阴沉。

平心而论，作为牙哥的副号手（即备份号手），早在来这里驻训之前我就已经掌握了这个号位的操作流程和把关要点，也就是说，我已经具备了独当一面的能力。可是，这一次，将要实施的不是模拟操作，而是真真正正的实弹发射。换句话说，只要大拇指从"点火"链上按下去，导弹就会腾空而起。

我犹豫再三，含糊地回答了一个"能"字。

"这不是我要的答案，列兵。"普洱看着我，眉毛紧紧地纠结在一起，"我要的是斩钉截铁地回答'能'，或者干脆告诉我你不行，然后我就把这次实弹发射的机会让给别的连队。"

普洱顿了顿："如果因操作失误导致发射失败，我们就是被枪毙了也解决不了问题。你明白吗？"

"报告！"我声嘶力竭地回答，"请连长放心！保证完成任务！"

"好！"普洱意味深长地看了我一眼，拍拍我的肩膀走了。

可是，连长，你让我如何跟风子——我最好的兄弟交代？我拍拍脑袋，分不清自己是喜悦还是忧伤，是兴奋还是惶恐。

10月7日下午六点整，导弹发射车准时抵达靶场预定位置。普洱一声令下："号手就位！"全连的官兵就像装了马达一般飞快地奔向自己的号位，一根根电缆迅速对接，一个个装置准确开启，涂着迷彩伪装漆的导弹发射筒在低沉的轰鸣声中缓缓起竖，瞄准装置迅速对准目标方位。

"一号好！"

"二号好！"

"三号好！"

……

我高声应答："二十二号好！"

普洱高喊："一分钟准备！"

我的手心中开始冒出了汗珠。

"十、九、八、七、六、五、四、三、二、一，点火！"

"点火！"我高声复述口令，并使尽全身力气按下那个红色按钮。

刹那间，如雷声轰鸣，大地颤抖起来，导弹喷射着巨大的红色火焰弹出发射筒，变成一朵灿烂的礼花，照亮了傍晚的茫茫戈壁。导弹拖着长长的尾焰沉稳地升向天空，像一枚射向云霄的利箭，刺破了黛色的青天。在众人的目光中，我们的导弹越来越小，逐渐变成一个小而明亮的光点，最后隐匿在西北入夜的星空之中。

不久后，数千公里外的目标靶场传来消息，导弹命中目标，并且创造了该型号装备最高的精度。

发射成功了！我们成功了！

10月7日夜晚的戈壁滩，篝火升腾，礼花绽放。我们围坐在巨大的火堆旁边，卖力地啃着烤羊腿——这大概是我这辈子吃过的最棒的羊腿了，鲜而不膻，肥而不腻，上面撒满胡椒、孜然和红辣子，看上去比美女还具有诱惑力。这样的美味，一定要大口撕咬，狼吞虎咽，细嚼慢咽则显得做作了。不但要大口吃肉，还要大碗喝酒。西北的羊腿佐以老白汾酒，就如才子配佳人，只有这样才算有韵味。

"弟兄们！"普洱端起满满的纸杯，高声喊着，"这仗打得不错，我们干一个！"

"干！干！干！"吼声在队伍里炸响。大家歇斯底里地吆喝着，似乎要把最后一点剩余的精力耗尽在茫茫的大西北里。

"起立！"

我们停下手中和嘴里的动作，刚才还推杯换盏吆喝震天的场面一下子安静下来，只听到柴火在广袤的戈壁滩上燃烧发出的"哔哔剥剥"的声音。

旅长带着机关的领导们过来慰问了。

"稍息，立正！"普洱迅速整顿了正在啃食羊腿的不大正规的队列，准备向旅长报告，却被旅长那只肥厚粗壮的左手给挡了回去。

"大家稍息。"旅长的脸上是难得的和蔼，他举起右手，向外挥舞了半圈，最后停在了空中。

"同志们！"队伍立刻又恢复立正姿势。

"今天的发射完成得非常圆满！这次任务创造了咱们这个型号导弹的三项纪录！"

旅长的右手依旧停在空中，手指却一个一个往下掰："准备时间最短，射程最远，还有精度最高！同志们！你们创造了辉煌的纪录！你们书写了我旅光荣的历史！你们是导弹部队的功臣！来，我敬大家！"

我们的血液开始沸腾，我们的手开始颤抖，我们似乎凝聚了数倍于平时的力气却无处宣泄，只有通过一声盖过一声的怒吼来表达——干！干！干！

旅长开始端着小酒盅挨个给我们敬酒。身边的参谋端着黑瓷瓶子亦步亦趋地跟着旅长，只要酒杯空了，他便会在第一时间满上。

"夏拙。"旅长走到了我的跟前。

"首长好！"我诚惶诚恐地敬了一个礼。

"扣动导弹扳机的新兵蛋子？"旅长笑看着我，眼神中没有讥诮，却带着慈爱。

"我……"我的脑袋有点卡壳了。我不知道该回答"是"，还是"到"，抑或是"明白"。这三个答案似乎都不对，但我不知道还有没有别的答案。早在新兵连的时候，鲍牙就教导我们，军人的回答只有如上三种。其实，或许还有更多，譬如现在，但我不知道该如何作答。

"多大了？"

"报告首长！23了。"

"哪个大学的？拿到毕业证了吗？"

"报告首长！A城大学毕业，已经拿到了毕业证。"

"好好干！明年争取提干。"

提干，这是一个对于我来说无比陌生且于我来说毫无准备的词语。除开欧阳俊跟我提起过一次，许久以来这个词还没有出现在我的耳畔或脑海。

见我的表情闪烁，普洱狠狠瞪了我一眼。我立马醒过神来，高声回答："是！首长！"

二排六班的兄弟们都举起了酒杯，大家第一次这么近距离见到师级领导，并能跟首长碰个杯，自然是激动得不行。唯独风子的脸上看不出欣喜。也难怪，他老子还是旅长的首长，他在大院里见的将军比我们见的连长还多。

"什么情况？"旅长转过去之后，我用胳膊碰了碰风子。

他回头看了看我，露出夸张并虚假的笑："来！我敬你，大功臣！"

"别给老子阴阳怪气的，"我装出愠怒的样子，"直说吧。"

"没什么，"他扭头看了看远处，再回过头来，"喝得有点晕了，我先回去睡了。"

猪头衣兜里掖着一包从炊事班里偷来的吃食和一瓶汾酒，跑了过来。

"喝点？给你庆个功。"

我白了他一眼："庆个屁。"

"咋回事？风子呢？"

"回宿舍了。"

"走，找他去。"

风子没在宿舍，而在宿舍背面的一个小山包上。此时月光皎洁，星星在西北的夜空里显得尤为明亮，如同一颗颗巨大的宝石洒落在天鹅绒上面一般。寒意清浅，篝火晚会的嬉闹声从远处飘来，有一种与夜色格格不入的不真实感。面北远眺，烽火台的轮廓依稀可见，更远处有点点绿光，是狼或者别的动物的眼睛也未尝可知。

找到风子的时候，猪头已是气喘吁吁。他一屁股坐在风子身边，嘴里骂骂咧咧。

"孙子，可算是找到你了。朱爷我拎着好酒好菜，还请不动你了？"

风子转过头去，冲猪头笑了笑："你小子又薅社会主义羊毛了？"

"羊毛没薅，羊腰子倒是顺了几个。"

"羊腰子？"

猪头从衣兜里翻出他那堆包了几层保鲜膜的吃食来。

"每人一对，这可是我从连长和指导员的嘴里抠出来的。"猪头眯着他的小眼睛，又做神秘状，"我告诉你们，这可是壮阳的！效果好得很。"

我和风子笑了："在这里壮阳，壮给谁啊？猪头你是不是看上哪头花母猪了？"

"你大爷的！"猪头捶了我一下，把一对羊肾扔过来，顺手给风子倒了一杯酒。

"听拙子说，你有心事？"猪头没心没肺地冲着风子问道。

"没有啊！"风子含糊其词。

"你小子就别装了，"我索性打开天窗说亮话，"不就是我抢了你按'点火'的机会吗？"

"本来就不是我的，哪儿用得着抢？"尽管是在夜里，我依然能感受到他的脸红了，"再说了，你的专业确实比我好。"

"那不就得了！就那破按钮，谁按不是按呐！"猪头一脸的不以为然。

"说句实在话，"风子似乎费了很大的力气才开口，"我确实很想当那个号手，也确实很想按那个'点火'。可是没想到，连里会选了你。也好啊，选你总比落在别人手里好。"

风子抿了一口酒，问道："拙子你知道我为什么叫东风吗？"

"跟我们的导弹一个名呗。"猪头插嘴道，"你看，东风一号东风二号东风四号东风十五号东风二十一号……"

"也对，但不完全对。"风子把杯子里的酒一口干了，告诉我们，他出生那年，他爸还是个连长，就在现在的这个靶场执行某型号导弹试验发射任务，他妈在安徽的部队家属院待产。导弹发射升空那天，正好赶上风子出生。他爸电话里一听到风子的啼哭，开心得不行，就说："咱们儿子就是为了庆祝这枚东风导弹而生的，就叫东风吧！"

"所以啊！"风子说，"我才来当这个兵，咱就是为导弹而生的嘛。"

猪头嘟嘟囔囔："怎么听起来像宋丹丹那个《奥运火炬手》的小品？"我在暗中踢了猪头一脚。

"对不起。"我诚惶诚恐地道了歉，"我敬你一杯。"

"没什么对不起的，拙子。"风子攥着我的胳膊，咬牙切齿地如同起誓，"以后还有机会，以后一定有机会。不管是两年还是五年，我一定要等到那个机会。"

"好！"

"快点，别磨叽了！羊腰都凉了。"猪头不耐烦了，催促道。

三个杯子碰在一起。

十、紫罗兰

班师回驻地之后，我们没有见到牙哥。据说他休假回山西了。我跑到连部的值班室，仔细看了一下那张比例尺为一比五十万的中国地图，终于知道牙哥和梅子的家乡原来就挨着我们执行任务的靶场。彼时天涯咫尺，此刻阴阳两隔。天意难测，造化弄人，温柔贤淑的梅子还没来得及当一个真正的军嫂就撒手人寰，而刚满二十四岁本该享受大好青春、品味新婚甜蜜的牙哥张大福却要经历生离死别，或许还将背负着沉重的愧疚和悔恨度过余生。想起这些，让人不禁唏嘘……

李瑞火急火燎地跑上来，说是连首长宣我。

"普……连长找我又有啥事？"

"这次不是连长，"李瑞上下打量我一番，眯着眼回应道，"是指导员。"

指导员依旧端着那副送财童子的笑脸，招呼道："夏拙，来，坐坐坐！"

连部的凳子岂是随随便便就能坐？我嘴上唯唯诺诺却丝毫不敢大意，军姿挺拔得如指导员床头的挂衣架。

"叫你坐你就坐嘛！来喝水。"说话间指导员已经从饮水机上接下一杯白开水来。

看着那杯白开水，我第一时间想起了港片里廉政公署的咖啡。我吓得大气不敢出，不知道又有啥事落在他们手里了。

我一半屁股放在凳子上，一半悬空着，随时听候指导员的"发落"。

"夏拙啊，不错！"这句话像是表扬我，又似乎是自言自语，"当兵第一年就执行了重大发射任务；平时表现积极，又是大学生，高学历……很好啊！"

我诚惶诚恐，等待着指导员的下文。

"连里准备年底给你报请三等功，旅里面原则上已经同意了，并且准备把你树为重大典型。"

"啊？"我极不成熟地惊叹一声，刚端起的开水洒在了军裤上，把我烫得差点跳起来。指导员脾气极好，没有在意，他笑眯眯地看着我，问道："夏拙你觉得你作为一名普通士兵，能取得现在的成绩，是为什么呢？"

我沉吟片刻茅塞顿开，朗声回答："其实我作为一名普通士兵，特别是一名列兵，还有许多不成熟和有待学习的地方。如果说取得了一些小小成绩的话，那么首先要归功于组织对我的培养，特别是您和连长对我的关心、栽培、指导和帮带……"

"很好！"指导员打断了我已经备好的长篇腹稿，"到底是大学生，素质就是不一样。去吧！"

"去哪儿？"我愕然。

"去机关，到政治部宣传科找杨干事。"

"杨干事？"

"新调来搞新闻的，准备给你搞一个系列报道，关于大学生投笔从戎建功立业的。"

"哦……"指导员瞪了我一眼，我立马改口，"是！"

"对了，"在我转身出门的一刹那，指导员叫住我，"把这个带着。"

说话间他的手伸向抽屉，掏出两包"蓝芙"。

"一包给他，另一包自己揣着，随时发烟，那家伙是个老烟枪。"

"明白。"我咽咽口水，把烟收起，分别装进两个裤兜里。

"有火吗？"

"啊？"我又一次犯了傻。

"打火机！"指导员有些不耐烦地看着我，顺带扔给我一个打火机。

"有点眼力见儿，随时记得为领导点烟。"

"是。"我满脑混沌地走出了连部。

到了机关，我不由得想起那句"侯门深似海"。门口戒备森严，有警卫连二十四小时站岗，门内曲径通幽，几十个科室让你摸不清方向。好不容易才爬到四楼，找到了政治部宣传科，结果被告知要去新闻办，也就是西边靠右的办公室。

看到"新闻办"的牌子时，我已是满头大汗。

稍稍整理一番军容，我敲门打了"报告"。

"进来！"

"是！"推门进屋，首先被一股烟味熏住了。

"找谁？"穿过重重迷雾，我隐约看到了一颗伏在案头没有抬起来的头颅。这是一颗造型凌乱、毛发稀疏、有谢顶趋势的头颅。头颅两侧是一对一杠三星的肩章。右边是一个大海碗一般容量非凡的烟灰缸，里面的烟头林立，如同插在草把上的冰糖葫芦，左侧是一个同样造型霸气的茶杯，里面看上去至少有一半是茶叶。

这颗头颅慵懒地抬起："找谁？"

我幡然醒悟，立正敬礼："报告首长，我是一营二连的夏拙，找杨干事。"

"嗯，"他点点头表示自己正是，然后翻动着他那似乎化了烟熏妆的眼泡，"坐吧。"

我赶紧走上前去递了一根烟，又把火点上。

他深吸了一口香烟，意味深长地看了我一眼，问道："大学生？"

"是！"我赶紧起立，回答。

"坐坐坐，"他摆摆手，"随意点，又不是连队。"

"是。"

"什么学校？"

"A城大学。"

随后就是一些"为什么来部队""参加发射有何感想"之类的貌似我已交代了无数遍的问题。与其说这是一场采访，我其实更愿意相信是一个嫌疑犯在接受例行公事的审讯。

大约十分钟后，他的问题戛然而止："好了，你回去吧。"

我的傻劲又上来了，反问道："我可以走了吗？"

他摁灭烟头，再一次仔细看看我，点头。

我敬了个礼，跨出了新闻办的大门。

半个月后的一个晚上，值班排长正在组织我们看新闻，指导员兴冲冲地举着一张《东风报》跑进了俱乐部。

"同志们，咱们连夏拙同志的优秀事迹见报了！"

"真的啊！""我看看我看看！"叽叽喳喳的声音响起，我双颊绯红，接过指导员递来的报纸，瞅了一眼。题目很长：携笔从戎竞风流——记某某部队一营二连大学生列兵夏拙。开篇第一句便是：从小，夏拙便有一个梦想，当一名光荣的中国人民解放军……我忍不住笑了起来，我这人出息不大，小时候最大的梦想不过是长大后开一家南杂店，里面的酸梅、红枣、薄荷糖、杏子干，应有尽有，想吃啥随便拿。

后面还有一句：临去部队前，父亲拉着夏拙的手，叮嘱道，"儿子，好好干，不立个功就不要回来见我"。我看到这里又笑了，笑着笑着禁不住心酸起来。可怜的夏跃进，如果不是在白泥湖监狱里，或许他真的会送我一程呢。

"哎呀，看把你乐得，我来给大家读一下。"风子抢过报纸，高声念了其中一段，"在点火的那一刹那，夏拙想起了指导员的殷殷嘱托，想起了连长的严格要求，想起了部队首长的关心栽培，想起了军人的神圣使命……"

"我说拙子，就那一秒钟你能想起那么些事吗？"班长们一个一个都笑了。我百口莫辩，在一旁乐呵着的指导员倒是帮我解了围："他想起这些是他的觉悟，他想起这些说明我们的政治工作十分扎实……"

我讪讪地看着风子，不知该怎么解释。

随后，《夏拙日记》《夏拙战友访谈录》，还有一些评论文章相继出炉。特别幽默的是，那篇连载了三期共九篇的《夏拙日记》竟然署名夏拙，里面言辞恳切、感人至深。我的祖母啊，小学三年级之后，我便再也没记过日记，更遑论里面那么多思想深刻、信念坚定、堪比雷锋名言的人生感悟。

我几乎无地自容，一遍又一遍地告诉周围的人，日记不是我写的，是机关的干事们坐在空调办公室里抽着"蓝芙"、喝着乌龙、熬着夜炮制出来的。无论我怎么辩解，连队的人看我的眼神发生了变化。透过他们的眼神，我看到自己的额头上似乎写着两个巨大的字："虚伪"。

代理班长伍卫国提醒我，被子叠好点："你可是上了报的典型"。

值班排长刘磊告诉我，训练的时候专心点，"你可是功臣，是大家学习的楷模"。

连风子的言语里也带着欲说还休的戏谑："我可得隔你远点，不能坏了你的光辉形象。"

"你有完没完？"我对着风子第一次发了飙，"如果你觉得我装逼，觉得我虚伪，那我们绝交。"

我的声音有些颤抖："但是我告诉你，那些狗屎一样的文章不是我写的，更不是我授意的，这些东西让我恶心、恶心！"

风子错愕地看着我，过了半天才缓过神来，拍拍我的肩膀，说了一声："哥们儿，我错了。别生气了。"

如果说，对我的系列报道是一把大火的话，那么普洱对我的任命无异于一桶汽油。它再一次将我置身于熊熊大火之中，让我接受"功利"的炙烤。

周四上午，政治教育时间。指导员组织全连"学习"发表在《东风报》上的关于我的报道。1300字的报道里四次提到指导员的关心指导，五次提到连长的悉心帮带，把两位连首长哄得很是高兴。指导员号召大家要向夏拙同志看齐，学习他刻苦钻研专业理论、踏实干好本职工作的精神，学习他顾全大局、团结同志的精神，等等。普洱一高兴，顺便就宣布了由我担任二排六班副班长的命令。

在中国人民解放军的编制序列中，副班长大概是所有职务里边级别最低的了。但无论如何，再低它也是个职务，再小它也是个"官儿"，都说不要拿豆包不当干粮，副班长好歹也算是连队"骨干"。

普洱的命令一宣布，队列里就嗡嗡响了起来。我细心听了一番，大抵是说这照顾大学生也太明显了，那么多老班长们都没有享受过这样的待遇。我的心中就像被猛地撒进了一包方便面调料——五味杂陈。还有人说，就夏拙那破被子，能当班副？

部队里常说：班副班副，菜地内务。农副业生产和内务卫生是副班长最主要的工作，可是在连队的评比栏上，我的名字四平八稳地写在"内务卫生最差个人"那一栏，而且几乎半年没见擦过。有不下五次，我们正在操场训练，忽然有那么几床被子就像降落伞一般从天而降。这时张龅牙不假思索便叫我出列："夏拙，连长把你被子扔了，赶紧去捡起来。"

普洱对内务要求的苛严在旅里是出了名的。据说普洱还在当军务参谋的时候，只要一上班，手上就永远戴着一副白手套。他在基层各个营连四处转悠，窗缝床头犄角旮旯什么地方都要摸上一把，连插线板都不放过。只要在哪里摸得白手套脏了，便把手套脱了放在原地，再从兜里掏出一只新的换上。第二天，存着他脏手套的单位一定会受到通报批评。

普洱下连队担任主官后，初衷不减，继续对内务卫生保持高压态势。在我们的废旧牙刷（有时候是新牙刷）和指甲的作用下，二连即使是便坑和小便槽，都永远光可鉴人，堪比其他单位的洗脸池。

在这方面，二排六班原班副、现代理班长伍卫国是他的忠实拥茎和得意门生。在伍卫国的带领下，二排六班的内务水平一直名列前茅，"内务卫生优秀班级"的流动红旗挂在六班就没有流动过。今年以来，由于我的"加盟"，六班就再也没有拿过流动红旗。从这一点来说，伍卫国对我心怀成见甚至咬牙切齿也是可以理解的。

解散之后，风子嬉皮笑脸地凑过来："夏班副，恭喜恭喜，高升了啊！有什么最新指示？"

我捶了一下他的胳膊，开玩笑道："你再挤对老子就弄死你。"风子装模作样喊着："骨干打兵了！骨干打兵了！"这时冯涛涛和陈文博凑过来，笑着喊："那还了得，我们给你做主了。"于是三个人把我掀翻在床上，挠起了我的胳肢窝。

四个义务兵在宿舍闹得正欢，不想伍卫国站在了后面。

"放肆！"伍卫国这一声分贝极高，瞬间把我们几个震晕了。

"夏拙你看看你的床，弄得像个狗窝，你再看看你的被子，叠成什么狗屁玩意儿！还副班长呢，连个社会青年都不如！"

三个义务兵停止了打闹，讪讪地爬起来。我直起身来，没有理他，只是抓紧收拾被弄得一团糟的被子和床单。

伍卫国在我的背后继续念叨："还大学生模范呢，还典型代表呢。我告诉你，当兵靠的不是运气，也不是靠嘴皮子，更不是靠虚头巴脑……"

"哎，"风子挡在我前面，"伍班长，这就是你的不对了。夏拙的副班长命令可是连长宣布的，你有意见可以提，但不兴人身攻击啊！"

"你闭嘴！"伍卫国转身训起了风子，"新兵蛋子，有你说话的份儿吗？"

风子笑道："伍班副，你是不是看着夏拙又是登报又是当副班长的心理不平衡？也难怪，你一个老兵累死累活，只混了个代理班长，到头来还被个新兵蛋子抢了副班长的位子……"

我正要拉住风子，让他闭嘴，可是已经迟了，伍卫国的弓步右直拳毫无征兆就上去了，直中风子的鼻梁骨。电光石火之间，莫说我们几个，就连挨打的风子也愣在那里。

风子愣了大概三秒，高喊一声："我操你妈！"就冲上去了。两人以迅雷不及掩耳之势对打起来，里面除了包含军体拳一、二、三套的内容，还包含着捕俘拳、擒敌拳以及街头混战的招式。几个人好不容易才拉开他们俩，这时从面部创伤来看，伍卫国还吃了点亏。

猪头不知从哪里得来的消息，手里杵着擀面杖就冲了上来，边冲边喊："谁动我兄弟我跟谁拼了！"此时架已经打完了，普洱和指导员正在做善后工作，看到杀气腾腾的猪头，普洱怒气冲天，大喊："反了你们！都给我关起来。"

连首长对打架事件的处理结果是：伍卫国因管理方法简单粗暴受到记过处分；风子因挑衅骨干被关三天禁闭并受警告一次；朱聪因寻衅滋事受到通报批评并责令做出深刻检讨。

我没事。我没有受到任何处理。

可是我的心里却难过得要死。因我而起的打架事件，最好的两个兄弟受到了连队最严厉的处罚，而我却一点事也没有。这不是我的幸运，却是我的悲哀。我觉得我是最不仗义的人，为了所谓的原则、扯淡的是非，甚至是刚刚到手的芝麻大小的"乌纱帽"，我感觉自己背叛了自己的兄弟。

此时此刻，风子正被关在临时被当作禁闭室的枪械库里。那里面积只有五个平方米，四面都是墙，除了一扇防盗门和一个气孔。有人按点送饭、送水、倒马桶。这是部队对严重违纪的人员执行的最严厉的处罚措施，据说在里面待了几天出来的人，再调皮捣蛋也会变得服服帖帖。

此时此刻，朱聪正咬着那支快要碎掉的中性笔头，憋着他那一万字的不允许别人代笔的长篇检查。对于高中没毕业的朱聪来说，一万字的检查比三天的禁闭轻松不了多少。

而此时此刻，我正躺在床上，既没有人为难我，也没有事情打扰我。可是我的眼泪却像断线的珠子一般落进军绿色的海绵枕头里。这是我进部队之后第二次哭——上一次还是和他们在新兵连的猪圈里吃着风子家里捎来的年夜饭。如果时光能重来，我又该怎么做呢？帮助风子干倒伍卫国，还是替风子挨上几拳？

　　点名之后，我左思右想，虚荣与良心在胸腔内进行了激烈斗争，我找不到答案。在"二连连部"的门牌下彷徨许久，我最终还是敲响了连长、指导员的门。

　　此时指导员已经躺下了。普洱正在洗脚，看见我过去，一脸愕然。

　　"什么事？"普洱问我。

　　"报告连长、指导员，我不想当副班长。"

　　"为什么？"普洱的声音刹那间挟着寒气。

　　"我觉得我的能力素质还达不到要求……"

　　普洱鼻腔发音，响亮地"哼"了一声，把手头的擦脚布扔向我身旁的茶几。可惜准头不够，抹布没有按照预定轨迹落在茶几上，而是掉在地上。

　　我不知道是否应该捡起。

　　"你是看你的战友为你打架受处分心里不痛快吧？"还是指导员开明，一语中的。

　　"是……"我的声音小了下去，"也不完全是。"

　　"说说。"

　　"连长、指导员，作为一个列兵，我能参加一次发射已经感觉非常幸运了，何况还能担任二十二号那么重要的岗位，能执行点火任务。至于后面的通报表扬，我觉得对于我已经有些过了。现在又是宣传报道，又是担任副班长的，我确实承受不起。"

　　"嗯，这就是你的……理由？"普洱歪着头问我。

我一看普洱的脸色稍微缓和下来，便觉得有戏："连长您看，要不副班长给换个人吧？"

"哼！"普洱的脸色又变黑了，"说好听点，你这叫不讲政治，说不好听点，你小子这是给脸不要脸。"

普洱说完，冲指导员使了个眼色。指导员从床上坐起来，把头靠在墙上。

"夏拙，你能这样想我们感到很欣慰。"指导员开始做思想工作，"可你不知道，给你树典型，给你宣传报道，可不单是因为你个人表现突出，它还是政治工作的需要。"

"机关宣传你，报道你，是为了让更多的战士扎根军营，建功立业。也是为了让更多的有志青年投身军营保家卫国。你代表的不仅仅是你自己，还代表着大学生士兵的进步力量。部队宣传报道是干什么的，就是宣扬积极的，鼓励更多的人往积极的方向努力。"

这么说来，我在不知情的情况下，被"代表"了。

"可是，那些关于我的报道，全是他们瞎编的。我没有那么崇高，也没有那么伟大，我只是一个普通的士兵。"我颓然地叹了一口气，"比起其他人来，我不过是运气好点罢了。"

"从某种意义上来说，报纸上的夏拙，不仅仅是你，或者说不完全是你，他还是一个符号——一个积极的符号。明白了吗？"

"可是，我并不想担任这个角色，并不想被'代表'。"我鼓起勇气，决定"给脸不要脸"。

"担不担任，代不代表岂是你能决定的？"指导员的脸色第一次有些难看，"我已经说得很清楚，这是政治工作的需要，知道吗？你愿意也罢不愿意也罢，我们只需要你服从。"

指导员缓了一口气，说道："我们连队就指着出你这个典型来打一个翻身仗，评个先进连队和先进党支部。所以……你要成熟点。"

我要成熟点？我要成熟点。我要成熟点……

我回到宿舍，心乱如麻。我终于明白，我立功我受奖我被"代表"我担任班副，并非因为我有多优秀，而只是因为"政治工作"的需要。就像一部电影需要一个演员树立一个形象，这不过是电影情节的需要，而非这个演员的本来面目。如果演员搞不清自己不过是在扮演一个角色，那他就会迷失。

而我，已经迷失了。

还有那些新闻报道，那些思想深刻、言辞恳切却跟我无半毛钱关系并署着我名字的句子，怎么就能堂而皇之地印刷在报纸上、播放在喇叭中，供人阅读收听、学习体会？难道，这不是最应该说实话说真话的地方吗？也许我们都习惯了讲假话，也习惯了听假话。

那天晚上，我右手边的铺一直空着，因为它的主人还在禁闭室面壁思过。耳边没有风子的鼾声和磨牙声，那天晚上我睡得很不踏实。

我做了一个梦，梦见自己身处荒野，那里没有人迹，没有动物，没有植被，没有生命。我赤身裸体，无拘无束，看上去彻底自由。我了无牵挂，心情舒畅。我借着微光爬上一座小山，看见一座被玻璃笼罩的城市。我慢慢靠近这座城市，隔着玻璃远远观望。这座城市乌烟瘴气，肮脏不堪，人如蚂蚁一般挤成一团，彼此噬咬，不亦乐乎。隔着玻璃，我隐约听到开怀的大笑、悲痛的哀号、低声的抽泣、漠然的冷笑，听到他们慷慨陈词，听到他们窃窃私语，听到他们歌唱。

我远远地观望着，冷眼观望，觉得他们如此可怜。偌大的荒野，竟然无人冲破牢笼，寻求更大的空间和自由。我放声大笑，笑声在广袤的原野里杳无回音。我停止了笑，试图寻找一个人分享我的快乐。可是我发现这根本就是徒劳，因为这是荒野，寂静无人的荒野。我感觉到孤独和寒冷。二者如两条巨蟒一般缠住我，让我不能呼吸。我心生恐惧，极力反抗试图摆脱这一切。我捡起一块石头，希望砸碎这巨大的玻璃幕墙，让我走进那肮脏的城市和龌龊的人群。可是，这一切都是徒劳。巨蟒继续将我缠紧，让我不能呼吸……

我从梦中惊醒，吓出一身冷汗。四周寒意清浅，周围是均匀的鼾声和隐约的脚臭，这是生活的气息——军营生活的气息。

我披衣起床，却不知该做点什么。但我不想睡觉，我害怕再次陷入那可怕的梦境。

如果牙哥在就好了，我想，兴许还能找他讨一支烟抽。我百无聊赖，瞥见班里那台电脑，突然产生了记录这个梦境的冲动。这个梦境是如此清晰，如果不记录下来就太可惜了，兴许有一天翻阅《周公解梦》能找到这个梦境预示的答案。

我打开电脑，记录下这个梦境。无聊之中，我顺便打开了我们的政工网。

这是我第一次浏览政工网。平常这台电脑由风子占着，他在魔兽世界中赢得了无数钱币和装备。即使风子下线，也有冯涛涛他们占着，用来看《我的青春谁做主》之类的电视连续剧。

实事求是来说，政工网建得还算不错，新闻、通知、电影、音乐、好人好事、失物招领、训练评比、文学艺术等内容不一而足，应有尽有。让我惊诧的是，竟然还有一个心理咨询的版块。

对于心理咨询——平心而论，我相信它是一门精深的科学，但我并不认为部队政工网的心理咨询真正具备其应有的资质。或许，其意义不过是为了装点政工网的版块，向上级首长或兄弟单位展示我们政治工作的"与时俱进"，或者是作为一条重要的新闻线索被"一支笔"们发表在部队的报纸上。

在上学的时候，我粗略翻了一下弗洛伊德的《梦的解析》，大约知道梦是潜意识的反映，是人们愿望的表达，解梦大约也属于心理咨询的范畴。

我打开心理咨询的版块，粗略填写了咨询者的信息，然后将刚才写的梦境复制、粘贴，再在最后不无戏谑地加上一句：请问高人，此梦何解？

点击了"发送"，我没有立刻关掉电脑。此刻，桌面右下角的时间显示是1：05，我没有指望能找到答案，不仅仅是今晚，即使再过一周，我也不会相信有人能就这个诡异的梦境说出个子丑寅卯来。

我信手打开一部电影，准备看看，还关掉了音响。这时，桌面弹出一个对话框："你认为自己生活在谎言之中，而谎言亦是生活的一部分。"

落款："春柳如烟"。

如果不是在寂静的夜里，如果不是因为他们都睡了，我想我一定会尖叫起来。仅仅因为一个梦，便被人窥探到内心深处连自己都毫无察觉的想法——精准、直接，如同在一个自认为安全无虞的环境中被远距离狙杀。而关键在于，我连对方是谁都不知道。

此时此刻，我感觉自己就像赤身裸体暴露在审讯室一般。周围有一双（或者许多双眼睛）在看着我，而我却看不到对方。这让我十分不安。

我神经质一般关掉显示器，四周的光线暗淡下来，重新陷入夜色里。在寂静深邃的黑暗里，我的心绪稍稍平静，这才意识到自己是多么愚蠢。

我深吸一口气，再重新打开显示器。那个对话框依旧在那里，像一双洞穿一切的眼睛。

我敲下一个空格，表示自己在等待着对方的下文。

春柳如烟："这是一个由谎言和事实共同构筑的世界，谎言的作用无法替代。"

我打出四个字："愿闻其详。"

"我们都知道上帝和天堂就是一个谎言，但基督徒需要它们支撑自己的灵魂；我们清楚文学和艺术的根本魅力就在于虚构和夸张，否则我们能阅读的只有法律条款。而在恋人之间，没有'爱你一生一世''至死不渝''海枯石烂'这些老掉牙的谎言，就没有所谓的爱情。"

说得不错，我回应道："所以你想告诉我，我们应当接纳谎言？"

对方的回复很快："就像你用来登录的名字——守拙，必定不是你的真名。这其实也算是一个谎言，不是吗？"

我没有回复。

大概过了半分钟，新的一行字打出来："有时候，谎言的存在正是为了陈述真实。"

"正解！"我换了一个话题，"你如何看待部队的宣传报道？"

"人有其自然属性，也有其社会属性。"对方似乎跑了题，"你在这个集体中所担负的角色，并不仅仅是一个战士或者号手。就像在这部巨大的战争机器中，你不仅仅只是一枚螺丝钉。"

"或许还是一个螺帽或者一枚垫片？"我顺便打了一个笑脸。

对方回复了一个笑脸："或许还是一罐润滑油。"

润滑油？有意思。

"你的作用不仅是在你的岗位上确保战争机器的运转，还包括——影响或鼓动别的'螺丝钉'积极发挥其应有的作用。"

"这与我何干？"

"这就是宣传报道。"

我忽然感觉到自己的任何动机都被对方明察秋毫，就像一个无知的孩童面对一位历经沧桑的长者，所有的企图都被对方洞若观火。而对方是何方神圣，我竟然一无所知。

恼羞之下，我敲下一行字："你到底是谁？"

"晚安，夏拙。"四个字跳出来之后，春柳如烟的蓝色头像变成了灰色。

"她"下线了。

我坐在电脑前，目瞪口呆。

我辗转反侧，彻夜无眠。关于谎言的问题已经解决，而我却陷入更大的困扰之中——"她"是谁？"她"怎么对我了如指掌？

　　好不容易熬到第二天中午，老兵们都睡了，我打开电脑，进入心理咨询的网页，看到了那个让我纠结不已的蓝色头像。我迫不及待地打了招呼。

　　"中午好，夏拙。"对方回复。

　　"你怎么知道我的名字？"

　　"你的光辉事迹报纸上都连载了。"她回答。原来她是根据报道来推断是我的。

　　"别提了，"我无不泄气地回答，"我被这些东西搞得焦头烂额。"

　　"所以你才会心理咨询嘛。"

　　"那你究竟是谁？"

　　"春柳如烟。"

　　"没劲，"我无奈道，"好不公平啊，我在你面前一览无余，而你对我来说如此神秘。"

　　"你生病看医生，还一定要知道大夫的身世吗？"

　　我无语。

　　过了大概半分钟，春柳如烟的头像再次亮起："你怎么好好的大学不念，跑来当兵？"

　　我笑了笑，回应道："保卫祖国，献身使命。"

　　对方回复了一个笑脸："我看你是为情所困吧？"

　　我有些恼怒，回应道："这关你什么事！"

　　对方这次回复的是一个大笑："作为心理医生，关心患者的生活是我们的职责，也是我们的职业习惯——特别是患者的感情生活。"

　　我回应道："我该说你尽职尽责呢，还是该说你八卦呢？"

　　对方依旧回复了一个笑脸，似乎在嘲讽我的恼羞成怒。

我打了一个犯困的表情，关掉了电脑。

回到床上之后，我依旧无法安睡，脑子里尽是"春柳如烟"的形象。"她"应该有一张善解人意的笑脸和一双洞察一切的慧眼，或许是长头发，但应该不会扎辫子；喜欢哲学和推理类书籍，不喜欢偶像剧和综艺节目；偏好西餐，但对肯德基、麦当劳不屑一顾……或许，"她"有一个快上幼儿园的孩子？或许"她"长着络腮胡和大喉结？或许，"她"外表丑陋，内心阴暗，戴着酒瓶底眼镜，是个十足的老处女……想到这些，我禁不住傻笑起来，并在傻笑中昏昏睡去。

晚上点名之后，在我的恳求下，冯涛涛放弃了他的电视连续剧。我登录上线，看到了她的蓝色头像。

"抱歉！"我纠结半天，打下两个字。

对方依旧回复一个笑脸："没关系。"

"能介绍一下你自己吗？"

"不能。"

我稍感沮丧，迅速转变策略："你那有没有《梦的解析》？"

"有。"

"我想借来看看，可以吗？"

"你想通过这种方式来认识我，门儿都没有。"言毕，对方又打了一个大笑。

我大失所望，不知该说啥了。

"不过据我所知，你喜欢小说，特别是村上春树的。"

我讶然。

"我说得对吗？"

她说得当然对！但我不愿意承认。我回复道："错！我喜欢《东风报》！"

对方依旧回复了一个笑脸。

忽然之间，我感到心底涌出一丝悲凉。村上春树——这是一个几乎陌生的名字，连同许多曾经喜欢的作家和作品。在这里，你能看到的最高规格的文学刊物便是《解放军文艺》，这还需要等指导员心情好了肯借给你才行。

我打下一行字："在这里，探讨文学是一种奢侈。"

对方沉默了半天，回应道："其实我们在经历文学。"

我大为惊诧，问道："此话怎讲？"

"你不觉得我们的生活充满了悲壮的诗意吗？"

悲壮的诗意。这五个字让我陷入了沉思……

"我先下了，过段时间有课，所以要提前备课。"对方打下一行字，紧接着头像就变暗了。

半分钟后，头像再次亮起，一行字跳出桌面："要降温了，多注意身体。"

我愕然。

十一、铅灰

果然，进入11月，几场秋雨下过，气温就像坐了电梯一般骤然降下。道旁的梧桐树叶似乎不堪忍受如此清冷的天气，纷纷落下，每天早上都要扫下一大堆；训练场的草皮经过一个夏天的滋养，好不容易由翠绿色变成墨绿色，而几阵秋风吹过，这些卑贱的植物迅速枯黄、倒伏，如海星一般紧贴着地面；菜地里的瓜藤也老了，只垂着几根不争气的黄瓜、丝瓜；还有远处苍茫的群山，雨后朦胧的雾霭，山中野禽的哀鸣，似乎都在为深秋的离别酝酿气氛。

我们穿上了部队发的臃肿的绒衣和系着风纪扣的冬常服，看上去既丑又傻。晚上盖了被子还要加大衣，普洱查铺的时候总要帮好动的战士盖好被子。训练渐渐松弛，而会议却一个接一个地开了起来。

指导员说，年终总结开始了。

所谓年终总结，就是个人和班级针对一年的学习训练工作生活进行一个系统的回顾和归纳，总结经验，吸取教训，为来年的工作打下一个坚实的基础——这是面上的东西，而真正的核心和关键是：评功评奖。部队是个崇尚荣誉的地方，一年工作到头，功劳苦劳啥的年底见分晓。单位有单位的荣誉，个人有个人的荣誉，而"荣誉"在部队就像美女，往往是追求的人多，到手的人少，所以每年到了这个时候，气氛就会变得特别敏感和微妙。你会发现，平常训练不怎么样的兵开始带头出操；过去油瓶子倒了都不扶的人也拿起了扫帚；一贯只躲在角落里抽烟的人也给大家派起了"蓝芙"；还有人夜里拎着东西悄悄叩响连部的门；还有人有事没事往机关跑；还有人霸着军线电话说一些暗语般的话……

指导员告诉我，因为今年的实弹发射任务完成得不错，连队党支部已经为我报请了三等功，并且获得了旅首长的认可。

"本来这三等功是要给连长的，可连长坚持要给你，"指导员告诉我，"可要好好表现，这个时候千万不能捅娄子。"

"明白！"我感激地点点头，"谢谢连长、指导员。我一定好好努力，不辜负您和连长对我的期望。"

年终总结快要结束的时候，普洱突然告诉我们："有首长来我营视察指导，大家一定要做好充分准备。"

"要以最高的标准、最好的姿态迎接首长的检查！"普洱振臂高呼，"谁出了岔子，板子就打到谁身上！"

我们停下手中的活，纷纷转入迎检工作中。我们用抹布擦操场，用鞋刷刷马路，用指甲抠小便池的尿碱，用两个通宵来补整整一年的军事训练笔记……指导员叮嘱我出两块板报："要最高标准！"

两天之后的下午三点，所有迎检工作准备就绪，我们在操场上进行队列训练，干部们则列队在门口迎接首长视察指导。一辆"考斯特"精准地停在连队门口，首长从车上缓步走下。恭候多时的营长抢先一步跑过去，"啪"地敬了一个我从未在他那儿见识过的标准军礼，然后紧紧握住首长的手。紧接着，教导员跑过去，腰弯成一张满弓，他抢过刚从营长那里解放出来的首长的手，虔诚如一名信徒，然后是副营长，然后是普洱，然后是指导员……

我在15米开外打量了一番首长：身高170厘米左右，少将军衔，资历章架看上去有五排。他的颧骨较高，眼窝深陷，眼窝中是一对深色的布满鱼尾纹的眼眶，鼻梁高挺，嘴唇颜色泛乌，看上去洞若观火，不怒自威。

"哎，"我轻轻碰了一下风子，"那个首长怎么长得有点像你啊？"

"傻子，你应该说我像他，"风子毫不客气地纠正我，"他是我老子。"

"队列场上吵什么吵？"伍卫国压低声音训斥起我们来，"没看到首长在这儿吗？一点眼色都没有。"

正在这时，普洱吆喝了一声："贾东风！"

风子的声音有些不痛快："到！"

"请你过来一下。"普洱的声音突然变得温柔起来。

半个小时后，风子回到队列场，他似乎为刚才的离开不大好意思，他看我的眼神有些闪烁。

11月19日，离老兵退伍还有五天时间，牙哥回来了。

一个半月不见，牙哥已经变了一副模样。他看上去迟钝、苍老、心事重重。在集合站队的时候，我们再也见不到那个军姿笔挺站在队首的牙哥，我们只看到瘦削、单薄得有些驼背的张大福。队列行进的时候，他不再昂首挺胸斗志昂扬，不再把口号喊得震天响，不再是迈错了步子就是拉开队伍一截的老兵。总之，他看上去就像一个刚穿上军装的农民工。他不再找我们下棋，即使我们让掉一边"车马炮"他也不为所动。而他的烟，却是越抽越凶了。

他准备退伍了。不仅仅他，连同冯涛涛和陈文博在内，我们连队还有将近十个面临复退的老兵。有些人想走，却不一定能走得了；有些人想留，却不一定能留得下。这是部队生活的永恒法则。就像五天之后一定会有拥抱和泪水，而这一天的拥抱没有人说它矫情，这一天的泪水没有人说它懦弱。

临近老兵复退的日子，空气中弥漫着种种不可名状的味道：纠结、不安、沉重、失落、隐蔽、暧昧、侥幸、绝望……种种传说从老兵们口中流传开来，主题无外乎两个：一是今年要走多少留多少，二是为了留队或"套改"送礼的话"价位"是多少。版本很多，如同明星八卦；可信度很低，亦如明星八卦。

23日下午，机关在礼堂召开士兵退役工作大会。

这一次的大会比任何一次都要秩序井然，都要庄严肃穆，都要鸦雀无声。

参谋长站在讲台上，郑重地宣布了"××等若干名士兵退出现役的命令"。点到名字的老兵，自他的名字从参谋长嘴中蹦出的那一秒起，就算退出了现役，不再是国家武装力量的组成部分；而服役期满又未念到名字的，则有机会再为部队"做几年贡献"。

上千人的礼堂，只有参谋长那中气十足的声音在回响。如果用心聆听，或许还能听到心跳——几百颗心脏在剧烈跳动。或许是因为紧张，或许是因为激动，或许是因为愤怒，我们不得而知。

"一营二连：中士，张大福……上等兵，陈文博……"

念到陈文博的时候，博哥的身体稍稍晃了一下，而二连的名单全部念完之后，我听到冯涛涛轻轻地吁了一口气。他们都是面临退伍的上等兵，都想留队转下士，可是分配给二排六班的名额只有一个。相较于陈文博，冯涛涛的优势在于有一个表亲跟部队的某位副团职领导比较熟悉。

参谋长命令宣读完毕。全体服现役士兵为退役士兵卸去标志服饰。"零七"式军装的标志服饰非常多：帽徽，领花，肩章，国防服役章，胸标，臂章。装卸起来异常烦琐。可是在此时，这道烦琐的手续变得庄重而充满象征意义。

我给自己下达了"向左转"的口令，轻轻地将右脚靠在左脚跟旁。牙哥也转过身来，微笑地看着我。这是牙哥休假回来第一次冲我笑，可是我从来没有见过如此苦涩的笑容。我翻开他的常服衣领，轻轻拧动螺帽——一个、两个、三个，金灿灿的松枝领花从他的领口掉下。我手搭在他肩上，动作迟缓地卸下他的肩章。他的肩章有些陈旧了，角上都磨出了印子，两杆步枪的图样在上面交叉着，似乎时刻在提醒士兵，荣誉和使命是应当时刻放在肩上的担子；一道粗拐则告诉我们，这是一个中士，一个为部队奉献了八年的老兵。

而这个老兵，即将离我们而去。

我将肩章取下来，轻轻地放在牙哥手上。牙哥把它攥在手里，粗粝的拇指轻轻地摩挲着，如同在抚摸婴儿的脸蛋。我看见，他的泪水在眼眶里飞快地打着转转，可是一直没有掉下来。

尘埃落定了。他们穿着没有任何标志服饰的军装，看上去更像是工商局的工作人员、城管或者保安。从这一刻起，军装只存在于他们的照片和回忆中，他们的军旅生涯正式结束。

"送军旗！"军务科长下达了新的口令。《中国人民解放军军歌》响起，三名仪仗兵踢着正步护卫军旗走过我们眼前。

"向军旗……敬礼！"按照条令，各列排头行举手礼，其余人员行注目礼。而此刻，所有退伍老兵都举起了右手，把中指指尖靠向帽檐。

这是一个庄重的时刻，我想，或许明年此刻，卸下军衔向军旗告别的就是我了。

命令宣布之后，紧接着就是工作交接，办理手续，物资点验，行李托运，签订保密协议。老兵们都换上了便装，因为军装都按规定上缴了。在部队奋斗两年、五年、八年、十二年甚至十六年，除开少得可怜的退伍费和几床被褥，什么都带不走——连同那一身军装。这真是一件让人难过的事。换上便装的退伍老兵成了真正意义上的老百姓，他们不再操枪弄炮，不再站岗值勤，不再走齐步敬军礼喊口令。再过十几个小时，他们便会踏上返回故乡的火车。

连队组织了空前隆重的会餐。每个桌上都堆满了鸡鸭鱼肉和啤酒饮料。普洱一声不吭拎着啤酒瓶子给老兵挨个敬酒，见了面招呼都不打直接拿着酒瓶子撞上去，然后一口干完瓶中的啤酒。偌大的餐厅鸦雀无声，只有玻璃撞击的声音和喉结抖动的声音。九个退伍老兵，普洱干了九瓶"雪花"，然后红着眼说道："记住，二连永远是你们的家，在座的永远是你们的兄弟。"说完，普洱就走了，留下一个仓皇的背影。

"夏拙，"牙哥叫住我，"我们喝一个。"

我把杯子倒得满满的，我的心也涨得满满的。我想起了新兵连的时候牙哥对我的训斥，想起了大年三十晚站岗时牙哥对我说的那番掏心窝子的话，想起我生病时他端来的面条，想起他跟我讲起梅子时眉飞色舞的表情，想起他臭烘烘的象棋水平，想起他得知梅子去世时悲伤欲绝的样子……

我的眼睛也被泪水涨得满满的。"班长……"我端起杯子，把酒倒进了喉咙。

25日早上八点，县城小小的火车站台上挤满了穿军装和不穿军装的人。站台上挂满了条幅："老兵，一路走好""退伍不褪色""昔日军营挥汗水，明朝回乡创辉煌"……《梦驼铃》的歌声也应景地响起："送战友，踏征程，默默无语两眼泪，耳边响起驼铃声……"我拎着牙哥的行李，最后一次聆听牙哥的唠叨："要好好干，争取提干……"我不住地点头，尽管我可能会辜负他对我的殷切期望。

火车到了，停站五分钟。我和牙哥、陈文博拥抱告别。普洱走过来，拉过牙哥的胳膊一把搂住，在他背上猛拍了几下："兄弟，走好！"

"连长……"牙哥"哇"的一声恸哭起来。火车的汽笛声响起，普洱推开牙哥，用手擦了擦眼睛，哽咽道："上车吧，臭小子。"

我的眼眶终于像不堪一击的马奇诺防线，在泪水的汹涌攻势下全线溃败。

泪眼之中，我看到了欧阳俊。他正在隔我一节车厢的距离，紧紧地抱着一个个子高挑的姑娘。一向桀骜的脸上，也尽是泪痕。不消说，那个姑娘必定是和他谈恋爱的通信女兵。

火车启动了，缓缓向前挪动，我站在这些失声痛哭的现役兵和退伍兵当中，看着他们把滚烫的泪水洒在站台上。

牙哥把头伸出窗来，抬起右手放在了太阳穴上。

我挂着泪水站好军姿，用他教我的军礼送别我的老班长。

欧阳俊的声音贴着火车歇斯底里传来："婷婷，保重！"

两个纠察员跑上前去，把他架了回来。

我跑上前去，说尽了好话总算把欧阳俊从纠察员手里解救出来。此时此刻，火车已经驶远，欧阳俊的心情也渐渐平复下来。

"不容易啊！大情种，"我调侃道，"难得你为女孩子流一把泪。"

欧阳俊睨了我一眼，惨淡地笑了一声，没说话。

"你是认真的吗？"

欧阳俊看着我一本正经地说："我每一次恋爱都很认真。"

我禁不住笑了："你这句话听起来比《东风报》上的还假。"

他跟着笑了，反击道："人家刚把你吹捧完，你就开始损人家。这属于典型的当了婊子又立牌坊啊。"

"你还别说，"欧阳俊抓住机会继续讥诮，"里面的故事感人至深，催人泪下，让同为大学生士兵的我十分汗颜、无比惭愧。从那一天起，我就有一个梦想，那就是，向夏拙同志看齐。"

我笑着踹了他一脚。

"对了，下一步你怎么安排？"

"什么怎么安排？"

"你还准备在那个鸟不拉屎的地方继续窝着？"我问道，"听说那里五公里内没有人烟。"

"我觉得挺好。"欧阳俊打着哈哈，"不食人间烟火，御风牧云，得道成仙。"

"我是说真的。"我一脸严肃。

"我也是说真的。"他也一脸严肃。

"那你不觉得枯燥、无聊？"

欧阳俊悠悠叹了一口气，没有正面回答我的问题，却给我讲了一个故事：

六祖慧能去广州法性寺，遇上一个法师在讲经，这时风吹着寺庙里的经幡在动，于是有两个和尚开始围着这个耍起了嘴皮子（辩经），一个说是风在动，一个说是幡在动。慧能看着，随口便来了一句：不是风动，也不是幡动，是你们的心在动。

我听罢笑道："在那憋着没事，开始钻研佛法了？"

欧阳俊冲我笑了笑："不跟你说了，送给养的车马上就要走了。我先回，电话联络。"

我站在那里，满腹怅然。

老兵复退之后的连队显得异常空荡，如同一件大号的衣服套在贾东风身上。我们的宿舍只剩下五个人：永远把脸皱得跟包子皮似的伍卫国、继承了陈文博的装备和钱币在"DOTA"世界里昏天暗地的马哥向北、热衷于狗血电视剧的秀才冯涛涛、愈加深沉的风子还有我。没过几天，伍卫国也休假了。

伍卫国一走，就没有人在我们耳边叨叨，也没有人动不动给我们甩脸色了。我和风子高兴得就差放鞭炮庆祝了。所谓天有不测风云，我原本以为好日子即将开始，没想到更大的麻烦正摆在我面前——普洱通知我去新兵连训兵。

让一个刚"断奶"的新兵蛋子去训新兵，这无疑是一个巨大的挑战。但是，普洱没有给我讨价还价的机会。

"你去好好训，发现好的苗子，记得给我撸回来。"

"是，保证完成任务！"既然伸头是一刀，缩头也是一刀，那还不如利索点。

"去吧！"普洱拍拍我的肩膀，郑重其事地说，"好好表现，旅首长都在关注着。"

所谓训兵，就是把一群什么都不懂的社会青年训练成初步合格的解放军战士，就像牙哥训练刚进部队的我们一样。那时我以为，训兵没什么了不起，通过大吼大叫来树立自己的权威，那是无知和无能的表现。而真让我站在队列场上，面对一群较之一年前的我们有过之而无不及的新兵蛋子，我才明白牙哥当时的用心良苦。

"向鼎！"

"哎，"一个愣头青在队列里探出头来，"班长你叫俺？"

我气得眼冒金星。

"都听好了！"我大吼起来，"从现在起，你们时刻记住，上级叫你要答'到'，你们的一切行动——包括吃饭、拉屎、洗衣服等，都要先打'报告'。明白了没有！"

"明白。"队列里回答的声音七零八落，萎靡不振。

"你们是娘们儿吗？我听不见。"我的声音瞬间提高八度，"回答我，明白没有！"

"明白！"他们喊得歇斯底里。

"不够响亮。回答十遍，明白没有！"

"明白！明白！明白……明白！"新兵们整整喊了十遍，这样的场景何其相似？年复一年，我们就是用这种简单粗暴却行之有效的办法给新兵们上第一课。

我终于微笑着点头表示满意。

"报告！"出头的是一个戴眼镜的大学生，母校也是A城大学——我的小学弟，但我没有告诉他。

"讲！"

"请问班长，谁是我们的上级？"真是书生意气挥斥方遒，我由衷地喜欢上这个新兵，这个小学弟。

"问得好！"我冲到他的面前，在离他的鼻尖只有15厘米的位置向他高声吼道，"在这个围墙里，除了你们新兵蛋子，每一个人都是你们的上级，包括食堂的炊事员和猪圈的饲养员，明白没有！"

"明白！"新兵愤怒了，他的脸涨得通红，他的脖子上青筋暴起，他使出全身力气大喊，"报告！"

"讲！"

"我们还有自由吗？！"

"不要跟我谈自由！你们要做的只有服从！服从！还是服从！"

"报告！"

"讲！"

"我们是新兵，不是囚犯！"

历史总是惊人地吻合。我装作被这句话征住了，恼羞成怒，开始罚他们军姿训练。

"全体都有！军姿训练，一小时，开始！"

随后我踱着方步摇到他面前："大学生是吧？知识分子是吧？我告诉你，新兵和囚犯只有政治待遇上的差别。明白没有！"

"明白！"

"我听不见！"

新兵声嘶力竭地吼着："明——白——"

"把你的答案重复一百遍！"

"明白……明白……明白……"

我想，这两个字重复到第十遍的时候，他应该开始意识到自己当兵是一个错误的决定。

我想，当这两个字重复到第五十遍的时候，他应该已经对部队绝望了。

我在心里暗自打赌，看他会不会掉眼泪，当他喊完最后一遍"明白"的时候，如果他哭了，那么我赢了；如果他没哭，那么他赢了。

尽管他对这个豪赌一无所知，但是，他赢了。

同样在这个训练场的，还有安哥。安哥的训兵区域离我不到一个篮球场的宽度，一到课间休息，我便跑过去找他聊天，顺便找他蹭点吃的——吴曲送来的零食。吴曲放寒假了，但没有回家，而是守在镇上的学校。据说她这样做是为了保证每个星期能在部队门口的传达室跟安哥见上一面。

"给你看个东西。"安哥找了个僻静的地方，解开了他的风纪扣和最上面两个扣子。

"你干啥？"我大为疑惑。

原来安哥苦心孤诣向我展示的，是他的爱心毛衣。

我看着那件银灰色的毛衣，忽然想起大年三十站岗的时候，张龅牙也满脸幸福地向我展示过梅子为他织的爱心毛衣，可是后来，那么幸福的一对竟然阴阳两隔。一种不好的念头拂过脑海，我赶紧打断那个愚蠢的想法，笑道："不错啊！改天让她给我也织一件呗。"

"那可不行，"向来豪放的安哥脸上竟然有些扭捏，"吴曲说了，只有我才有这福分。"

我拍了他一巴掌："看把你嘚瑟的。"

　　训练之余，我在政工网上跟"春柳如烟"保持着若即若离的联系。尽管我不知道她的模样和真实姓名，但她对我的了解简直比我自己还深刻，连我在大学时代的专业、兴趣甚至情感状况都了如指掌。我一直在想，"春柳如烟"是否确有其人，或许她只是幻象，是魂魄，是我无意中闯入第四维空间遇到的生命体。

　　谁知道呢！互联网也好，政工网也罢，在虚拟世界里，人是否具备自然属性已经变得不那么重要。那么多的人在网上恋爱交友、降妖伏魔、结婚生子、寻宝穿越、战场拼杀、血腥对抗、手淫自慰……无论他面对的是文字、图片还是视频，那些终究是虚拟世界的产物，当网络断开、电脑关闭、电源断掉，甚至只需一个"Delete"键，这些东西便瞬间灰飞烟灭。而只要具备上网条件，任何时候它都能重新开启——就像不死的圣斗士一般。

　　2007年9月，我的好朋友戴青跳楼自杀，骤然离世。于是我的QQ里，便留着一个名唤"黛色青天"的永远离线的头像；我的邮箱里，便有一个再也收不到邮件的地址；还有我的博客收藏里，有一个永远无法更新博文的网页。按照无神论的观点，在现实世界里，戴青是永远离世的，而在虚拟世界里，她依然存在，她只是不再上线，不再发E-mail，不再更新博文了。

　　虚拟世界好，但终究还是无法替代现实世界。因为我们是存在于现实世界中的。

而"春柳如烟",即将从虚拟世界降临到现实世界中来。

某日,训练之后,我打开电脑,蓝色头像闪烁,她告诉我:"近期会去新兵连为新兵做心理辅导授课。"

我激动万分,几乎颤抖着手敲下一行字:"真的吗?能有机会见到你吗?"

对方习惯性地回复了一个笑脸:"就怕让你大失所望。"

我打了个"腼腆的笑的表情":"怎么会?具体什么时候?"

"下周一吧。"对方回复。

周末,我抓紧时间洗了个澡,找一个老班长帮我理了发,然后"冒天下之大不韪"把脏兮兮的迷彩服洗了,再拿电吹风吹干。我禁不住内心的欢喜,对手底下的新兵也特别仁慈,甚至我抓到一个在厕所抽烟的新兵也只是没收香烟教训几句就作罢了。要是在平时,我一定要罚他在厕所里站一天军姿才行。

周一,新兵营的礼堂座无虚席,连过道都盘腿坐着新兵。所有的班长和新兵都满心期待,包括我在内。不过他们满心期待,是因为据说为我们进行心理辅导授课的是一个年轻女干事;而我满心期待,是因为虚拟世界里的知音走入了现实,走进了我的生活。

"下面让我们用热烈的掌声有请政治部黄文干事为我们上心理辅导课。"

"黄文?"我差点惊叫出来,来不及质疑是否为去年火车上邂逅的那个黄文,因为她已经走上了舞台。

她留着刚好齐肩的头发,小而坚挺的鼻梁上架着细边的紫框眼镜。模样和去年相见时没有太多不同,唯一也最大的差别是:现在她穿着女军官的冬常服,戴着女军官的卷檐帽,肩膀上还扛着"一杠两星"。我目瞪口呆,耳朵里面嗡嗡作响,我的脑袋像一锅煮糊了的面条,无论如何都理不清思路来。

"下面我跟大家做一个游戏。大家跟着我的提示进入一个想象中的场景，再根据我的提问，用纸和笔把自己的答案写下来……"

场上所有人都随着她进入了想象中的城堡，而我却依旧在拼命掐大腿告诉自己这不是梦，不是幻觉。

"请大家写下自己的答案，桌子上的花瓶里到底装了多少水？是满的，一半，还是空的……"黄文一边循循善诱地组织着心理测试游戏，一边在人群中搜寻着我。

惊鸿一瞥。就那大约零点一秒的对视，让我看到了她热切的眼神。我开心极了，如同一个考了满分的孩子。

课程结束，部队带回。我领着我们班的新兵起立，向左转，快步走出礼堂。在出门的一刹那，我转过脸去，刚好和她的眼神来了一个猛烈的碰撞。她冲我笑了笑，低头收拾起自己的电脑，我则迅速整队，将新兵们带入训练场地开始一天冰冷也热血的训练。

整整一天，我亢奋不已，却茫然无措，我见到黄文了。她是我最美的邂逅和最好的知己，在偌大的中国，我们曾偶遇在一条率性踏上的旅途，在短暂的旅行中我们结为最好的伴侣，又潇洒地分开。时隔一年多，我们阴差阳错，竟然再次相遇，一同穿上了松枝绿的军装，而难以回避的是，我的身份是列兵，虽然因为新训需要提前扛上了"两道拐"，但她的肩膀上是让人难以望其项背的一杠两星。"两道拐"与"两颗星"，这中间横亘的是身份和地位——两座比喜马拉雅更难翻越的山脉。

训练结束，我打开电脑，看到了蓝色闪烁的头像。这一次，我感受到的不是虚拟世界里的"春柳如烟"，而是现实世界里的黄文，那个扛着"一杠两星"的黄干事。

黄文打招呼的仍然是个笑脸。

我也同样回复了一个微笑。

黄文："感觉如何？"

我："什么感觉如何？"

黄文："看见故人啊。"

我："挺好的！"

黄文："具体点呗。"

我："这身军装挺适合你的。"

黄文打了一个"大笑的表情"："真的吗？"

"嗯！"我回答，"特别是那中尉军衔。"

那边不吭声了。过了大概一分钟，黄文问："你是不是挺介意的？"

我："什么挺介意的？"

黄文："你别揣着明白装糊涂，你肚子里那点小心思本姑娘很是了解。"

我敲了一个"汗颜"的表情："介意倒是不至于，只是没想到。"

黄文："没想到我也混起革命队伍里来了吧？"

我笑了笑，回应道："而且还是个干部。"

黄文："我是国防生——就是带着军籍在地方上大学的那种，毕业后三个月就进部队了。"

我："你不是学数学的吗？怎么搞起心理服务来了？"

黄文："那是骗你的，我的专业是新闻，大学辅修心理学，拿到了二级心理咨询师资格。"

我："那你怎么来这个单位的？"

黄文回答："秘密。"

随后，黄文又三次来新兵连，据说是为了做一个"90后士兵心理发育状况"的调查研究。我们班的新兵"有幸"成了她的重点调研对象，免费享受心理咨询服务、人格分析、心理游戏参与等好事。我作为班长，自然"义不容辞"地配合她的调查，接受她的"单独采访"。

那个叫春柳如烟的女孩走下网络，变成黄文干事的时候，总是让我感觉陌生和不适应。和她面对面交流我总是感到局促不安，即使拼命喝水也无济于事。这不仅仅因为她是一个干部，一个"扛着星星"的宣传干事，还因为她能透过我的任何一个举动窥探我的内心。在她面前，我就像一个浑身赤裸躺在手术台上的病人，毫无隐私可言。

而每当我闭上眼睛想起"黄文"的名字，脑袋里最先浮现的，却是她穿着蓝色泳装泡在Q城那片浴场的模样。她有着带汉白玉质感的又白又细的双腿，匀称的腰肢和小腹，结实饱满的胸脯，还有瘦削的锁骨。她在浴室里风姿绰约的背影，她裹着浴巾欲说还休的模样，她在夜色里魅惑的神态，她在晨曦中裸露的双肩……无论如何，我都很难将这些形象和穿着军装扛着金星不怒自威的黄干事对应起来。

欧阳俊在电话里听罢我的陈述，轻声地笑了。

我有些急了，问他："你笑啥？"

欧阳俊止住了笑，回答道："我说你小子真是艳福不浅，自己不找别人还主动送上门。"

"别扯淡，人家是干部。"

"干部怎么了？她是胸太大了还是个子太高了……"

"行了行了，"我打断他的"三俗"言论，反唇相讥，"我可不想因为没管住鸡巴被贬到山洞里面去。"

"山洞里怎么啦？闲云野鹤不亦乐乎，"欧阳俊不以为然，说道，"你是因为自己的义务兵身份感到自卑吧？我问你，如果你和她一样，都是扛着'一毛二'的连职干部，你跟不跟她谈？"

"那还用说。"

"那不得了，"欧阳俊轻叹一口气，说，"还是因为人家是个干部，自己是个大头兵嘛。"

我点点头，说："这是没法改变的事。"

"怎么没法改，不是六月份就可以提干了吗？"

我老实回答："还没想过这事。"

"现在想也来得及。"

"那你怎么想呢？"

欧阳俊笑了笑，念叨着"命里有时终须有，命里无时莫强求"，随后把电话挂了。

十二、墨黑

3月初，我结束新兵连的带训，回到了老连队，见到了久违的猪头和风子。猪头看上去瘦了一圈，肚子上的泳圈似乎放了不少气，一问才知是这小子拼命节食减肥的效果。

"你减肥干啥？"我大为不解。

"这孙子，"风子叼着烟头拍着猪头依然肥硕的肩膀，"发春了。"

"嗯？"

"风子你他妈会不会说人话，什么叫发春了，哥们儿那叫……恋爱了。"话音刚落，猪头那张向来豪放的脸上竟然露出千年一遇的害羞的表情。

"啥？恋爱了？"我惊叫起来。

我话还没说完，猪头便伸出了他那卤过一般的五味杂陈的肥手捂住我的嘴巴。

"你小声点，祖宗！"猪头几乎是哀求我，"这事捅出去我就废了。"

我拼命掰开他那又咸又油刚掌过勺的手，差点背过气去。

"咋回事，说说，说说！"

猪头将我们拉到楼顶，深沉地凝望着远处的群山，无比温柔地给我们讲述了他和镇上卖猪肉的姑娘之间缠绵悱恻的爱情。经过了漫长的伏笔、倒叙、场景交代和心理活动描写，我终于大略知道了是个什么情况：炊事班负责给养采购的班长老牛退伍后，连队指定猪头临时担任给养员，每天随着旅里采购车出去买菜。就这样，他认识了镇上一家猪肉铺里一个"如花似玉"的姑娘。

风子笑得嘴都快撑破了："似玉可以，如花就算了。"

猪头白了风子一眼，骂了他一句"滚一边去"，就扳过我的肩膀，说："你别看她是个操刀卖猪肉的，其实长得很好看。"猪头咂巴着嘴，似乎在品尝着一坛陈年好酒："你们认识孙俪吗？她就是孙俪那个样子。"

我绞尽脑汁，实在是想象不出孙俪系着围裙挽着袖子操着大板刀割猪肉剁排骨的样子。

"每次过去，她都先给我准备一条卤猪尾巴。那味道，真是……"

"喂，"风子提醒道，"你这给养员屁大点官就开始受贿了？"

"你懂个屁，那叫爱情。"猪头白了风子一眼，拉着我继续讲述他和"孙俪猪肉妹"的故事……

风子说他受不了猪头腻腻歪歪的样子，一个人抽烟去了。我耐着性子听他讲了近一个小时，腿实在是酸得不行了，便找机会打断他："你以前谈过恋爱没有？"

猪头满脸的娇羞："没。这是……第一次。"

"那你们发展到哪一步了？"

"啥哪一步？"猪头瞪大眼睛看着我。

"就是……和她除了聊天之外有没有别的实质性举动？"

"没。"

"没上床？"

"下流！"猪头义愤填膺。

"没亲嘴？"

"龌龊。"猪头正气凛然。

"没抱过？"

"嗨嗨……你们大学生的脑子里尽是这些乱七八糟的东西。"猪头的双颊绯红。

"那……牵过手没？"

猪头依旧诚实地摇摇头。

我压抑住内心强烈的想揍他的冲动，耐下性子问道："那你怎么说你们恋爱了？"

"就是、就是……我跟她挺聊得来的，我也挺、挺喜欢她的。"

"那她喜欢你不？"

"不、不知道……我没问。"

我终于明白了，这个孩子所说的恋爱，不过是他在青春期懵懂的单相思而已。无论猪肉妹是否长得真如孙俪一般，根据我以"小人之心"的判断，她对猪头的殷勤或许只是停留在小老板对大客户的殷勤这一层次上，却被我们可怜的、还没经历过初恋的猪头误认为那是爱情了。

可怜的猪头……

真相是一把锋利的刀，等它出鞘，必定伤人。我拍拍猪头的肩膀，祝福他和猪肉妹有情人终成眷属。

猪头满怀激动地握着我的手，说："到底就是大学生，就是有水平。晚上我给你炒点猪肝，咱喝点。"

猪头又补充一句："不叫风子了，狗日的不仗义，抢了你的三等功不说，还老是冲着我的爱情浇冷水。"

"啥？"我侧过耳朵，"你说风子……三等功？"

"是啊，本来不是你的吗？鬼知道他搞了什么名堂，年前开表彰会的时候变成他戴着红花上去了。"猪头一脸的愤慨，"为这，老子差点打了他一顿。"

"那你现在打我一顿吧！"风子不知什么时候站在了我们身后，他的脸黑得堪比普洱，指着自己的头高喊道，"来，朱聪，冲我这儿打！"

"干啥啊你这是！"我拉开风子。

风子双眼通红地看着我，说道："刚好，今天我把话说开，你们要是还认我这个兄弟，就认，不认就拉倒。"

我拍拍他的肩膀，笑着说："至于吗？"

"怎么不至于？"风子看上去很是激动，"全连就报了你一个三等功，结果被我给抢走了，这事你莫说别人，就是我听了都要骂娘！"

风子告诉我，这个三等功，是他老子，也就是大名鼎鼎的贾参谋长来营里视察的时候，教导员给换掉的。"刚开始我以为我这个三等功，是旅里另批的指标，不会影响你，可没想到这狗日的竟然陷我于不义……"

"算了，没多大事，反正肥水没流外人田。"我拍拍他的肩膀，故作轻松地说，"大不了今年再争取一个呗。"

"拙子……"风子看着我，咬了半天嘴唇才憋出后面的话，"对于你来说，三等功不算啥，但对于我来说，意义就不一样了。我老子想让我提干，我们这样没大学文凭的士兵，提干的两个前提条件是班长任命和两个三等功。如果攒够了这些，再加上我老子的运作，我就可以提干了。"

提干，提干，又是提干！

"为什么你们都对提干这么上瘾呢？"我瓮声瓮气地来了一句，转身下了阳台。

我走到连部门口的时候，普洱正在房间里发飙："你说军务那帮狗日的，爪子竟然伸到我老杨这里来了。贾东风一个新兵蛋子，凭什么就给他一个班长任命？他们这帮畜生要拍参谋长马屁却让我们埋单。"

　　指导员："算了，老杨……"

　　"算个球！老子把话撂这儿，让贾东风当这个班长，老子第一个不同意！"

　　"你让夏拙当班长，他不也是个上等兵嘛。"

　　"人家是大学生，素质摆在那儿，你看他哪件事情不是利利索索地办好？"

　　"好了，别给自己添麻烦了，"指导员叹了一口气，"咱还得给自己留条后路呢。"

　　我放下了准备敲门的手，颓然离开了连部。此刻，我的心情就像一块擦了窗台擦地板、擦了地板擦厕所的烂抹布，既不平展也不整洁，我不想跟最好的兄弟为了抢一块打了钢印的铜牌子而翻脸，也不想让最敬重的领导为了给我争取一个"弼马温"大小的"官儿"大动肝火，我只想安安静静地生活，就如欧阳俊说的，"宠辱不惊，看庭前花开花落；去留无意，望天上云卷云舒"。

　　晚上点名的时候，指导员宣布了新的骨干任免名单，结果其实我们早已心知肚明：风子担任二排六班班长，我担任二排六班副班长，伍卫国免职……普洱站在旁边一言不发，脸色铁青，让人看上去不寒而栗。

　　点名结束，我跑到连部，敲门进去，告诉他们我不想当这个副班长。

　　"为啥？"普洱的脸色依然铁青，他讥诮道，"莫非嫌官小了。"

　　"报告，"我回答，"不是嫌小，而是觉得自己不是最合适的人选，我建议由伍卫国同志担任。"

"浑蛋！"普洱将手中的不锈钢茶杯往桌上一蹾，茶水溅出了办公桌，"骨干任命由得你挑肥拣瘦吗？你以为部队是菜市场吗？给你这个机会你就好好把握，别给脸不要脸！"

我气得嘴唇发抖，不知该如何发作，我想要不是在部队，我一定是门一摔就走了，滚你妈的蛋去吧！

"夏拙，"指导员止住了普洱的狂飙，冲我说道，"连长这么关心你，还不是为了你有个好的前程。"

我已经被普洱骂得丧失理智了，抢过指导员的话就说了起来："谢谢连长、指导员的关心，我知道，让我担任发射号手，让我立功，让我当骨干，都是为了政治需要。连队需要这样的典型，连长和指导员也需要这样的工作为自己的成绩添彩。我服从。"

普洱和指导员听了我的话，都十分错愕地看着我。他们大概怎么也没想到，一个上等兵竟然能冲他们说出这样胆大包天的话来。

连部变得非常安静，这种安静让我迅速冷静下来，回味了刚刚自己说出口的话。"坏了。"我在心里喊道。

"滚！"果不其然，普洱发出了金毛狮王谢逊那样的吼声，吓得我礼都不敢敬，一溜烟就跑了。

第二天早上，组织队列训练，指导员叫住我，把我拉到营区东边的小亭子里跟我"谈谈心"。

"指导员，昨天我说错了。"我一见这阵势就赶紧认错，免得等会儿挨收拾。

"你错在哪里了？"指导员不像普洱一样有着暴脾气，他永远是那样和颜悦色。

"我……"

"你看，你都不知道自己错在哪里。"他笑道，"你觉得，我和连长又是给你宣传报道，又是让你立功，又是让你当班长，是为了给自己脸上贴金是吗？"

我沉默。

"夏拙，如果说你错了，你错就错在这里。"指导员的脸慢慢变得严肃起来，"老实说，我对你的关心远不及连长。你说，他图什么呢？"

我看着指导员。

"你说，他图什么？"指导员紧追不舍。

"大概是……希望我在自己的岗位上多做贡献，为这个连队分忧解难？"我犹豫地回答。

指导员摇摇头："夏拙你知道吗？你们连长马上就要转业了。"

"转业？"我惊呼起来。

"嗯，我希望你能保密。"

我郑重地点点头。

"对于他来说，这个连队是好是坏对他的前程没有太大影响，你的进步是快是慢对他的前程更没影响。"指导员叹了一口气，"但是他非常非常关心你。为了让你执行点火任务，他冒着多大的风险？为了让你当骨干，他跟军务的差点吵了起来。上次那个三等功本来是给他的，结果他让给了你，后来落到贾东风头上，他还专门找政治部讨说法。他之所以这么器重你，这么关心你，完全就因为你是一个大学生兵，是棵好苗子，有培养前途。"

我的眼圈红了起来。

"老杨常跟我说，部队有你这样的人，才有希望。"指导员望着不远处操场上正在组织队列训练的连长，情真意切地说道，"他说，只怪当年没好好读书，没考上个好大学，不然他还要在这个部队待上十年八年。"

指导员把目光从远处收回，看着我的眼睛，问道："你知道连长对你的愿望是什么吗？"

我摇摇头。

"他最大的愿望就是你能提干，"指导员说，"他希望你今年能提干，他现在所做的就是为你提干铺路。"

我惊诧地看着他。

指导员告诉我，大学生士兵提干的三个主要条件，一是入伍满一年半，二是担任过副班长以上的骨干，三是获得优秀士兵以上的奖励表彰。

"现在看来，你担任了副班长，到6月份就可以申请提干了。知道吗？"

我迟钝地点了点头。

"怎么？"指导员看了看我，有些诧异地问道，"莫非你不想提干？"

"我……还没考虑清楚。"我如实回答。

指导员似乎也对我失去了耐心，他冲我摆摆手："那你考虑清楚再说吧。"

"谢谢您的关心。"我冲他敬了个礼。

"去吧。"

两天之后，连队召开军人大会，指导员向全连宣布了杨连长免职的命令。他已经确定转业了，而新的连长即将到任。普洱坐在指导员旁边，看不出表情。命令宣布之后，我们希望他能站起来说两句，可是他没有。会议结束，他一言不发地起身，迈着标准的齐步迟缓地离开了俱乐部。我竟然发现，他向来挺直如一根旗杆的脊背，此刻竟然显得有些佝偻。

我眼眶一热，跟指导员打了报告离开俱乐部，快步跟上普洱。

普洱看到我，微笑着说："我们走走？"

"好。"我随着他安静地穿过连队长长的走廊，下了楼，缓步踱过水泥篮球场，走进了连队右侧种满雪松和红豆杉的林子，坐在了凉亭里干净的小石凳上。

　　普洱从兜里掏出一包"精白沙"，用牙叼出一根，用火机点燃，深吸一口，问我："知道我为什么当兵吗？"

　　我摇头。他似乎也没有期望我能知道答案，他吐纳着那一团云雾，告诉我：

　　"1999年5月，我还在上高二来着，学习不怎么好，但打架还算厉害。有一天，学校广播里播出了我们使馆被美国人炸了的消息，那时学生们上街游行，一个个都群情激奋。我一参加游行心就野了，不肯上学，就等着征兵入伍，希望有一天能真刀真枪地跟洋鬼子干一场。很幼稚吧？"

　　普洱看看我，兀自笑了起来。

　　我跟着笑了笑。

　　"说说你怎么来的部队。"

　　我笑了笑，找了个崇拜军装的借口搪塞过去。因为我实在不好意思开口说我来部队的真实理由——这比他"跟美国人干一仗"的想法还要幼稚。

　　"听指导员说，你不是很想提干？"

　　我没有回答。

　　"跟我说说，为啥？"

　　"连长，"我回答，"您说提干又能怎么样呢？像您这样兢兢业业一心扑在工作上，到头来还不是面临转业。"

　　我并不知道，我这句话就像一击重拳击中他的胸膛。他把头靠在凉亭的方柱上，眼皮像不堪重负一般颓然合上。

　　"你知道为什么让我转业吗？"

　　我冲他摇摇头。

"学历太低，已经不能适应部队的需要了。"

普洱说，作为一支高科技部队，选拔干部，特别是主官，对学历的要求非常高。"大本"已经成为干部进步提升的"硬杠杠"。

"像我这样的，已经属于淘汰产品了。"普洱自嘲地笑了笑。

"部队也太没人性了。"我抱怨道。

"扯淡！"普洱瞪了我一眼，又叹了一口气，"再过两年，部队就要换新型号了，信息化程度更高，对人的知识要求也更高。在我们导弹部队，科技就是战斗力啊。"

"没那么玄乎，说白了不就是玩导弹吗？那么多大学本科、硕士毕业的连长，上次打弹不是也输给您了吗？"

"起点太低了，为了那点专业，我这几年几乎没睡过一个好觉。当兵的时候夏天在蚊帐里打着手电学，冬天在被窝里打着手电学。现在当连长，我每天都要加班到十二点。等新型号上了，我是再也跟不上了。"

"部队又不是科研院所，它总归是人的部队。一连长本科毕业，牛气得不行，他们哪次拉歌哪次集合哪次搞体能赢了我们？三连长研究生毕业又怎么样？连队带得像一坨屎，三天两头有人打架。还有五连的，听说连长准备考博士，自己却连队列都组织不好……"

"行了行了，"普洱笑了起来，"新兵蛋子，懂得还不少。"

我嘟囔道："咱都两道拐了你还叫我新兵蛋子。"

"怎么了？在我眼里，你他妈永远都是新兵蛋子。"说完普洱大笑起来。

"连长，"我直视着他的眼睛，"您为什么要我提干？"

"因为部队需要你们这样的人，"普洱的目光越过我的头顶，向远方眺去，"部队需要高素质的人才。"

"您不觉得这话听起来太……官方了吗？"

普洱又哈哈大笑起来，这一笑，惊起了林中啄食的麻雀。

"好吧，小子，那我就告诉你，"普洱止住笑声，严肃地说道，"因为你小子对我的脾气。看到你我就想起了我年轻的时候。我年轻的时候跟你一样傲气，谁的邪都不信。用你们知识分子的话说就是，那啥……"

"桀骜不驯？"

"对对对，桀骜不驯。军人嘛，就要有个性，有脾气，不然都像个娘们儿，部队还能打仗吗？"

我点点头。

"不过话说回来，光有性格、光耍帅有什么用，还得有知识、有文化，否则就是草包，军队也就是草包的军队。毛主席他老人家不是说了嘛，没有文化的军队是愚蠢的军队，而愚蠢的军队是不能战胜敌人的。"

我笑了笑，问道："您一直在强调部队需要我们，可是您有没有考虑过，我们是否需要部队，或者我们是否愿意留在部队？"

普洱的笑声止住了，他的笑容如同被冻住一般凝固在脸上，看上去极不协调。

"怎么？你还是不愿意？"

我也止住了笑，回答连长："老实说，我更喜欢自由自在的生活。"

普洱怒了，他从牙缝里一个一个地把音节挤出来："以后，不——要——再——叫——我——连——长！"

说完，他怒气冲冲地走了。

晚点名之后，我打开电脑，"春柳如烟"的蓝色头像在闪烁。

"回去之后感觉怎么样？"

"不怎么样。"我老实回答。

"此话怎讲？"

“压力很大。”

“压力很大？”黄文打了个笑脸，“或许你需要黄医生为你诊疗一番。”

“需要预约吗？”

“明天上午九点，到心理咨询室吧。”

“心理咨询室？”

“活动中心二楼，就在阅览室隔壁。”

“旅里还有这么一个地方？”

“对，明天见吧。”

第二天就是周末。上午九点，我借口去阅览室看书，向排长请了两个小时假。

阅览室的隔壁果然有一个“心理咨询室”，不过因为位置偏僻，并且功用较为特殊，因而不像网吧和台球室那般为我们所了解。我轻轻推开阅览室的门，首先看见的是一幅夏日荷塘的风景画。房间有两间，里面的一间门掩着，门上刻着“心理宣泄室”，沙包和假人隐约可见，外面的一间地毯铺得很厚，墙上贴着浅绿色的墙纸，有两张按摩椅，一个小书柜，一个立式金鱼缸，还有一张带电脑的办公桌。

黄文坐在办公桌旁，用两个手臂支着头，正笑盈盈地看着我。

“夏拙，”黄文支起头，看着我，“告诉你一个秘密。”

“嗯？”

“你还记得你问过我为什么会来这个单位吗？”

“记得。”我回答，“你说这是一个秘密。”

“今天我就把这个秘密告诉你。”

“好。”

“毕业之后，我们在指挥学院集训了四个月，十月底的时候我被分配在了军里的宣传处。刚到办公室第一天，我就在办公桌上看到了那张刊载着你的事迹的《东风报》，开始我还以为是重名，后来看了里面的内容才确定是你。"

"后来呢？"

"后来我就跟处长打报告啊，说我刚毕业，想去基层锻炼锻炼，就这样到了咱们旅。"

"原来是这样，"我点点头，"怪不得我一登录那个网上心理咨询，你对我的情况了如指掌。敢情你是挖了坑等我跳啊。"

黄文笑了笑，然后坐起身来，一脸严肃地问："往后你怎么办？"

我老实回答："我也不知道怎么办。"

"要不，你提干吧？"

"啊？"

"你提干，我们光明正大地交往。然后呢，一起共事一起进步。"

我的眼前，立马浮现出夫妻俩双双身着制服"扛着星星"，一起下班在干部公寓里买菜做饭的温馨场景。

"挺好的。"我下意识说道。

黄文的眼里绽放出光彩："你同意了？"

"啊？同意啥？"

"提干呐！你这个傻子。"黄文捏着我的鼻子，"莫不是你想反悔？"

"没，"我咬咬牙，"提就提呗。能提就提。"

周一，新连长到任，举行交接仪式，我们送别老连长离队。

普洱穿着一件深色西装、一条灰不溜秋的牛仔裤，脚上还套着一双没有打油的"三节头"，看装扮似乎是为了上春晚的小品而特意准备的。只是他头上那平整的小板寸和永远挺直的腰杆，似乎还在徒劳地证明他是一名老兵、一个标准的军人。他拎着一个已经淘汰的迷彩后背包，在全连近六十人的队列中穿行而过，步履迟缓，表情忧伤，每到一个人面前，就停下来认真地看一看，握个手。许多兵都哭了，特别是几个平时调皮捣蛋老是被他批得半死的"兵油子"，在队伍里拽着连长的袖子，泣不成声地喊着："连长，连长……"当他挪到我的面前时，他停顿了两秒，却没有正视我的意思。

"连长，"我的眼睛里含着泪，"我答应您，争取提干。"

"小子……"一直隐忍的连长终于哭出声来，他扔下迷彩包，拉住我紧紧地搂着，用他并不温柔的手掌用力地拍打着我的脊背。

"向老连长……敬礼！"年轻、高大、帅气、白白净净的，毕业于导弹工程学院、获得硕士文凭的新连长冯杰下达了他上任后的第一个口令。

我们都含着热泪举起了右手，老连长转过身，也举起了穿着便装的右手，然后飞快地钻进了大屁股"勇士"车。

我是一个记性不大好的人，可是几年之后，我依然记得普洱的眼泪，记得那个粗犷豪放的男人的眼泪，他的泪水中大概掺杂着牵挂、不甘、无奈甚至失落，显得那么浑浊。这个男人用十年时间，追寻着一个单纯而幼稚的从军建功的梦想。为了这个梦想他宵衣旰食，既清苦又严苛，可是部队终究还是淘汰了他。理由是学历太低。我不知道高科技和高学历能将这支部队带向多么辉煌的明天，可我依然感觉，普洱那种单纯而执拗的梦想，以及为了这个梦想而付出的坚决甚至偏执的行动，才是我们这支军队当前最需要的东西。

十三、云白

普洱走后，新连长冯杰的训练改革如火如荼地开展起来。每一个训练科目都被冠以好听的名字，诸如"分步训练法""一课三讲法""帮扶对子法"等不一而足。就像葱拌豆腐不叫葱拌豆腐，却叫"一清二白"，清蒸王八不叫清蒸王八，却叫"独占鳌头"。曾经在普洱的带领下训了好几年却没个名字的科目，在硕士连长的推敲酝酿下，立马变得洋气起来。机关新闻办嗅觉灵敏的报道员们一听到风声，立马架起"长枪短炮"一顿猛拍，全程记录。半个月后，一篇由连长亲自操刀、机关"一支笔"杨干事润色的名为《硕士连长为军事训练改革插上翅膀》的长篇通讯就刊登在《东风报》的头版头条上，以我们的训练场景为背景的英俊帅气的连长个人照片作为配图一并刊发。两级机关工作组接踵而至，食堂的小"雅间"高朋满座、换盏推杯，十余项训练成果被推广。而我们，除了上级机关"莅临视察指导"时的伙食大有改善之外，其余跟普洱在的时候比起来并无二样。

临近四月，桃红柳绿，鸟语花香，空气中弥漫着温润而浮躁的气息。夜深人静的时候，围墙外面的野猫叫了起来。开始是呜咽，后来是呻吟，再后来便是撕心裂肺的惨叫。野猫的叫春听起来让人烦躁不安，特别是在满满一栋楼全是单身汉的营房外面。岗哨冲围墙外面扔石头、打手电都不能解决问题。这是自然规律。任何试图改变自然规律的努力终将徒劳。

万物复苏。

我和黄文的感情日渐升温，猪头也趁着买菜的时机向肉铺的姑娘发动了春季攻势。这小子把打靶剩下的子弹壳捡起来粘了一个相框，还把连队发的一双迷彩鞋送给了肉铺的屠夫——也就是猪头臆想中的岳父。他甚至准备把用于拉练和演习的迷彩背囊送给屠夫的小儿子，被我及时阻止——那可是战备物资，丢了要挨处分的。

好景不长，猪肉妹对他的殷勤随着部队的集中采购而终止。为节约采购成本，全旅统一集中向批发商采购蔬菜和猪肉禽蛋。屠夫及他女儿猪肉妹的店铺因规模太小而未能参加竞标。集中采购的第二天，猪头再去猪肉铺，猪肉妹没有给他吃卤好的猪尾巴，除了一个白眼，她甚至连话都没有多说一句。第三天，猪头再去猪肉铺，屠夫拿着杀猪刀把猪头赶出去了。第四天，猪头再去猪肉铺，屠夫直接跑到旅里找到了我们新来的英明帅气的冯连长，向他痛斥猪头骚扰他们家女儿的罪行，并要求部队赔偿他女儿的"青春损失费"。此时新上任的连长正炙手可热，又是上报纸又是做专访，看上去飞黄腾达指日可待，没想到半路滚出这么个绊脚石。连长恼羞成怒，在晚点名上温文尔雅地宣布了朱聪同志不再担任炊事员，改任养殖场饲养员的命令。并警告全体同志，要深刻吸取教训，不要给连队添乱，不要给连首长抹黑。

旅里的养殖场坐落在营区一侧的荒山上，除了近百头猪、数百只鸡鸭外，就剩两个兵在那里。除了宰猪杀鸡和种菜拉粪的日子，平日里连个人影都瞧不见。猪头的职责由"喂人"改为"喂猪"，本质差不多，但从面子上来看，差了可不止三个档次。

"算了，猪头，"我劝慰他，"去那儿也好，自在。省得天天对着这个道貌岸然的东西。"

"没事，从前喂人，以后喂猪，其实差不多，"猪头自我解嘲，"只是以后哥们儿这儿没有鸡蛋黄瓜，只有玉米饲料了，你要不嫌弃的话也可以拿点回去。"

"你大爷的。"我笑了笑，笑得很苦。

"拙子，"猪头的脸色又阴沉下来，如同一块吸满了污水的抹布，"我算是看明白了。我所稀罕的爱情，原来不过是他妈的每天30斤猪肉。"

"看明白就好，"我拍拍他不再肥硕的肩膀，说道，"那女的，不值得你这样。相信哥们儿，往后还有更好的。"

猪头看看我，苦笑一声："更好的？这可是我的初恋！"

猪头的眼角渗出眼泪："我的初恋就是被人当猴耍了一把！"

"哥们儿……"我实在是不知道说啥，只好轻轻地拍打着他的臂膀。

我用军线打电话给欧阳俊，告诉他我和黄文的事，也一并告诉他自己准备提干的想法。

"好啊！"他在电话那头笑着问，"你和那个中尉真的……那个了？"

我笑了笑："这也是我想提干的缘由。"

"哦，别告诉我你要对她负责。"欧阳俊大笑了起来。这小子永远是万花丛中过片叶不沾身那般洒脱。

"也不完全是，"我搪塞道，"提干也不是什么坏事嘛。"

"那是当然！试想一下，一年之后，你们俩干部在院子里堂而皇之出双入对，不仅衣食无忧，旅里还给分一套房子，也确实挺美。"

我听得心花怒放，眼前立马呈现出我扛着威严的"一毛二"，挽着黄文在旅里漫长的林荫道上散步的场景。那场景是如此温馨、甜蜜，并且触手可及。真好！

"对了，你呢？"我问起了欧阳俊，"你不也老喊着提干吗？怎么样？"

"还没想好呢。"欧阳俊有些敷衍，说了声"我们要集合了"便挂了电话。

欧阳俊处事向来笃定坚决，很少听他说"还没想好"这句话，我心里不禁打起鼓来。

4月的一个周末，我依旧借口去阅览室，找了黄文。

"跟你说个事，"黄文面色凝重，"关于大学生提干的文件下来了，总体原则是择优选拔。"

"啥意思？"

"就是说不是够条件的都能提，有名额限制。"

"具体是多少？"

"分到旅里来的只有两个。"

"那就是说，我、欧阳俊还有林安邦只有两个能被选上。"

"如果真是那样也还行，"黄文说，"就怕到时候突然杀出个什么这公子那千金的。"

"如果不能提就算了，"我有些沮丧，"大不了回A城找工作。"

"你这是什么话？"黄文皱着眉头看了我一眼，"这话一点都不负责任。"

"没有没有，"我赶紧解释，"其实我是不想跟他们俩争，都是最好的兄弟，他们提干的愿望比我迫切多了。"

"凭什么他们的愿望比你迫切？"黄文的眼圈红了，"你还有我在这里呢，凭什么你不迫切？"

我沉默不语。

黄文哭了起来："夏拙，我算是看出来了，从我来这个单位到撺掇你提干，从头到尾都是我一厢情愿，都是我一厢情愿！"

我最见不得女孩子哭了，一听到她那哭声我便脑子充血，一看到那泪珠子我便心里泛苦。我轻轻搂住她，哄着她："别哭了别哭了，我一定好好努力，争取提干行了吧？"

我想，命运真是个蹩脚的编剧，总是把一些狗血的桥段套在我们身上。大学时代"104舍"的铁哥们儿，闯进部队号称同呼吸共进退的四个人，除去一个中途退场的，剩下的三个竟然面临优胜劣汰的尴尬。安哥林安邦，作风过硬，为人刚正，我们当中最像军人的军人，需要通过提干来实现他建功军营的梦想；欧阳俊，进部队便将"提干"作为终极目标，这是他的愿望，也是他风光不再的父母对他的愿望；我，原本胸无大志得过且过的一个人，又被所谓的"爱情"绑架着踏上"提干"的漫漫征途。谁能放弃？谁可以放弃？

周三点名完毕，李瑞跑上来找我："指导员让你去一下。"

"啥事你知道吗？"我问道。

"不知道，"小李子言行谨慎，"看样子气色不大好。"

我心里"咯噔"一下，跑下楼去。

"报告！"

"把门关上。"指导员神情严肃，全然没有往日的随和淡定，"跟你谈谈。"

"有人写匿名信到政治部，反映你和宣传科黄干事谈恋爱。有没有这回事？"

我错愕地看着他。

"回答我，有没有？"指导员的声调高了一些。

"没有。"我决定隐瞒。

"夏拙，我这样问，不是为了审问你，是希望帮你找到解决的办法。你知不知道，你现在到了非常危险的关头。"指导员端起茶杯喝了一口水，"连队为了让你提干下了那么大功夫，老连长临走还交代我，一定要帮你把这事办妥了。现在有人告状，肯定是你的竞争对手。"

"竞争对手？"我的脑子有些卡壳。

"一封是举报你和宣传科的小黄干事谈恋爱，一封是举报一连的林安邦在驻地找对象。尽管没有证据，但写得都很详细，很有可能成为干部部门审查你们的基本依据。"

欧阳俊？如果匿名信来自竞争对手，那么必然是欧阳俊无疑。

难道，这就是同窗四年的兄弟，这就是让我掏心掏肺的挚友？

为了什么？就为了一个士兵提干的名额？

"现在你告诉我，你有没有和小黄谈恋爱？"

"有。"这个字出来时，指导员的眼神里流露出难以掩饰的失落感。"但我要跟您解释的是：其实我在进部队之前就和她认识，并且相处过。我们现在不过是在维持之前的关系。"

"你们以前认识？"

"是的。您可以调查黄干事。前年暑假，也就是我大三的暑假我们俩就认识了。"我想了想，补充道，"其实，她来我们旅也是因为我在这里。"

"你们有没有……"指导员字斟句酌地问，"做什么出格的事？"

"没有。"我一口咬定，"如果举报信中有，那一定是造谣、污蔑。"

"好，"指导员的神情稍稍轻松，"我如实向机关汇报，希望能消除不良影响，让你顺顺利利提上去。"

"谢谢指导员。"

从连部出来，我的心脏一阵剧痛。在痛彻心扉的痉挛中，我想起了A城，想起了"104舍"的美好时光，想起了欧阳俊那曾经坦诚帅气的脸蛋，想起了他放荡不羁的大学生活，想起他深不见底的内心世界偶尔仅仅向我敞开，想起我们的聚会，想起安哥和吴曲的过往，想起易子梦的囧事……一切都如同昨日，一切都渐行渐远。兄弟反目，钩心斗角，是什么把我们逼成这样？

我用IC卡拨通黄文的电话。

"我们指导员找我谈话了。"

"我知道，主任也找我谈了。你是怎么说的？"

"我承认我们恋爱了，同时我告诉他，上大学我们就在一起了。"

"嗯，我也是。"黄文的叹息从听筒里传来，显得那么忧伤，"为了证明，我还把前年留在手机里的照片给他翻出来了。"

"问题严重吗？"

"可大可小吧。如果没有确凿证据的话，应该也不能怎么样。只是会影响机关对你品格的判断。"

"对了，"黄文问道，"我们的事你都跟谁说过？"

"没有谁，"我长叹一声，"除了欧阳俊。"

"这就是你交的挚友？"黄文在电话里苦笑道。

我的心里五味杂陈，我这么信任他，他却在背后捅刀子。挂了黄文的电话，我用军线联系上欧阳俊。

"拙子，怎么这么有雅兴？"他在电话里拿腔拿调的，让我愈发恼火。

"欧阳俊，你想提干吗？"

"还没想好。"他还是一副不食人间烟火的腔调，这个恶心的虚伪之徒。

"那你抓紧想吧！反正我和安哥都没希望了。"我在电话里冷笑道，"不过我还是觉得你退伍回去演电影的话，应该也拿得到奥斯卡最佳男主角了吧？"

趁着他愣神的空当，我又加了一句："不过你只能演反派。你这个狗娘养的！"

我"啪"的一下挂了电话，胸中的一口恶气总算是舒展开来。

指导员在为我的事奔波，黄文也在为我的事奔波，看上去他们似乎比我更加焦虑。我原本对这个劳什子提干不大感冒，只是被欧阳俊这样一搞，弄得很是窝火。我找到安哥，一番长吁短叹，感慨世态炎凉。

安哥更加失落。在部队建功立业原本就是他的梦想，没想到因为这么一个理由就让他的梦想折戟沉沙。

"拙子，"安哥长叹一声，叫住我，"不要告诉吴曲。"

"为啥？"

"如果她知道是因为她来这里导致我不能提干，她会难过的。"

我点点头，问道："话说回来，这一年多，你和吴曲也没有什么出格的事啊？"

"除了拿学位，我连大门都没出去过，怎么可能出格。"安哥苦笑道，"顶多也就是她周末来传达室给我送点东西，看看我。"

"要我说，这也是一桩佳话。"我苦笑一声，"可惜爱情这玩意儿跟部队水火不相容啊。"

安哥听罢，也笑了笑："没事，大不了我干到年底把士官转了。不是说士官到了一定年纪允许在驻地谈恋爱吗？"

"转士官？"我大为惊诧，"值得吗？"

对于一个名牌大学的本科生来说，在部队提了干好歹还有个奔头，转士官又有什么意思呢？永远当着大头兵，把最好的青春时光奉献给部队，等到年龄大了干不动了还是要面临退伍。

"什么值不值的，"安哥笑看着远方逶迤的群山，"我想起黄埔军校的那一副对联。"

他说的是：升官发财另谋他路，贪生怕死莫进此门。

我咽了一口口水，试图为自己的狭隘自私找借口："安哥，我知道你的梦想，可是你也需要考虑现实。你和吴曲，两个重点大学的学生，就要守在这穷乡僻壤里度过一生吗？你可以安于清贫，可吴曲怎么办？她来这里的目的，也许并不如你那样崇高，如果你不在这鸡不生蛋的地方当兵，她会当什么山村女教师吗？"

安哥的眼神黯淡下去，他把头轻轻地垂下来，望着地上的荒草愣神。

"即使吴曲陪你牺牲陪你奉献，可你是否想过将来的孩子？他要成长，他要上学，他要接受好的教育，而不是在这山沟沟里搓牛粪蛋蛋……"

"够了，拙子！"安哥伸出左手示意我停下，"你说的都对，也十分中肯。但是我想告诉你，这个年头人人都顾着自己，但是总得有那么几个人顾着别人，顾着这个社会、这个民族、这个国家。"

"拙子，我心意已决，如果不能提干，只要部队愿意接收，我就转士官，一期、二期、三期、四期……直到部队不需要我的那天为止。"

"好，我敬佩你，也尊重你的选择，"我拍拍安哥肩上的两道拐，"但我不会陪你走下去。"

我兀自苦恼。不是为了自己，而是为了周遭的环境。为什么普洱、安哥那般纯粹的军人在部队难以生存，而钻营之徒能青云直上？这支在战火硝烟中赢得世界尊重的军队在现代化、信息化、高科技等众多时髦头衔中是否迷失了自己？我们的对手是谁？我们的目标是什么？和风细雨，数十年的安宁有没有风化曾经坚固的城墙？承平日久，在现实之洪流的冲刷下我们遗失了什么，又保存了什么？谁是支撑这座"钢铁长城"的基石？谁只是墙头摇晃的狗尾巴草？

我联系上黄文，求她办一件事。

"别卖关子了，你说。"

我简要讲述了安哥和吴曲的故事："你帮忙把林安邦的事迹好好报道一番，不要回避他的爱情故事，但最好是从积极的方面写。"

"你想干啥？"

"尽我所能，帮帮他。"

"你疯了吧，现在他这个几乎已经有结论了，士兵在驻地谈恋爱是违反了条令条例的。"

"这样说来，我也违反了。"

"咱们这个无凭无据，他那个是人尽皆知了。谁不知道列兵和未婚妻的故事啊？"

"所以啊，需要你帮忙从正面引导。"

"夏拙你知道吗？如果三选二的话，其实就是二选一。"黄文在电话里顿了顿，语调低沉地说，"如果欧阳俊定了，你和林安邦，就是竞争一个名额。"

"我知道。可是你不知道，他是一个纯粹的军人，部队需要他这样的人。"

"可我需要你！"电话那头黄文哭了。

"好吧，"我叹了一口气，"如果你实在不愿意帮，就算了。"

那天晚上（准确地说应是第二天凌晨），我被一阵雷声惊醒。我翻身起床，有些惊恐地看了一眼窗外。炸雷滚滚，道道闪电在围墙外面的荒山上劈开空气，把一切都照耀得惨白。雨声嘈嘈，落在屋顶晾衣场的钢化玻璃上，发出清脆的击打声，听上去不像是雨水，而像是小石子在敲打一般。我把头伸向窗口，用鼻子深吸了几下，闻到了久违的泥土腥味。我再次躺下，却噩梦连连。我心生恐惧，不敢再睡，于是起身把被子捂在胸口，坐在床上等天亮。

雨下了整整一夜还没停歇，等第二天起床，竟然发现门口的篮球场几乎变成了游泳池。由于排水口堵塞，门前的积水几乎要漫过台阶，灌进营房里来。好大的雨，老兵们开玩笑说，再下两天，我们又要准备抗洪了。

早饭吃到一半，通信员急匆匆跑过来，喊道："连长、指导员，机关打电话过来，让你们马上过去开会。"

军令如山，连长、指导员扔下馒头就跑了，留下我们面面相觑。

伍卫国说，这么火急火燎的，恐怕不是什么好事。

我说，莫不是真的要抗洪吧？

伍卫国看看我，没说话。他总是用沉默来表达对我的不屑。

会开了似乎很长时间，上午11点，连长和指导员终于回来了。他们给我带来一个噩耗：

昨晚突降暴雨，旅8810号阵地周围山体滑坡，担负阵地值班的上等兵欧阳俊为保护阵地防止泥石流灌入，用自己的身体堵住了阵地一侧的通气孔，有效阻止了泥浆对里面的导弹武器装备的损坏，自己却不幸牺牲。

欧阳俊！

"指导员，你说的……牺牲的上等兵确实是……欧阳俊吗？"

指导员点点头，眼眶里含着泪水："是的。遗体已经挖掘出来了，现在就在礼堂放着。"

我冲进雨里，蹚着浑浊的积水奔向礼堂。从营里到礼堂只有400多米，我却感觉像跑了一年又一年。

我想起他在大学竞选学生会主席时意气风发的样子；我想起他周旋在众多女朋友之间风流倜傥的样子；我想起他在酒桌上云淡风轻告诉我们要去当兵时的样子；我想起他在新兵连如鱼得水的样子；我想起他受处分后恬然淡泊的样子……

礼堂里有许多战士，我扒开人群凑了过去。他并没有躺在担架上，而是蜷着身子躺在一张临时铺的红地毯上，腹部依旧像顶着什么东西似的弓着，手里还拄着个大手电。卫生队长说，他们发现他的时候，他弯着腰，死死趴在从阵地里伸出的排气孔上。刚好把自己单薄的肚皮盖住了排气孔。泥水没有灌进阵地，却饱饱地灌进了他的口腔、食管、肺叶和胃。他的嘴里、鼻子里、耳朵里、眼睛里全是已然结板的泥巴，如同一尊刚刚出土的兵马俑。

这一点都不帅气，和他平日里玉树临风的形象大相径庭。他的表情也不如往常淡泊：眼睛和嘴都死死地闭着，五官在脸上拧成一团麻花状，虽然来这里之前有人为他进行了清洗，我还是看见了他鼻孔里、耳朵眼里已经结成块状的泥浆。

"欧阳俊，你别装了，快起来！你快起来！"我像在A大104舍催他上课一般轻轻推了推他的胳膊，没动静，我又加大了力气，他整个人都挪动起来，却还是那个姿势。"哥们儿，你别装了，我求求你！我求求你！"我一条腿跪在地上一边摇他一边乞求，"狗日的你起来啊！你快点起来啊！你还要提干呢！你还要扛星呢！"我哭得上气不接下气。

那天，警卫连的几个兵一起用力，费了许多力气终于把欧阳俊的遗体掰直了。遵照旅长指示，军需仓库挑了一套最合身的崭新的春秋常服给他，在我和林安邦的乞求下，我们两个为他擦了个澡，清理了他的头发上和鼻腔、口腔里残余的泥浆，并把新衣服给他换上。下午，家长过来了。他的妈妈，那个曾经给我们104宿舍带来好多零食的"刘姨"，几次哭得昏厥，又几次醒过来趴在穿着崭新常服的欧阳俊身上哭泣。

欧阳俊的追悼会在礼堂举行，上千名官兵挨个走过他的面前，向他道别。许多兵都哭了，通信连的女兵们扎好一朵一朵的小白花，放在他的身上，把他映衬得更加俊朗清秀。县城落成后，连个火葬场都没有。在征求父母同意后，欧阳俊的遗体被安葬在阵地旁边的一个小山包上。这里山清水秀，背枕着巍巍群山，山坳中便是我们的阵地，往南是绵延的小丘陵，如同上苍从天上撒下的一块块鹅卵石。这里方圆数公里没有人烟，除了一幢用藤蔓和灌木伪装起来的阵管连的房子和房子中住的十几个兵——以前是十六个，现在是十五个。

下葬那天，我掏钱从镇上买来一刀黄表纸，烧在他的坟头。青烟袅袅，夹着纸灰漫过我的头顶，向着阵地方向飘去。

欧阳俊，我苦笑着说，一直以为你是来混日子的，没想到都这个时候了你还记挂着你的阵地。

从山上下来之后，一个三期的班长拦住我。

"你叫夏拙，是吧？"

"是。"

"我是欧阳俊的班长，他这里有一封给你的信。这信他早几天就交给通信员了，一直没寄，现在你来了，刚好。"

"信？"我接过班长手里那已经贴好邮票写好地址的信，满脸狐疑地打开。

拙子：

你好！

老实说兄弟之间用这种方式沟通，总归还是感觉别扭。但是，电话永远不能替代信件，就像声音永远不能替代文字一般。我写这封信，是希望能有机会让你心平气和地听我说。

之前你打电话过来把我臭骂一通，然后又在我惊诧之际挂掉电话，让我感觉非常委屈也非常恼火。琢磨了好久，并打听了好久，我才明白你为什么会有这么大动静。

我要告诉你的是：我没有写什么匿名信，更不可能陷害自己的兄弟。因为我已经不再考虑提干了。之所以迟迟没告诉你，是不希望你因为我打消了自己提干的念头。

尽管先前我告诉你我来部队的目标是提干，但被"发配"到阵地之后我的想法变了。还记得有一次在电话里跟你讲过的"仁者心动"的故事吗？我在这里最大的收获便是学会了"心不动"。这样说起来可能有些玄乎，那么我就直白一点告诉你吧。过去的我（其实我们都是）总是浮躁，追逐于人生得失，挖空心思谋求所谓最好的出路。我们渴望爱情，热衷事业，崇拜金钱，唯独没有认真关注过自己内心深处的感受。我们为了所谓的明天耗尽体力和智慧，却把当下过得敷衍了事。而明天，更有明天的烦恼。

佛说人有四重境界：看破、放下、自在、随缘，看破了才有可能放下，放下了才有机会享受自在人生。（你是不是又在笑我卖弄佛法了？）这是一个好地方，因为它清净。世事纷扰，只有远离了尘世的喧嚣，真正清净了你才有可能参透人生。

拙子，你知道吗？我们的阵地上有一棵树。就在我的哨位旁边。刚开始上岗的时候很难受，老想着有什么办法能逃离这里，我甚至规划了自己的逃跑路线。有一天，我百无聊赖地走近了那棵长势不怎么样的树，赫然看见树干上写满了名字。名字写得不怎么样，有的因为树皮掉了或者树长开了还显得模糊不清。我问老兵这是怎么回事。老兵说，这棵树从阵地建好那时起就在，一直陪着守阵地的兵。每到退伍的时候，面临复退的老兵没什么可留念的，便把自己的名字刻在树上，就这样，守着阵地的老兵换了一茬又一茬，树上的名字也越来越多，成了现在这个样子了。

多好的一个故事啊！这样的故事只属于我们守阵地的兵，跟你们没关系，跟外面的世界更没关系。所以啊拙子，我决定哪儿也不去，就在这里待满两年，等退伍那天，哥们儿要亲自把名字刻在树上……

信还没看完，便被我一滴又一滴滚下脸颊的泪水洇得字迹模糊。我小心翼翼地用衬衣把信纸上的泪水擦干，方方正正叠好，放在左胸的口袋里。我跑向阵地，寻到了欧阳俊提到的那棵树。树上布满刻痕，一道刻痕就是一个名字，有"陈方贵""周至远""曹喜来""张卓"……这些名字从两米多高的树干一直刻下来，字体或娟秀或粗犷，或规整或豪放，有的因为树皮愈合已若隐若现，还有的因为字迹潦草无法辨认。这是一座碑，一座只属于阵地守护者的碑。

我找到班长，借来一把刀子。怀着无比虔诚的心情，在树干上刻下规规整整的三个字：欧阳俊。

回去之后，黄文告诉我，写匿名信告我的不是欧阳俊，而是她办公室的杨干事，也就是曾经为我写报道的机关"一支笔"。他追了黄文半年都没见动静，便偷偷用政工网管理员的身份调出了她的聊天记录，发现了我们之间的秘密。他写匿名信既是为了报复我的"夺爱"，又是想让黄文迫于压力断绝跟我的来往。

"至于林安邦，他们连一个老兵嫉妒他当班长，便把他给告了。"

"我还要跟你交代的是，"黄文顿了顿，有些闪烁地告诉我，"欧阳俊根本就没有递交提干申请。"

"已经不重要了。"我淡然地笑着，看了看她。

"怎么不重要？"黄文有些兴奋地拽着我的胳膊，"你这边我做了很多工作，主任也表态了，出于对你前途的考虑，咱们的事情不再追究。旅里全力保送你进提干班。"

"可是黄文，"我定定地看着她，"我已经决定放弃提干了。"

"夏拙，你啥意思？"黄文愣了。

"我放弃提干。"我重复道，"我想替欧阳俊守着那个阵地。"

黄文赶紧跑到我面前，拽着我的胳膊，喊道："夏拙，你考虑清楚！"

我告诉她，我提出调到欧阳俊所在的阵管连的申请，旅里已经批准了，半小时后有一辆给养车过去，我随车一起走。

"我是来向你告别的。"

"啪"，一记耳光，来势汹汹，落在脸上却感觉不到疼。"夏拙，你就是个混蛋！"

"对不起。"我转过身去。

我的身后，传来黄文的抽泣声，以及她不断重复的那句："夏拙，你就是个混蛋！"

山里的日子过得特别慢，我每天坐在阵地门口的小岗楼里，看三天前的报纸和托吴曲买来的书籍，听各种鸟叫和蝉鸣，观察松鼠、蜥蜴和偶尔出现的野兔戏耍。风时有时无，裹挟着大山里的树木和青草的气味，让人心旷神怡。我终于明白欧阳俊所说的"心不动"，这是一种境界，也是一种修为啊。这个五月，我们旅的两个大新闻上了《解放军报》，一是大学生士兵欧阳俊为抢救阵地设施光荣牺牲，被总部评为烈士；另一个便是大学生林安邦投笔从戎，恋人不离不弃在其驻地支教；这两个故事在部队和社会引起强烈反响，扛着长枪短炮的记者来了一拨又一拨，林安邦和吴曲一下成了明星，据说上面的大首长都开始关注他俩的婚事了，而欧阳俊提到的那棵刻满名字的无名树，则被文工团排成歌剧在各大部队轮番上演。因为这两个新闻点抓得好、挖掘深，作者黄文被报社看中，开始办理借调手续了。

我给黄文打电话，她没有接。我发信息表示祝贺，她也没有回。也好，干净利落地分手，省得抽刀断水水更流，学心理学的人，应该更能控制好自己的情绪。

"黄文，我爱你，"我在心里默默念道，"你这么好，一定会有个好归宿的。"

林安邦打来电话，号码是W城的，他告诉我，已经在提干班学习了，学制半年，学完还是回旅里。

"好好学，等你回来就扛星了。"我笑道，"是不是等你回来我就要给你敬礼了。"

电话两头哈哈大笑起来。

"拙子，在那边待着寂寞不？"收住笑声，林安邦很严肃地问我。

"还好。"我回答。

"我是说真的。"

"我也是说真的。"我一脸严肃地回答他。

"那你不觉得枯燥、无聊？"

我轻叹一声，说："安哥，我给你讲一个'仁者心动'的故事吧……"

挂了电话，我挎着"八一杠"，缓缓踱到无名树下，看着已经有些陈旧的"欧阳俊"三个字，在它的下方找到了一块空地。

等到11月24日，我要在这块空地上刻下两个字："夏拙"。